BUCHVERLAG
ANDREA SCHMITZ

Tigerin unter Palmen

Bibliografische Information der Deutschen Nationalbibliothek
Die Deutsche Nationalbibliothek verzeichnet diese Publikation in der Deutschen Nationalbibliografie; detaillierte bibliografische Daten sind im Internet über http://dnb.d-nb.de abrufbar.
Wieser, Karin
Tigerin unter Palmen
1. Auflage — Egestorf: Schmitz, 2011
ISBN 978-3-935202-24-4

1. Auflage: 2011

Copyright: Buchverlag Andrea Schmitz
Titelgestaltung: Erik Kinting

ISBN 978-3-935202-24-4

Karin Wieser

Tigerin unter Palmen

Tigerin unter Palmen

Melody vollendete den letzten Pinselstrich und ging zurück, um ihr Werk zu begutachten. Dieses Bild gehörte zu einer Serie von Wäldern, in verschiedenen Jahreszeiten, die sie für einen Konzern in Amerika gemalt hatte. Melodys Bilder wurden durch ihre leuchtenden Farben und außergewöhnlichen Lichtreflexe weltweit berühmt. Sie sahen alle wie Einblicke aus einer anderen Welt aus. Man erwartete, dass eine Elfe oder ein Einhorn aus dem Bild sprang. Melody malte nur Landschaften in allen vorhandenen Formen. Egal ob Meer, Wald, Wiese, Felsen, Berg, Sand, Wasser oder Feuer.
Diese Serie würde ihr einen fünfstelligen Betrag einbringen und bis auf zehn Prozent sofort weiter an ihre Stiftung für Waisenkinder gehen.
Melody drückte ihr Kreuz durch. Sie hatte seit acht Stunden hier gesessen, um dieses Bild fertig zu bekommen, da sie morgen in Urlaub fahren würde und der Kunde seine Bilder noch vorher haben wollte.
Sie hatte die Reise schon länger gebucht. Es ging auf eine Insel im Polynesischen Dreieck mit Namen Omaja. Diese Insel gehörte der Familie Laros. Bekannte von Melody waren erst vor ein paar Monaten dort gewesen und schwärmten immer noch davon. Die Insel war zur Hälfte reiner Privatbesitz und durfte nur von der Familie und den Angestellten betreten werden. Die andere Hälfte war mit luxuriösen Hotels ausgestattet,

die jedoch so angelegt worden waren, dass die Insel nicht in ihrer Natürlichkeit beeinträchtig wurde. Es gab große Flächen mit unberührten tropischen Wäldern. Die interessierten Melody besonders, da sie einen neuen Auftrag erhalten hatte, für den sie tropische Wälder mit dazugehörigen Blumen und Pflanzen malen sollte. Es sollten drei Bilder werden. Ihr Auftraggeber hatte ihr nur die groben Farben vorgegeben, in welchen die Blumen leuchten sollten. Sonst hatte sie völlig freie Hand. Mit diesem Auftrag konnte sie endlich einen Urlaub machen und gleichzeitig Recherchen für ihre neuen Bilder sammeln. Das war perfekt, und Melody freute sich schon sehr. Sie musste jetzt nur noch ihren Auftraggeber informieren, dass die Bilder fertig und ab morgen Mittag abholbereit waren.

Melody verließ ihr Atelier und ging einen Stock tiefer in ihre Wohnräume. Sie hatte von ihren ersten verkauften Bildern ein Haus in Salzburg erworben. Das Haus stand auf einem ziemlich großen Grundstück mit einem üppigen Badeteich, den Melody extra anlegen ließ. Ihr Grundstück war so mit Mauern umgeben und Bäumen bepflanzt, dass man von außerhalb nirgends das Grundstück einsehen konnte. Das Haus selber war einstöckig, jedoch hatte sie das Dach ausbauen lassen — da war jetzt ihr Atelier untergebracht. Es hatte große Fenster, um so lange wie möglich Licht zum Arbeiten zu haben.

Melody lebte allein, da sie schon mit fünf Jahren zur Waise geworden war. Männer hatten sie nach den Erlebnissen mit ihrem Stiefvater nie interessiert. Das Clanoberhaupt von Österreich, Stefan, quälte sie zwar immer wieder liebevoll, dass sie sich einen Gefährten nehmen sollte, doch Melody konnte das bis jetzt verhindern. Sie mochte Stefan sehr gerne, er war wie der nette Onkel, den sie nie gehabt hatte. Er kümmerte sich um seinen Clan mit Gerechtigkeit, aber auch mit Strenge. Doch jeder, der ein Problem hatte, konnte zu ihm kommen und wurde niemals abgewiesen. Alle österreichischen Katzenmenschen liebten und verehrten ihr Oberhaupt. Stefan hatte seinen Sitz in Wien und wenn Melody zu ihrer Wiener Wohnung kam, wurde sie sofort von ihm eingeladen. Dann waren natürlich immer, zufällig, einige junge Clanmänner dort. Melody war immer froh, wieder weg zu kommen, bevor einer von ihnen ihr sein Zeichen aufdrücken konnte. Stefan vertrat, im Gegensatz zu anderen Clanoberhäuptern, die Meinung, dass keine Katzenfrau gezwungen werden durfte. Jede sollte sich ihren Partner selbst aussuchen können. Mit der Ansicht war er nicht überall beliebt. Sogar der Territoriumsalpha von Europa war nicht immer ganz seiner Meinung. Da es aber im Großen und Ganzen funktionierte, ließ er Stefan gewähren. Die meisten Katzenfrauen finden bis zu ihrem zwanzigsten Lebensjahr ihren Partner. Melody wurde in einigen Wochen zwanzig und machte nicht die geringsten Anstalten, sich einen Gefährten zu suchen. Da Stefan jedoch von ihrer traurigen Kindheit wusste, ließ er sie meistens in Ruhe. Clantreffen versuchte Melody wenn möglich auszuweichen, da jede Mutter ihr stolz ihren Sohn vorstellen wollte. Das war zwar sehr nett, aber auch meistens ziemlich anstrengend.

Als sie am Bild ihrer Mutter vorbei kam, blieb sie stehen und nahm es kurz auf. Ihre Mutter war mit ihrem Stiefvater bei einem Autounfall gestorben. Die Leute hatten ihr später erzählt, dass es für Melody das Beste war, da ihr Stiefvater, wenn er betrunken war, ihre Mutter oft krankenhausreif geschlagen hatte.

Durch verschiedene Erlebnisse in ihrer Kindheit konnte Melody die totale Dunkelheit nicht aushalten. Psychologen vermuteten, dass Melodys Mutter sie oft an dunklen Orten versteckt hatte, um sie vor ihrem Stiefvater zu schützen. Melody hatte immer ein kleines Nachtlicht brennen, um die Finsternis zu vertreiben. Doch einmal war es in der Nacht ausgefallen und Melody erwachten im dunklen Zimmer. Als sie schon in Panik verfallen wollte, bemerkte sie jedoch, dass der Vollmond viel Licht herein ließ und sie dadurch alles gut erkennen konnte. Das hatte sie vor einer Panikattacke gerettet und seit dem ließ sie immer zwei Lichter brennen.

Wenn Melody in die Dunkelheit starrte, hatte sie immer das Gefühl, als würde etwas abgrundtief Böses auf sie zukommen. Sie versuchte dann sich völlig ruhig zu verhalten, damit das Böse sie weder sehen noch hören konnte. Ihr Körper zitterte dann unkontrolliert und sie fing an unbewusst die Luft anzuhalten. Das konnte im schlimmsten Fall bis zum Herzstillstand führen. Auch fürchtete sich Melody vor alkoholisierten Männern, das löste bei ihr sofort einen Fluchtreflex aus.
Mit diesen Mängeln hatte sie schon einige nette junge Männer vertrieben. Melody hatte es aufgegeben einen Gefährten zu suchen, denn keiner würde ihre wahnsinnigen Züge akzeptieren oder etwa damit leben können.
Als sie ins Waisenhaus gekommen war, musste sie erst längere Zeit psychologisch betreut werden. Doch sie hatte Glück: Da sie zu den Katzenmenschen gehörte, wurde sie auch vom Clan betreut und somit fehlte es ihr nie an liebevoller Zuwendung. Sie lebte zwar im Waisenhaus, wurde aber immer von den verschiedensten Clanfamilien zu sich geholt, um zu feiern oder einfach nur einige schöne Tage zu verleben. So lernte eine Waise meist mehr Clanmitglieder persönlich kennen, als jedes andere Clanmitglied. Keiner hatte wirklich verstanden warum ihre Mutter bei ihrem Stiefvater, einem Menschen, geblieben war. Leider erfuhr Stefan erst nach den Tod von Melodys Mutter über die Zustände ihres Zuhauses. Hätte er es vorher gewusst, hätte er Melody und ihre Mutter mit Gewalt von ihrem Stiefvater fern gehalten. Sie hätten dann auch keine Angst vor ihm zu haben brauchen, da der Clan sie gegen jeden Angriff von ihrem Stiefvater beschützt hätte. Clanmänner beschützten ihre Frauen mit geradezu unheimlicher Hingabe. Wahrscheinlich hätten sie Melodys Stiefvater bei einer Nacht-und-Nebel-Aktion für immer aus dem Weg geschafft.
Melody schüttelte den Kopf, die ganzen 'hätte und hätten' veränderten nichts mehr an der Tatsache, dass sie durch ihre Kindheit gestört war und somit niemals eine normale Beziehung eingehen konnte. Das hatte sie akzeptiert und würde

damit leben. Da sie auch nie jemandem etwas vererben musste, hatte sie für ihr überflüssiges Geld eine Stiftung ins Leben gerufen, die Waisenhäuser in der ganzen Welt unterstützte. Keiner wusste jedoch, dass diese Stiftung von ihr erhalten wurde, da eine Gesellschaft ihre Interessen deckte. Die Vorsitzenden bestanden aus drei treuen Freunden, die sehr kompetent alles leiteten und Melody aus allem heraushielten.

Das Telefonläuten riss Melody aus ihren Träumen. "Hallo, Sommer hier."

"Melody, hier ist Wendi, Süße ich habe deine Tickets da. Soll ich sie dir bringen oder holst du sie bei mir ab? Ach Blödsinn, es ist schon dunkel, ich bring sie dir auf dem Heimweg vorbei."

Melody musste schmunzeln. Wendi versuchte einfach immer sie zu beschützen. Wendi war vor vier Jahren, auf anraten von Stefan, Melodys Sekretärin geworden. Sie war zwar erst dreißig Jahre alt, hatte aber ziemlich starke Mutterinstinkte für Melody entwickelt. Wendi gehörte ebenfalls zum österreichischen Katzenclan und verwaltete einfach alles in Melodys Leben. Sie konnte sich ein Leben ohne Wendi gar nicht mehr vorstellen.

"Danke, es wäre sehr nett, wenn du mir die Flugtickets vorbei bringen könntest. — Ich habe übrigens die Bilder fertig. Du könntest unseren Auftraggeber anrufen, dass sie morgen Mittag abgeholt werden können. Dann müssten sie trocken sein."

Wendi seufzte leise. "Süße, hast du wieder Tag und Nacht an diesen Bildern gesessen? Sicher bist du auch nicht zum Essen gekommen. Ich glaube, ich werde vorher noch einkaufen gehen und dir ein paar Sachen mitbringen. Den Anruf mache ich noch, bevor ich zu dir komme. Also erwarte mich zur Abendstunde. Bis gleich."

Mit diesem Worten hatte Wendi schon wieder aufgelegt und Melody konnte nur noch liebevoll vor sich hin schmunzeln. Wendi war einfach eine Perle. Sie wusste immer was sie brauchte und beschützte sie wie eine Löwenmutter. Melody musste jedoch zugeben, dass sie wirklich nicht viel gegessen hatte. Sie war einfach zu sehr mit ihren Bildern beschäftigt gewesen. Jetzt konnte sie ihren Magen knurren hören. Sie lief noch schnell unter die Dusche und kochte dann für Wendi und sich Kaffee.

Ein halbe Stunde später hörte sie schon Wendis Wagen in der Auffahrt. Wendi hatte als einzige einen Schlüssel zu Melodys Haus und Wohnung. Bevor Melody Wendi sah, konnte sie schon die Pizzas riechen und musste lachen. Sie ging ihr entgegen.

"Hallo meine Perle, was würde ich nur ohne dich machen." Sie nahm Wendi den Einkauf ab und beide gingen in die Küche.

Wendi stellte die Pizzaschachteln auf den Küchentisch und wandte sich mit ernstem Gesicht an Melody. "Du siehst einfach schrecklich aus. Völlig übermüdet und außerdem wirst du immer dünner. So kann das nicht weiter gehen. Ich bin froh, dass du morgen in Urlaub fährst."

Melody musste grinsen, sie hatte von Wendi eine Standpauke erwartet. Sie ging zu ihr küsste sie auf die Stirn und zog sie an sich. Wendi war eine kleine typische Rothaarige mit einem brennenden Temperament. Das war auch immer das Problem in ihren Beziehungen, da die meisten Männer damit nicht umgehen konnten. Doch Melody wusste, wenn Wendi einmal den richtigen Mann gefunden hatte, würde sie ihr Leben und ihre Seele für ihn geben. Jetzt lachte sie Wendi liebevoll an.

"Mach dir nicht so viele Sorgen um mich. Mir geht es gut. Ich verspreche dir, dass ich mich im Urlaub sehr gut erholen werde und so viel esse, dass du mich nachher gar nicht mehr erkennen wirst."

Wendi sah Melody skeptisch an. "Das hoffe ich für dich, sonst zieh ich bei dir ein und dann füttere ich dich, bis du herumrollst."

Melody fing zu lachen an und Wendi setzte ebenfalls ein.

"Na komm, lass uns essen."

Melody hatte schon Teller und Besteck hergerichtet und die beiden Frauen setzten sich gemütlich an den Küchentisch. Nach dem Essen verabschiedete sich Wendi jedoch sofort, gab

Melody noch ihre Tickets und wünschte ihr einen schönen Urlaub.
"Ich bin heute leider bei einer Geburtstagsparty eingeladen und komme sowieso schon zu spät, was mich persönlich eigentlich nicht stört, aber du weißt, meine Mutter wird immer schnell etwas ungeduldig. Die Bilder hol ich ab, solltest du schon weg sein." Lachend küsste sie nochmals ihre Freundin und war schon beim Auto.
Melody sah ihr lächelnd nach. Wendis Mutter war das ältere Ebenbild von Wendi, daher war es nicht erstaunlich, dass bei den beiden oft die Fetzen flogen und dann alle Familienmitglieder in Deckung gingen. Melody hatte das einmal erlebt und es als denkwürdig eingereiht. Mehr konnte man zu einer Kollision von zwei solchen Temperamentsbündeln nicht sagen.
Melody schloss die Tür fest ab und kontrollierte, ob alle Fenster geschlossen waren. Dann ging sie in den oberen Stock in ihr Schlafzimmer. Sie war so müde, dass sie nur noch ihr Nachtlicht einschaltete, sich auszog und sofort, als ihr Kopf das Bett berührte, eingeschlafen war.
Am nächsten Tag packte sie alles was notwendig war in ihre Koffer; ganz oben drauf ihren Zeichenblock mit Unmengen Bleistiften, da sie alles was ihr gefiel vorskizzieren wollte. Dann rief sie nochmals Wendi an, die ihr mitteilte, dass sie die Bilder erst morgen holen würde und sie nochmals ermahnte sich ja gut zu erholen.
Gegen Mittags fuhr Melody dann mit einem Taxi zum Flughafen und nach zwei weiteren Stunden war sie unterwegs in Richtung Omaja. Melody verschlief fast den ganzen Flug. Erst als sie beim Landeanflug waren, wachte sie wieder auf. Vom Flughafen ging es weiter mit einem luxuriösen Bus Richtung Meer. Nach weiteren vier Stunden kamen sie an eine Anlegestelle, wo ein Boot auf alle Miturlauber wartete, um sie auf die Insel Omaja zu bringen.
Melody sah gespannt der Insel entgegen, die sich langsam am Horizont abzeichnete. Je näher sie kamen, umso mehr konnte

sie von den unglaublich schönen Sandstränden sehen. Das Boot umfuhr die Insel, so dass sie kurzzeitig einen Blick auf die Privatseite der Familie Laros werfen konnte. Auch hier gab es wunderschöne Strände und man konnte ein ziemlich großes Dorf erkennen. Auf einem Hügel war ein großes Herrenhaus, das sich wunderschön in die Landschaft schmiegte. Das Dorf wirkte harmonisch und gemütlich. Melody hatte Lust es zu zeichnen und da sie in ihrer Handtasche immer einen Block bereithielt, zückte sie diesen sofort. Mit einigen geübten Strichen hatte sie die Grundskizzen gemacht. Die Feinheiten konnte sie dann aus der Erinnerung erschaffen. Nach einer weiteren Viertelstunde kamen sie dem Hotel näher. Melody konnte im Inneren der Insel einen unberührten Urwald wahrnehmen. Die Kombination von weißen Sandstränden mit dem Grün des Urwaldes begeisterte sie sofort, und sie sah schon die entstehenden Bilder vor sich.

Ryan war extrem gereizt, da es wieder mal zu Schwierigkeiten mit Wilderern auf seiner Insel gekommen war. Jedes Mal, wenn er mit seinen drei Brüdern, seinem Schwager und den Clanwachen versuchte die Wilderer aufzuspüren, waren sie jedoch schon wieder verschwunden. Die Gefahr für die Clanmitglieder war sehr groß, da diese Männer wahllos auf alles schossen, was sie vor den Lauf bekamen.
Nicht viele Menschen wussten, dass die ganze Insel von einem Clan Katzenmenschen bewohnt wurde. Fast jeder, der hier arbeitete, war ein Katzenmensch genauso wie Ryan und seine Familie. Die Hotelanlage wurde ebenfalls fast nur von Clanmitgliedern geführt. Ryan war das Oberhaupt dieses Clans und somit mehr als beunruhigt, wenn es um die Sicherheit seiner Leute ging.
Er und seine Brüder waren schon einige Male als Katzen auf die Jagd nach den Wilderen gegangen. Doch jedes Mal waren diese gewarnt worden und schon wieder von der Insel verschwunden, was natürlich nahe legte, dass es einen Informanten in den

eigenen Reihen gab. Das machte Ryan mehr als nur zornig. Das Wissen von einem seiner eigenen Leute verraten zu werden, ließ seine Alphakraft anschwellen. Er hatte sich mit seinen Brüdern und den zwei Kommandanten der Clanwache im Wohnzimmer des Herrenhauses getroffen. Seine Schwester Lelia legte noch die Kinder schlafen und würde dann ebenfalls zu ihnen stoßen. Sie mussten diese Wilderer unbedingt fangen, da nicht nur die Clanmitglieder gefährdet waren, sondern auch die Touristen, die natürlich auch ab und zu am Rande des Urwaldes spazieren gingen. Die Touristen waren gewarnt worden, nicht mehr in den Urwald zu gehen und die Clanmitglieder hatten absolutes Urwaldverbot von Ryan bekommen, bis die Wilderer gefangen waren.
Eric sah ebenfalls wütend aus dem Fenster. "Wir müssen doch irgendwie diesen verdammten Verräter entlarven können." Ryan sah kurz zu seinem Bruder und zuckte ratlos die Schultern. "Wir können nur langsam immer bestimmte Personengruppen testen, in dem wir Infos weitergeben und schauen ob diese durchdringen." Wulf nickte dazu nur. "Das erscheint mir am vernünftigsten. Es wird zwar bei dreitausend Clanmitgliedern einige Zeit dauern, aber es ist die einzige Chance, den Verräter zu finden."
Ryan sah zu seinen Brüdern. Sie und seine Schwester Lelia waren immer sein Halt gewesen, egal ob es gute oder schlechte Zeiten waren. Jeder von ihnen würde sofort für den anderen sterben. Wulf war der Ruhige und Besonnene, bei Stresssituationen immer derjenige, der die Ruhe bewahrte. Brian war der Jüngste, doch trotz seines Alters von neunzehn Jahren, war er sehr verlässlich und immer zur Stelle, wenn es darauf ankam. Eric war der Geschäftsmann von ihnen und hatte ihre diversen Firmen komplett unter Kontrolle. Ihre Schwester Lelia, war die Sanfte und Liebevolle in der Familie. Sie glich immer die dominante männliche Seite aus und hatte ihnen dadurch schon oft weiter geholfen. Lelia hatte Phil geheiratet, der sich perfekt in die Familie eingefügt hatte. Phil war zwar geistig nicht

unbedingt der schnellste, doch er liebte Lelia und machte sie glücklich. Außerdem konnte man sich in jeder Beziehung auf seine Treue und Kraft verlassen. Ryan und die anderen mochten Phil sehr und waren froh, das Lelia ihn zum Mann genommen hatte. Er selber war der Älteste und Stärkste. Seine Alphakräfte hatten ihn schon ziemlich früh zum Clanoberhaupt gemacht.
"Na, meine Männer, habt ihr schon etwas beschlossen, als ich noch nicht da war?" Lelia kam mit einem Grinsen ins Zimmer zu den ernst schauenden Männern. Ihr Mann Phil lächelte ihr entgegen und zog sie sofort auf seinen Schoß.
"Wir sind uns alle einig, dass wir einen Verräter in unseren Reihen haben und den nur durch eine falsche Information entlarven können."
Eric hatte Lelia sofort auf den neuesten Stand gebracht. Lelia nickte dazu. "Wie wollen wir die Infos nur an bestimmte Personenkreise bringen?" Sie sah die Männer um sich herum an.
Torben, einer der Wachkommandanten, hatte bis jetzt ruhig beim Fenster gestanden, jetzt jedoch ergriff er das Wort. "Ich würde sagen, wir fangen mit den Wachen an. Wir müssen bei ihnen sicher sein, dass sie alle treu sind und zu uns stehen. Dann erst würde ich mit anderen Personengruppen weitermachen."
"Ja, das ist ein guter Vorschlag, denn momentan können wir uns eigentlich nur gegenseitig vertrauen. Wir müssen uns wieder hundertprozentig auf unser Wachen verlassen können. Wir werden die entsprechenden Infos so schnell wie möglich ausstreuen." Ryan sah zu Sean, dem zweiten Wachkommandanten. Dieser gab mit einem Nicken ebenfalls seine Zustimmung. "Gut, dann ist es beschlossen. Wenn das nächste Mal die Wilderer auf unserer Insel sind, geben wir nur einer Hälfte der Wachen Bescheid, dass wir auf die Jagd nach ihnen gehen. Sollten wir dann wieder keine Wilderer finden, haben wir die Verräter eingegrenzt. Und sollten wir durch unsere Heimlichtuerei zufällig die Wilderer erwischen, wäre das auch nicht schlecht."
Lelia sah stirnrunzelnd vor sich hin.

"Was beunruhigt dich noch, Lelia?" Phil hatte bemerkt, dass seiner Frau etwas durch den Kopf ging. Jetzt sahen alle abwartend zu ihr.
"Ihr solltet nicht über Funk miteinander sprechen, sonst könnte es sein, dass noch jemand mithört und es wäre wieder nichts bewiesen."
Eric lachte seine Schwester stolz an. "Du hast Recht, kluges Schwesterchen, das könnte wirklich geschehen. Wir müssen die Befehle alle immer kurzfristig persönlich aussprechen. Nur so haben wir die Garantie, dass sie nur besondere Personen hören."
Alle Anwesenden waren damit einverstanden und man einigte sich, dass beim nächsten Übergriff der Wilderer nur bestimmte Wachen persönlich von den Kommandanten informiert werden sollten. Nachdem das geklärt war, verabschiedeten sich Torben und Sean und ließen die Familie Laros allein zurück.
Lelia sah ihre Brüder fragend an. "Können wir trotz der Situation morgen unseren Ausflug zum Strand machen? Siri und Rob freuen sich so darauf."
Ryan grinste Lelia liebevoll an. "Wir können meine Nichte und meinen Neffen doch nicht enttäuschen. Wir machen unseren Familienausflug. Ich lass uns die ganze Zeit von unseren Clanwachen im Auge behalten, und wir sind ja auch genug Männer. Es sollte uns doch gelingen, dich und die Kinder zu beschützen, mein liebes Schwesterchen."

Es war schon später Nachmittag, als Melody endlich bei ihrem Ferienhäuschen ankam. Die Reise zur Insel Omaja war zwar ziemlich kompliziert, doch das Ergebnis war es allemal wert. Die Insel war einfach traumhaft schön. Auch die Hotelanlage war mit ihren farbenprächtigen Blumen und Sträuchern wunderschön angelegt. Es gab einen riesigen Pool und überall standen große Palmen und blühende Sträucher. Die waren so raffiniert angelegt, dass man immer Plätze dazwischen hatte, wo man komplett alleine sein konnte. Es gab natürlich die verschiedensten Restaurants und Bars. Auch an Beschäftigungen fehlte es nicht. Egal ob Billard, Tennis oder Bogenschießen, es wurde alles angeboten. Und doch wurde die Ruhe der Insel bewahrt und man konnte so richtig ausspannen.

Melody fühlte sich sofort wohl auf der Insel. Das einzige was sie mit Schrecken feststellen musste war, dass die Anlage mit sehr wenigen Lichtquellen ausgestattet war. Das bedeutete, dass sie, wenn es komplett dunkel war, immer in ihrem Häuschen bleiben würde. Das störte Melody an sich nicht, da sie sowieso nicht vorgehabt hatte, etwas am Abend zu unternehmen. Sie wollten sich lieber ihren Zeichnungen widmen und gut ausschlafen. Sie hatte vier Wochen gebucht und freute sich jetzt schon auf jeden einzelnen Tag.

Da ihr Ferienhaus am Rande der Anlage lag, war es ziemlich ruhig. Ihr Haus hatte eine kleine Terrasse auf der sie ungestört zeichnen und entspannen konnte. Das Haus selber war circa 50 Quadratmeter groß und hatte eine kleine Küche, Bad, Wohn- und Schlafzimmer. Es gehörte zu einer Reihe von Ferienhäusern, die um das Hotel herum gebaut worden waren.

Melody duschte schnell, zog sich um und ging das Restaurant suchen, um vor Einbruch der Dunkelheit noch etwas zu Essen zu bekommen. Die Reiseleiter hatten alle neu angekommenen Urlauber gebeten, nach dem Essen zu einer Besprechung zu kommen, doch da Melody auf jeden Fall vor der Dunkelheit in ihren Räumen sein wollte, würde sie nicht hingehen. Es wurde sicher nur mitgeteilt, was es für Aktivitäten im Hotel gab.

Melody beeilte sich mit dem Essen. Kalte Getränke und Frischobst befanden sich glücklicherweise ausreichend im Kühlschrank ihres Häuschens. Nachdem Melody zurück war, drehte sie das Licht im Badezimmer an und legte sich, von der langen Reise erschöpft, schlafen.

Am nächsten Morgen wurde sie von Vogelzwitschern geweckt. Als sie die Augen aufschlug, sah sie genau vor ihrem Fenster auf einen blühenden rosa Strauch. Fasziniert blieb Melody ruhig liegen, sie fühlte sich einfach unwahrscheinlich wohl. Als sie

jedoch ans Meer dachte, sprang sie mit freudiger Erwartung aus dem Bett, wusch sich, zog sich an und war binnen einer halben Stunde aus dem Zimmer.
Überall kamen ihr lachende Gesichter entgegen, die sich ebenfalls zu den Frühstücksräumen begaben. Melody musste grinsen, die Stimmung auf der Insel ließ einfach nichts anderes zu. Als sie mit einem Kaffee und Kuchen an einem Tisch saß, wurde sie von einer Gruppe junger Leute angesprochen.
"Hallo, ist der Tisch noch frei?"
Melody sah lächelnd auf. Es waren drei junge Männer mit einer Frau, die sie abwartend ansahen.
"Ja, ich bin sowieso gleich fertig, ihr könnt euch ruhig dazu setzten."
Einer der jungen Männer grinste sie dankbar an. "Wir wollen dich aber nicht vertreiben. Es würde uns freuen, wenn du bei uns sitzen bleibst. Mein Name ist Tom, das sind Lisa, Peter und Bill."
Melody musste lachen. "Hallo, ich bin Melody und ich freue mich eure Bekanntschaft zu machen. Seit wann seid ihr auf der Insel?" Melody sah fragend zu den jungen Leuten.
"Wir sind seit zwei Wochen hier und bleiben leider nur noch eine."
"Wie hat es euch bis jetzt gefallen, gibt es irgendetwas Interessantes zu sehen?"
Peter lachte. "Es war bis jetzt extrem schön hier, wir haben jetzt schon Panik, wenn wir nächste Woche wieder weg müssen. Zu sehen gibt es nicht wirklich viel, außer Dschungel und Sandstrände. Doch den Dschungel sollen wir ja meiden, hat uns unser Reiseleiter mitgeteilt."
Melody runzelte die Stirn. "Ich war gestern nicht dabei, da ich ziemlich müde war. Warum sollen wir den Dschungel meiden? Hat er auch noch etwas anderes wichtiges erzählt? Ich bin nämlich erst gestern angekommen."
Lisa überlegte und meinte dann. "Eigentlich haben sie keinen richtigen Grund angegeben, warum wir den Dschungel meiden

sollen. Sie haben uns das aber ganz ernst ans Herz gelegt. Sonst wurde wir nur noch einmal aufmerksam gemacht, dass wir ohne ausdrückliche Einladung der Familie Laros nicht ihren Privatteil betreten dürften."

"Als ob wir das überhaupt könnten. Die Familie hat ziemlich viele Leute, die die Grenzen sehr gut bewachen", bemerkte Bill übermütig.

Lisa sah enttäuscht in die Runde. "Ja und auf eine Einladung brauchen wir gar nicht hoffen, die Familie lädt so gut wie nie Fremde ein."

Melody nickte dazu nur. Sie konnte die Familie verstehen. Wenn sie diese Vorkehrungen nicht getroffen hätten, wären sicher laufend irgendwelche Touristen bei ihnen am Haus und das wäre ziemlich lästig. Sie hatte gehört, dass die Familie Laros sehr reich war. Sie hatten Unternehmen in allen möglichen Sparten und waren in der internationalen Geschäftswelt sehr bekannt. Eric Laros war als gewiefter und harter Geschäftsmann bekannt und er führte das Imperium mit fester und sicherer Hand. Über die anderen Familienmitglieder war nicht wirklich viel bekannt.

Melody verabschiedete sich von den jungen Leuten und ging zurück zu ihren Zimmern. Sie wollte heute einmal den gesamten Strand abgehen, um das schönste Plätzchen für sich zu finden. Sie zog sich ein ärmelloses weißes T-Shirt an und eine kurze Shorts. Dann nahm sie ihre Tasche, füllte sie mit Block, Bleistiften und Fotoapparat, zog sich ihre dünnen Leinentennisschuhe an und machte sich auf dem Weg.

Da es noch sehr früh war, waren die meisten Urlauber noch beim Frühstücken und sie hatte den Strand fast für sich alleine. Nur ein paar Frühaufsteher waren schon am Wasser und lagen in der Sonne. Melody winkte ihnen im Vorbeigehen zu und lief weiter den Strand entlang. Je weiter sie vom Hotel weg kam, umso mehr kam die Natur wieder bis zum Rand des Strandes. Melody war begeistert. Diese Insel war mit ihren weißen Sandstränden und blühenden Vegetation wirklich einmalig. Sie konnte Krabben über den Sand laufen sehen und wenn sie etwas ins Wasser ging, sah sie Fische in den unwahrscheinlichsten Farben.

Weiter vorne am Horizont sah sie eine Felsengruppe, die wie eine natürliche Sperre den Strand abgrenzte. Das interessierte Melody sehr. Die Felsen sahen einfach wunderschön aus. Sie wollte sie unbedingt zeichnen. Zielbewusst marschierte sie dort hin. Nach einer weiteren halben Stunde hatte sie sie erreicht und sah überwältigt zu ihnen hinauf. Es war eine Formation, die sich vom Strand bis hinein in die Insel zog. Die Felsen am Strand waren von den Naturgewalten glatt und abgerundet, während diejenigen, die sie weiter im Landesinneren sehen konnte, rau und teilweise scharfkantig waren. Der Hauptfels war sicher sechs Meter hoch und zog sich bis ins Meer. Es gab jedoch noch verschieden große Brocken davor, die Melody wie eine Leiter benutzen wollte. Doch vorher setzte sie sich und skizzierte die eindruckvolle Formation von unten. Als sie mit ihrer Skizze zufrieden war, kletterte sie von einem zum nächsten Felsen bis sie den obersten erreicht hatte. Die große Tafel mit der Aufschrift **Zutritt verboten – Privatbesitz** einfach ignorierend. Sie wollte ja nicht auf die andere Seite, sondern nur von oben die Aussicht genießen und noch eine weitere Skizze davon anfertigen. Kaum war sie jedoch oben, wurde ihr Blick vom nachfolgenden Strand magisch angezogen. Er war noch schöner als die Hotelstrände, obwohl das fast nicht mehr möglich schien. Doch das Wasser war dort durch den weißen Sand, der sich weit ins Meer erstreckte, türkisfarben; ab der Stelle wo es tiefer wurde wandelte sich die Farbe in Dunkelblau. In etwa einem halben Kilometer Entfernung sah Melody einige Leute. Da es ein Privatstrand war, konnten es nur irgendwelche Einheimischen sein. Sie konnte in ein paar hundert Metern Entfernung auch die Wachen sehen, von denen ihr die jungen Leute beim Frühstück erzählt hatten. Melody hoffte, dass sie nicht in ihre Richtung blicken würden, bis sie die Zeichnung fertig hatte. Sie holten sofort ihren Block heraus und fing an die

Skizze anzufertigen. Als sie jedoch eine Mädchenstimme lachend rufen hörte, sah sie auf. Wo kam diese Stimme her? Sie blickte suchend den Strand entlang, konnte aber nichts sehen. Erst als sie ihren Blick zum Wasser wandte, sah sie ein kleines blondes Mädchen auf einem Felsvorsprung stehen. Unter ihr brodelte das Meer. Melody wurde es schon beim Zusehen schlecht. Was machte die Kleine dort alleine auf dem Fels? In den Moment sah sie einen Mann rufen und eiligst auf sie zulaufen. Wie es aussah war erst jetzt bemerkt worden, auf welch gefährlicher Stelle sich die Kleine befand. Melodys Herz setzte einen Moment aus. Die Kleine hatte dem Mann so freudig zugewunken, dass sie ausrutschte und in die tosende Gischt vor den Felsen stürzte.

Melody wusste später nicht mehr wie sie auf die andere Seite ins Meer gekommen war. Ihr einziger Gedanke war, dass sie das Mädchen retten musste. Sie schwamm so schnell es ihr Körper erlaubte. Aus den Augenwinkeln nahm sie wahr, dass jetzt auch die anderen zur Unglücksstelle unterwegs waren. Doch sie würden zu spät kommen. Melody wusste, dass sie die einzige Chance dieses kleinen Mädchens war. Sie verdoppelt nochmals ihre Anstrengungen und als sie da ankam, wo sie das Mädchen hatte versinken sehen, tauchte sie nach der Kleinen.

Im ersten Moment konnte sie sie nicht sehen und verfiel in Panik, doch dann blitze neben ihr das blonde Haar der Kleinen auf. Melody griff zu und zog sie mit sich an die Oberfläche. Sie merkte sofort, dass das Mädchen nicht mehr atmete und wendete automatisch den Spezial-Griff an, um ihr das Wasser aus der Lunge zu pressen. Bestimmt Griffe mussten damals im Waisenhaus alle Kinder lernen, um notfalls jedem helfen zu können. Das zahlte sich jetzt aus. Beim zweiten Druck spuckte die Kleine das Wasser heraus und fing dann laut an zu weinen. Melody war so erleichtert, dass sie die weinende Kleine nur noch fest an sich drücken konnte. In diesem Moment war einer der Männer bei ihr und rief panisch den Namen des Mädchens. "Siri, oh Gott, ist sie in Ordnung?"

Melody sah auf und schaute in dunkle, fast schwarze Augen, die besorgt auf das Kind blickten. Als Melody nickte und Siri in seine Arme gab, hatte er Tränen der Erleichterung in den Augen. Er drückte das Mädchen fest an sich und küsste ihre Haare. Die Kleine klammerte sich fest an den Mann und schluchzte herzzerreißend. Dann richteten sich die dunklen Augen wieder auf Melody und sie konnte sehen, wie sein Blick über ihren Körper glitt. Melody wurde es heiß und sie versuchte das nasse T-Shirt auszudrücken. Dann sah sie den Mann wieder unsicher an. Als jetzt auch die anderen bei ihnen angekommen waren, zog sich Melody jedoch zurück und ging wieder Richtung Felskette und Hotel.

Ryan und seine Familie waren schon zeitig in der Frühe aufgebrochen, um an den Strand zu fahren. Sie liebten ein bestimmtes Stück Strand, hier war das Wasser flach genug für die Kinder ohne gefährlich zu sein und der weiße Sand führte bis tief ins Wasser hinein.
Ryan ließ die Clanwachen etwas entfernt am Rande des Dschungels Aufstellung nehmen. Lelia und Phil waren schon dabei den Kindern ihre Badesachen anzuziehen und eine riesige Decke auszubreiten. Ryan und seine Brüder nahmen sich ebenfalls ihre Strandtücher und legten sich in die Sonne. Sie kamen in der letzten Zeit leider viel zu wenig zum Ausspannen, daher wollten sie diesen Tag voll genießen. Rob mit seinen drei Jahren, wollte natürlich sofort zum Wasser und auch Siri wartete ungeduldig, dass ein Erwachsener mit ihnen schwimmen ging. Ryan schlüpfte aus seiner Jogginghose und dem T-Shirt und schnappte sich unter einem Arm Rob und unter dem anderen Arm Siri. Dann lief er mit den beiden ins warme Wasser. Siri und Rob quietschten und krähten vor Vergnügen.
"Na, was ist mit euch zwei Wasserratten, wollt ihr nicht endlich schwimmen lernen?"

Siri rümpfte die Nase. "Onkel Ryan, das ist langweilig. Du kannst uns ja immer über Wasser halten."
Ryan musste über die naseweise Meinung seiner Nichte lachen. "Ja, aber was macht ihr, wenn ich einmal länger nicht da bin, dann könnt ihr nicht ins Wasser."
Rob sah Ryan wissend an und meinte dann altklug: "Dann Papa da, der hält uns."
Lelia lachte laut am Strand und rief zu den Dreien. "Ryan, gegen soviel Logik hast du wohl keine Chance."
Ryan seufzte resigniert. Dann lachte er jedoch wieder, ging mit seiner Nichte und seinem Neffen zum Strand und setzte sich zu ihnen, um mit ihnen eine Sandburg zu bauen. Seine Geschwister sahen ihnen begeistert zu. Sie alle verehrten die Kinder und jeder nahm sich so viel Zeit wie möglich, um sich mit ihnen zu beschäftigen und sie zu verwöhnen. Lelia schimpfte schon immer mit ihren Brüdern, doch sie hatte keine Chance.
"Siri, Rob, kommt zu mir. Ich muss euch eincremen, damit ihr mir keinen Sonnenbrand bekommt."
Die Kinder liefen sofort zu ihrer Mutter und Ryan zog sich wieder auf sein Strandtuch zurück, um etwas zu dösen. Nach einer halben Stunde schreckte er jedoch mit einem Gefühl von Gefahr auf. Sofort stand er auf den Beinen. Seine Geschwister, die ebenfalls halb vor sich hingedöst hatten, sahen alarmiert zu ihm auf.
"Was ist Ryan? Eric sah seinen Bruder genauso verwirrt an wie die anderen.
Ryan blickte jedoch nur weiter alarmiert in die Rund, bis ihm auffiel, dass Siri fehlte. "Lelia, wo ist Siri?" Sein Blick schweifte sofort am Strand entlang. Jetzt sprangen auch die anderen auf und sahen sich verwirrt nach Siri um.
"Sie war vor ein paar Minuten hier. Wo kann sie so schnell hingelaufen sein?" Lelias Stimme hörte man Angst und Panik an. Sie sah suchend in alle Richtungen und begann Siri zu rufen.
Plötzlich hörten sie die Stimme von Siri ziemlich weit entfernt. Als alle Blicke der Stimme folgten, konnten sie Siri auf einem Felsvorsprung stehen sehen. Unter ihr brodelte die Brandung.

Lelia stieß einen verzweifelten Schrei aus und fing zu ihrer Tochter zu laufen, doch Ryan war schneller. Er lief so schnell er konnte. Und dann geschah das, was alle befürchtet hatten: Siri verlor auf dem glitschigen Stein den Halt und fiel in das tiefe Wasser hinter sich. Ryan setzt vor Schreck der Atem aus. Er beschleunigte seinen Lauf noch, doch er wusste, er würde Siri nicht schnell genug erreichen. In seiner Verzweiflung, versuchte er noch schneller zu laufen. In diesem Moment bemerkte er eine Frau, die mit schnellen Zügen auf die Stelle zu schwamm, an der Siri untergegangen war. Er konnte sehen wie die Frau tauchte und nach ein paar bangen Sekunden mit Siri wieder hochkam. Sie schwamm mit ihr in seichteres Wasser. Scheinbar atmete Siri nicht mehr, denn die Frau drückte ihr mit einer geübten Bewegung das Wasser aus der Lunge. Als Siri anfing dieses auszuspucken und dann weinend in den Armen der Frau lag, konnte Ryan sein Glück nicht fassen. In dem Moment erreichte er die beiden. Die Frau hielt ihm sofort seine Nichte entgegen. Siri weinte und klammerte sich an Ryan.
"Siri, meine Süße, es ist alles in Ordnung. Gott, hast du uns einen Schrecken eingejagt." Siri weinte nur weiter. Als Ryan wieder zu der Frau aufsah standen ihm Tränen der Erleichterung in den Augen. Sie gingen zu dritt zum Strand zurück. Jetzt konnte er sich die Retterin seiner Nichte genauer ansehen. Sie war hellblond und ziemlich groß. Er schätze sie auf einsfünfundsiebzig. Sie hatte genau an den richtigen Stellen Rundungen, die einluden sie zu streicheln. Da sie ein weißes T-Shirt trug und dieses durch die Rettungsaktion komplett nass war, konnte man ihre schönen festen Brüste sehen. Die Brustwarzen waren durch das nasse T-Shirt verführerisch aufgestellt. Unter dem Shirt hatte sie um den Hals ihren Zimmerschlüssel an einem Schlüsselband befestigt. Er konnte ihre Zimmernummer genau erkennen. Ihre Augen strahlten in einem Blau wie das Meer an einer seichteren Stelle. Als sie seinen Blick spürte, sah sie kurz an sich herunter und wurde über und über rot. Sie schnappte sich sofort ihr T-Shirt, zog es von ihrem Körper weg

und versuchte es auszudrücken. Dann sah sie ihn wieder schüchtern an und er konnte ein erregtes Schaudern nicht unterdrücken. Hätte er sie zu einem anderen Zeitpunkt hier stehend gefunden, er hätte sie noch hier am Strand geliebt. Ryan konnte die Spannung zwischen ihnen beiden fast sehen, so intensiv war sie. In diesem Moment jedoch kamen die anderen auf sie zugelaufen. Lelia weinte und lachte zugleich. "Siri, Gott sei Dank ist dir nicht passiert, mein Mädchen." Ryan sah lächelt zu seiner Schwester, die Siri, die ganze Zeit küsste und an sich drückte. Phil nahm seine Frau und Siri fest in die Arme. Rob hatte er hinter seinem Kopf auf den Schultern sitzen. Allen war die Erleichterung ins Gesicht geschrieben. Erst jetzt wurde er sich wieder der Retterin bewusst und drehte sich nach ihr um, doch sie war nicht mehr da. Er konnte sie schon weiter weg am Strand zu den Felsen gehen sehen. Dann nahm sie einen kurzen Anlauf und sprang mit einem riesigen Satz auf den ersten Stein. Dann sofort auf den nächsten und den nächsten, bis sie ganz oben war. Ryan und die anderen konnten ihr nur fasziniert zusehen. Sie war so eindeutig ein Katzenmensch, dass man fast die Katze um sie herum sehen konnte. Sie sprang mit einem Satz auf der anderen Seite wieder hinunter.
"Also wenn mich nicht alles täuscht, dann war Siris Retterin eine Katzenfrau, oder?" Wulf sah fragend in die Runde.
Ryan konnte dazu nur grinsen. "Das konnte man wirklich nicht übersehen. Mich wundert nur, warum sie bei mir nicht vorstellig wurde. Eigentlich sollte jeder Katzenmensch, der in ein anderes Revier eindringt, das Clanoberhaupt von seiner Ankunft informieren."
Eric schüttelte ebenfalls verwirrt den Kopf. "Vielleicht hat sie diesen Urlaub gebucht und nicht gewusst, dass diese Insel von einem Clan bewohnt wird."
Ryan nickte dazu nur. Das war natürlich möglich, da ihr Clan das nicht an die große Glocke hing. Doch die anderen Clans sollten eigentlich wissen, wo sich die jeweiligen Gruppen befanden.

Sie gingen wieder auf ihren Platz zurück, doch keiner hatte nach diesem Erlebnis mehr die Ruhe am Strand zu bleiben und so packten sie alles zusammen und fuhren wieder nach Hause. Natürlich protestierten die Kinder lautstark dagegen, doch die Erwachsenen blieben hart.

Lelia hatte die Kinder zu einem Mittagsschlaf überreden können, so konnten sich die Erwachsenen in Ruhe über das Erlebte unterhalten.

Ryan sah Lelia ernst an. "Schwesterchen, deine Kinder werden in den nächsten Wochen schwimmen lernen. Sie müssen sich wenigstens für ein paar Minuten über Wasser halten können."

Phil nickte dazu nur. "Du hast ja Recht, das heute hat mir gezeigt wie wichtig es ist, es beiden beizubringen."

Lelia nickte geknickt. Phil nahm seine Frau tröstend in die Arme. "Lelia, du bist nicht allein an der Situation schuld, wir alle hätten besser aufpassen müssen."

Die Männer knurrten dazu nur ihre Zustimmung.

Lelia hatte Tränen in den Augen. "Was hätte alles passieren können, wenn diese Frau Siri nicht gerettet hätte. Ich darf gar nicht daran denken. Das bringt mich natürlich wieder auf diese Frau. Wir wissen gar nicht, wer sie eigentlich war. Wie sollen wir uns bei ihr bedanken?" Lelia sah fragend in die Runde.

Ryan lachte leise auf und alle sahen sofort zu ihm. " Ich weiß ihre Zimmernummer. Sie hat die 28."

Brian sah Ryan gespannt an und grinste dann verschlagen. "Sag nicht, du hast in dieser Situation ihre Zimmernummer herausbekommen?"

"Nicht direkt, doch Siris Retterin hatte ihren Schlüssel an einem Band um den Hals hängen ... unter dem nassen T-Shirt."

Lelia sah ihren Bruder verwirrt an. "Und wie hast du dann die Zimmernummer sehen können?"

Jetzt fingen die Männer im Raum an zu grinsen. Lelia sah sie immer noch verwirrt an.

Phil nahm seine Frau in die Arme und lachte sie an. "Süße, hast du schon einmal ein weißes T-Shirt nach einem Bad gesehen?"

Lelia sah ihn immer noch verwirrt an, dann jedoch ging ihr auf, was ihr Mann gesagt hatte und sie bekam einen roten Kopf. "Ihr Männer seit ja wirklich schlimm. Ryan, wie konntest du in solch einer Situation nur so etwas bemerken?"
Ryan lachte seine Schwester liebevoll an. "Lelia, das war wirklich nicht zu übersehen. Sie stand genau vor mir. Ich konnte jedes Muttermal auf ihrem Oberkörper sehen." Lachend setzte sich Ryan lässig in einen Sessel. "Ich muss sagen, diese Frau hat mein Interesse geweckt."
Lelia stöhnte böse auf.
Ryan winkte sofort beruhigend ab. "Beruhig dich wieder, Schwesterchen, natürlich hat mich ihr Körper auch nicht kalt gelassen, aber es ist noch etwas anderes an ihr." Ryan sah ernst und nachdenklich vor sich hin. "Sie hat extrem blaue Augen und ein Lächeln, dass es einem warm ums Herz wird. Doch irgendetwas lauert hinter diesen Augen. Schmerzen, die keiner sehen kann und die ich ihr gerne nehmen würde."
Ryan hatte abgebrochen und saß in sich gekehrt im Sessel. Lelia kam zu ihm und berührte im zart an der Schulter. "Das klingt ja fast ernst. Ich habe dich noch nie so über eine Frau sprechen gehört." Fragend sah sie ihm in die Augen.
Er zwinkerte seine Schwester an und meinte verschmitzt. "Ja, es könnte sein, dass ich mich mehr als üblich für diese Frau interessiere. Obwohl ich nicht einmal ihren Namen weiß, geschweige von wo sie eigentlich kommt."
Wulf telefonierte kurz und lächelte Ryan dann an. "Ihr Name ist Melody Sommer und sie kommt aus Österreich." Wulf sah zufrieden in die Runde. Seine Geschwister grinsten ihn ebenfalls an.
Leila war sofort Feuer und Flamme. "Wir müssen sie unbedingt zu uns holen. Ich möchte mich sowieso noch bei ihr bedanken. Ich werde ihr eine Einladung senden, dass wir als Dank für die Rettung von Siri ihre Hotelkosten übernehmen werden und wir uns freuen würden, wenn sie zu uns zum Abendessen kommt."
Lelia lief sofort ins Büro und hatte nach ein paar Minuten den

Brief fertig. Dann rief sie einen Diener und ließ Melody den Brief zustellen.
Ryan sah dem Ganzen zweifelnd zu. "Du kannst es versuchen, aber ich glaube, sie wird alles ablehnen. Doch warten wir ab, was uns Timo für eine Antwort bringt.

Melody war nach der Rettung der kleine Siri wieder zurück zur Hotelanlage gegangen. Sie hielt sich verkrampft die Arme vor die Brust. Gott was ist nur mit mir los, mein ganzer Körper fühlt sich an, als wäre er gestreichelt worden, dachte Melody. Sie konnte immer noch Ryans dunkle Augen auf ihren Brüsten spüren. Das verwirrte sie, denn sie hatte bis jetzt noch auf keinen anderen Mann irgendwie sexuell reagiert. Doch Ryan ging ihr mehr als sie wollte unter die Haut. Sie musste verhindern, jemals wieder mit ihm zusammen zu treffen. Sie schloss ihr Zimmer auf und ging als erstes unter die Dusche. Dann zog sie sich etwas Bequemes über und setzte sich mit einer Tasse Kaffee auf die Terrasse. Dass die Zimmer mit Wasserkocher, Kaffeepulver, Milchpulver und Zucker ausgestattet waren, freute Melody besonders. Ihren Kaffee brauchte sie einfach zu jeder Tages und Nachtzeit. Sie saß vielleicht eine Stunde vor ihrem Zimmer auf der Terrasse, als ein Angestellter des Hotels auf sie zukam.
"Miss Sommer, ich habe hier einen Brief von der Familie Laros für Sie." Der Mann drückte der überraschten Melody den Brief in die Hand und wollte wieder gehen.
"Halt, warten Sie bitte. Könnte ich den Brief kurz lesen? Vielleicht muss ich antworten ... "
Der Angestellte verbeugte sich knapp und nickte, dann stellte er sich abwartend vor ihre Terrasse. Immer noch erstaunt, wie die Familie Laros wissen konnte, wer sie war öffnete Melody den Brief und las, was ihr die Mutter von Siri geschrieben hatte.

Sehr geehrte Melody,
ich hoffe, Sie sind damit einverstanden, dass ich Sie Melody nenne. Durch die Rettung meiner Tochter Siri fühle ich mich Ihnen sehr verbunden. Meine Familie und ich würden als Dank gerne Ihre Hotelrechnung übernehmen und Sie zu einem Abendessen einladen. Ich weiß, dass das nur ein geringer Preis für das Leben meiner Tochter ist, doch ich hoffe, Sie machen uns die Freude und nehmen an. Vielleicht könnten Sie, wenn es Ihre Zeit erlaubt, einem Angestellten mitteilen, wann wir Sie bei uns begrüßen dürfen.
Liebe Grüße
Lelia Laros

Melody sah auf den Brief und wusste sofort, dass sie alles ablehnen würde. Wenn sie zu diesem Essen ginge, würde sie auf engstem Raum mit Ryan Laros zusammen kommen. Das wollte sie auf keinen Fall, er brachte ihre Gefühlswelt viel zu sehr durcheinander und das nur mit seinen Augen. Was wäre, wenn er sie wirklich zärtlich berühren würde? Melody wurde ganz schwindelig und ein Ziehen zwischen ihren Beinen ließ sie beschämt mit rotem Kopf sofort die Gedanken verdrängen. Sie wurde sich wieder des Angestellten bewusst, wurde noch röter und beugte sich über den Brief, um eine Antwort zu schreiben.
"Würden Sie die Antwort bitte wieder der Familie Laros bringen? Vielen Dank."
Mit einem freundlichen Nicken verabschiedete sich der Mann.
Melody trank in Ruhe ihren Kaffee aus, verfeinerte noch ein paar ihrer Zeichnungen und ging dann früh schlafen.

Lelia rannte aufgeregt im Wohnzimmer hin und her. "Sollte Timo mit der Antwort nicht schon wieder da sein?"
"Wenn sie uns überhaupt gleich eine Antwort geschrieben hat", meinte Ryan zweifelnd. "Was macht Timo bloß so lange?"
Die Männer grinsten sich wissend an. Als es dann an der Tür klopfte und Timo von einem Angestellten herein gelassen wurde, lief Lelia ihm bereits entgegen und riss ihm den Brief aus der

Hand. Dann kam sie aufgeregt wieder ins Wohnzimmer und las die Antwort durch. Die Männer konnten an ihrem Gesicht sehen, dass diese nicht positiv ausgefallen war. Ryan ging zu seiner Schwester und nahm ihr den Brief aus der Hand, dann las er für alle laut vor:

Liebe Mrs. Laros,
vielen Dank für Ihr nettes Schreiben. Jeder hätte in meiner Situation das Gleiche getan, daher steht mir sicher keine Belohnung zu. Ihr Hotel ist so schön, dass ich mich über jeden einzelnen Cent, den ich hier lassen werde, freue. Ich hoffe, Siri geht es gut und wünsche Ihnen und Ihrer Familie alles Gute. Doch bitte bemühen Sie sich nicht weiter, mich für eine normale menschliche Tat besonders belohnen zu wollen.
Ihre ergebene
Melody Sommer

Ryan grinste leicht vor sich hin. "Ich habe dir ja gesagt, dass sie alles ablehnen wird."
Lelia sah traurig zu Ryan auf. "Warum nur? Hätte ich es noch freundlicher schreiben sollen?"
Ryan zog seine Schwester zärtlich an sich. "Nein, ich glaube es wäre egal was du in diesem Brief geschrieben hättest. Sie hatte nie vor uns näher zu kommen. Das konnte man schon sehen, als wir alle am Strand standen. Sie hat sofort versucht von uns weg zu kommen. Jeder andere wäre stehen geblieben und hätte noch etwas abgewartet."
Lelia überlegte und nickte dann. "Ja, ich glaube du hast Recht. Ich wäre sicher noch stehen geblieben und hätte mit den Leuten gesprochen. Aber wie wollen wir sie zu uns bekommen?"
Jetzt musste Ryan wieder böse grinsen. "Mit einem Trick, mein liebes Schwesterchen. Wir lassen die Einladung noch einmal aussprechen, jedoch von einem Familienmitglied dem sie sicher keine Abfuhr erteilen wird." Ryan blickte in die Runde und wurde nur von verwirrten Blicken angesehen. "Ihr seid einfach alle viel zu gut für diese Welt, meine Lieben. Natürlich muss Siri

die Einladung aussprechen. Ich glaube nicht, dass Melody da nein sagen kann. Wenn wir Siri auch noch vorher instruieren, dass sie kein 'nein' akzeptieren soll, dann klappt das schon."
Brian sah seinen großen Bruder fasziniert an. "Manchmal vergesse ich, warum du unser Alpha bist. Du hast einfach ein hinterhältiges Gehirn. " Jetzt mussten alle lachen.
Lelia küsste Ryan auf die Wange und klatschte begeistert in die Hände. "Brüderchen, du bist wirklich genial. Du hast Recht — unserer Siri kann man nichts abschlagen. Wann fahren wir mit ihr zu Melody und laden sie ein?
Ryan überlegte. "Ich glaube, wir lassen ihr so wenig wie möglich Zeit. Ich fahre mit Siri gleich morgen Vormittag und versuchen sie in die Falle zu locken. Ich glaube, dass wir zwei am meisten Chancen haben sie zu überrumpeln."

Melody kam gerade von Frühstück zurück, als sie vor ihren Räumen ein Auto parken sah. Neugierig, wer da vor ihrem Appartement stand, ging sie auf das Auto zu. Sofort wurde sie von einer quietschenden und lachenden Siri empfangen.
"Melody, hallo, kennst du mich noch? Ich bin Siri, die du aus dem Wasser gezogen hast." Sie nahm Melody bei der Hand und zog sie mit sich.
Erstaunt was Siri bei ihr wollte, konnte ihr Melody nur folgen. "Hallo Siri, natürlich weiß ich noch wer du bist. Geht es dir gut? Warum bist du hier?"
 Siri lachte sie weiter an und meinte dann mit einem treuen Augenaufschlag: "Kommst du zu uns zum Abendessen? Bitte? Ich möchte dir gerne unser Haus zeigen und meine Kinderzimmer. Das wird sicher super lustig. Bitte ... "
Melody sah verdutzt zu Siri hinunter. Erst jetzt fiel ihr auf, dass da noch jemand war. Sie hob den Blick und wurde sofort wieder von Ryans dunklen Augen gefangen, die sie schelmisch anblitzten. Melody fühlte eine Hitze aufsteigen und konzentrierte sich lieber wieder auf Siri.
"Wann kommst du zu mir?"

Melody sah Siris freudig erwartenden Blick und wusste, dass sie verloren hatte. Sie konnte einfach kein Kind enttäuschen. Seufzend strich sie Siri über den Kopf. "Wann soll ich denn kommen, meine Kleine?"

Siri lächelte sie freudig an und rief: "Onkel Ryan, wann kann Melody zu uns essen kommen?"

Melody sah sich einen grinsenden Ryan gegenüber. "Hallo Melody, wie wäre es mit heute Abend?" Ryan konnte nur noch grinsen, er zwinkerte Siri vergnügt zu.

Melody hatte das natürlich bemerkt und sah beide böse an. "Ihr habt mich schön in die Falle gelockt, oder?" Melody seufzte ergeben.

Ryan war fasziniert. Er konnte ihren inneren Kampf sehen und als sie endlich klein bei gab und ihren Blick wieder auf ihn richtete, fühlte er sofort wieder die Spannung zwischen ihnen. Dem Anschein nach ging es Melody ebenfalls so, denn sie wurde rot und verschränkte unbewusst die Hände vor ihren Brüsten, als hätte sie immer noch das nasse T-Shirt an. Ryan wusste, dass er sie begehrte — er musste sie besitzen.

"Ich würde dich um sieben hier abholen und nach dem Essen natürlich wieder zurück bringen." Ryan lehnte sich näher zu Melody und flüsterte leise. "Außer, du möchtest gerne die Nacht mit mir verbringen." Fast sofort konnte er die Erregung bei Melody riechen und sein Tiger knurrte leise und besitzergreifend.

Melody spürte nach Ryans Worten eine neuerliche Hitzewelle zwischen ihren Beinen und trat einen Schritt von ihm weg. Doch irgendwie hatte er mitbekommen wie es um sie stand, denn er lachte sie siegessicher und freudig an. Siri hatte davon nichts mitbekommen, sondern lief freudig quietschend um sie herum.

Ryan sah Melody noch einmal tief in die Augen und sie konnte ein zärtliches Versprechen dort lesen. Dann wandte er sich wieder an Siri. "Na komm, meine kleine Verschwörerin, wir haben unsere List perfekt ausgeführt, jetzt fahren wir wieder nach Hause." An Melody gewandt meinte er dann noch. "Du musst dir nichts Besonderes anziehen, wir essen ziemlich ungezwungen." Leise wandte er sich beim Gehen noch einmal an sie. "Etwas was man schnell ausziehen kann, wäre wohl am besten." Dann ging er grinsend mit Siri an der Hand zum Auto. Beide winkten ihr nochmals zu und fuhren davon.

Melodys ganzer Körper fühlte sich an, als würde ein Lavastrom durch ihre Adern fließen. Sie stöhnte leise auf. "Verdammt, warum reagiere ich auf diesen verfluchten Ryan nur so? Das ist ja nicht normal."

Verwirrt ging Melody ins Appartement und zog sich für den Strand um. Sie wollte heute Vormittag etwas Sonne tanken. Gerüstet mit Strandtuch, Sonnencreme, Sonnenbrille und natürlich Block und Bleistift ging sie sich ein ruhiges Plätzchen am Strand suchen. Sie fand eine Stelle, die durch Felsen etwas abgelegener lag und machte es sich dort bequem. Doch nach kurzer Zeit wurde ihre Ruhe von der Gruppe junger Leute unterbrochen, die sie schon beim Frühstück kennen gelernt hatte.

"Hey Leute, da ist Melody."

Melody konnte einen Seufzer nicht unterdrücken. Sie waren ja alle sehr nett, doch mit ihrer Ruhe war es jetzt sicher vorbei.

"Können wir uns zu dir legen?", fragte Lisa.

Melody nickte lachend. "Na sicher, willkommen in meiner kuscheligen Ecke."

Tom, Peter, Bill und Lisa lachten erfreut auf und schon waren ihre Handtücher um Melody herum im Sand ausgebreitet. Sie hatten Getränke dabei und auch einen CD-Spieler. Melody war etwas überwältigt. Die vier jungen Leute machten in kurzer Zeit so ein Chaos, dass sie nur den Kopf schütteln konnte.

"Los, wer als Letzter im Wasser ist, ist ein fader Zopf." Alle liefen sofort aufs Wasser zu. "Was ist Melody, bist du wasserscheu?"

Melody musste lachen. Wenn sie wüssten, dass sie ein Katzenmensch war, wäre die Frage nicht mal so absurd. Doch da sie ein weißer Tiger war und die bekanntlich gerne schwammen,

war das für sie kein Thema. Sie legte ihren Block auf die Seite und lief zu den lachenden jungen Leuten ins Wasser.
Es wurde einige lustige Stunden. Melody hatte sich schon lange nicht mehr so wohl gefühlt. Lisa und Bill waren ein Paar. Tom und Peter machten es sich also zum Sport, mit allen Mitteln um Melody zu werben. Sie musste über die Versuche oft wirklich lachen. Doch keiner von ihnen ließ auch nur irgendwelche anderen als freundschaftliche Gefühle bei ihr aufsteigen. Aber wenn sie an die dunklen Augen dachte, spürte sie wieder die Hitze zwischen den Beinen. Verdammt noch mal, warum reagiere ich auf diesen arroganten Ryan nur so und nicht auf diese netten Jungs, dachte Melody, als sie wieder einmal ein Werben von Tom und Peter lachend abwehren musste.
Mittlerweile war es Mittag und Melody spürt schon etwas ihre Haut. Sie war angespannt und heiß. "Ganz toll, wahrscheinlich habe ich mir jetzt auch noch einen Sonnenbrand geholt. Das wird heute Abend sicher sehr gemütlich, wenn mir alles beim Essen weh tut." Melody musste leise lachen, vielleicht würde das ihre Gefühle für Ryan ja etwas dämpfen.
Sie fing an ihre Sachen zusammen zu packen. Tom und Peter sahen ihr enttäuscht dabei zu. "Willst du schon gehen? Sehen wir uns heute beim Abendessen?"
Melody antwortete, ohne weiter darüber nachzudenken: "Nein, leider nicht. Ich bin bei der Familie Laros zum Essen eingeladen."
Auf einmal wurde es ganz still. Melody sah irritiert auf und sah, wie sie ungläubig angestarrt wurde.
Lisa war die Erste, die sich wieder fing: "Wie um Himmelswillen hast du in so kurzer Zeit eine Einladung der Familie Laros bekommen?"
Melody war das Ganze jetzt etwas unangenehm und sie ärgerte sich, es überhaupt erwähnt zu haben. "Ich habe gestern ein Familienmitglied aus dem Wasser gefischt." Melody ließ sich nicht weiter auf Diskussionen ein, sondern machte sich auf den Weg. "Tschüss, vielleicht sehen wir uns ja morgen wieder." Mit diesen Worten verließ sie die leicht verwirrten jungen Leute.

Ryan und Siri waren grinsend nach Hause gekommen. Lelia hatte schon auf sie gewartet.

"Ihr zwei Verschwörer habt es scheinbar geschafft, oder?"

Siri lief zu ihrer Mutter und rief lachend: "Melody kommt heute Abend zum Essen. Sind Onkel Ryan und ich nicht super gut?"

"Ja, ihr beide seit wirklich toll." Dabei grinste sie verschmitz.

"Aber jetzt geh schnell frühstücken, Siri." Als Ryan verwundert die Augenbraue hob, meinte sie grinsend zu ihm: "Siri war so aufgeregt, dass sie keine Bissen herunter gebracht hat."

Ryan gab Siri einen Schubs Richtung Esszimmer. "Na los, deine Mutter hat Recht, du musst etwas frühstücken."

Siri lief lachend ins Esszimmer und ließ Lelia und Ryan alleine.

"Erzähl, was hat sie gesagt? War sie böse?"

Ryan zog seine neugierige Schwester kurz an sich. "Sie hat natürlich, so wie ich es voraus gesehen habe, Siri sofort zugesagt und mich dabei mit bösen Blicken bedacht. " Ryan musste lachen. "Melody hat unsere List natürlich sofort durchschaut und wenn Blicke töten könnten, würde ich wahrscheinlich nicht mehr hier stehen."

Lelia sah, das Ryan noch etwas durch den Kopf ging. "Und was hast du mir noch nicht erzählt, was zwischen dir und Melody war?"

Ryan sah seine Schwester verwundert an. Sie hatte wirklich ein sehr feines Gespür. "Je öfter ich Melody sehe, umso mehr möchte ich sie besitzen." Ryan hielt kurz stirnrunzelnd inne.

Lelia strich sanft über Ryans Wange. "Was ist mit ihr? Wie reagiert sie auf dich?"

"Da gibt es keine Probleme, Melody reagiert auf mich genauso, wie ich auf sie."

Lelia sah grinsend zu ihrem großen Bruder auf. "Na dann schnapp sie dir."

"Du stellst dir das so leicht vor. Melody blockt komplett ihre Gefühle ab. Irgendetwas ist in ihrem Leben geschehen, das sie

mehr als nur vorsichtig macht. Ich glaube, ich werde mal mit dem österreichischen Clanführer Stefan sprechen. Ich habe ihn das letzte Mal bei einem großen Clantreffen gesehen. Vielleicht weiß er etwas über Melody. Außerdem kann ich mir gleich die Erlaubnis holen, um Melody zu werben."
Lelia lachte erfreut auf. "Ryan, ich kann es nicht glauben, dir ist es ja wirklich ernst mit ihr. Du willst sie zu deiner Gefährtin machen!"
Ryan küsste seine Schwester auf die Stirn. "Ja, und ich werde sicher nicht ruhen, bis sie sich ergeben hat und einwilligt."
Lelia standen Tränen in den Augen. "Ich freue mich für dich und werde dich wo es geht unterstützen."
Ryan nahm seine Schwester dankbar lächelnd um die Taille und ging mit ihr ins Esszimmer, wo sie schon der Rest der Familie erwartete. Lelia erzählte ihnen von Ryans Plänen und seine Brüder hörten ungläubig zu. Dann sahen sie zu ihm und als sie in seinen Augen die Bestätigung erkennen konnten, grinsten sie Ryan alle erfreut an.
"Ryan, das ist ja eine gute Nachricht. Es wird Zeit, dass du dich endlich für eine Katzenfrau entscheidest." Wulf ging auf Ryan zu und drückte ihn fest. "Wann wirst du den österreichischen Clanführer anrufen?"
Ryan sah auf die Uhr. "Wie spät ist es jetzt in Österreich?"
Eric überlegt kurz und meinte: "Ich würde sagen, es müsste zehn Uhr vormittags sein."
Ryan nickte. "Sehr gut, dann ist Stefan sicher schon munter." Er nahm sein Handy und wählte einen Eintrag. Seine Familie sah im gespannt dabei zu. Ryan hatte fast sofort Stefan am Apparat und stellte auf Lautsprecher, um seine Familie mithören zu lassen.
"Hallo Stefan, hier spricht Ryan Laros, wir haben uns beim letzten Clanführertreffen kennen gelehrt."
"Hallo Ryan, wie geht es dir auf deiner Südseeinsel?"
"Gut, wie kann es einem bei Sand, Sonne und Meer auch anders gehen. Und bei dir in Österreich ist auch alles in Ordnung?"

Stefan lachte leise. "Sicher, alles in Ordnung. Bis auf die normalen Schwierigkeiten als Clanoberhaupt, die du sicher auch hast."
Jetzt musste Ryan lachen. "Da hast du wohl Recht."
"Was kann ich für dich tun, Ryan. Ich nehme an, du hast mich nicht nur angerufen, um mit mir zu plaudern, oder?"
"Nein, du hast Recht. Ich möchte dich um die Einwilligung bitten, um ein Clanweibchen von dir werben zu dürfen und hätte auch gern ein paar Infos zu ihrer Geschichte von dir."
Man konnte Stefan regelrecht grinsen hören, dann meinte er lachend: "Welche unserer schönen Österreicherinnen hat dir denn den Kopf verdreht? "
"Ihr Name ist Melody Sommer."
Plötzlich wurde es still am anderen Ende. Man konnte hören, dass Stefan tief einatmete. "Melody Sommer? Oh ... "
Ryan und seine Familie sahen sich etwas verwirrt an.
"Ja, warum ... was ist mit ihr?"
Am anderen Ende blieb es kurz still. "Ich wusste nicht, dass Melody in Urlaub gefahren ist. Ryan, ich gebe dir gerne die Erlaubnis um Melody zu werben und wünsche dir wirklich alles Gute. Ich hoffe sehr, dass du es schaffst. Melody hat einen guten Mann verdient."
Ryan wartete ab, ob noch etwa nachkommen würde, als Stefan jedoch schwieg, musste er nachfragen. "In Ordnung, Stefan, danke. Und jetzt will ich wissen, warum Melody auf jede Zuneigung so abweisend reagiert. Sie hat vor irgendetwas Angst, oder?"
Stefan antwortete mit ernster Stimme. "Ja, Melody hatte eine sehr schwere Kindheit. Leider ist das uns Clanmitgliedern erst viel zu spät aufgefallen, sonst hätten wir sie und ihre Mutter mit Gewalt von diesem Mann weggeholt." Ryan hörte in Stefan Stimme eine Trauer, die allen zu Herzen ging. "Melodys Mutter, war ebenfalls eine Katzenfrau, doch ihr Stiefvater nicht. Er trank gerne und prügelte dann seine Frau krankenhausreif. Leider hat sie es nie einem Clanmitglied gegenüber erwähnt, denn sonst hätte dieses Schwein sicher nicht so lange überlebt." Sie konnten

jetzt den Zorn in Stefans Stimme hören und die Macht die mit seiner Stimme übertragen wurde.
Ryan verstand Stefan gut. Clanmänner beschützen ihre Frauen mit geradezu extremer Hingabe. Wenn einer Katzenfrau in seinem Clan so etwas geschehen wäre, hätte er genauso wie Stefan reagiert. "Was ist mit Melody geschehen?" Ryan fürchtete die Antwort.
"Sie ist, so weit wir wissen, niemals geschlagen worden, doch das verdankte sie nur ihrer Mutter, die sie, was wir so herausfinden konnten, immer bevor ihr Mann nach Hause kam, versteckt hat." Ryan wollte schon aufatmen, als Stefan ernst weiter sprach. "Melody war fünf, als ihre Mutter und ihr Stiefvater bei einem Verkehrsunfall starben. Erst da bekamen wir mit, was in dieser Familie vorgefallen war. Im Waisenhaus zeigte sich dann eine massive Angst vor Dunkelheit. Kaum wurde das Licht ausgeschaltet, verfiel Melody in eine extreme Panik. Gott sei Dank hat ein Mädchen in ihrem Zimmer sofort eine Betreuerin gerufen, denn sonst wäre uns Melody in dem Moment gestorben. Sie hatte komplett aufgehört zu atmen und war bereits nicht mehr ansprechbar. Als die Betreuerin bei ihr war, musste sie Melody reanimieren. Wir brachten Melody daraufhin zu einem Clanmitglied, der auch Psychiater ist. Er meinte, Melody hat diese Angst aufgebaut, als sie von ihrer Mutter versteckt wurde. Die hatte sie immer in einer großen Kiste versteckt und ihr gesagt, sie dürfe keinen Laut von sich geben. Der Psychiater konnte in vielen nachfolgenden Sitzungen heraus bekommen, dass Melody immer das Gefühl hatte etwas Böses komme auf sie zu."
Ryan war erschüttert. Er hatte von Anfang an die Angst gespürt, doch es wäre ihm nie eingefallen, dass diese Ängste so weit gehen würden.
"Leider ist das noch nicht alles. Da ihr Stiefvater ein Trinker war, hat Melody panische Angst vor Männern, die nach Alkohol riechen. Das hat im Alter von sechzehn einen ziemlichen Tumult ausgelöst, als Melody mit Freunden unterwegs war und sich ihr

ein fremder Junge mit einer Alkoholfahne genähert hatte. Melody ist in der Dunkelheit komplett ausgerastet und lief von ihren Freunden weg. Gott sei Dank, war mein Neffe dabei. Der rief mich gleich an und ich konnte sofort eine Suchaktion starten. Wir fanden Melody in einer Gasse, hinter einem Müllcontainer. Sie war völlig verängstigt und erkannte mich erst nach einer Weile wieder. Von da an hat sich Melody komplett zurückgezogen. Sie lebt nur noch für ihre Malerei. Jedes Mal, wenn sie in Wien ist, hol ich sie zu mir und versuche sie mit netten jungen Clanmännern zusammen zu bringen, doch sie reagierte bis jetzt auf keinen einzigen. Ich weiß nicht, ob sie noch zu normalen Gefühlen fähig ist. Doch ich werde sie immer beschützen und ihr niemals einen Mann aufzwingen. Egal wie alt Melody noch wird."
Stefan hatte das mit ernst und Autorität gesagt. Ryan hatte die Botschaft natürlich verstanden.
"Danke Stefan, dass du mir alles erzählt hast. Jetzt kann ich einige Eigenheiten von Melody besser einschätzen und weiß, dass ich in bestimmten Situationen extrem auf sie aufpassen muss."
Ryan konnte ein erstauntes Auflachen von Stefan hören. "Du willst immer noch um Melody werben?"
Ryan sah etwas verwirrt auf den Telefonhörer. "Sicher, warum sollte ich nicht? Ich will Melody zu meiner Gefährtin machen. Es wird wahrscheinlich nicht so einfach werden, aber ich habe vor zu gewinnen."
Stefan lachte am anderen Ende erleichtert. "Mein Junge, dass ist das Schönste, das ich in den letzten Jahren gehört habe. Melody ist so ein süßes, liebes, zutrauliches Kätzchen. Sie braucht einen Mann, bei dem sie sich beschütz fühlt und endlich mit den Kindheitserinnerungen abschließen kann. Meinen Segen und meine ganzen guten Wünsche hast du auf jeden Fall."
Ryan bedankte sich nochmals bei Stefan und versprach ihm ihn zu informieren, wenn es etwas Neues gab und legte auf.
Seine Familie sah in fragend an. Lelia sprach es dann aus: "Das wird nicht einfach werden, Ryan. Wir müssen dir wohl alle helfen, damit das gut ausgeht, oder?"

Ryan sah seine Familie zärtlich an. "Ihr habt nichts dagegen, dass ich trotzdem um Melody kämpfen werde?"
Seine Brüder, Phil und seine Schwester lachen in herzlich an. "Nur weil Melody eine schwere Kindheit hatte, würden wir sie niemals ablehnen. Wir werden sie genauso wie du beschützen, wenn sie endlich zu unserer Familie gehört." Eric hatte ernst gesprochen und alle anderen nickten dazu nur.
Ryan sah dankbar in die Runde. Seine Familie war einfach immer für ihn da.

Melody war nach ihrem Strandaufenthalt zuerst unter die Dusche gegangen. Ihre Haut zog etwas, doch scheinbar hatte sie sich keinen Sonnebrand geholt. Sie cremte sich dick ein, lief im Handtuch durchs Haus und als die Creme eingezogen war, zog sie sich wieder an und ging zum Mittagessen ins Haupthaus. Doch sie hatte nicht wirklich viel Hunger, ihre Nerven waren jetzt schon zum zerreißen gespannt. Die Einladung bei den Laros lag ihr schwer im Magen. Wenn ihr irgendeine Ausrede eingefallen wäre, hätte sie das Ganze abgesagt. Doch dann sah sie wieder Siri freudig erwartend vor sich und wusste, sie würde niemals absagen.
Inzwischen war es schon vier Uhr nachmittags und sie beschloss sich nochmals kurz hinzulegen. Doch kaum hatte sie die Augen geschlossen, sah sie wieder Ryans dunkle Augen auf sich gerichtet und um ihre Ruhe war es geschehen. Sie stand wieder auf, setzte sich auf die Terrasse und widmete sich ihren Zeichnungen. Die waren immer schon eine gute Ablenkung von ihren Problemen gewesen. Hier konnte sie ihr Gehirn abschalten und sich nur auf die Zeichnung vor sich konzentrieren.
Nach einiger Zeit sah sie auf die Uhr und erschrak: es war bereits nach sechs. In einer Dreiviertelstunde würde sie abgeholt werden. Melody sprang auf und lief ins Zimmer. Was sollte sie nur anziehen? Zuerst wollte sie einen hellen Rock und eine bunte Bluse nehmen, doch dann fielen ihr Ryans Worte wieder ein, sich etwas anzuziehen, was man schnell ausziehen konnte

und sie lächelte teuflisch. Sie hatte ein Sommerkleid mit, das am Oberkörper eine Korsage hatte und der Rock fiel dann in wiechen Wellen über ihre Hüften bis zu ihren Knöcheln. Sie hatte es zwar noch nie getragen, da sie bis jetzt keine Gelegenheit dazu hatte, aber es war sicher für ihren Zweck perfekt. Die Korsage war mit lauter kleinen Häkchen versehen, in die man ein Samtband einhaken und so die Korsage zuziehen konnte.
Melody brauchte fast eine Viertelstunde, bis das Kleid endlich fest saß. Als sie sich dann im Spiegel sah, bereute sie die Entscheidung. Die Korsage presste sich eng unter ihre Brüste. Die weiße Bluse, die sie darunter trug, war ohne Ärmel und der Ausschnitt war mit weichen Spitzen versehen. Doch durch die Korsage drückten sich ihre Brüste nach oben und ergaben so einen reizvollen Einblick auf ihren Ansatz. Der Rock war schwarz und fiel weich über ihre Hüften. Das gesamte Bild gab eine so erotische Figur ab, dass Melody schon wieder aus dem Kleid schlüpfen wollte. Doch plötzlich hörte sie ein Auto vor der Tür. Sie sah auf die Uhr. Es war erst Viertel vor sieben. Ihr Taxi war zu früh. Als es an der Tür klopfte verfiel Melody kurz in Panik.
"Bitte einen kurzen Moment noch."
Doch sie hatte vergessen, dass die Tür offen stand, um etwas frische Luft herein zu lassen. Als sie aufsah, stand Ryan im Eingang und sah sie mit unergründlichen dunkeln Augen an. Sofort wurde Melody rot.
"Ich glaube, ich werde mich noch einmal umziehen, das Kleid ist doch nicht das richtige."
Ryan kam einen Schritt herein und schloss hinter sich die Tür. Melody sah ihm verwirrt und ängstlich entgegen. Als er sinnlich auf sie zu kam und sie an der Taille nahm, spürte Melody seine Hände heiß auf sich liegen.
"Du siehst unwahrscheinlich schön aus, Kleines".
Melody war von seinem Blick gefangen und als er sich langsam zu ihr hinunterbeugte, kam sie ihm leicht entgegen. Melody spürte Ryans Lippen zart auf ihrem Mund. Sofort stieg wieder

ein dumpfes Pochen von ihrer Mitte auf und sie spürte, dass sie feucht zwischen den Beinen wurde.

Ryan war etwas früher gefahren um Melody gar keine Chance zu geben, noch eine Ausrede zu erfinden. Als er die offene Tür sah, trat er leise ein, klopfte jedoch vorher kurz an. Eine erschrocken Melody drehte sich zu ihm um. Sie hatte ein Kleid an, das ihm sofort eine harte Erektion verschaffte. Die enge Korsage ließ jedes Männerherz in erotische Fantasien verfallen. Er konnte sie nur ansehen und sich ausmalen, wie er sie in diesem Kleid lieben würde. Als er Melody unsicher sagen hörte, dass sie sich nochmals umziehen wollte, kam er herein und schloss hinter sich die Tür. Melody sah ihm mit einem ängstlichen Blick entgegen. Er ging langsam auf sie zu, um sie nicht zu erschrecken. Ryan fasste sie um die Taille und zog sie fest an sich. Als er sich zu ihr hinunterbeugte, um sie zu küssen, kam sie ihm leicht entgegen. Zufrieden knurrend nahm er zart ihren Mund in Besitz. Er konnte fast sofort ihren sinnlichen Geruch wahrnehmen. Sein Tiger knurrte erregt, er wollte heraus gelassen werden, doch Ryan ignorierte ihm. Er stieß mit seiner Zunge so lange gegen Melodys Lippen, bis sie ihren Mund öffnete und er ihre heiße Mundhöhle erforschen konnte. Leise stöhnte Melody auf und hielt sich krampfhaft an ihm fest. Vorsichtig zog er sich wieder von ihrem Mund zurück und glitt über ihre Wange zu ihrem Ohr und dann den Hals hinunter. Alles in ihm schrie, Melody seinen Besitzanspruch aufzudrücken, doch er hielt sich noch zurück. Es war zu früh, Melody wäre ihn Panik sofort geflohen. Seine Hände glitten zu der Verschnürung ihrer Korsage und fingen an diese langsam aufzumachen.

Melody konnte nicht mehr klar denken, als Ryan dann noch ihren Mund in Besitz nahm konnte sie nur noch lustvoll stöhnen. Sie spürte seinen Mund an ihrem Ohr und ihrem Hals.

Lavaströme durchfuhren ihren Körper und sie musste sich fest an Ryan klammern, sonst hätten sie ihre Beine nicht mehr getragen. Als sie seine Hand an ihrer Korsage spürte, war sie schon so in dem Luststrudel gefangen, dass sie ihm gewähren ließ.
Ryan löste langsam jeden einzelnen Haken und konnte bei der erotischen Arbeit ein Stöhnen gerade noch unterdrücken. Dieses Kleid sollte als Waffe verboten werden, dachte er ironisch. Als er die Korsage komplett geöffnet hatte, löste er sie von Melodys Körper und ließ sie fallen. Jetzt war Melody nur noch mit einer weißen Bluse bekleidet und einem schönen langen schwarzen Rock. Vorsichtig löste er sich von ihr und sah ihr in die lustverschleierten blauen Augen.
"Ich glaube so kannst du jetzt, ohne einen Aufstand auszulösen, zu uns zum Essen kommen." Ryan wusste, dass er Melody jetzt hätte nehmen können, doch es war ihm auch bewusst, dass er sie dann für immer verloren hätte. Melody musste erst ein gewisses Maß an Vertrauen aufbauen, bevor etwas Ernstes zwischen ihnen geschehen konnte.
Melody wachte wie aus einem Traum auf. Sie sah Ryan über sich und wusste im Moment nicht, was er meinte. Erst als sie wieder klarer denken konnte, wurde ihr bewusst, das Ryan ihr die Korsage ausgezogen hatte. Mit rotem Kopf löste sie sich von ihm und trat ein paar Schritte zurück. Verdammt, warum konnte er nur mit einem Kuss alle Sicherungen, die sie sich in den letzten Jahren aufgebaut hatte, außer Kraft setzen? Sie atmete einige Male tief durch. Dabei sah sie nur auf den Boden und wäre vor Scham am liebsten gestorben. Sie hatte seinen Kuss mehr als nur willig erwidert. Melody war sich bewusst, dass sie jetzt keine Jungfrau mehr wäre, wenn Ryan es darauf angelegt hätte. Sie spürte seine Finger unter ihrem Kinn. Er zog es zärtlich zu sich in die Höhe und küsste sie nochmals leicht auf die Lippen.
"Bist du fertig, meine Kleine, oder brauchst du noch etwas Zeit?" Melody sah in seine warmen, dunklen Augen und ihr Herz machte einen Satz. Gott er war einfach perfekt, schön, sexy und

vor allem zärtlich und liebevoll. Melody wusste, dass sie in Ryan einen Mann gefunden hatte, der ihrem Seelenheil mehr als nur gefährlich werden konnte. Sie entzog sich vorsichtig seinen Händen. "Ich brauche noch einen Moment."
Ryan nickte dazu nur und setzte sich lässig in einen Sessel.
Melody ging in ihr Schlafzimmer und schloss die Tür. Dort setzte sie sich aufs Bett und versuchte ihre Fassung wieder zu finden. Nach ein paar Minuten, als ihr Zittern nachgelassen hatte, ging sie zum Spiegel, um sich fertig zu machen. Die Frau, die ihr entgegensah, war ihr fremd. Der sehnsüchtige Blick, die leicht geröteten Lippen und Wangen konnten nicht ihr gehören. Die Bluse war durch die Korsage leicht zerknittert, doch als sie sie fest in den Rock zog, war es nicht mehr so schlimm und würde nicht auffallen. Ryan hatte Recht, so war sie eher für ein Essen mit Kindern angezogen. Doch die Erinnerung an Ryans Hände auf ihrem Körper war zu viel für sie. Sie konnte diese Kleidung heute nicht tragen. Sie holte eine helle Sommerhose heraus und zog dazu eine bunte ärmellose Bluse an. Dann schminkte sie sich noch dezent, nahm ihre Tasche und ging wieder zu Ryan. Sofort wurde sie wieder von seinen dunklen Augen eingefangen, die sie jetzt zärtlich, aber auch wissend anlächelten.

Ryan sah auf Melody hinunter und als sie sich ihm mit rotem Kopf entwand, hätte er sie am liebsten sofort wieder zurück in seine Arme gezogen. Als sie sich dann verwirrt in ihr Schlafzimmer zurückzog, wäre er ihr gerne gefolgt und hätte sie so lange geliebt, bis alle Ängste vergessen wären. Doch so funktionierte das Leben nicht. Daher blieb er auf dem Sofa sitzen und wartete ab, was Melody vorhatte. Als sie dann mit einer Hose und einer eher langweiligen Bluse wieder heraus kam und ihn unsicher ansah, konnte er nur zärtlich lächeln. Sie war einfach zu süß. Er würde sie nie wieder gehen lassen, das schwor er sich. Sie sollte seine Frau werden, und er würde sie mit allen seinen Mitteln vor der Welt beschützen. Sie zog sich noch flache Sandalen an und ging dann schüchtern auf ihn zu. Ryan erhob sich und reichte ihr seinen Arm. Sie sah ihn etwas verwundert an und legte dann vorsichtig ihre Hand auf seinen Unterarm. Er ging mit ihr vor die Türe. Melody schloss mit der anderen Hand ab und dann führte Ryan sie zu seinem Wagen. Er öffnete ihr die Wagentür und ließ sie einsteigen, dann erst stieg auch er ein und fuhr mit ihr zu seinem Anwesen.

Melody sah unter ihren Haaren vorsichtig zu Ryan. "Du hast gar nichts dazu gesagt, dass ich mich wieder umgezogen habe."
Ryan sah kurz zärtlich zu ihr. "Ich habe vermutet, dass du dich umziehen würdest. Es ist mir eigentlich auch lieber, denn wenn du dieses Outfit beim Essen getragen hättest, wäre meine Fantasie überhaupt nicht mehr zur Ruhe gekommen und ich hätte sicher keinen einzigen Bissen essen können. Du willst doch sicher nicht, dass ich verhungere, oder?" Dabei lächelte er sie so liebevoll an, dass Melodys Herz einen Hüpfer machte.
Sie sah wärend der ganzen Fahrt immer wieder fasziniert zu ihm. Er hatte sehr dunkelbraunes Haar mit einigen helleren Strähnen und ein extrem männliches und markantes Gesicht. Seine Größe schätzte Melody auf mindestens einen Meter neunzig, da sie selbst ja schon einen Meter fünfundsiebzig war. Unter seinem Hemd konnte Melody sein Muskelspiel sehen, doch das hatte sie ja schon am Strand bewundern können. Ryan hatte einen rasanten Fahrstiel, doch seltsamerweise fühlte sich Melody die ganze Zeit in seiner Gegenwart geborgen, sogar wenn ihr Körper durch seinen Blick oder seine Hände in Flammen stand. Ryan war der erste Mann in ihrem Leben, bei dem sie sich vorstellen könnte, in ihm mehr als nur einen Freund zu sehen.
Ryan spürte natürlich Melodys zögernde Blicke, doch er ließ sich nichts anmerken, sondern fuhr einfach konzentriert weiter. Stefan hatte erzählt, dass Melody auf keinen der Clanmänner irgendwie sexuell reagiert hatte, dass freute Ryan sehr, denn

dass sie auf ihn stark reagierte, konnte keiner leugnen. Auch jetzt konnte er ihren sinnlichen Duft wahrnehmen. Das machte ihn und seinen Tiger fast wahnsinnig, doch er durfte seinen Gefühlen noch nicht nachgeben. Es musste alles von Melody ausgehen. Als sie zum Haupthaus kamen, merkte er das Melody wieder unruhiger wurde. Er löste eine Hand vom Lenkrad und nahm leicht ihre Hand in die seine. Sie sah ihn anfangs zwar etwas verwirrt an, ließ die Hand aber in seiner liegen. Das freute Ryan mehr, als er für möglich gehalten hätte.

Melody wurde, als das Haupthaus in Sicht kam, wieder unsicher. Was würde sie erwarten? Als sie plötzlich Ryans Hand spürte, der ihre Finger leicht und zärtlich drückte, war sie kurzzeitig verwirrt, doch seine Hand hatte so etwas beruhigendes, dass Melody sie nicht wegnehmen wollte. Sie sah kurz zu ihm und bemerkte sein zärtliches Lächeln. Dann hielten sie an und Melody entzog ihm ihre Hand zögernd wieder. Sie konnte ein leises Lachen von Ryan hören und schon war er ausgestiegen und hielt auf ihrer Seite die Tür auf.
"Willkommen bei der Familie Laros." Ryan sah Melody ernst an und streckte ihr zum Aussteigen wieder seine Hand entgegen. Melody nahm sie und ließ sich aus dem Wagen helfen. Sie sah überwältigt auf das schöne Herrenhaus. Es war so gebaut, dass es total mit der Insel harmonierte. Es hatte zwei Stockwerke und ein Dachgeschoß. Jedes Stockwerk wurde von extrem vielen und großen Fensterfronten beherrscht. Die Zimmer mussten alle sehr hell und freundlich sein. Das Haus strahlte in einem warmen Gelb, hatte jedoch so viele Bäume, Büsche und Ranken um sich, dass die Farbe fast nicht mehr zu sehen war. Melody malte nicht oft Häuser, doch bei diesem hätte sie gerne eine Ausnahme gemacht. Es juckte sie, ihren Block heraus zu holen und einige Skizzen anzufertigen. Begeistert sah sie zu Ryan auf.

"Das Haus ist einfach wunderschön. Es muss paradiesisch sein hier zu leben."

Ryan hatte Melody die ganze Zeit beobachtet. Sie war von dem Haus so fasziniert, dass ihr nicht einmal auffiel, dass er noch immer fest ihre Hand hielt. Als sie ihn begeistert ansah und er ihre Worte hörte, drückte er ihre Hand liebevoll. Dann zog er die begeisterte Melody weiter die Treppe hinauf zur Eingangstür, die bereits von einer freudig quietschenden Siri aufgehalten wurde.

"Mama, Melody und Onkel Ryan sind endlich da."

Melody musste lachen, als sie Siri aufgeregt rufen hörte. Gleich darauf kam Lelia hinter ihr zum Vorschein und nahm ihre Tochter auf den Arm. "Siri, laß die beiden doch erst einmal herein kommen."

Ryan zog Melody hinter sich ins Haus. Melody blieb erstaunt stehen. Der Vorraum des Hauses war riesengroß und hoch. Man hatte alles offen gelassen und so konnte man von unten bis in den dritten Stock sehen. Eine große Holztreppe führte hinauf. Die unteren Räume waren durch große doppelte Flügeltüren vom Vorraum abgetrennt, die jedoch alle offen standen und alles noch größer erscheinen ließen. Melody konnte in ein gemütliches Esszimmer sehen und auf der anderen Seite in ein freundliches und ebenfalls sehr gemütliches Wohnzimmer.

Erst als die Familie Laros auf sie zukam, wurde ihr wieder bewusst, dass sie immer noch Ryans Hand hielt. Sie wurde über und über rot und zog ihre Hand weg. Ryan blieb ruhig neben ihr stehen und sah sie nur liebevoll an.

Als die vier Männer auf Melody zukamen, machte sie unbewusst einen Schritt auf Ryan zu. Der legte ihr locker eine Hand auf die Hüfte und Melody wurde sofort wieder ruhiger. Das war Melody überhaupt nicht bewusst, doch allen anderen in diesem Raum sehr wohl.

"Hallo Melody. Ich freue mich, dass wir uns endlich kennen lernen. Ich bin Lelia und möchte dir nochmals vielmals danken, dass du meine Tochter gerettet hast." Lelia lächelt Melody so

lieb an, dass diese einfach zurück lächeln musste. "Das ist mein Mann Phil und mein Sohn Rob. Das sind meine und Ryans Brüder, Eric, Wulf und Brian." Die Männer gaben Melody der Reihe nach die Hand. "Wollen wir nicht, bis das Essen fertig ist, ins Wohnzimmer gehen? Da können wir bequemer plaudern."
Ryan hatte Melody fester um die Taille gefasst und führte sie jetzt mit den anderen ins Wohnzimmer. Er zog Melody zu sich auf ein weiches Sofa und die anderen ließen sich auf Sesseln und Sofas nieder.
"Melody, wie gefällt dir unsere Insel?" Brian hatte sie freundlich angelächelt.
"Eure Insel ist wirklich ausgesprochen schön." Melody bekam einen leicht verklärten Ausdruck. "Für einen Maler sind hier so viele Motive, dass ich gar nicht weiß, wo ich anfangen soll. Ich habe schon einen ganzen Skizzenblock verbraucht. Allein auf den Weg hierher habe ich wieder so viele Motive gesehen, dass ich mit meinen zehn Blöcken gar nicht auskommen werde." Melody lachte entspannt.
Ryan sah fasziniert auf Melody hinunter. Wenn sie über ihre Malerei sprach, bekam sie einen ganz weichen und verträumten Ausdruck. Auch die anderen hatten das mitbekommen, und Ryan zwinkerte ihnen zu. Vorsichtig legte er einen Arm hinter Melody und berührte mit seinen Fingern ihre Schulter. Doch das schien Melody nicht zu stören, im Gegenteil: sie lehnte sich unbewusst weiter in seine Richtung.
Siri hüpfte zu Melody auf den Schoß und zwitscherte aufgeregt. "Komm, ich zeig dir meine Zimmer." Dabei zog sie Melody so lange an den Händen bis diese lachend aufstand und sich von Siri zu ihrem Zimmer führen ließ.
Als Melody und Siri aus dem Zimmer verschwunden waren, wandten sich alle sofort gespannt Ryan zu. "Wie läuft es? Ich habe das Gefühl, dass Melody unbewusst voll auf dich anspricht."
Ryan lachte Wulf wissend an. "Ja, es ist irgendwie seltsam. Sie spricht sofort auf meine Nähe an. Wenn sie unsicher ist, kommt

sie auf mich zu und wenn ich sie berühre, wird sie sofort ruhiger."
Brian lachte. "Sollte sie nicht eigentlich anders auf deine Berührungen ansprechen?"
Ryan sah Brian halb böse und halb lachen an. "Keine Angst, auf diese Art von Berührungen von mir spricht Melody mehr als zufriedenstellend an." Jetzt wollten alle wissen, woher er das wusste und was beim Abholen passiert war. Doch Ryan lachte nur und winkte ab. "Ihr müsste ja wirklich nicht alles wissen. Nur so viel: Ich werde Melody nie aufgeben. Sie wird mir gehören, komme was wolle."
Mit der Aussage waren die anderen zufrieden und gleich darauf hörten sie auch Melody mit Siri zurückkommen. Siri hüpfte sofort zu ihrer Mutter auf den Schoß und erzählte begeistert, was sie Melody alles gezeigt hatte. Melody setzte sich lächelnd wieder zu Ryan auf das Sofa, doch dieses Mal zog sie ihre Schuhe aus und zog ihre Füße unter sich auf die Bank. Dabei lehnte sie sich mit ihrem Rücken komplett an Ryan. Der umfing sie mit seinem Arm leicht an der Schulter. Melody akzeptierte es, als wären sie schon ewig zusammen und drückte sich fest an ihn. Dabei beobachtete sie jedoch weiter lächelnd Siri. Plötzlich verwandelten sich Siri und Rob in Katzen und tollten um die Wette im Zimmer herum. Ryan spürte das Melody in seinem Arm erstarrte und ungläubig auf die beiden Katzenkinder sah. Dann drehte sie sich auf einmal zu ihm um und sah im erstaunt in die Augen. "Seid ihr alle Katzenmenschen?" Als Ryan nickte wurde sie etwas rot und setzte sich rasch auf. "Ist hier auf der Insel ein ganzer Clan mit Oberhaupt?"
"Ja, Kleines, wir sind ein ganzer Katzenclan hier. Zu meinem Clan gehören etwas dreitausend Katzenmenschen, die teilweise aber auch bei unserer Firma auf dem Festland leben." Ryan konnte richtig sehen, wie Melody die Antwort verarbeitete und dann etwas geschockt zu ihm aufsah.
"Du bist das Clanoberhaupt?" Melody ließ ihm gar keine Zeit für eine Antwort sondern redete sofort weiter. "Es tut mir leid,

ich wusste nicht, dass es hier einen Katzenclan gibt, sonst hätte ich mich gleich vorgestellt." Melody sah etwas besorgt zu Ryan. Der zog sie wieder zu sich und lachte zärtlich. "Wir haben an deiner Art, wie du über die Felsen am Meer gesprungen bist, sofort erkannt, dass du ein Katzenmensch bist. Aber jetzt könntest du uns etwas von dir erzählen, damit wir wissen, wen wir unter unserem Dach beherbergen."
Melody lehnte sich wieder entspannt an Ryan und sah in die Runde. "Wo soll ich anfangen. Ich bin vom österreichischen Katzenclan. Ich werde am achtzehnten Oktober zwanzig Jahre alt und bin Malerin. Ich lebe meistens in einem Haus in Salzburg, habe aber auch eine Wohnung in Wien."
Ryan sah zu ihr hinunter und strich ihr leicht über die Schulter. Er konnte sofort ein leichtes Zittern von Melody spüren. "Wohnst du alleine?"
Melody sah kurz zu ihm auf. "Ja, seit meinem achtzehnten Lebensjahr."
Ryan nickte dazu nur, streichelte aber Melody weiter zart über die Schulter. "Was für eine Katze bist du?"
Siri hatte begeistert zugehört und wollte jetzt das für Kinder Interessanteste hören. "Ich bin ein Leopard und Rob ist ein Puma."
Melody sah zur neugierigen Siri und meinte dann. "Ich bin ein weißer Tiger."
Siri sah sie erstaunt an und meinte dann zu Ryan. "Onkel Ryan, ist das wahr? Gibt es einen weißen Tiger überhaupt?"
Jetzt musste Melody doch lachen. "Siri, bei uns in Österreich gibt es ziemlich viele weiße Katzenformen. Da wir Schnee haben, ist das nichts Ungewöhnliches."
Siri sah immer noch zweifelnd zu Ryan.
"Melody hat Recht, es gibt wirklich viele weiße Katzenformen. Nur bei uns auf der Insel sind sie sehr selten."
Siri war jetzt doch überzeugt. "Onkel Ryan ist auch ein Tiger, aber ein ganz normaler bunter." Das sagte sie so niedlich, dass alle im Raum lachen mussten.

Melody sah wieder kurz zu Ryan und ihre blauen Augen schienen eine Frage zu enthalten, die Ryan jedoch nicht ganz deuten konnte.
"Madam, das Essen ist serviert." Ein Diener war herein gekommen.
Lelia sprang sofort auf. "Sehr gut, dann lasst uns mal essen. Ich habe schon einen riesigen Hunger."
Siri und Rob liefen sofort vorne weg ins Esszimmer, gleich gefolgt von Lelia und Phil, die ihre Kinder laufend zur Ruhe riefen. Eric, Brian und Wulf folgten langsamer. Melody war aufgestanden und sah etwas unsicher zu Ryan. Der nahm sie bei der Hand und grinste sie an. "Was ist, willst du mich wirklich hungern lassen." Als Melody sofort leicht errötete, lachte er nur zärtlich und zog sie hinter sich zum Esszimmer. Siri, Rob, Leila und Phil saßen schon an einem Tischende und Brian, Wulf und Eric längsseits. Der Vorsitz fiel Ryan als Familien- und Clanoberhaupt zu. Er zog Melody zu sich ans andere Ende und rückte ihr einen Sessel zu Recht. Als sie Platz genommen hatte, setzte er sich auf ihre rechte Seite am Kopfanfang des Tisches.
Melody sah sich das Esszimmer begeistert an. Es war einfach traumhaft eingerichtet. Ebenfalls wie im ganzen Haus mit großen Panoramafenstern. Es gab einen großen Kamin und einige schöne, helle Möbel. Die Bilder an der Wand waren, bis auf einige Familienfotos, fast alles Landschaftsbilder. Melody kannte den Künstler natürlich und seine Bilder hatten ihr auch schon immer gefallen. Dann sah sie ein Bild, das von ihr stammte. Sie stand wie in Trance wieder auf und ging darauf zu. Es war eines ihrer ersten Bilder. Sie hatte es mit fünfzehn gemalt. Eigentlich wollte sie es für sich selbst aufheben, doch leider ließ das ihre damalige finanzielle Situation nicht zu. Das Bild war das einzige, auf dem sie auch eine Katze verewigt hatte. Sie strich leicht über die Linie der Katze und Tränen rannten ihr über die Wange. Nur einmal hatte sie eine Wildkatze gemalt. Als sie ein Bild ihrer Mutter bekommen hatte, auf dem sie als Katze abgebildet war. Sie hatte ihre Mutter in einem

silber-weißen Wald gemalt, so wie sie sich damals den Katzenhimmel vorgestellt hatte. Sie spürte Ryan hinter sich, der seine Arme um sie schlang und sie fest an sich drückte.

※

Alle waren etwas erstaunt, als Melody plötzlich aufsprang und wie in Trance zu einem Bild lief. Sie blieb still davor stehen und fuhr dann vorsichtig mit einem Finger über die Katzengestalt. Ryan folgte ihr und als er zu ihr kam, sah er die Tränen auf ihren Wangen. Er zog Melody fest in seine Arme. "Was ist meine Kleine, warum weinst du?" Melody drehte sich in seinen Armen um und weinte einfach weiter. Ryan drückte sie ganz fest an sich und lehnte sein Kinn auf ihre Haare. Als er spürte, dass sie sich wieder beruhigt hatte, nahm er sie bei der Hand und zog sie wieder ins Wohnzimmer. Dort setzte er sich mit Melody auf das Sofa und sah sie abwartend an.
"Es tut mir leid, ich war nur so erstaunt dieses Bild wieder zu sehen. Es ist eines meiner ersten Werke."
Ryan hatte sich so etwas schon gedacht. Keiner hatte gewusst wer der Künstler war, doch wegen der unwirklichen Farbgebung hat es ihnen allen immer schon gut gefallen. "Wer ist die Katze auf dem Bild?" Melody traten wieder die Tränen in die Augen und Ryan zog sie auf seinen Schoß.
Melody drückte ihr Gesicht auf Ryans warmen Hals und atmete seinen einzigartigen Duft ein. Leise antwortete sie ihm dann. "Es ist ein Bild von meiner Mutter. Ich habe mit fünfzehn ein Foto in ihrer Katzengestalt gefunden und diese Bild gemalt. Es soll ihren Katzengeist im Katzenhimmel zeigen. Ich bin froh, dass das Bild bei so einer lieben Familie gelandet ist." Melody drückte sich wieder fester an Ryan, der ihr leicht und beruhigend über den Rücken streichelte.
"Geht es dir jetzt wieder besser?" Als er Melody nicken spürte, nahm er ihr Gesicht in seine Hände und küsste sie zärtlich. "Sicher?"

Melody lächelt ihn leicht an. "Ja, mein Gott ist das peinlich, was denkt jetzt bloß deine Familie von mir?" Melody sah mit rotem Kopf verschämt zu Ryan.
Der lächelte sie nur zärtlich an. "Meine Familie wird sich nur Sorgen um dich machen, aber es gibt keinen Grund, warum du jetzt so verschämt schaust. Jeder hat so seine Erlebnisse, die ihn irgendwann erschüttert haben. Wenn du dich erinnern kannst, hatten wir das alle eben erst am Strand, als du Siri gerettet hast."
Jetzt musste Melody wieder lächeln und sie wurde sich bewusst, dass sie auf Ryans Schoß saß. Mit rotem Kopf sprang sie schnell auf und sah wieder verschämt zu Ryan. Der erhob sich etwas langsamer und zog Melody zu sich. "Kann ich vielleicht kurz euer Bad benutzen und mich wieder salonfähig machen?" Melody sah unsicher zu Ryan auf.
"Na sicher, meine Kleine. Komm, ich zeig dir das Badezimmer." Ryan zog Melody hinter sich her und führte sie hin. "Soll ich hier warten oder findest du alleine zum Esszimmer zurück?"
"Ich bin in ein paar Minuten wieder bei euch."
Ryan nickte dazu nur und ließ Melody im Bad alleine.

Ryan ging mit schnellen Schritten zu seiner Familie.
"Was ist mit Melody? Geht es ihr wieder gut?" Lelia sah besorgt ihrem Bruder entgegen.
Er lächelte seine Schwester beruhigend an. "Ja, es geht ihr wieder gut. Das Bild hat Melody gemalt und zeigt ihre tote Mutter in einem Katzenhimmel. Das hat Melody etwas erschüttert."
Alle sahen jetzt auf das Bild. Wenn man wusste, was die Künstlerin einfangen wollte, konnte man sich die Katze wirklich in einem Katzenhimmel vorstellen.
"Das Bild ist von Melody? Das Leben ist wirklich manchmal seltsam, oder?" Wulf erwartete keine Antwort, da alle dasselbe empfanden.
Ryan ging wieder zum Eingang des Esszimmers, um zu sehen, ob Melody schon zu ihnen unterwegs war. Es befürchtete, dass sie sich aus Scham vielleicht nicht herein traute.

Melody kam gerade auf ihn zu und als sie ihn dort stehen sah, ging ein erfreutes Lächeln über ihr Gesicht. Ryan hielt ihr seine Hand entgegen, die sie sofort nahm, und zog sie wieder auf ihren Platz.
Lelia sah besorgt zu Melody. "Geht es dir wieder besser? Wir haben uns Sorgen um dich gemacht."
Melody musste lächeln. Ryan hatte recht gehabt. Alle sahen sie nur besorgt an und keiner lachte über sie. "Ja, danke Lelia, jetzt ist alles wieder in Ordnung. Es hat mich mit dem Bild nur eine Erinnerung eingeholt. Ich freue mich wirklich, dass das Bild bei einer Familie ist, die es auch zu schätzen weiß. Es ist das einzige, das ich jemals mit einer Katze gemalt habe." Melody sah zu Ryan, der sie nur zärtlich anblickte.
"Na dann wollen wir jetzt essen, bevor uns die Köchin noch böse ist." Ryan nickte einem Diener zu. Binnen weniger Minuten wurde serviert und die Stimmung am Tisch wurde gelöster. Nach dem Essen brachte Lelia ihre Kinder ins Bett und die anderen setzten sich wieder in Wohnzimmer.
Wulf sah in die Runde und meinte. "Möchte irgendwer etwas trinken?"
Melody hatte sich wieder an Ryan gelehnt. So spürte er sofort, als sich sie sich versteifte und angestrengt auf ihre Hände sah. Ryan zog Melody fest in seine Arme. "Ich würde gerne einen Kaffee haben, was ist mit dir Kleines. Trinkst du Kaffee?"
Melody sah ihn erleichtert an und nickte. "Ja, einen Kaffee hätte ich auch gerne."
Auch die anderen Brüder entschieden sich für einen Kaffee. Melody entspannte sich sofort wieder in Ryans Armen. Er war sich bewusst, dass er sein Leben etwas umstellen musste, da er ja mit Melody zusammen bleiben wollte. Er hat nie viel getrunken, doch das würde er jetzt ganz einstellen. Alkohol war ihm nie sehr wichtig gewesen. Melody musste jedoch lernen zu akzeptieren, dass andere vielleicht mal etwas tranken. Doch das würde Ryan mit ihr erst langsam angehen, wenn sie endlich an ihm gebunden war.

Als der Kaffee gebracht wurde, war Lelia auch wieder da und nahm sich ebenfalls eine Tasse. "Himmel, ich liebe meine Kinder sehr, aber ich bin am Abend immer froh, wenn sie im Bett liegen und schlafen."
Alle lachten, sogar Melody konnte Lelia das nachfühlen. Die zwei Katzenkinder waren schwerer zu hüten als ein Sack Flöhe.
Ryan sah auf Melody hinunter, sie saß jetzt entspannt mit einer Tasse Kaffee an ihn gelehnt. Er konnte sie nicht ungeschützt wieder in ihre Räume lassen. Melody war viel zu anfällig für alle möglichen Probleme. Er hätte keine ruhige Minute mehr.
"Melody, ich muss etwas als Clanoberhaupt mit dir besprechen."
Melody sah ihn erschrocken an. "Meine ganzen Clanmitglieder sind in einem bewachten Teil untergebracht und du weißt, dass wir Katzenmännchen unsere Weibchen nicht gerne alleine und ungeschützt lassen. Ich möchte, dass du zu uns ins Haupthaus ziehst, solange du hier auf der Insel bist." Ryan sah abwartend auf sie hinunter.
Melody wurde durch Ryans Worte aufgeschreckt. Sie sah in die Runde. Alle nickten ihr ernst zu. Melody wusste natürlich, dass die Clanmänner ihre Frauen sehr beschützten, doch das Ryan sie dazu zählte verwirrte sie etwas, aber es hätte sie eigentlich nicht verwundern sollen. Da sie und Ryan sich schon so nahe gekommen waren, war es klar, dass er sie beschützen wollte. Sie erinnerte sich an seine Andeutungen, als Siri sie eingeladen hatte und bekam sofort einen roten Kopf. Melody sah überlegend zu Ryan. Würde er ein 'nein' akzeptieren? Doch als sie seine dunkeln Augen fest und bestimmend auf sich gerichtet sah, wusste sie, dass er eine Absage nicht hinnehmen würde. Sie nickte leicht dazu und lehnte sich wieder an ihn.

Ryan wartete auf Melodys Antwort. Er sah wie sie überlegte ob er eine Ablehnung von ihr akzeptieren würde. Doch sie musste die richtige Antwort in seinen Augen gelesen haben, denn nach ein paar Sekunden nickte sie und lehnte sich wieder an ihn.

Erleichtert atmete er auf und warf seinen Geschwister einen zufriedenen Blick zu. Die lachten ihn zustimmend und erfreut an. Auch sie waren erleichtert, dass Melody nicht allein blieb. Alle hatten jetzt schon das Gefühl, sie beschützen zu müssen.
"Soll ich heute schon hier schlafen?" Melody sah mit ihren blauen Augen und einem roten Kopf fragend zu ihm auf. Ryan lächelte zärtlich zu ihr hinunter. Er wusste genau, was ihr durch den Kopf ging. Als er sie mit Siri eingeladen hatte, war alles noch ein interessantes Spiel mit einer Frau, die er unbedingt lieben wollte, gewesen. Doch die Situation hatte sich verändert. Da er ernste Absichten mit Melody hatte, würde er sie nie einfach so verführen.
"Ja, ich lasse dein Sachen von einem Diener holen. Wenn du müde bist, sag es mir, dann zeig ich dir dein Zimmer."
"Wo willst du Melody unterbringen", Lelia sah fragend zu Ryan.
"In meinem Gästezimmer." Ryan grinste Lelia an. Die nickte dazu nur. Seine Brüder nickten ebenfalls zustimmend.
Melody schaute fragend zu Ryan. "Wo wohnen den die anderen alle?"
"Lelia, die Kinder und Phil wohnen im Erdgeschoß. Ich habe den linken Teil des ersten Stock, Wulf den rechten Teil, Brian den linken Teil des zweiten Stock und Eric den rechten Teil. Wir haben jeder eigene Suiten mit Küche, Wohnzimmer, Esszimmer, Schlafzimmer, Gästezimmer und Bad."
"Das ist ziemlich schlau, so könnt ihr euch alle nicht stören. Was mir an diesem Haus besonders gefällt, sind die schönen großen Fenster. Hier kann man sicher durch die guten Lichtverhältnisse toll malen." Melody bekam wieder einen verträumten Blick. Die Familienmitglieder lächelten sich heimlich zu. Alle hofften, dass Melody genau das bei ihnen machen würde.
Ryan drückte sie wieder fest an sich. "Wie ist dein Haus in Salz-burg?"
Melody lächelte. "Ich hab mir von meinen ersten Bilder ein altes Haus gekauft und herrichten lasse. Es steht auf einem großen Grundstück. Ich habe mir auch einen Badeteich angelegt, da ich

als Tiger ja gerne schwimme. Eine Seite des Hauses besteht bei mir fast nur aus Fenster, dort habe ich mein Atelier eingerichtet. Mein ganzen Grundstück ist von Mauer umgeben und von Unmengen Bäume. Wenn ich bei mir im Teich bin, habe ich das Gefühl völlig allein auf der Welt zu sein." Plötzlich wurde das Lächeln auf Melodys Gesicht jedoch traurig und sie kuschelte sich unbewusst noch stärker an Ryan. "Ich liebe mein Haus sehr, es ist wie eine Zufluchtstätte für mich."
Ryan sah wieder zu seiner Familie. Er konnte es nicht fassen, dass Melody bis jetzt alleine überlebt hatte. Brian war ebenfalls etwas schockiert. "Warst du immer alleine in deinem Haus?"
Melody sah zu Brian und nickte. "Ja, ich habe mich immer, wenn ich mich alleine gefühlt habe, ins Atelier zurückgezogen und stundenlang an meinen Bildern gemalt. Wendi hat nicht nur einmal mit mir geschimpft. Die letzte Drohung von ihr war, wenn ich nicht anfinge ordentlich zu essen und mehr auf mich zu achten, würde sie bei mir einziehen." Melody lachte leise.
"Wer ist Wendi?" fragte Wulf.
"Wendi ist meine Sekretärin, aber in der Zwischenzeit ist sie eher so was wie eine Ersatzmutter geworden. Sie gehört auch zum österreichischen Katzenclan. Sie bringt mir oft etwas zu essen vorbei und am Abend, wenn ich nicht mehr hinausgehe, kommt sie häufig vorbei und kontrolliert, ob bei mir alles in Ordnung ist oder bringt etwas zum Unterschreiben. Ich könnte mir gar nicht mehr vorstellen ohne Wendi zu leben." Melody runzelte kurz die Stirn als würde sie überlegen, wie es ohne Wendi wäre.

Im Laufe des Abends wurde noch über alles Mögliche gesprochen. Melody saß entspannt dabei und hörte begeistert dem Familiengeplänkel zu. Sie kannte so ein vertrautes Familienleben nicht und sog jedes kleinste Detail auf. Sie spürte warm den Arm von Ryan um ihre Schulter liegen und fühlte sich einfach nur geborgen und beschützt. Dennoch wurden Melodys Augen immer schwerer und sie konnte dem Gespräch bald nicht mehr folgen.

Als Ryan spürte, dass sie sich schwerer an ihn lehnte sah er kurz zu ihr und fand sie schlafend an seine Schulter gelehnt. Lächelnd zog er sie fester an sich.
"Du solltest sie nach oben ins Bett bringen". Lelia wurde etwas rot. "Himmel, ich hätte nicht gedacht, dass ich das einmal zu dir sagen würde."
Die Männer grinsten sich alle an. Phil nahm seine errötende Frau in den Arm und lachte zärtlich. "Lelia, du wirst ja noch rot, das ist ja super süß." Dann küsste er sie zärtlich.
Ryan stand noch immer leise lachend vorsichtig auf und hob Melody auf seine Arme. "Wie du befiehlst Schwesterchen, ich werde Melody natürlich sofort in Bett bringen. Gute Nacht" Immer noch lachend trug Ryan Melody die Stufen hinauf. Hinter sich konnte er die Kommentare seiner Brüder hören und das böse Knurren seiner Schwester.
Ryan brachte Melody in das Zimmer neben sich und legte sie aufs Bett. Vorsichtig zog er ihr ihre Kleidung aus. Als er ihr jedoch den BH öffnete und von ihren schönen, festen Brüsten streifte, musste er tief einatmen. Er konnte seine harte Erektion spüren. Nachdem er ihr auch noch den Slip über die langen Beine gestreift hatte, deckte er Melody schnell zu. Er drehte das Licht im Badezimmer an und ließ die Türe einen Spalt offen. So war es hell im Zimmer, aber doch so dunkel, dass man in Ruhe schlafen konnte. Das Zimmer hatte eine Verbindungstüre zu seinem Schlafzimmer. Er ließ sie offen und ging sich ebenfalls für die Nacht fertig machen. Bevor er sich jedoch schlafen legte, sah er nochmals zu Melody ins Zimmer. Die schlief jedoch tief und fest. Beruhigt legte sich auch Ryan in sein Bett und gleich darauf fielen ihm auch schon die Augen zu.

Melody wachte mitten in der Nacht auf. Sie sah sich verwirrt im Zimmer um. Wo war sie? Dann fiel ihr ein, dass sie zum Schluss mit Ryan und seiner Familie im Wohnzimmer gesessen hatte. Ryan musste sie also schlafend ins Gästezimmer getragen haben. Melody nahm wahr, dass im Badezimmer das Licht an

war. Wer hatte es wohl an gelassen und warum? Keiner hier wusste, dass sie sich in der Dunkelheit fürchtete? Vielleicht hatte derjenige es nur getan, damit sie sich im Notfall im fremden Zimmer zurecht finden würde. Jetzt konnte sie auch spüren, dass sie komplett ausgezogen war. Sie sah sich nach ihren Sachen um. Alles lag sorgfältig zusammengefaltet auf einem Sessel. Hoffentlich hat mich Lelia ausgezogen, dachte Melody mit rotem Kopf. Dann könnte sie auch das Licht für mich brennen gelassen haben.' Jetzt erst fiel ihr die zweite Türe auf, die offen war und in ein dunkles Zimmer führte. Sie stand auf und sah vorsichtig hinein. Da gerade Vollmond war, war das Zimmer nicht wirklich dunkel, sondern durch die großen Fenster sogar ziemlich hell. Ihr Blick wurde sofort von einem großen Holzbett angezogen, auf dem sie eine Gestalt liegen sehen konnte. Melody zog tief den Duft ein und wusste sofort, dass Ryan dort im Bett schlief. Eine tiefe Sehnsucht überkam sie. Sie wollte wieder in seinen warmen Armen liegen, von seinem einzigartigen Geruch eingehüllt. Sie sah zurück auf das fremde Bett und wieder zu Ryan. Wenn sie sich in sein Bett ganz auf den Rand legen würde, spürte er es vielleicht gar nicht und da sie immer extrem früh munter wurde, konnte sie dann vielleicht schnell wieder in ihr Bett gehen. Melody wusste tief in ihrem Inneren, dass da einige Denkfehler dabei waren, doch sie wollte nur wieder das beruhigende Gefühl von Ryans warmem Körper spüren.
Vorsichtig schlich sie zu seinem Bett und sah, dass er wie sie komplett nackt schlief. Melodys Sennsucht nach ihm wurde fast übermächtig. Um ihn ja nur nicht aufzuwecken, legt sie sich auf die Decke ganz am Rand seines Bettes. Sie war schon fast wieder eingeschlafen, als sie spürte wie Ryan sich neben ihr bewegte.
"Wir wollen doch nicht, dass du dich erkältest, meine Kleine." Vorsichtig hob Ryan die Decke hoch und zog sie an seinen glühenden Körper. Dann deckte er sie liebevoll zu, legte sein Kinn auf ihre Haare und schloss wieder die Augen.

Melody sah verwirrt auf Ryan, der bereits wieder die Augen geschlossen hatte. Sie hätte wissen müssen, dass ein Alpha sie spüren würde. Melody drehte sich so, dass sie ihr Gesicht in seinem Hals vergraben konnte und von seinem Duft umgeben war. Binnen weniger Minuten war sie eingeschlafen.

Ryan war gerade eingeschlafen, als er eine Bewegung neben sich spürte, die ihn wieder weckte. Er öffnete nicht die Augen, da der süße Duft ihn bereits verraten hatte, wer da zu ihm ins Bett schlich. Er spürte wie sich Melody ganz am Rand seines Bettes auf die Decke legte. Sie rollte sich zusammen wie ein Embryo und blieb dann ruhig liegen.
Wie es aussah, wollte sie ihn nicht aufwecken und lag deswegen auf der Decke. Ryan musste zärtlich lächeln. Mit ein paar geflüsterten Worten zog er sie fest an seinem Körper und deckte sie zu. Er musste jeden Teil seines Willens zusammen nehmen, um keine Erektion zu bekommen. Melody nackt in seinen Armen zu halten, ging fast über seine Willenskraft. Doch er wusste, sie brauchte noch etwas Zeit und die würde er ihr geben.
Ryan spürte, dass es sich jetzt nur noch um ein paar Tage handeln würde, bis er Melody als seinen Besitz bezeichnen konnte. Sie wusste es selbst noch nicht, doch ihr ganzes Verhalten ihm gegenüber, war das einer Gefährtin. Und nach dieser Nacht hatte sie auch keine Chance mehr, ihm zu entkommen.
Melody hatte sich in seinen Armen gedreht und lag jetzt mit ihrem Gesicht an seinem Hals. Er konnte ihren warmen Atem spüren. Nach ein paar Minuten verriet ihr ruhiger gleichmäßiger Atem Ryan, dass sie fest eingeschlafen war. Zärtlich küsste er sie auf die Stirn und schloss ebenfalls wieder die Augen.

Melody wachte auf und fühlte sich so wohl, wie schon lange nicht mehr. Als sie die Augen öffnete und Ryans zärtlichem Blick begegnete, wusste sie auch warum. Sie lag ihn seinen warmen Armen und unter ihren Händen konnte sie seinen beruhigenden Herzschlag spüren. Kurz war sie verwirrt, wie sie in Ryans Arme gekommen war. Doch dann erinnerte sie sich wieder, dass sie sich in der Nacht zu ihm ins Bett geschlichen hatte. Sofort wurde sie über und über rot und schlug den Blick nieder. Was hatte sie sich nur dabei gedacht, einfach in sein Bett zu kriechen? Ohne ihn weiter anzusehen drehte sie sich um und wollte aus dem Bett schlüpfen, doch plötzlich fiel ihr ein, dass sie nackt war. Sie sah auf die Decke hinunter, doch die war zu schwer, um sich darin einzuwickeln. So machte sie das einzige, was ihr in ihrer Panik noch einfiel. Sie verwandelte sich in ihren weißen Tiger und floh in ihr Zimmer. Dort verwandelte sie sich sofort zurück, lief ins Bad und schloss die Türe ab.

Ryan beobachtete Melody mit zärtlichem Blick. Er würde ihr die weitere Initiative überlassen. Als sie jedoch ihren Kopf senkte, wollte er sie beruhigend an sich ziehen. Doch sie rückte von ihm ab und nach kurzem Überlegen verwandelte sie sich in ihren weißen Tiger und lief in ihr Zimmer. Ryan sah ihr fasziniert nach.
Wenn sich Katzenmenschen verwandelten, konnte man als Außenstehender nur viele Lichtpunkte sehen und dann war die andere Körperform da. Als Katzenmensch selber, empfand man eine starke Wärme und es fühlte sich an, als würde sich der Körper in seine Einzelteile zerlegen, um sich dann wieder neu zusammenzusetzen. Es war eigentlich ein angenehmes Gefühl. Melody war in ihrer Katzengestalt einfach wunderschön. Sein Tiger wollte herausstürmen und sich seiner weißen Tigerin widmen, doch das durfte Ryan noch nicht zulassen. Es würde die Zeit kommen ... Er konnte hören, wie Melody sich zurückverwandelte und ins Badezimmer ging.
Ryan wollte ihr Zeit geben, duschte ebenfalls und zog sich an. Dann ging er in Melodys Zimmer, um sie zum Frühstück abzuholen. Doch sie war immer noch immer im Bad. Verwirrt klopfte Ryan an Melodys Tür.
"Kleines, ist alles in Ordnung bei dir? Mach bitte die Tür auf."
Als er keine Antwort bekam, wurde er dann doch unruhig. Was trieb Melody im Bad? Er rief nochmals, jedoch jetzt mit ernstem

befehlenden Ton. "Kleines, mach sofort die Tür auf, sonst trete ich sie ein."
Als er schon überlegte, wie er sie am besten eintreten sollte, hörte er, dass die Türe geöffnet wurde. Eine unsichere Melody sah ihm entgegen. Sie war noch immer nackt und hatte anscheinend weder geduscht noch etwas anderes im Bad erledigt. Ryan seufzte leise. Melody sah so verschämt und verwirrt aus, dass er sie nur fest in seine Arme ziehen konnte.
"Kleines, warum bist du noch nicht angezogen? Wir wollen doch frühstücken gehen." Er hatte bewusst nicht die Nacht angesprochen, da sie scheinbar damit nicht zurecht kam.

Melody hatte sich im Bad eingeschlossen, um nachzudenken. Wie sollte sie jemals wieder Ryan entgegentreten, nachdem sie sich einfach zu ihm ins Bett gelegt hatte. Wie sollte sie ihm jemals wieder in die Augen sehen? Als sie Ryan vor der Tür rufen hörte, ignorierte sie ihn. Was hätte sie ihm auch sagen sollen? Doch als sie seine Drohung hörte, dass er die Tür eintreten würde, wusste sie, dass sie, dass es kein Ausweichen mehr gab. Sie schloss die Tür auf und sah unsicher zu ihm auf. Nach einem Blick auf ihren verwirrten Zustand nahm er sie in die Arme und drückte sie ganz fest an seine Brust. Melody wurde sofort wieder ruhiger, als sie seinen Duft und seinen Herzschlag wahrnahm. Er war nicht böse auf sie. Als er sie dann ohne auf die Nacht einzugehen nach dem Frühstück fragte, hätte sie am liebsten vor Erleichterung geweint. Ryan zog ihr Kinn zu ihm in die Höhe und küsste sie zärtlich. "Du solltest dir was anziehen, meine Schöne, sonst bist du das einzige, was ich zum Frühstück vernaschen werde." Lachend sah er zu ihr hinunter.
Jetzt erst wurde Melody bewusst, dass Ryan komplett angezogen war und sie noch immer nackt und ungeduscht vor ihm stand.
"Ich brauche noch ein paar Minuten." Melody zog sich mit rotem Kopf zurück ins Bad. Das leise 'Lachen von Ryan drang sogar durch die geschlossene Tür.

Als sie fertig war stellte sie fest, dass ein Diener scheinbar schon gestern ihre Sachen ins Zimmer gebracht und in die diversen Kästen eingeräumt hatte. Schnell zog sie sich frische Unterwäsche an, schlüpfte in eine weiche Shorts und ein T-Shirt. Kaum war sie fertig, konnte sie hinter sich wieder Ryan spüren. Sie drehte sich zu ihm um und sah seine dunklen Augen auf sich gerichtet. Melody wurde es sofort heiß und kalt und ein lustvoller Schauder überzog ihren Körper. Als sie seinen Blick auf ihren nackten Beinen spürte, der dann weiter über ihren ganzen Körper glitt, spürte sie wieder ein Pochen und eine feuchte Hitze zwischen ihren Beinen aufsteigen. Fast im selben Moment sah sie, wie Ryan tief einatmete und seine Augen sie jetzt wild und besitzergreifend abtasteten. Melody wusste natürlich, dass Clanmänner bei Frauen die Bereitschaft riechen konnten. Das machte es für sie auch nicht gerade leichter, sich wieder zu fangen. Ihre Unsicherheit stieg und Melody wurde plötzlich von einem extrem starken Fluchtgefühl überwältig. Als hätte Ryan das gespürt, lächelte er sie wieder ruhig und zärtlich an und hielt ihr seine Hand entgegen.

Ryan konnte natürlich Melodys Bereitschaft für ihn riechen und einen kurzen Moment war er nahe daran sie zu nehmen. Doch als er in ihre verschreckten und dann panisch blickenden Augen sah, drängte er sein Verlangen sofort nieder. Er konnte an Melodys Körperhaltung sehen, dass sie gleich die Flucht ergreifen würde. Ryan lächelte sie beruhigend an und streckte ihr seine Hand entgegen.
"Bist du fertig? Dann können wir ja frühstücken gehen".
Melody kam ihm unsicher entgegen und nahm seine Hand. Zärtlich zog er sie zu seinen Lippen und küsste ihre Finger. Dann ging er, immer noch ihre Hand haltend, die Treppen zum Esszimmer hinunter. Seine ganze Familie saß schon am Frühstückstisch und sie wurden mit einem großen "Hallo" begrüßt.
"Hast du gut geschlafen, Melody?" Lelia sah lächelnd zu ihr auf.

Melody wurde etwas rot, nickte aber. "Ja, danke Lelia, ich habe sehr gut geschlafen." Dabei sah sie kurz zu Ryan, der sich jedoch gerade einen Kaffee einschenkte und nur leicht lächelte.
Lelia bemerkte sehr wohl, dass irgendetwas zwischen Melody und Ryan geschehen war, deswegen ging sie nicht weiter auf das Thema ein. "Das freut mich, was hast du heute vor?"
Melody sah kurz zu Ryan auf, der ihr eine große Tasse Kaffee vor die Nase stellte und überlegte. "Ich würde gerne in den Dschungel laufen. Er muss wunderschön sein."
"Nein!", schrien alle fast gleichzeitig am Tisch. Melody sprang vor Schreck hinter ihren Stuhl.
Ryan stand auf, nahm ruhig Melodys Hand und zog sie wieder zu ihrem Sessel. "Kleines, es tut uns leid, dass wir dich erschreckt haben, aber im Dschungel ist es momentan nicht sicher. Wir haben leider immer wieder Wilderer, die einfach auf alles was sich bewegt schießen."
Melodys Herz hatte sich durch Ryan Berührung wieder beruhigt. "In Ordnung, dann werde ich nicht in den Dschungel gehen. Aber zum Strand ... ist das ok? Ich brauche unbedingt Bewegung, sonst werde ich noch wahnsinnig."
Ryan lächelte zärtlich. "Ich muss leider am Vormittag mit meinen Brüdern und Phil noch etwas Geschäftliches erledigen. Aber wenn du bis nach Mittag aushältst, würde ich gerne mit dir an den Strand gehen. Ich nehme an, du willst in deiner Katzenform laufen, oder?"
Melody sah ihn leicht verwirrt an. "Ja, geht das hier? Wenn alle auf der Insel Katzenmenschen sind, dürfte es kein Problem sein, oder?"
"Wenn wir auf der richtigen Seite bleiben, ist es sicher kein Problem. Also was hältst du von meinem Angebot, meine Schöne?"
Melody errötete noch mehr. "Das nehme ich gerne an. Ich werde auf dich warten."
Zufrieden knurrend, zog Ryan Melodys Hand wieder zu seinem Mund und küsste jeden einzelnen Finger, bis er spüren

konnte, dass Melody zu zittern begann. "Dann ist das abgemacht, ich freu mich schon darauf"

Melody spürte jeden einzelnen Kuss auf ihren Fingern als Hitzewelle, die sie den Atem anhalten ließ. Sie begann leicht zu zittern, und Ryan lächelte sie sofort wissend an. Melody wurde sich wieder der anderen am Tisch bewusst und entzog Ryan schnell seine Hand. Sie versuchte krampfhaft ihre erotischen Gefühle unter Kontrolle zu bringen, da sie wusste, dass jeder Mann an diesem Tisch es sonst riechen konnte. Mit rotem Kopf griff sie zum Kaffee und mischte Zucker und Milch hinein. Dabei sah sie kein einziges Mal von der Tasse auf.

Als Melody ihm mit rotem Kopf ihre Hände entzogen hatte, musste er grinsen. Sie hatte den Kopf gesenkt und beschäftigte sich konzentriert mit ihrem Kaffee. Er sah über ihrem Kopf zu seiner Familie, die ihm amüsiert zuzwinkerten. Jeder Mann am Tisch konnte ihren erotischen Duft riechen und Ryan sah mit einem 'Siehst-du-Blick' zu seinem Bruder Brian, der mit einem entschuldigenden Schulterzucken zurück grinste.
Siri und Rob lösten die Spannung, indem sie anfingen, um ein Hörnchen zu streiten und dieses dabei auf den Boden fiel. Sofort waren beide Kinder unterm Tisch. Lelia wurde laut und schimpfte und da die Kinder nicht hören wollten, musste sie ebenfalls unter den Tisch. Da konnte sogar Melody wieder lachen. Es war einfach zu lustig wie der Reihe nach die Familienmitglieder unter dem Esszimmertisch verschwanden. Als sie dann noch Lelia schimpfen hörten, war es um alle geschehen. Jeder wollte wissen, was da unten vor sich ging. Alle steckten jetzt den Kopf unter den Tisch und sahen Lelia zu, die verzweifelt versuchte zwei kleine Wildkatzen am Nacken zu packen. Jetzt hatte Phil doch Mitleid mit seiner Frau und griff nach Rob, doch der entschlüpfte ihm und lief in Richtung Ryan und Melody. Jeder griff nach Rob, doch der schlängelte sich aus jedem Griff. Nur Melody war schnell genug. Sie packte ihn

am Nacken und zog das sich wehrende Katzenkind an ihre Brust.
"Halt ihn ja fest, Melody, jetzt bekommen die beiden aber wirklich Ärger." Lelia war stinksauer.
Melody und die anderen kamen wieder mit den Köpfen unter dem Tisch hervor. Melody hielt Rob fest an sich gepresst und sah jetzt zärtlich zu ihm hinunter. Er war einfach schön und perfekt in seiner Katzenform. Mit einer Hand hielt sie ihn weiter an sich gepresst und mit der anderen strich sie Rob leicht über die Schnauze und die Ohren. Als sie ihn dann hinter den Ohren kraulte, fing er an zu schnurren.
Melody schmolz dahin, sie hatte nie darüber nachgedacht, ob sie auch Kinder wollte.

Ryan und die anderen lachten noch, als sie Melody ruhig mit Rob auf dem Arm dasitzen sahen. Jetzt wurden alle still und beobachteten sie. Melody streichelte Rob zärtlich, der sofort zu schnurren begann und sich fest in ihre Arme drückte. Als sie Rob schnurren hörte, musste Melody lächeln. Doch dann hielt sie mit dem Streicheln inne und saß kurz in sich gekehrt da. Erst als sie die Ruhe um sich bemerkte, blickte sie wieder auf und alle konnten den Schmerz in ihren Augen sehen. Ryan holte tief Luft und wollte etwas zu ihr sagen, doch sofort verschwand der Schmerz wieder aus ihren Augen und als sie ihn ansah, war da nur noch ergebene Ruhe zu sehen.
Ryan nahm ihr Rob zärtlich ab und gab ihn an Phil weiter. Es tat ihm weh, sie so leiden zu sehen und ihr einstweilen nicht helfen zu können. Er musste sie jetzt schnell zu seiner Gefährtin machen, denn er hatte Angst, dass sie sonst an ihren unausgesprochenen und versteckten dunklen Gefühlen, zerbrechen würde.
Er nahm zärtlich ihre Hand und zog sie zum Frühstückbuffet.
"Was möchtest du frühstücken, meine Kleine?"
Melody sah lächelnd zu Ryan auf, dann wieder auf den großen Tisch mit allen möglichen Leckerein. "Himmel, da kann man

sich ja gar nicht entscheiden. Das sieht alles wirklich appetitlich aus. Wie ihr alle dabei die Figur behaltet, ist mir ein Rätsel. Ich würde sicher schon durch die Gegend rollen."
Ryan sah anzüglich auf ihre Figur. "Ich mag deine Figur auch mit zehn Kilo mehr."
Melody wurde wieder mal über und über rot und nahm sich schnell ein Hörnchen.
Lelia hatte mittlerweile beide Kinder in ihre Zimmer gebracht und setzte sich jetzt wieder an den Tisch. "Sie werden heute ohne Frühstück auskommen müssen, wenn sie sich nicht benehmen können."
Phil und Ryan nickten dazu nur. Melody sah wieder in die Runde, alle hatten sich jetzt wieder in Ruhe ihrem Frühstück gewidmet. Ryan aß eine riesige Portion Speck mit Eiern. Auch die anderen Brüder nahmen sich gewaltige Portionen. Melody wusste, dass Katzenmenschen wenn sie sich öfters verwandeln, viel mehr Essen brauchten.
Nachdem sie alle satt waren, drängte Brian zum Aufbruch, doch Ryan zögerte noch. Melody hatte so verzweifelt ausgesehen, er hatte Angst sie zu verlassen. Er sah zu seiner Schwester, die ihm anlächelte und bedeutete zu gehen.
"Melody, möchtest du mir vielleicht etwas im Garten Gesellschaft leisten? Ich will die Rosensträucher zuschneiden und würde mich über Gesellschaft sehr freuen."
Melody sah erfreut auf. "Ja, das wäre toll. Ich möchte gerne vom Haus eine Skizze anfertigen. "
Lelia lächelte zu Ryan und Melody. "Sehr gut, dann zieh ich mich mal für den Garten um, hole meine extrem schlimmen Kinder und wir treffen uns dann vor dem Haus."
Melody sprang sofort begeistert auf.
"Dann viel Spaß, ich bin in circa vier Stunden wieder da." Ryan erhob sich ebenfalls und wurde dann komplett überrascht, als sich Melody kurz an ihn schmiegte, ihm einen Kuss gab, "bis später" rief und die Treppen hoch lief. Er sah dasselbe Erstaunen auch in den Blicken seiner Familie.

Brian lachte laut auf. "Ryan, es wird Zeit, das du Melody fragst, ob sie deine Gefährtin sein will. Sonst macht sie das für dich."
Ryan sah seinen Bruder böse an, musste dann aber mit den anderen lachen. "Ich werde sie heute Abend fragen. Seid ihr nun zufrieden?"
Lelia, Phil und seine Brüder nickten zustimmend. Dann gingen die Männer zu ihren Terminen und Lelia holte ihre Kinder.

Als die Männer zurückkamen, waren die beiden Frauen und die Kinder immer noch im Garten. Lelia und Melody hatten sich auf der Wiese ausgestreckt, Siri und Rob liefen als Katzenkinder immer wieder um sie herum.
"Ich hatte gedacht du willst die Rosenstöcke schneiden, ich kann aber nicht viel davon sehen", rief Phil seiner Frau zu. Sofort setzten sich beide Frauen auf und lachten den Männern entgegen.
"Ich bin leider von Melody und den Kinder abgelenkt worden. Ich musste mich wirklich zwingen, mich zu Melody zu legen" Dabei sah Lelia so übertrieben verärgert aus, dass alle in Lachen ausbrachen.
Ryans Blick wurde sofort von Melody angezogen. Ihre Augen strahlten ihm, aus Freude, dass er wieder da war, entgegen. Er setzte sich ins Gras und zog Melody zwischen seine Beine an seine Brust. Zuerst wurde sie rot und saß dort etwas steif, doch als keiner es weiter beachtete, kuschelte sie sich fest an ihn.
"Habt ihr schon Mittag gegessen?", wollte Brian wissen.
Lelia verneinte. "Wir haben auf euch gewartet. Nachdem ihr aber wieder mal verspätet kommt, haben wir uns erlaubt, ein kaltes Picknick zu bestellen. Ah, da kommen ja unsere Leute schon."
Alle sahen begeistert den Männer und Frauen entgegen. Sie brachten Decken, Körbe mit Essen, Gläser, Getränke und Servietten.
Ryan lachte begeistert. "Das war eine geniale Idee von euch."

Melody freute sich als sie Ryan endlich wiederkommen sah. Als er sich dann zu ihr setzte und sie zwischen seine Beine zog, war sie kurzzeitig etwas peinlich berührt, doch keiner achtete darauf und Phil hatte Lelia ebenfalls so an sich gezogen. Als Ryan hörte, dass sie draußen essen würden, zog er sich teilweise aus, dann presste er sie wieder an seine nackte Brust. Melody spürte seine heiße Haut wie einen Feuerschein an ihrem Rücken. Sofort stieg wieder eine Sehnsucht in ihrer Mitte auf, die sie sofort versuchte zu unterdrücken. Sie wusste zwar nicht, ob die Clanmänner auch hier, wo es jetzt nach Essen roch und die Rosen dufteten, ihren Geruch wahrnahmen, doch das wollte sie lieber vermeiden. Doch als Ryan sie noch fester an sich zog und sie leicht hinterm Ohr küsste, wusste Melody, dass er es auf jeden Fall wahrgenommen hatte. Sie wurde sofort wieder rot, entzog sich ihm aber nicht.

Als das Essen dann auf der Decke stand, schoben sich alle dort hin und stürzten sich begeistert darauf.
Ryan zog Melody wieder neben sich und fing an sie mit den verschiedensten Sachen zu füttern. "Wir haben doch den Befehl von Wendi, dafür zu sorgen, dass du ordentlich isst. Da du das scheinbar nicht befolgen willst, muss ich das wohl für dich tun." Lachend schob Ryan Melody ein Stück Hühnerbrust in den Mund. Melody grinste zurück, nahm ebenfalls ein Stück Fleisch und schob es Ryan zwischen die Zähne. Der nahm es begeistert, hielt dann jedoch ihre Hand in seiner fest und schleckte sinnlich ihre fettigen Finger ab. Sein Mund nahm jeden Finger auf und sog zart daran, dann leckte seine Zunge den Saft und das Fett weg und zog ihn ganz langsam wieder aus seinem Mund. Melody hatte so etwas Sinnliches noch nie in ihrem Leben gesehen und konnte ihn nur fasziniert dabei beobachten. Ihre Gefühle spielten dabei verrückt und ihre Katze kam an die Oberfläche. Das war ein Spiel, das ihre Katze interessierte. Ihre Augen fingen an zu blitzen und ein leises Schnurren, dass jedoch nur Ryan hören konnte, kam ihr über die Lippen.

Ryan leckte Melodys Finger einzeln ab. Als er beim letzten ankam, konnte er in Melodys Verhalten eine Veränderung spüren.

Er sah ihr in die Augen und wusste sofort, dass ihre Katze an der Oberfläche wartete. Leise lachte er und ließ seinen Tiger ebenfalls aufsteigen. Als er Melodys Schnurren hörte, konnte er von seinen Tiger ebenfalls ein zufriedenes Brummen vernehmen.
"Hey, ihr beiden. Wolltet ihr nicht etwas als Katzen herum laufen? Ich glaube, das wäre jetzt eine gute Idee." Eric hatte sie mit seinem Vorschlag aus der Versenkung zurückgerufen.
Ryan grinsten seine Familie dankbar an. Natürlich hatten sie bemerkt, was zwischen ihnen vorgegangen war, denn jeder Katzenmensch konnte spüren, wenn bei einem anderen die Katze herauskam oder er knapp vor der Verwandlung stand. Sie grinsten wissend.
Ryan sah zärtlich zu Melody hinunter. "Wir sollten wirklich etwas schneller essen. Dann können wir zum Strand laufen."
Melody nickte dazu nur. Ryan nahm sich sofort noch ein Stück Huhn, doch als er sah, dass Melody nicht aß, knurrte er sie leise an. "Du musst auch etwas essen, sonst lauf ich mit dir nirgends hin. Oder möchtest du wieder von mir gefüttert werden?" Melody sah kurz zu ihm und nahm sich sofort ein großes Stück Brot mit Schinken. Lachend schob sich Ryan auch noch ein großes Bratenstück in den Mund. Nach einer weiteren Viertelstunde waren alle satt und lagen im Gras.
"Was ist, wollen wir uns in die Büsche schlagen?"
"Ja, ich muss nur rauf mir einen Badeanzug anziehen. Aber du musst dich wahrscheinlich auch noch umziehen, oder?"
Ryan lachte dazu nur. "Nein, ich habe eine Boxershorts darunter an, die reicht für den einsamen Strand, an den ich dich bringen werde."
Melody wurde wieder etwas rot. "Ich bin gleich wieder da"
Schnell lief sie ins Haus. Ryan lachte ihr hinterher.
Lelia sah hinter Melody her. "Sie ist einfach perfekt für dich, Ryan. Ich mag sie sehr. Sie liebt die Kinder jetzt schon abgöttisch, ist immer zuvorkommend und freundlich. Es tut mir im Herzen weh zu wissen, was diese junge Frau alles durchgemacht hat. Wann wirst du sie fragen?"

Ryan lachte seine Familie an. "Heute Abend, wenn wir alle bequem im Wohnzimmer sitzen."
Alle nickten dazu nur. Dann kam Melody wieder zurück. Sie hatte nur einen weißen Badeanzug an, trug keine Schuhe und sonst auch nichts bei sich. Als Ryan sie kommen sah stand er auf und schlüpfte aus seiner Hose.
"Na los meine Schöne, auf geht's."
"Bis bald", sagte Melody noch, dann wurde nach einem kurzen Lichtschein ein weißer Tiger aus ihr.
Siri quietschte erfreut. "Mama, Melody ist wirklich ein weißer Tiger. Ist sie nicht schön?"
Melody kam herüber, ließ sich von Siri hinter dem Ohr kraulen und schnurrte laut, so dass Siri sofort wieder vor Freude quietschte und Melody fest umarmte. Die anderen sahen den beiden fasziniert zu.
"Ich muss gestehen, ich sehe ebenfalls das erste Mal einen weißen Tiger." Ryan schmunzelte fasziniert. "Sie ist wirklich sehr schön in ihrer Katzenform."
Als Melody sich endlich von Siri losmachen konnte, kam sie zu Ryan und strich um seine Beine. Der kniete sich hin und zog ihre Schnauze zu sich. Dann küsste er sie zärtlich und verwandelte sich ebenfalls.

Melodys Tiger sah freudig Ryan bei seiner Verwandlung zu, als er dann vor ihr stand, war sie fasziniert. Er war ein wunderschöner, riesiger Tiger und er strahlte eine unbezwingbare Macht und Wildheit aus.
Ryan kam auf sie zu und leckte ihr zart über die Schnauze. Dann stupste er sie und lief los. Das ließ sich Melodys Tiger nicht zweimal sagen. Sofort war sie hinter Ryans her.

Die anderen sahen ihnen mit Ehrfurcht hinterher. Sie waren ein eindrucksvolles Paar. Ryan war ein extrem großer und bulliger Tiger. Melody war ein schlanker, kleinerer Tiger, doch durch ihre weiße Färbung mindestens genauso auffällig. Sie liefen

zusammen bis zur Grundstücksgrenze, dann sprangen sie mit einem Satz über dem Zaun und waren aus ihrem Blickfeld verschwunden.
Lelia freute sich riesig für ihren großen Bruder. Melody war perfekt für ihn. Er brauchte jemanden, um den er sich kümmern konnte und Melody brauchte jemanden, der sich um sie kümmerte.
"Die zwei sind wirklich wie füreinander geschaffen." Wulf sah ihnen ebenfalls begeistert hinterher.
Siri fing plötzlich an zu weinen. "Ich will auch mit Tante Melody und Onkel Ryan spazieren laufen."
Lelia war verblüfft. Siri hatte Melody das erste Mal mit Tante betitelt. Das zeigte ihnen, das Melody für Siri ebenfalls schon zu Ryan gehörte.
"Das nächste Mal vielleicht, heute wollen die beiden ein bisschen alleine sein".
Sie setzten sich wieder auf die Decke und genossen die Sonnenstrahlen.

Ryan blieb neben Melody. Er konnte ihren Duft als Tiger noch stärker wahrnehmen. Als sie die Dorfstraße entlang liefen, sahen ihnen die Einwohner begeistert nach. Ryan erkannten sie natürlich, doch einen weißen Tiger hatten auch hier die meisten noch nicht gesehen. So wurden sie ohne es zu merken eine Attraktion über die noch länger geflüstert wurde.
Ryan knurrte leise und lief etwas langsamer, er wollte Melody die Chance geben etwas vom Dorf wahrzunehmen. Als sie an einem Geschäft für Künstlerbedarf vorbeikamen, blieb sie so abrupt stehen, dass Ryan fast weiter gelaufen wäre. Er drehte wieder um und ging zu Melody. Die hatte sich mit den Vorderpfoten auf den Schaufensterrahmen gestellt und sah fasziniert hinein. Ryan stellte sich neben sie und beobachtete die Gegend. Natürlich wurden sie in kurzer Zeit von diversen Katzenmenschen umring. Doch keiner kam ihnen zu nahe, da Ryans Körperhaltung das eindeutig verbot. Er stupste Melody

leicht in die Seite. Die sah zu ihm und erst jetzt wurde ihr bewusst, wie viele Menschen schon um sie herum standen. Sofort kam sie ganz nahe an seine Seite. Ryan ging langsam durch die Menschen, die ihnen sofort eine Gasse öffneten. Melody hielt sich so nahe hinter ihm, dass er sie atmen hören konnte. Als sie an den Menschen vorbei waren, verfielen sie wieder in einen lockeren Trott.

Nach einiger Zeit kamen sie an den Strand. Ryan lief jedoch mit Melody weiter bis er an eine Stelle kam, die völlig einsam lag. Hier war das Wasser türkis und der Strand war durch Felsen von allen Seiten nicht einsehbar.

Ryan legte sich auf einen Felsen, doch Melody wollte sich nicht ausruhen. Sie lief mit großen Sprüngen ins Wasser und schwamm ein Stück. Als sie sich wieder umdrehte, war plötzlich Ryan neben ihr. Er hatte sich zurückverwandelt und lachte ihr entgegen. Melody verwandelte sich direkt im Wasser zurück und wurde sofort von Ryans Armen umfangen.

"Hallo, mein Kätzchen. Wie hat dir unser Dorf gefallen?"

Melody sah in seine samtigen dunkeln Augen. Diese Augen würde sie immer und überall erkennen. Auch sein Tiger hatte diese schönen Augen, die Melody so liebte. Melody erschrak leicht. Hatte sie gerade gedacht, sie liebte diese Augen? Himmel, sie hatte sich in Ryan Hals über Kopf verliebt und es war ihr bis jetzt nicht einmal aufgefallen. Was war nur los mit ihr? Wie konnte sie einem Mann nur so schnell verfallen? Doch Melody wusste es. Mit seiner liebevollen zärtlichen Art, hatte er ihr Herz im Sturm erobert. Doch das dürfte nicht sein. Sie war nicht normal und er würde sie nur bemitleiden oder noch schlimmer: verabscheuen, wenn er es wüsste.

Ryan beobachtete Melodys Minenspiel. Er war sich nicht ganz klar, was in ihrem Kopf vor sich ging. Doch plötzlich konnte er in ihren Augen etwas anderes lesen, Erstaunen, Begreifen und dann sprach eindeutig Liebe aus ihnen. Das kam so plötzlich und Melody schlug dann sofort die Augen nieder, dass sich Ryan nicht sicher war, ob er wirklich alles richtig interpretiert

hatte. Als er Melodys Kinn zu sich hob, sah er kurz wieder diesen Schmerz in ihren Augen und jetzt auch Verzweiflung. Verdammt, was ging nur in Melody vor? Er musste sie dringend heute darauf ansprechen. Das Gefühl der Dringlichkeit wurde immer stärker. Er wollte aber nicht hier am Strand das Gespräch suchen, da es schon später Nachmittag war und sie dann sicher in die Dunkelheit hineingeraten würden.
Er zog sie fest an sich und fragte sie nochmals mit normaler Stimme. "Überlegst du noch, wie dir unser Dorf gefallen hat, oder schläfst du mir hier im Wasser ein?"
Jetzt musste Melody wieder lächeln. "Ich finde das Dorf sehr hübsch. Dein Clan sieht auch sehr nett und freundlich aus."
Ryan nickte dazu nur. Sie hatten ihn natürlich alle erkannt und somit waren alle freundlich. Doch bei fremden Katzen war das nicht immer so. Jeder Clan hatte ein Revier und das verteidigten sie normalerweise ziemlich konsequent. Da konnte es schon mal zu Kämpfen mit blutigem Ausgang kommen. Doch Ryan hatte seinem Clan mit seiner Körperhaltung sofort den Befehlt gegeben: 'Eine falsche Bewegung in Richtung meiner Katze und ihr werdet es bereuen.' Alle hatten es verstanden, dadurch war keiner auch nur in die Nähe von ihnen gekommen, obwohl sie sicher furchtbar neugierig waren, wer die fremde Katze war und wie sie mit ihm, Ryan, verbunden war.
Melody sah ihn jetzt mit ihren blauen Augen so sehnsuchtsvoll an, dass er nicht widerstehen konnte. Er zog sie fest an sich und küsste sie zuerst zart, doch als er ihr Entgegenkommen spürte, wild und besitzergreifend.

Melody konnte sich nach dem Kuss nur noch verkrampft an Ryan festhalten. Ihre Füße wollten sie nicht mehr tragen. Doch sie hätte sich keine Sorgen machen müssen, denn Ryan hielt sie fest umfangen und lächelte liebevoll zu ihr hinunter.
"Wir sollten wieder zurücklaufen, damit wir bis zum Abendessen wieder zu Hause sind und vorher vielleicht noch duschen gehen können. Meine Familie wird es uns sicher danken."

Lachend küsste er Melody auf die Nasenspitze. "Also wie schwimmen wir zurück ... so oder als Tiger?" Ryan hatte noch nicht ausgesprochen, als er auch schon die vertrauten Lichtpunkte sah und er wieder seine weiße Tigerin in den Armen hielt. "In Ordnung, ich glaube du willst als Katze schwimmen." Sofort verwandelte er sich ebenfalls wieder in seinen Tiger und schwamm mit Melody zum Strand. Dort schüttelten beide das Fell, um das ärgste Wasser heraus zu bekommen und liefen den Weg wieder zurück. Als sie durchs Dorf kamen, standen noch mehr Menschen auf der Straße und sahen den beiden Katzen begeistert nach. Ryan hatte das Gefühl, als wäre sein ganzer Clan hier auf der Straße versammelt und er musste innerlich schmunzeln. Mitten auf der Straße liefen ihnen plötzlich drei Kinder entgegen und winkten und quietschten erfreut. Ryan wurde langsamer, da er nicht wusste, ob ihm die Kinder in den Weg springen wollten. Doch sie waren völlig von Melody fasziniert. Als sie stehen blieben, umringten sie sie sofort. Die Eltern der drei liefen alarmiert herbei. Doch die Kinder redeten schon wild auf Melody ein.
Als Ryan die Lichtpunkte um sie sah, verwandelte er sich ebenfalls zurück. Er stellte sich sofort nahe zu ihr.
"Von wo bist du? Warum bist du weiß? Wie ist dein Name?" So ging es mit den diversen Fragen weiter.
Melody lachte und beugte sich zu den drei Kindern hinunter. "Ich heiße Melody. Ich bin aus Österreich. Und ich bin schon in der weißen Farbe geboren worden."
Jetzt waren die Eltern der Kinder da, nahmen sie von Melody weg und sahen furchtsam zu Ryan, der ziemlich verärgert dastand.
"Es tut uns leid, Herr. Wir haben kurz nicht aufgepasst und die Kinder waren so neugierig auf den weißen Tiger, dass wir zu spät bemerkten, wie sie sich wegschlichen."
Ryan knurrte nur erbost. Die Clanleute, die in der Nähe standen, traten furchtsam einen Schritt zurück.
Melody hörte das Knurren ebenfalls und drehte sich zu Ryan um. "Warum bist du so böse auf deinen Clan? Die Kinder haben

uns ja nichts getan. Sie sind genauso neugierig auf einen weißen Tiger wie Siri."
Die Clanmitglieder, die in ihrer Nähe standen, hielten den Atem an. Noch keiner hatte sich getraut, einen Befehl von Ryan zu hinterfragen. Was würde er mit dieser Frau tun?
Ryan sah in Melodys fragende Augen und musste leicht grinsen. Er zog sie an sich uns küsste sie wild und strafend. Melody wurde sofort rot und versteckte ihr Gesicht an seinem Hals. Dann flüsterte er ihr so leise ins Ohr, dass nur sie es hören konnte. "Bist du dir bewusst meine Süße, dass du gerade den Befehl eines Clanoberhauptes in Frage gestellt hast?"
Melody wurde blass und sah vorsichtig zu den Leuten um sie herum. Doch sie reagierte sofort richtig und sagte laut zu ihm: "Es tut mir leid, ich kenne die Gegebenheiten hier noch nicht, daher kann ich eigentlich nicht wirklich einschätzen, warum du auf deinen Clan böse bist. Ich wollte dich nicht in Frage stellen."
Jetzt musste Ryan lachen. Sie hatte ohne auf ihr Ansehen zu achten sofort ihre Unterwürfigkeit erklärt. Die Clanmitglieder atmeten aus, als sie die unterwürfigen, entschuldigenden Worte von der Frau hörten. Ryan küsste Melody zärtlich auf die Nase.
"Ich verzeih dir, meine Kätzchen."
Die Clanmitglieder mussten jetzt alle grinsen. Es wurde immer deutlicher, dass diese Frau zu ihrem Clanoberhaupt gehörte. Es hatte sie zwar noch keiner gesehen, doch scheinbar war da etwas im Busch, was sie sicher bald offiziell erfahren würden.
"Was ist ... wollen wir jetzt weiter nach Hause laufen, oder hast du noch irgend was anderes vor?", fragte Ryan.
Melody antwortete wieder einmal nicht, sondern verwandelte sich in ihren weißen Tiger. Dann sah sie ihn abwartend an. Er beugte sich zu ihr hinunter und küsste sie leicht auf die Schnauze. "Na dann los, meine Kleine." Mit diesen Worten verwandelte er sich ebenfalls. Die Clanmitglieder machten für die beiden sofort den Weg frei und Ryan stupste Melody, dass sie vorlaufen sollte. Er wollte hinter ihr bleiben, so dass sie nicht wieder irgendwo abbiegen konnte.

Melody sah zu Ryan, leckte im kurz über die Schnauze und war schon auf und davon, bevor sie noch sein Knurren hören konnte. Die Clanmitglieder sahen ihnen fasziniert und erfreut nach. Ihr Clanoberhaupt hatte sich wirklich eine wunderschöne Katze ausgesucht.

Diesmal kamen sie ohne weitere Unterbrechung bis zu ihrem Anwesen. Sie sprangen über den Zaun und liefen auf das Haus zu. Als sie bei den Stufen angekommen waren und sich zurück verwandelten, hatte bereits die Dämmerung eingesetzt.

Ryan nahm Melody bei der Hand und zog sie ins Haus. Dort wurden sie schon von aufgeregten Familienmitgliedern erwartet.

Lelia kam ihnen sofort entgegen. "Wo wart ihr nur so lange. Es wird gleich dunkel. Wir haben uns schon überlegt, ob wir euch mit dem Auto suchen sollen."

Ryan zog Melody an sich und lachte nur beruhigend. "Als wir durchs Dorf gelaufen sind, hatten wir einen kleinen Zusammenstoss mit drei Kindern, die ganz fasziniert von Melodys weißem Tiger waren." Melody wurde etwas rot, als sie an die Szene dachte. "Wir gehen nur schnell duschen, dann kommen wir zum Abendessen wieder herunter." Mit den Worten zog er Melody hinter sich die Treppe hinauf in ihre Räume.

Als sie dort im Wohnzimmer standen, ließ Ryan Melody los und wollte unter die Dusche schlüpfen, doch Melody blieb mitten im Zimmer stehen und sah ihm nach. Er drehte sich sofort um und ging wieder zu ihr. "Was ist, meine Süße? Gehst du nicht duschen?"

"Doch, gleich." Melody sah in jetzt bedrückt an. "Ryan, es tut mir leid. Ich habe nicht nachgedacht, als ich dich im Dorf nach deinen Gründen für einen Befehl fragte. Ich werde es nie wieder machen. Bist du mir sehr böse deswegen?"

Ryan sah auf die bedrückte Melody hinunter und zog sie fest in seine Arme. "Kleines, ich bin nicht böse auf dich. Du hast die Situation dann noch ziemlich gut wieder hinbekommen. Meine

Leute kennen mich gut und wissen, was sie an mir haben. Doch bei einem schwachen Clanoberhaupt hätte so etwas zu großen Problemen führen könne. Ich habe dich eigentlich nur darauf aufmerksam gemacht, damit dir bewusst ist, was du gerade getan hast. Du musst dir keine Sorgen machen. Ich bin hier bei Weitem der stärkste Alpha und meine Leute stehen alle hinter mir. Also verbuch es einfach als Lektion in deinem Gedächtnis und aus. Also ab unter die Dusche mit dir, damit wir dann essen gehen können." Ryan gab Melody einen kurzen Kuss und schubste sie in Richtung ihres Zimmers.

Melody war erleichtert, sie hatte noch nicht realisiert, dass Rayn ein Clanoberhaupt war. Sonst hätte sie niemals einen seiner Befehle hinterfragt. Das wäre ihr bei Stefan auch nie in den Sinn gekommen.
Es war ihr heute bewusst geworden, dass sie Ryan liebte. Er war alles, was sich eine Frau nur wünschen konnte. Doch es würde nie ein Happy End für sie beide geben. Melody stieg unter die Dusche und ließ ihren Tränen freien Lauf. Sie sollte so bald wie möglich abreisen, um nicht noch mehr verletzt zu werden. Doch ihr Herz wurde schwer, sie fühlte sich in dieser Familie so wohl wie schon lange nicht mehr. Sie hatte immer gerne alleine gelebt, doch jetzt dachte sie mit Schrecken an ihre leeren Räume zu Hause.
Als sie fertig war zog sie sich etwas Bequemes an und ging zu Ryan ins Wohnzimmer. Er saß entspannt auf einem Sofa und lachte ihr zärtlich entgegen. Melodys Herz fing schmerzhaft zu pochen an. Er war einfach wunderschön.
"Fertig, dann können wir ja zum Essen gehen." Ryan nahm Melody wieder an der Hand und zog sie hinter sich her. Er spürte ihre traurige Stimmung, doch er konnte erst etwas dagegen machen, wenn sie eingewilligt hatte seine Gefährtin zu werden.
Sie wurden schon von der ganzen Familie im Esszimmer erwartet und kaum hatten sie sich gesetzt, wurde auch schon

das Essen serviert. Anschließend zogen sie sich wieder alle ins Wohnzimmer, auf eine Tasse Kaffee, zurück. Die Kinder tobten wieder am Boden als Katzen herum und alle saßen entspannt lachend herum. Ryan hatte Melody zu sich auf Sofa und in seine Arme gezogen.

Melody fühlte sich so wohl, dass ihr Herz wieder zu schmerzen begann, als sie an ihren Abschied dachte. Ryan zeigte sein Interesse an ihr ziemlich deutlich und auch der Rest behandelte sie schon wie ein Familiemitglied. Doch was würde Ryan und die Familie denken, wenn sie von ihrer wahnsinnigen Seite erfuhren? Würden sie sich von ihr abwenden und sie aus dem Haus weisen? Das würde sie nie verwinden. Ihre Ängste waren ein Grund, warum sie bis jetzt keinen Katzenmenschen oder Menschen näher an sich gelassen hatte. Sie begann zu zittern und konnte sofort spüren, dass Ryan sie fester umfing. Als Melody zu ihm aufsah, blickten ihr seine fragenden Augen entgegen. Ryan hatte natürlich ihr Zittern gespürt und wollte wissen, was das ausgelöst hatte. Melody sah verzweifelt in Ryans schöne Augen. Würden sie diese Augen mit Abscheu ansehen, wenn er ihre Ängste kennen würde? Sofort blickte sie wieder auf ihre Hände. Sie musste weg, um sich wieder zu fangen.

Ryan hatte Melodys Zittern gespürt und sah etwas verwirrt zu ihr hinunter. Was hatte das ausgelöst? Melody sah ihn ruhig an, doch plötzlich konnte er in ihren Augen Verzweiflung sehen. Gleich darauf jedoch schlug sie wieder die Augen nieder und sah nur noch auf ihre Hände. Ryan war jetzt komplett verwirrt. Was ging bloß in ihrem schönen Kopf vor sich? Plötzlich löste sich Melody aus seinen Armen, sprang auf und murmelte etwas vom Badezimmer. Alle sahen ihr noch verwirrt nach, als Melody bei der Doppeltür stehen blieb und starr in den dunklen Vorraum blickte. Ryan sprang sofort auf.
"Verdammt, dunkler Vorraum." Er lief zu Melody und drehte sie zu sich um. Sie schien erstarrt und atmete fast nicht mehr. Er

drückte sie fest an sich und strich ihr zart über den Rücken. "Kleines, alles ist gut. Ich bin bei dir. Spürst du mich? Du musst jetzt mit mir atmen". Er ging mit seinem Mund ganz nah zu ihrem Ohr. "Hör mich atmen und atme mit mir." Nach ein paar bangen Sekunden konnte Ryan spüren, dass Melody sich seinem Atemmuster angepasst hatte. Dann fing sie an unkontrolliert zu zittern. Ryan nahm sie auf den Arm und setzte sich mit ihr auf dem Schoss wieder aufs Sofa. Dort drückte er sie fest an sich und atmete weiter gleichmäßig mit ihr.

Melody wollte nur noch weg und lief zur Doppeltüre. Erst jetzt wurde ihr bewusst, dass der Vorraum komplett dunkel war. Sofort kamen ihre Ängste zum Vorschein. Sie konnte spüren wie etwas Böses aus dem Dunkeln auf sie zu schlich. Aus Angst hielt sie wie in ihrer Kindheit sofort den Atem an und wurde ganz starr. Nur keine Geräusche machen, waren ihre einzigen Gedanken. Nach ein paar Sekunden spürte sie plötzlich wie sie gedreht wurde und sie eine beruhigende Wärme umfing. Leise konnte sie eine zärtliche Stimme beruhigend reden hören. Warum wollte die Stimme, dass sie mit ihm atmete? Sie atmete doch, oder? Melody konnte das warme Ein- und Ausatmen an ihrem Ohr spüren. Langsam wurde sie sich auch wieder ihrer Umwelt bewusst. Sie kannte die zärtliche Stimme und die Wärme, die sie umfing. Ryan! Melody fing aus Erleichterung unkontrolliert zu zittern an. Er war bei ihr und würde sie beschützen. Nach einer Zeit nahm sie auch wieder die anderen im Wohnzimmer wahr. Melody hatte Angst, was sie in deren Augen lesen würde. Doch das einzige was sie sehen konnte war Sorge um sie. Als sie zu Ryan aufsah, blickte er sie zärtlich an und lächelte ihr beruhigend entgegen. Jetzt erst wurde Melody bewusst, dass Ryan genau gewusst hatte, was er machen musste, als hätte er ihre Ängsten gekannt.
"Woher hast du gewusst, wie ich auf Dunkelheit reagiere?" Melody sah fragend zu Ryan auf.
Der lächelte und meinte nur: "Von Stefan."

"Von Stefan? Wann hast du mit Stefan gesprochen und warum?"
"Ich habe Stefan angerufen, um ihm um die Erlaubnis zu bitten, um dich zu werben. Ich möchte dich zu meiner Gefährtin machen." Ryan lachte liebevoll zu Melody hinunter.
Melody war jetzt komplett verwirrt. "Du willst mich noch immer zu deiner Gefährtin, obwohl dir Stefan erzählt hat, dass ich nicht ganz normal bin?"
Jetzt lachte Ryan laut und übermütig. "Kleines, wer ist schon ganz normal. Deine kleinen Eigenheiten werden wir schon unter Kontrolle bringen. Da mache ich mir keine Sorgen."
Melody sah immer noch sprachlos in seine Augen, doch sie konnte die Wahrheit dort lesen. Ryan wollte sie trotz ihrer irrsinnigen Anwandlungen. Verblüfft sah sie jetzt zum Rest der Familie. Die lachten ihr ebenfalls zustimmend zu.
"Nur weil du eine schwere Kindheit hattest, würden wir dich niemals ablehnen, Melody. Wir werden das schon hin bekommen, wir sind eine Familie und beschützen uns gegenseitig." Leila hatte zärtlich zu ihr gesprochen und alle anderen nickten zu ihren Worten.
Melody stiegen Tränen in die Augen und sie sah wieder zu Ryan auf. Er war der perfekte Mann, sogar jetzt, nachdem er ihr Geheimnis kannte, lachte er sie nur zärtlich und liebevoll an.

Ryan sah zärtlich zu Melody hinunter, die ihn noch immer ungläubig ansah. Er konnte sehen, wie sie langsam zu begreifen begann. Er wollte sie trotz ihrer Ängste. Als Melody plötzlich Tränen über die Wangen liefen, strich er sie zärtlich weg. Sie würde ihm gehören. Er wusste es in diesem Moment und er würde sie wie jetzt vor allen Ängsten beschützen. Er zog sie wieder fester an sich und drückte ihr Gesicht an seine Brust. "Ich und meine Familie werden dich immer beschützen. Du musst jetzt nur noch einwilligen, meine Gefährtin zu werden." Er sah fragend zu Melody hinunter. Ihren Blick konnte er nicht ganz deuten, also wartet Ryan gespannt ab. Als sie dann leise "ja" hauchte, hätte er es fast nicht gehört. Langsam beugte er

sich zu ihr und spürte sofort ihr Entgegenkommen. Zufrieden nahm er ihren Mund in Besitz. Seine Zunge begehrte Einlass und Melody öffnete ihm sofort ihr Innerstes. Er konnte Melodys leises Stöhnen in seinem Mund auffangen und zog sie noch fester an sich. Erst als er lautes Lachen hörte, fiel im wieder ein, dass er noch immer im Wohnzimmer mit seiner ganzen Familie saß. Leise lachend sah er zärtlich auf Melody hinunter, die ihm mit einem lustverschleierten Blick entgegen strahlte. Als er dann zu seiner Familie aufsah, nickten ihm alle wissend zu.
"Dürfen wir euch mal kurz stören und gratulieren?" Wulf grinste sie frech an.
Ryan spürte wie Melody verschämt von seinem Schoss auf das Sofa rücken wollte, doch Ryan hielt sie mit seinen Armen umfangen und ließ sie nicht los. Hier auf seinen Schoss war sie genau richtig und hier gehörte sie auch für immer hin. Als Melody spürte, dass er sie fest hielt, sah sie ihm mit rotem Kopf verwirrt an. "Kleines, du kannst dich schon daran gewöhnen auf meinem Schoss zu sitzen, denn ich werde dich nie wieder wo anders sitzen lassen."
Melody lehnte sich entspannt in seine Arme. Sie konnte es noch immer nicht glauben, Ryan wollte sie und seine Familie ebenfalls. Dann wurde sie jedoch von den anderen abgelenkt, die sie der Reihe nach küssten.
Lelia drückte sie auch noch fest an sich. "Willkommen in unserer Familie. Ich freue mich irrsinnig, das Ryan dich gefunden hat. Jetzt bin ich nicht mehr alleine mit der ganzen Männerwirtschaft." Lachend küsste sie Melody und Ryan auf beide Wangen und setzte sich wieder zu ihrem Mann.
Siri sah verwirrt zu den Erwachsenen. "Was ist los, warum küsst ihr alle Tante Melody und Onkel Ryan?"
Wulf lachte seine Nichte liebevoll an und zog sie zu sich auf den Schoß. "Weil Melody eingewilligt hat, bei Onkel Ryan als seine Frau zu bleiben."
Siri sah etwas irritiert auf. "Das hätte ich euch auch sagen können, dass Tante Melody zu Onkel Ryan gehört."

Alle sahen Siri kurz verdutzt an und verfielen dann in ein lautes Lachen. Lelia schnappte sich dann ihre Kinder und brachte sie wieder zu Bett.

Melody saß weiter fest an Ryan gelehnt und konnte ihr Glück immer noch nicht fassen. Sie war nur zu einem Urlaub hergekommen und jetzt hatte sie einen Gefährten und eine große Familie.

Nach einer halben Stunde kam Lelia wieder zu ihnen und setzte sich gemütlich zu den anderen.

Ryan beobachtete Melody indess zärtlich. Sie hatte sich auf ihm zusammengerollt und strahlte vor Glück. Wie hatte es diese Frau nur fertig gebracht in so kurzer Zeit sein Herz, seine Seele und auch seinen Körper zu erobern? Denn er spürte immer mehr das Begehren aufsteigen. Heute Nacht würde er die Magie der Katzenmenschen rufen und sie für alle sichtbar zu seiner Gefährtin machen. Leicht küsste er sie auf die Stirn und als ihre blauen Augen zu ihm aufstrahlten, küsste er sie zärtlich auf den Mund. "Dir ist schon klar, meine Kleine, dass ich meine Gefährtin auch heiraten werde, oder?"

Jetzt sah in Melody verblüfft an. "Du willst mich auch heiraten?" Das sagte sie wieder mal so verwirrt, dass alle anderen lachen mussten.

"Möchtest du nicht auch unseren Familiennamen annehmen?" Er konnte in ihren Augen die Freude lesen.

"Ja, ich möchte dich gerne heiraten und deinen Namen annehmen." Jetzt wurde Melody erst richtig bewusst, was das alles für sie verändern würde. Wenn sie mit Ryan verheiratet war, würde auch nichts gegen Kinder sprechen. Das führte Melody natürlich wieder zur ihrer 'Stiftung Kinderlachen'. Da sie angenommen hatte, dass sie niemals Kinder haben würde, hatte sie dort ihr ganzes Geld hineingesteckt. Doch jetzt, wo sie Ryans Gefährtin und Frau werden würde, musste sie ihm davon erzählen. Melody schreckte aus ihren Überlegungen auf und bemerkte, dass die Blicke der ganzen Familie auf sie gerichtet waren. Verwirrt sah sie zu Ryan. "Habe ich irgendetwas verpasst?"

Ryan lachte und zog sie an sich. "Ich hab dir nur gerade erklärt, dass wir es morgen sofort Stefan und Wendi erzählen sollten. Doch du warst so abwesend, dass wir neugierig wurden, was dich so beschäftigt."
Melody lachte erleichtert. "Ja, das sollten wir morgen machen. Ich habe mir nur überlegt, dass ich dir noch gar nichts von meiner Stiftung erzählt habe und ob ich sie in dieser Form weiterführen sollte, wenn wir verheiratet sind".
Ryan runzelte die Stirn. "Welche Stiftung?"
Eric beugte sich sofort vor, als der Verantwortliche des Familienvermögens war er jetzt ganz in seinem Element.
Melody lächelte leicht peinlich berührt. "Also meine Stiftung heißt 'Kinderlachen' und unterstützt Waisenhäuser rund um die ganze Welt." Melody sah in die Runde, ob irgendjemand es lächerlich fand, doch alle hörten ihr nur interessiert zu. "'Stiftung Kinderlachen', ja, von der habe ich schon gehört. Doch keiner weiß, von wem sie gegründet wurde und wo das Geld her kommt. Ich nehme an es kommt von dir?" Eric hatte stirnrunzelnd überlegt.
"Ja, ich habe alles Geld, das ich nicht gebraucht habe, dort hineingesteckt."
Eric nickte dazu nur. "Wie kontrollierst du die Stiftung?"
Jetzt wurde Melody rot und Ryan und Eric sahen sich erschrocken an. "Ich habe keine Ahnung, was mit meinem Geld geschieht. Ich war zwar schon bei zwei Waisenhäusern, aber den Rest habe ich meinen drei Verwaltern überlassen."
Ryan konnte richtig sehen wie Eric immer blasser wurde und krampfhaft schluckte. "Melody, das ist gelinde gesagt dämlich. Eine Firma braucht immer Kontrolle, auch wenn die Verwalter dir freundschaftlich gesinnt sind. Es kann immer eine Situation entstehen, wo der oder diejenige dann eine falsche Entscheidung trifft." Eric war von blass zu rot übergegangen.
Melody sah jetzt etwas verschreckt aus und Ryan zog sie fester an sich. "Kleines, würde es dir etwas ausmachen, nach unserer Heirat diese Stiftung in unseren Familienbetrieb einzubringen?

Dann könnte Eric alles kontrollieren und du wüsstest genau was mit deinem Geld geschieht."
Melody sah dankbar zu Ryan auf. "Das wäre mir sehr lieb. Ich weiß ja auch nicht, ob es dir recht ist, dass ich weiterhin das meiste von dem Verkauf meiner Bilder dort hineinstecke." Melody sah jetzt fragend zu Ryan.
Der küsste sie leicht auf die Nase und meinte zärtlich. "Süße, wir haben genug Geld in unserer Familie, du kannst mit dem Verkauf deiner Bilder finanzieren, was du willst. Ich möchte nur sicher sein, dass das Geld auch dort hinkommt, wo du es haben willst." Melody sah Ryan so erleichtert an, dass er sie wieder fest an sich zog. "Wir haben noch so viel zu besprechen, doch das muss nicht unbedingt alles heute Abend sein, oder? Was hältst du davon, wenn wir auf unser Zimmer gehen, meine Schöne?" Bevor sie eine Antwort geben konnte, hatte sie Ryan schon am Arm und rief seiner grinsenden Familie ein "Gute Nacht" zu.
Melody war jetzt über und über rot und ihr Körper glühte wie im Fieber. Je näher sie dem Schlafzimmer kamen, um so mehr fing Melody zu zittern an.
Ryan spürte Melodys Zittern und küsste sie zärtlich. "Hab keine Angst meine Kleine."
Sie sah ihn unsicher aber auch neugierig an. "Ich habe keine Angst, ich liebe dich, Ryan"
Jetzt musste Ryan ein freudiges Zittern unterdrücken. "Ich liebe dich auch, mein kleines Kätzchen."
Als er in seinem Schlafzimmer angekommen war, legte er sie zärtlich auf sein Bett. Melodys blaue Augen strahlten ihm mit soviel Liebe und Vertrauen entgegen, das Ryan nur zufrieden lächeln konnte. Er streifte seine Schuhe von den Füßen, zog das Hemd aus und legte sich zu ihr. Zärtlich beugte er sich dann über Melody und küsste sie.

Melody war von Ryan wie hypnotisiert. Er war einfach wunderschön und als er sein Hemd auszog und sich zu ihr legte, konnte sie ein erregtes Zittern nicht mehr unterdrücken.

Zärtlich beugte er sich über sie und küsste sie, seine Zunge verlangte Einlass in ihren Mund. Melody öffnete ihm bereitwillig und seine Zunge erkundete ihre feuchte Höhle. Dann wanderten seine Lippen langsam über ihren Hals zu ihren Ohren. Ryan saugte zärtlich an den Spitzen und Melody fing Feuer. Als er dann weiter ihren Körper entlang glitt, war es um sie geschehen. Sie konnte ihn nur stöhnend gewähren lassen.

Ryan hörte Melodys leises Stöhnen und knurrte zufrieden. Er glitt weiter zu ihren Brüsten und biss und leckte zart durch ihr T-Shirt ihre Brustwarzen, bis diese hart wurden und sich durch das jetzt feuchte T-Shirt drückten.
"Das erinnert mich an den Tag, als ich dich das erste Mal gesehen habe. Dein T-Shirt war so nass, dass ich jedes einzelne Muttermal von dir sehen konnte. Als mein Blick dich traf, stellten sich sofort deine Brustwarzen auf. Wenn die Situation anders gewesen wäre, hätte ich dich schon dort genommen, meine Schöne." Melody antwortete nur mit einem Stöhnen und er konnte sofort ihren sinnlichen Duft wahrnehmen. Seine Hände glitten unter ihr T-Shirt und zogen es ihr langsam über den Kopf. Melody trug keinen BH, das hatte er schon unten im Wohnzimmer gespürt. Sein Mund beschäftigte sich noch mit ihren Brüsten, als seine Hände schon weiter nach unten wanderten. Ryan streichelte ihren Bauch und ließ seine Finger in ihre Shorts gleiten, bis er ihre empfindliche Mitte fand. Er drückte seinen Handballen auf ihren Slip und massierte zärtlich ihren Schambereich. Melody wand sich unter seinen Händen und atmete immer schwerer. Ihr Duft nahm zu und Ryan konnte seinen Tiger fast nicht mehr unter Kontrolle halten. Doch er wollte Melody ihr erstes Mal so schön wie möglich machen und so hielt er sich noch zurück.

Melody spürte Ryans Lippen auf ihren Brüsten, seine Hand an ihrer Mitte und konnte sich nur noch stöhnend winden. Ihr Körper drängte sich seinen Händen und Lippen entgegen. Eine

Lustwelle nach der anderen überrollte sie und ließ sie nicht mehr klar denken. Melody hatte sich nie vorstellen können, warum alle immer von der körperlichen Liebe schwärmten, doch jetzt konnte sie sie verstehen. Ryan ließ in ihr Gefühle aufsteigen, die sie nie für möglich gehalten hätte. Seine Hand massierte jetzt rhythmisch ihre Mitte und als Melody den ersten Höhepunkt ihres Lebens hatte, glaubte sie ohnmächtig zu werden.

Ryan hielt Melody nach ihrem Orgasmus fest an sich gepresst. Sie zitterte und sah ihn so ungläubig an, dass er lächeln musste. Dann beugte er sich vor und zog ihr auch die Shorts und den Slip aus. Als sie nackt vor ihm lag, spürte er seine harte Erektion gegen seine Hose scheuern. Sie war einfach wunderschön.
Ryan stand auf und zog sich ebenfalls aus. Als Melody seine Erektion sah, wurde sie etwas blass, doch Ryan legte sich gleich wieder neben sie und zog sie fest an sich. "Alles in Ordnung, meine Süße?" Er spürte Melody nicken. Ryan zog ihr Gesicht zu sich hinauf und küsste sie zuerst zärtlich und als sie sofort auf ihn reagierte, stürmisch und wild. Seine Hände strichen jetzt besitzergreifend über ihren Körper, bis er Melody wieder stöhnen hörte. Dann löste er seinen Mund von ihren süßen Lippen und wanderte ihren Hals entlang zu ihren Brüsten. Diese umkreiste er mit seiner Zunge bis sich ihm Melody entgegen bog, dann glitt er weiter hinunter über ihre Hüftknochen bis zu ihrem weichen Lockendreieck. Jetzt spürte er Melody immer stärker zittern. Ryan wollte sanft ihre Schenkel öffnen, doch Melody drückte sie ängstlich zusammen. Lächelnd ließ er sie gewähren und fuhr mit seinem Mund weiter über ihre Hüfte zu ihren Oberschenkeln. Dann umkreiste er mit seiner Zunge ihre Knie und spürte wie sie ihm entgegen kam. Zufrieden glitt sein Mund weiter bis zu ihren Zehen. Er nahm jede einzeln in den Mund und zog sanft daran. Als er dann an der Innenseite ihres Fußes wieder langsam und zärtlich hinauf glitt, öffnete Melody automatisch immer mehr ihre Schenkel.

Siegessicher schob er sich jetzt zwischen ihre Beine und als er ihre Mitte erreichte, war Melody schon so in einem Lavastrom der Lust gefangen, dass sie seinen Händen sofort nachgab. Er drückte ihre Schenkel zart noch weiter auseinander und Melody wehrte sich nicht mehr. Zufrieden knurrend fand sein Mund ihre Spalte und fuhr mit seiner Zunge hinein. Melody bäumte sich jetzt so auf, dass er sie mit seinen Händen festhalten musste. Als sie unter einem weiteren Höhepunkt erschauderte, ließ er sie jedoch nicht los sonder fuhr jetzt noch zusätzlich mit einem Finger in ihr heißes, feuchtes Inneres.
"Ryan, was machst du mit mir. Bitte ... " Er hörte Melodys Flehen und lachte zärtlich, ja jetzt war sie fast bereit für ihn. Er ließ noch einen zweiten Finger in sie hineingleiten und versuchte sie zart etwas zu dehnen. Melody folgte jeder seiner Bewegungen und stieß leise Lustlaute aus. Ryan spürte seinen Penis noch härter werden. Jetzt war es so weit, er würde Melody zu seinem Besitz machen.

Melody spürte Ryans Finger tief in sich und wusste vor Lust nicht mehr ein noch aus. Sie konnte nur noch stöhnend seinen Vorgaben folgen und als er sie vorsichtig auf den Bauch drehte, wehrte sie sich nicht. Ryan drang mit seinen Finger von hinten wieder in sie ein, dabei hob er sanft ihre Hüften. Er schob sich zwischen ihre Beine und küsste sich ihre Wirbelsäule entlang.
Sie konnte ein leises zufriedenes Knurren von Ryan hören. Erst jetzt wurde sich Melody ihrer Stellung bewusst und sie versucht unsicher abzurücken. Doch Ryan presste sie fest an sich und als Melody seine harte Erektion spürte, war es um ihren Widerstand geschehen. Ryan drückte seinen harten Penis gegen ihre Spalte und bewegte dabei seine Hüften. Seine Hände fuhren abwechselnd sanft über ihre Klitoris.
Wenn Ryan sie nicht gehalten hätte, wäre Melody vor Lust zusammengebrochen. Doch Ryan hielt sie fest umfangen und als er spürte, dass sie knapp vor dem Höhepunkt stand, beugte er sich über sie und biss sie leicht in die Schulter. Melody wusste

natürlich von dem Besitzanspruchritual, daher erschreckte sie sich nicht, sondern drückte sich Ryan entgegen. Als sie ein Orgasmus wie ein Feuerwerk der Gefühle überkam, stieß Ryan in sie und biss sie gleichzeitig so fest in die Schulter, dass sie ihr Blut herunterrinnen spürte. Melody durchfuhr ein kurzer stechender Schmerz in ihrem Schoß und an ihrer Schulter, doch Ryan nahm ihren Körper mit soviel Wildheit in Besitz, dass sie nicht weiter darüber nachdenken konnte. Als sie Ryan hinter sich erlösend brüllen hörte und er sie nochmals fest an sich drückte, kam Melody erneut zum Höhepunkt.

Nachdem er Melody in Besitz genommen hatte, leckte er ihr zärtlich das Blut von der Schulter und legte sie vorsichtig auf das Bett. Dann zog er sie sofort wieder auf sich. Melody lag erschöpft auf seiner Brust und hatte die Augen geschlossen.
"Alles in Ordnung, meine Kleine?" Ryan strich ihr sanft eine Haarsträhne zurück.
Melody öffnete kurz die Augen und lächelte ihn an. "Ja, nur etwas erschöpft. Ich wusste nicht wie anstrengend dieses Ritual ist."
Ryan lachte zärtlich. "Ja, es geht etwas an die Substanz, doch jetzt gehörst du mir und ich kann dich immer und überall finden und fühlen. Ich liebe dieses Ritual."
Melody lachte leise. "Dieses Ritual wurde eindeutig von einem Clanmann erfunden, so könnt ihr euren Beschützerdrang noch mehr ausleben."
Ryan knurrte leise. "Nicht zu vergessen, dass jetzt jeder weiß, dass du mir gehörst."
Melody strich zärtlich über Ryans Wangen. "Ja, das ist auch ein Grund, warum dieses Ritual sicher von einem Mann erfunden wurde. Wir Frauen müssen einfach darauf vertrauen, dass ihr Männer keine andere ansieht. Das ist eigentlich unfair."
Ryan küsste Melody zärtlich. "Du weißt genau, dass uns durch das Ritual gar keine anderen Frauen mehr interessieren. Somit habt ihr uns eigentlich auch gebunden. Ab jetzt können

reihenweise nackte Frauen vor mir auf und ab gehen, ich würde nur an dich denken, wie du nackt vor mir im Bett liegst und auf mich wartest."
Melody lachte laut auf. "Das ist das Süßeste, was ich je gehört habe."
"Was ist, meine süße Gefährtin. Nachdem wir den offiziellen Teil hinter uns haben, könnte ich mich dir mit mehr Ruhe widmen." Dabei bewegt Ryan seine Hüfte und zog Melodys Oberschenkeln links und rechts neben sich. Jetzt konnte er auf seinem harten Glied die Hitze ihrer feuchten Spalte fühlen. Melody stöhnte leise und presste sich mit ihrem Unterkörper an seine Erektion. Als sie dann noch anfing, sich in seinem Rhythmus zu bewegen, war es um seine Zurückhaltung geschehe. Er hob Melody etwas in die Höhe und führte ihr seinen harten Penis vorsichtig ein. Dann ließ er sie langsam auf ihn hinunter. Er beobachtete sie dabei genau, denn er wollte ihr nicht wehtun.

Melody spürte wie Ryan sie in die Höhe hob und auf seinen harten Penis setzte. Er ließ sie jedoch nicht sofort auf ihn gleiten, sonder hielt sie noch fest um die Hüften. Melody wunderte sich noch warum er das tat, als er sie dann jedoch langsam runter ließ und sie das Gefühl hatte, von ihm aufgespießt zu werden, verstand sie seine Vorsicht. Sie zog kurz erschrocken den Atem ein und spürte sofort, das Ryan inne hielt und sie fragend ansah. "Geht es zu schnell, meine Kleine, sollen wir aufhören?"
Melody sah ihn zärtlich an. "Nein, ich war nur überrascht, es ist alles in Ordnung." Sie nahm seine Hände von ihren Hüften und glitt von selbst auf ihn. Dann musste sie jedoch kurz innehalten und atmete tief ein, da sie seine ganze Pracht erst verarbeiten musste

Ryan sah besorgt zu Melody auf, doch sie lächelte ihn nur zärtlich an. Als sie seine Hände von ihren Hüften nahm, dachte er eigentlich, sie wollte von ihm herunterklettern. Dann setzte sie sich jedoch ganz auf ihn und Ryan sah Sternchen vor Lust.

Er musste alle seine Sinne zusammen nehmen, um nicht sofort einen Orgasmus zu bekommen. Dabei half ihm jedoch, dass Melody kurzzeitig völlig ruhig auf ihm saß und schwer atmete. Nach ein paar Sekunden jedoch konnte er spüren, wie sie sich langsam auf ihm zu bewegen begann. Ryan legte wieder zärtlich seine Hände auf ihre Hüften und passte sich ihrem Rhythmus an.

Melody sah mit lustverschleierten blauen Augen zu ihm hinunter. Er konnte nicht widerstehen und zog sie zu sich, um sie zärtlich zu küssen. Als sich Melody dann wieder aufrichtete, streichelte er zart ihre Brüste und ließ seine Hände dann zu ihrer Mitte gleiten. Er schob sich zwischen ihre Schamlippen und fing an leicht ihre Klitoris zu massieren. Er spürte wie Melody erzitterte und anfing sich schneller auf ihm zu bewegen. Als er seinen Höhepunkt erreichte, presste er Melody aufstöhnend an sich und konnte spüren, das sie ebenfalls knapp vorm Orgasmus stand. Er streichelte jetzt schneller ihre Klitoris und wurde gleich darauf durch ihren erlösenden Lustschrei belohnt.

Dann klappte sie auf ihn zusammen und blieb auf seiner Brust ruhig liegen. Ryan zog sie fest an sich. Nach ein paar Minuten konnte er an ihrem ruhigen Atmen hören, dass sie auf ihm eingeschlafen war. Er drehte sich vorsichtig mit ihr auf die Seite und legte Melody neben sich. Als er langsam aus ihr herausglitt, konnte er ein leises protestierendes Murmeln von Melody hören.

Zufrieden knurrte er und sein Tiger und zog seine Gefährtin sofort wieder in seine Arme. Zärtlich sah er auf Melody hinunter. Ihr Mund war leicht geschwollen von seinen Küssen und ihr ganzer Körper strahlte eine Hitze aus, die ihn sofort wieder erregte. Doch er wusste, dass sie etwas Ruhe benötigte und da sie jetzt endlich ihm gehörte, konnte er auch noch bis zum Morgen warten.

Er deckte sie fest zu, zog sie noch fester an sich und schloss ebenfalls die Augen. Dann riss er sie jedoch nochmals auf und sah sich in seinem Zimmer um. Bis auf das bisschen Mondlicht lag sein Zimmer in völliger Dunkelheit und Melody hatte nicht ein einziges Mal eine Panikattacke gehabt. Lächelnd schloss er wieder die Augen. Das war eindeutig ein gutes Zeichen, wenn sie sich in seiner Gegenwart sicher genug fühlte, um ihre Ängste zu vergessen.

Wieder einmal erwachte Melody in Ryans Armen, doch dieses Mal wusste sie, dass sie auch wirklich dorthin gehörte. Als sie die Augen aufschlug, strahlten ihr schon Ryans erwartungsvoller Blick entgegen. Sie konnte ihr Glück noch immer nicht fassen, doch es war wahr. Ryan hatte sie gestern Nacht zu seiner Gefährtin gemacht. Jetzt konnte sie nichts mehr trennen. Glücklich strahlte sie ihren Gefährten entgegen.

Ryan war schon länger munter und versuchte krampfhaft das Begehren nach seiner Gefährtin unter Kontrolle zu halten. Doch als Melody dann endlich die Augen aufschlug und ihm mit soviel Liebe und Glück entgegen strahlte war es um seine Zurückhaltung geschehen. Er beugte sich zu ihr und küsste sie zärtlich und sanft. Sofort spürte er, dass Melody sich ihm öffnete und ihn erwartete. Mit einem wilden Knurren presste er sie fest an sich. "Himmel Kleines, wie kann es sein, dass du in der kurzen Zeit so komplett meine Seele, mein Herz und meine Körper eingenommen hast?"
Er konnte Melody leise lachen hörten. "Da geht es dir genauso wie mir, mein schöner Gefährte." Melody beugte sich vor und küsste zärtlich seine Brust. "Ich kann es immer noch nicht glauben, dass du mich ausgesucht hast. Es gibt sicher ziemlich viele schöne Katzenfrauen in deinem Leben, die dich alle nicht abgewiesen hätten, oder?" Fragend sah Melody zu Ryan auf.
Der lächelte zärtlich und küsste Melody auf die Nasenspitze. "Kleines, bevor ich dich getroffen habe, hat mich eine Frau nur als Bettgespielin interessiert. Aber du bist die einzige, mit der ich sofort ein Leben aufbauen wollte. Ich wusste vom ersten Moment an, dass du zu mir gehörst." Ryan streichelte sanft

Melodys Brüste und ließ seine Hände dann weiter zu ihrer aufregenden Mitte gleiten. Sofort stöhnte Melody erwartungsvoll auf und drängte sich seinen Händen entgegen. Ryan ließ seine Finger in ihre Spalte gleiten und fand sie feucht und bereit. Er kniete sich zwischen ihre Beine und nahm seine Gefährtin zärtlich und liebevoll in Besitz. Als er spürte, dass Melody ihren Orgasmus hatte, ließ er seine Bedürfnisse an die Oberfläche kommen und stieß noch ein paar mal kräftiger in ihren heißen feuchten Schoß und kam mit einem erlösenden Schrei ebenfalls. Dann drehte er sich um und zog Melody auf seine Brust. Die kuschelte sich sofort an seinen Hals und wäre fast wieder eingeschlafen. "Kleines, nicht wieder schlafen. Das Frühstück ist sicher schon serviert. Unsere Familie wird sich schon wundern, wo wir bleiben."

Melody hatte sich nach ihrem Orgasmus fest an Ryan gekuschelt. Sie liebte seinen Duft und das Gefühl in seinen Armen vor der ganzen Welt beschützt zu werden. Als er zärtlich flüsterte: "Unsere Familie wird schon warten", glaubte sie, ihr Herz würde vor Glück zerspringen. 'Unsere Familie' — das war das Schönste, was sie seit Langem gehört hatte. Glücklich strahlte sie zu Ryan auf und wurde sofort mit einem zärtlichen Kuss auf die Nase belohnt. "Es ist für mich ganz ungewohnt, dass ich jetzt eine große Familie habe auf die ich mich verlassen kann. Wir müssen unbedingt Stefan und Wendi anrufen." Melody war ganz aufgeregt und hüpfte sofort aus dem Bett. "Ich geh' schnell duschen."
Melody lief in die Dusche und drehte das warme Wasser an. Doch sie konnte kein Shampoo finden. "Ryan, weißt du wo das Haarshampoo ist?" Melody drehte sich zur Badezimmertüre und als Ryan dann lächelnd zu ihr kam, spielten ihr Herz und ihre Gefühle sofort wieder verrückt. Sein Körper war einfach perfekt und seine Augen strahlten sie mit soviel Liebe und Besitzerstolz an, dass sie von ihrer Mitte sofort wieder ein erwartungsvolles Pochen spürte.

Ryan stand in der Badezimmertür und sah Melody unter dem Wasserstrahl stehen. Das Wasser rann ihr zwischen den schönen festen Brüsten hinunter, fing sich kurz im Nabel um dann weiter zu ihrem Schoß zu laufen. Seine Augen folgten dem Wasser und als der dann Melodys Duft wahrnahm, konnte er nicht mehr anders. Ihre Familie würde warten müssen. Er stieg zu der freudig wartenden Melody unter die Dusche und zog sie an sich.
"Kleines, wenn wir so weiter machen, schaffen wir nicht einmal bis zum Mittagessen." Als er Melodys roten Kopf sah, musste er lachen und küsste sie zärtlich. "Was soll's, ich werde ihnen erzählen, dass ich leider dem Weg des Wassers folgen musste." Ryan fing sofort damit an und ließ seine Zunge dem Weg nachfolgen, denn er vorher beobachtet hatte. Als er am Nabel angekommen war, konnte er spüren, dass Melody sich stark auf ihn stützte, da ihr ganzer Körper vor Lust bebte. Zufrieden folgte er weiter dem Wasser. Er kniete sich vor Melody und spreizte zärtlich ihre Beine. Jetzt stützte sie sich schwer auf seine Schultern, doch als er vorsichtig ihre Hüften zu sich nach vorn zog, musste sie seine Schulter loslassen.
"Ryan", stöhnte sie nur leise. Das Zittern ihrer Füße nahm zu und sie stützte sich jetzt mit ihren Händen an der Duschwand ab. Ryan hielt mit einer Hand Melody fest an sich gepresst und mit der anderen Hand öffnete er ihre Spalte, um mit seiner Zunge eindringen zu können. Dann griff er unter Melodys Po-Backen und zog ihre Hüften links und rechts mit einer Hand noch näher zu seinem Mund heran. So konnte er sie halten, da ihre Füße sie sicher bald nicht mehr tragen würden, und noch tiefer in sie mit seiner Zunge eindringen.
Knapp vor dem Orgasmus ließen Melody die Beine im Stich und sie wäre umgefallen, wenn Ryan sie nicht fest an sich gepresst hätte. Als dann der Orgasmus kam, konnte sie nur noch erlösend aufschreien. Jetzt zog Ryan Melody zu sich herunter und drückte sie fest an seine Brust. Melody brauchte nach diesem Erlebnis einige Zeit, um sich wieder zu fangen. Sie spürte

Ryan zärtlich ihren Rücken streicheln und als sie ihn ansah, küsste er sie vorsichtig und liebevoll.
Ryan stand auf und zog Melody mit sich in die Höhe. "Was hältst du von duschen, meine schöne Gefährtin und ein Frühstück wäre wohl auch nicht verkehrt. Denn wenn du vom Fleisch fällst, wird mich Wendi sicher verfluchen." Lachend sah er tief in Melodys strahlende blaue Augen.
Melody konnte nicht anders und lachte verliebt zurück. "Ja, du könnest Recht haben. Wenn ich nicht mindestens fünf Kilos zunehme, wird Wendi glauben, du lässt mich hungern." Ryan lachte laut auf und fing an Melody mit einem Duschgel einzuseifen. Sie stöhnte leise auf. "Ryan, wenn du vor hast bald zu frühstücken, solltest du aufhören mich am ganzen Körper zu berühren."
Ryan wollte Melody und sich eigentlich nur schnell einseifen um dann mit ihr Essen zu gehen, doch als er sie jetzt leise stöhnen hörte, bekam er sofort eine Erektion, die an Härte nichts zu wünschen übrig ließ. Er konnte Melodys Bereitschaft sofort riechen und wusste, er würde ihrem Duft nicht widerstehen können. Langsam zog er sie an sich. Dann nahm er Melodys Hände und legte diese gegen Wand. Als sie über ihre Schulter verwirrt zu ihm zurück sah, lächelte er sie zärtlich an.
"Was machst du mit mir?" Melody konnte sich nicht erklären, was Ryan vorhatte. Er hielt ihre Hände mit seinem bedeckt an der Wand. Dabei stand er eng hinter ihr. "Bleib mit deinen Händen dort", flüsterte er ihr dann zärtlich ins Ohr. Melody spürte seine Lippen auf ihrem Hals und bog sich ihm entgegen. Als sie jedoch die Hände von der Wand nehmen wollte, knurrte Ryan hinter ihr. Sofort legte sie ihre Hände wieder an die Stelle, die er für sie ausgesucht hatte. Ryan fing an ihre Brüste zärtlich zu streicheln und glitt dann weiter zu ihren Hüften. Seine Lippen folgten immer wieder dem Weg ihres Halses und Rückens und zurück. Melody hatte das Gefühl zu verglühen. Als sie Ryans Hände an ihrer Mitte spürte, konnte sie nur noch verzweifelt und lustvoll stöhnen. "Ryan, was machst du nur mit

mir? Ich halt' das nicht mehr lange aus." Sie konnte Ryan zärtlich hinter sich lachen hören. Ryans harter Penis lag fest an ihren Po-Backen und als er einen Finger in ihre Spalte gleiten ließ, konnte sich Melody nur noch verzweifelt vor Lust an ihn drücken. In der Zwischenzeit zitterte Melody schon so stark, dass sie ihre Beine fast nicht mehr trugen. Ryan griff jetzt mit beiden Händen über ihre Hüften zu ihrer Mitte und zog sanft ihre Hüfte in die Höhe.
Gleich darauf spürte Melody ihn langsam in sich eindringen. Als Ryan sie dann fest an sich zog, entfleuchte Melody ein Lustschrei und sie kam fast sofort zum Höhepunkt.

Ryan spürte Melody am ganzen Körper zittern und lachte zufrieden leise auf. Als er ihre Hüfte zu sich zog und in sie eindrang, spürte er sofort, das Melody einen Orgasmus hatte.
Er blieb ganz ruhig in ihr bis sie wieder zu zittern aufgehört hatte und bewegte dann langsam und sinnlich seine Hüften. Sofort wurde er wieder mit einem tiefen Stöhnen von Melody belohnt.
Sie stand jetzt stark nach vorne gebeugt an der Duschwand. Ryan konnte ihre ausgestreckten Arme zittern sehen. Zärtlich hielt er sie mit einem Arm an sich gepresst. Die zweite Hand streichelt sanft ihre Klitoris und binnen weniger Minuten, konnte er Melody unter einem weiteren Orgasmus erbeben spüren. Ihre Arme zitterten jetzt schon so stark, dass Ryan sie sicherheitshalber mit beidem Händen um die Schulter umfing und etwas zu sich in die Höhe zog. Jetzt konnte er sich nicht mehr zurückhalten, er nahm sie hart und besitzergreifend und als er mit einem erlösenden Brüllen seinen Samen in sie verströmte, erbebte Melody noch einmal mit ihm. Ryan spürte, dass Melody vor dem Zusammenbruch stand und glitt sofort aus ihr, drehte sie zu sich um und zog sie fest an seine Brust. Melody hielt sich krampfhaft an seinem Hals fest und schmiegte sich in seine Arme.
Ryans Tiger knurrte zufrieden. Ja, so sollte es immer sein ... seine Gefährtin vom Liebesakt erschöpft in seinen Armen

haltend — daran konnte er sich wirklich gewöhnen. Als er jedoch auf Melodys erschöpftes Gesicht sah, wusste er, dass er etwas vorsichtiger mit ihr umgehen musste. Da sie scheinbar zu wenig aß, war ihr Körper sofort ausgelaugt. Ryan machte sich jetzt Vorwürfe. Es war ihm jetzt egal, ob sie frisch geduscht waren oder nicht. Melody benötigte sofort etwas zu essen und auch etwas Ruhe. Er zog sie liebevoll aus der Dusche und trocknete sie zärtlich ab. Melody sah ihm mit ihren blauen Augen müde zu. Er küsste sie zärtlich auf die Nasenspitze und zog sie ins Schlafzimmer, damit sich beide anziehen konnten.
"Komm meine Süße, bevor du mir noch zusammenbrichst werden wir jetzt etwas ordentliches essen gehen." Ryan zog sich Jeans und ein T-Shirt an und beobachtete dabei besorgt Melody. "Ist alles in Ordnung mit dir meine Kleine? Hab ich dich etwa mit unserem Liebesakt überfordert?" Besorgt sah er zu ihr, die immer noch mitten im Zimmer stand und vor sich hin starrte. Als wäre sie aus einem Traum aufgewacht, sah sie plötzlich auf und begegnete Ryans besorgten Blick.

Melody konnte es noch immer nicht fassen, dass Ryan wirklich zu ihr gehörte. Er war so liebevoll und zärtlich, dass Melody jede Minute, die sie mit ihm zusammen war, dahin schmolz. Ihr Herz schmerzte vor Liebe zu ihm und als er sie jetzt vorsichtig abtrocknete und ins Schlafzimmer führt, war sie sicher, dass alles nur ein Traum sein konnte. Konnte sie wirklich soviel Glück haben? Als Ryans besorgte Frage zu ihr durchdrang, sah sie überrascht auf. Seine Augen musterten sie besorgt und Melodys Herz setzte wieder eine Hüpfer aus. Sie ging ernst zu Ryan und zog seinen Kopf zu sich hinunter. Dann küsste sie ihn besitzergreifend und wild. "Himmel, ich kann es immer noch nicht glauben, dass du wirklich da bist und nur mir gehörst."
Sie sah in die schönen dunklen Augen von Ryan, der sie Anfangs verwirrt und dann belustigt ansah. "Ich glaube, meine schöne Gefährtin, ich habe dir heute schon einige Male bewiesen, dass ich nur dir gehöre, oder?"

Jetzt musste Melody ebenfalls lächeln. "Ja, das hast du wirklich und um auf deine vorherige Frage zurückzukommen: Mir geht es sehr gut, ich liebe dich. Doch etwas zu Essen und eine große Tasse Kaffee könnte ich schon vertragen."
"Dem steht eigentlich nichts im Wege, nur dass du noch nichts an hast. Möchtest du etwa so hinunter gehen?"
Melody sah verwirrt an sich hinunter und als sie mitbekam, dass Ryan schon voll angezogen vor ihr stand und sie noch immer nackt war, wurde sie über und über rot und lief sofort in die Garderobe, um sich anzuziehen. Sie konnte Ryan im Schlafzimmer zärtlich lachen hören und musste ebenfalls schmunzeln. Schnell zog sie sich an und lief wieder zu Ryan, der ihr stolz und glücklich entgegen sah.
Melody sah verschmitzt zu ihrem Schatz auf. "Würdest du bitte kurz einmal zum Fenster gehen?"
Ryan sah sie verwirrt an, ging aber wie gewünscht zum Fenster. "Und was soll ich jetzt beim Fenster machen, meine Süße"
Melody grinste ihn an und lief zur Tür. "Der erste, der im Esszimmer ist, darf den anderen füttern." Mit den Worten war sie schon aus der Tür und rannte die Treppen hinunter.
"Du kleines Biest", hörte Melody hinter sich Ryan knurren. Lachend schoss sie weiter die Treppe hinunter, sich bewusst, dass Ryan knapp hinter ihr lief. Doch durch den Trick hatte sie sich einen Vorsprung verschafft und er konnte sie auf der kurze Strecke nicht mehr einholen.
Sie schoss ins Esszimmer, doch als sie bremsen wollte, wurde sie von Ryan um die Taille geschnappt, in die Luft gewirbelt und dann küsste er sie hart und strafend. Erst durch das Lachen von diversen Personen wurde ihnen wieder bewusst, dass die ganze Familie noch am Frühstückstisch saß und sie amüsiert beobachtete. Wulf fast sich als erstes. "Hallo ihr zwei, sollten wir verstehen, was ihr beide da gerade abzieht?"
Ryan sah mit einem bösen Lächeln auf Melody hinunter, die ihn jedoch völlig unschuldig angrinste. "Dieses kleine Biest hat mich hereingelegt."

Melody sah ihn gespielt erstaunt an. "Wie kannst du sagen, ich hätte dich reingelegt. Du bist doch freiwillig zum Fenster gegangen, oder? Dass du beim Laufen so langsam bist, konnte ich ja nicht wissen." Dabei lachte sie ihn so glücklich und voller Liebe an, dass Ryan nicht mehr böse sein konnte.

Er zog sie an sich und küsste sie zärtlich. "Das bekommst du aber zurück. Meine Rache wird furchtbar sein, kleines Biest"

Melody lachte ihn jetzt offen aus. "Ich fürchte mich schon, wollen wir mal sehen, was dir einfällt."

Ryan knurrte zu dieser Herausforderung nur und zog sie zum Tisch.

Lelia wollte es jetzt aber genau wissen. "Warum genau seid ihr also die Treppen hinunter gelaufen?"

Melody erzählte ihnen die Geschichte und als sie ihren kleinen Trick zugab, amüsierten sich alle am Tisch.

Brian grinste seinen großen Bruder an. "Also wirklich, du lässt dich von einem Mädchen so einwickeln. Ich bin enttäuscht von dir" Das ließ alle am Tisch erneut in Lachen ausbrechen.

Ryan knurrte nur böse, musste dann aber auch lachen. "Na gut meine Süße, da du gewonnen hast, darfst du mich füttern. Aber für jeden Bissen, den du mir gibst, isst du ebenfalls einen."

Melody sah in Ryans dunkle Augen und wusste, dass er davon nicht abrücken würde und nickte ergeben. "Was magst du denn so gar nicht, mein liebevoller Gefährte?"

Ryan sah sie ungläubig an. Doch seine Familie gab Melody sofort lauter Tipps. "Er mag keine Schokoladefüllungen und Honig." Eric und Brian waren sofort Feuer und Flame und gaben Melody umfangende Auskünfte. Ryan knurrte immer lauter, je mehr gute Einfälle von der Familie an Melody weitergegeben wurden. Lelia fiel ein, dass Ryan eine extreme Abneigung gegen warmen Kakao hatte und sogar Siri erinnerte sich, dass Onkel Ryan eigentlich keine Orangen mochte.

Melody musste so lachen, dass sie fast vom Stuhl gerutscht wäre. "Ryan, was hast du deiner Familie angetan, dass sie mir sofort so bereitwillig helfen, dich zu quälen?"

Dieser sah böse in die Runde. "Ich habe eigentlich geglaubt, meine Familie liebt mich, doch langsam habe ich meine Zweifel."
Lelia, Phil und seine Brüder grinsten ihn vergnügt an. Wulf fasste es dann zusammen und meinte. "Wir lieben dich wirklich, aber wenn wir dir für deine etwas alphamäßige Art ein bisschen was heimzahlen können, sind wir alle begeistert dabei."
Ryan sah alle ungläubig an. "Was heißt alphamäßige Art? Ich fass das nicht." Mit einem verzweifelten Lachen schüttelte Ryan nur seinen Kopf und sah Melody ergeben an. "Aber eines solltest du noch bedenken, meine Süße. Für alles was du mir jetzt antust, werde ich dich heute Abend in unseren Räumen betteln lassen."
Melody sah etwas verwirrt aus, als sie dann mitbekam, was Ryan meinte, wurde sie über und über rot und holte tief Luft. Ryan hatte sie genau beobachtet und grinste sie mit einem überheblichen Machogrinsen an.
Lelia protestiert sofort. "Einschüchtern gilt nicht, du hast die Wette verloren, jetzt musst du die Wettschuld auch bezahlen."
Alle sahen jetzt abwartend zu Melody, was würde sie machen? Ryan grinst schon siegessicher, als Melody mit einem nervösen Lächeln zu Ryan meinte. "Ich habe schon ein paar Mal mit einem Alpha zu tun gehabt und ich glaube, du lässt mich sowieso dafür büssen, also kann ich ruhig vorher noch etwas Spaß haben, oder?"
Ryan sah sie so erschüttert an, dass alle anderem am Tisch nur in lautes Lachen ausbrechen konnten. "Ja, gib es ihm Melody!" Brian war begeistert aufgesprungen und rief sofort einen Diener. "Was sollen wir dir bringen lassen?"
Melody überlegte. "Also fangen wir mal mit einem warmen Kakao an, dann würde ich sagen wir arbeiten uns zu Toast mit Butter-Honig und einem mit Butter und Schokocreme durch. Dann natürlich für die Vitamine eine Orange und zum Abschluss darfst du dir was aussuchen. Damit du mir nicht unterwegs hungern musst. Was sagst du dazu, mein Schatz?"

Melody lachte Ryan so süß an, dass der schlucken musste.
"Mein Kätzchen, dafür lass ich dich nicht nur heute leiden."
Melody wurde ein bisschen blass, doch als sie seinen zärtlichen Blick sah, wurde sie wieder tapferer. Der Diener, der bereit stand, hatte sich alles gemerkt und war gleich darauf mit den gewünschten Zutaten gekommen. Doch Melody konnte Ryan nicht so leiden lassen. Sie bestrich die Toastbrote mit Butter, ließ aber den Honig und die Schokocreme noch in ihren Schüsseln.
"Du weißt, meine Süße, dass du auch etwas essen musst, sonst mach ich den Mund sicher nicht auf."
Melody nickte dazu nur und bestrich sich ebenfalls einen Toast mit Butter, legte sich jedoch Schinken und Käse darauf. "Also bist du soweit?"
Ryan verdrehte nur die Augen und nickte ergeben.
Melody nahm einen Toast und hielt in vor Ryan. "Mit wie viel Bissen schaffst du ihn zu essen?"
Ryan sah etwas verwirrt vom Toast wieder zu Melody. "Keine Ahnung, ich nehme an ich werde nicht mehr als fünf Bissen brauchen, warum fragst du das?"
Melody lächelte ihn nur zärtlich an und hielt in den Toast mit der Butter hin. "Beiß ab." Als Ryan verwirrt vom Buttertoast abbiss, tunkte Melody in der Zwischenzeit fünf ihrer Finger in den Honig und hielt sie vor Ryans Gesicht. "Zu jedem Bissen ein Finger voll Honig, wirst du das schaffen?" Melody lachte ihn zärtlich an und hielt dem verdutzen Ryan ihre Finger hin.
Ein Grinsen ging über Ryans Gesicht. Er nahm den ersten Finger von Melody und fing an, diesen abzuschlecken. Seine Zunge glitt von der einen Seite des Fingers zart über die Spitze und dann hinunter zur anderen Seite. Dann nahm er den ganzen Finger in seinen Mund und saugte zart daran.
Melody sah im fasziniert zu und musste dann schlucken. "Himmel, Ryan. Wie schaffst du es nur, ein simples Verfahren, wie einen Finger ablecken, so sinnlich zu gestalten?"
Ryan lacht laut auf und biss gleich darauf wieder in den Toast.

Dann zog er wieder Melodys Hand zu sich und fing an den zweiten Finger abzulecken. Doch dieses Mal begann er an der Spitze zart zu knappern, steckte sich den Finger dann langsam komplett in den Mund und zog ihn dann langsam wieder heraus. Melody wurde es immer heißer. Als Ryan den dritten Bissen nahm und sich wieder ihren Finger widmete, musste sich Melody bereits sehr zusammen nehmen, um das Lustgefühl zu unterdrücken. Natürlich wusste sie, dass es alle Männer am Tisch sofort mitbekommen würden. Da sie Ryan den Triumph nicht gönnen wollte, versuchte sie krampfhaft an etwas anderes, als Ryans zärtlichem Mund und Zunge zu denken.
Doch Ryan hatte kein Mitleid mit ihr. Er nahm den vierten Finger steckte ihn sich sofort komplett in den Mund und spielte dann mit seiner Zunge um den Finger herum. Melody sah jetzt schon etwas verzweifelt zu Ryan auf und wurde von seinen wissenden Blick gefangen.
Als er den letzten Bissen des Toastbrotes schluckte, zögerte Melody etwas ihm ihren letzten Finger zu geben.
"Was ist meine Süße, ich habe noch einen Finger Honig abzulecken." Leise lachend zog er Melodys Hand zu sich und fing an von der Spitze bis zu ihrem Handteller zu lecken, dann wieder zurück, bis der ganze Finger sauber war. Doch er gab ihre Hand nicht frei, sondern glitt mit der Zunge wieder bis zu ihrem Handteller und weiter zu ihrem Handgelenk. Melodys Puls war in der Zwischenzeit schon so auf Touren, dass Ryan das natürlich sofort spürte. Er blieb kurz auf ihren rasenden Puls mit seinen Lippen liegen und sah zufrieden zu ihr auf, dann glitt er wieder zum Ende des letzten Finger und ließ ihre Hand los.
Melody konnte nur noch in seine schönen triumphierenden schwarzen Augen sehen und hatte die anderen Familienmitglieder vollkommen vergessen. Erst als Brian lautstark protestiert, wurde sie wieder aus ihrer Erstarrung gerissen.
"Melody, was tust du da. Soll das ein Eintreiben der Wettschuld sein oder ein Bezahlen eines Wettgewinnes. Denn bis jetzt sieht Ryan nicht sehr gequält aus." Alle am Tisch lachten laut auf.

Also so möchte ich auch einmal gestraft werden, ich glaube irgendetwas habe ich bei eurer Wette falsch verstanden." Wulf grinste Ryan und Melody ebenfalls verwirrt an.
Melody bekam einen roten Kopf und Ryan lachte nur zufrieden. "Warum, ich bin doch brav und quäl mich mit dem Honig wirklich ab, um ihn hinunter zu bekommen." Dabei lachte er Melody so zärtlich an, dass sie sofort ein Ziehen in ihrer Mitte spürte. Sofort versuchte sie das Gefühl wieder zu unterdrücken, doch Ryan hatte ihre Bereitschaft bereits wahrgenommen und in seinen Augen sah sie ein zärtliches Versprechen leuchten.
Lelia lachte ebenfalls laut auf. "Also Melody, ich muss meinen Brüdern Recht geben, das mit dem Honig hast du etwas verpfuscht. Jetzt bemüh dich wenigstens mit der Schokosoße. Ryan schaut viel zu selbstzufrieden aus, du musst ihn jetzt in seine Schranken weisen, sonst wird er noch überheblicher als er eh schon ist."
Melody musste dazu grinsen und sah zu Ryan, der mit einem bösen Blick zu seiner Schwester starrte. Das führte bei allen wieder zu einem Lachanfall. "Na gut, wie kann ich dich mit der Schokosoße strafen." Melody sah überlegend zu Ryan.
"Süße, du hast deinen Toast noch nicht gegessen. Ich werde mich erst weiter quälen lassen, wenn du ihn gegessen hast." Ryan sah sie jetzt halb ernst und halb grinsend an.
Melody nahm schnell ihren Toast und aß ihn in Rekordzeit.
"Melody kann es gar nicht erwarten, Ryan weiter zu quälen. Hast du gesehen wie schnell der Toast weg war?" Brian brüllte vor Lachen und schlug sich begeistert auf den Schenkel.
Melody hatte schon eine Idee. Sie nahm eine Orange und schälte diese. Dann tunkte sie eine Spalte komplett in Schokolade und hielt das triefende Teil zwischen ihren Finger vor Ryans Nase.
Der sah etwas verzweifelt auf die vor Schoko triefende Orange und rümpfte die Nase. "Das willst du mir wirklich zu essen geben? Das sieht ziemlich süß und klebrig aus." Ryan sah mit einem verzweifelten Blick in die Runde. Alle waren begeistert und feuerten Melody an, es Ryan in den Mund zu stecken.

Diese musste über Ryans verzweifeltes Gesicht lachen. "Mein armer Schatz, nachdem ich ja genauso viel wie du Essen soll, werde ich mit dir leiden." Mit diesen Worten steckte sich Melody die Hälfte der Orange in den Mund, biss jedoch nicht ab, sondern hielt Ryan die andere Hälfte mit ihrem Mund hin. Ryans Augen fingen zu blitzen an. Er grinste und beugte sich zu Melody, um die andere Hälfte abzubeißen. Dabei griff er jedoch zu ihrem Nacken und zog sie fest an sich. Melody biss schnell die eine Hälfte der Orange ab, da sie nicht sicher war, ob Ryan ihr sonst nicht die ganze Orange in den Mund geschoben hätte. Er aß jedoch seine Hälfte ohne zögern, doch bevor er sie wieder los ließ, leckte er über ihren Mund und weiter ihren Hals hinunter. Als Melody nur noch leise stöhnen konnte, ließ er plötzlich von ihr ab und lachte sie selbstzufrieden an. Als Melody ihn verwirrt ansah, meinte er nur lachend. "Du hattest Schokosoße am Mund und am Hals, ich muss meine Wettschuld doch ehrlich begleichen oder?" Melody hob immer noch leicht verwirrt ihre Finger, um die Schokosoße abzulecken, doch bevor sie diese zu ihrem Mund führen konnte, hatte Ryan sie schon gepackt und leckte diese sinnlich ab. Sofort wurden wieder laute Proteste von der Familie ausgestoßen. Alle redeten durcheinander, doch in einem waren sich alle einig. Melody hatte bei der Ausführung der Wettschuld eindeutig versagt. "Also, Melody, das mit dem Bestrafen musst du noch etwas üben." Lelia konnten sich gar nicht mehr halten vor Lachen. Phil meinte dazu nur. "Lelia, warum quälst du mich nicht auch einmal so konsequent?" Melody bekam einen roten Kopf und sah etwas unangenehm berührt in ihre Kaffeetasse.
Ryan sah liebevoll zu seiner verwirrten Gefährtin. Als diese ihren Kopf senkte und mit roten Wangen in ihre Kaffeetasse starrte, stand er sofort auf und zog sie auf seinen Schoß. Er griff nach ihrem Kinn und zog ihr Gesicht zu sich heran. Dann küsste er sie besitzergreifend und wild. "Lass dich nicht von unserer Familie verunsichern. Sie wollen dich nur necken. Übrigens hast du dich wie eine liebevolle Gefährtin verhalten und nicht wie

böse Familienmitglieder." Dabei schaute er gespielt böse seine Familie an, so dass jetzt auch Melody mit den anderen lachen musste.

"Was ist Ryan, wolltest du deiner Gefährtin nicht noch etwas zeigen, bevor ihr wieder arbeiten gehen müsst?" Lelia grinste sie mit freudiger Erwartung an.

Melody sah jetzt neugierig zu Ryan. "Was wolltest du mir noch zeigen?"

Ryan sah zärtlich zu ihr hinunter. "Eigentlich wollte ich es dir zur Strafe, dass du mich so betrogen hast, nicht zeigen. Aber da das Bezahlen der Wettschuld von dir sehr angenehm gestaltet wurde, werde ich es wohl doch tun."

"Ryan, mach es nicht so spannend. Was willst du mir zeigen?" Melody sah jetzt neugierig und auch schon etwas gereizt zu Ryan auf.

Der lachte nur laut und zog Melody auf die Füße. "Na dann komm, meine neugierige Gefährtin." Er zog Melody aus dem Esszimmer hinaus auf die Treppen zu. Melody und Ryan konnten hinter sich die ganze Familie hören, wie sie lachend hinterher liefen. Siri und Rob waren beide so aufgeregt, dass sie sich sofort in Katzen verwandelten und die ganze Zeit zwischen ihren Füssen herum sprangen. So liefen alle zusammen die Treppen hinauf. Melody wunderte sich jetzt schon etwas, was das werden sollte. Hatte Ryan etwas in ihrem Zimmer als Überraschung? Doch dann liefen sie weiter in den zweiten Stock und als sie auch da nicht stehen blieben sondern nach oben liefen, war Melody schon mehr als gespannt, was sie erwarten würde.

Ryan hielt vor einer großen Doppeltüre an und drehte sich zu Melody um. "So, jetzt musst du die Augen zu machen und sie solange zu lassen, bis ich dir erlaube sie zu öffnen."

Melody sah Ryan und ihre grinsende Familie total verwirrt an. Sie schloss jedoch die Augen und spürte sofort, dass Ryan sie in die Arme nahm.

"Alles in Ordnung mein Kätzchen?", flüstert ihr Ryan leise ins Ohr.

Melody nickte dazu nur. In Ryans Armen würde sie niemals Angst haben. Sie wusste, er würde sie immer beschützen.

Ryan lachte zufrieden und zog sie weiter. Irgendeiner ihrer Familie hatte wohl die Türe geöffnet, denn sie gingen noch einige Schritte weiter. Melody bekam das Gefühl von einem großen Raum, denn die Schritte und das Kichern und Lachen der Familie klang jetzt anders.

"So meine Kleine, mach die Augen auf." In Ryans Stimme konnte man die freudige Erwartung auf ihre Reaktion hören.

Als Melody die Augen öffnete, erwartete sie schon das Schlimmste. Das erste was sie wahrnahm, waren riesige Fensterfronten. Es waren Fenster, die ins Dach montiert worden waren. Begeistert drehte sich Melody im Kreis. Sie war auf dem Dachboden, doch er war unwahrscheinlich hell und freundlich. Der Boden war mit beigen Fliesen ausgelegt und die schiefen Wände waren alle hell verkleidet. Der Raum selber hatte mindesten 300 Quadratmeter und strahlte sogar in seinem leeren Zustand eine Behaglichkeit aus, die Melody begeisterte. Das einzige was Melody noch herausbrachte war. "Himmel, dieser Raum ist der perfekte Platz für ein Atelier."

Ryan und der Rest der Familie hat Melody genau beobachtet und als sie ihre Begeisterung sahen, nickten sie sich zufrieden zu. Ryan nahm Melodys Hand, die immer noch verzückt zu ihm auf sah. "Wir haben uns gedacht, dass du diesen Raum vielleicht als Atelier nutzten möchtest."

Melody sah wie erstarrt in die Gesichter ihrer Familie, die sie alle zustimmend nickend ansahen. Melody konnte es nicht glauben. Wie hatte sie soviel Glück verdient ... Ryan und ihre Familie strahlten sie freudig an und warteten auf ihre Antwort. Jetzt konnte sie die Freudentränen nicht mehr zurückhalten. "Das ist das schönste Geschenk, das ich je bekommen habe. Es ist perfekt für ein Atelier. Ich glaube, ich träume", schluchzte Melody leise.

Ryan nahm sie in seine Arme und drückte sie fest an sich. "Scheinbar gefällt dir unsere Überraschung. Das Einrichten

überlassen wir ganz dir. Du kannst machen, was du willst. Den Laden im Dorf mit dem Malerbedarf hast du ja schon gesehen. Dort kannst du alles kaufen was du möchtest. Du brauchst es nur anschreiben zu lassen. Die Rechnung wird dann an uns weiter geleitet. "
Melody machte sich jetzt von Ryan frei und umarmte jeden einzelnen ihrer Familie.
Lelia lachte sie zärtlich an und drückte sie ebenfalls fest an sich. "Wir wollen dass du dich immer wohl fühlst, Melody. Ich werde dir gerne beim Einrichten helfen. Das wird sicher lustig, wenn die Männer am Festland arbeiten sind."
Melody küsste Lelia auf die Wangen und drückte sie ebenfalls. "Wie hab ich eine so liebe Familie nur verdient?"
Als sie Lelia los ließ und sich zu den Männern dreht, zog sie Eric an sich und drückte sie ebenfalls fest. "Wir sind froh, dass Ryan dich gefunden hat. Du passt perfekt in unsere Familie." Eric ließ sie los und sofort zog Brian sie in die Arme. "Ich bin ebenfalls froh, dass dich der griesgrämige Ryan gefunden hat. Jetzt kommt wieder etwas Action in die Familie." Brian ließ sie lachend los und Melody fand sich sofort in den Armen von Wulf wieder. Der drückte sie nur fest an sich und meinte leise: "Ich bin froh, dass du zu unserer Familie gehörst." Phil war der letzte. Er zog sie in die Arme und drehte sich mit Melody wie mit einem Kind im Kreis, so dass Melodys Füße den Boden verließen. Lachend setzte er sie dann wieder ab und meinte nur: "Gut, dass du da bist, kleine Schwester."
Melody war etwas schwindelig, doch sofort waren Ryans Arme da und zogen sie an sich. Noch bevor er noch etwas sagen konnte hörten sie Siri quengeln. "Warum dürfen alle Tante Melody küssen und ich nicht?"
Melody beugte sich sofort lachend zu Siri und zog sie zu sich. "Siri, meine Süße, ich hätte dich niemals vergessen."
Siri lachte Melody jetzt wieder glücklich an und drückte sich fest an sie. Sofort war auch Rob da und Melody drückte ihn mit der anderen Hand fest an sich. "War doch gut, dass ich ins

Wasser gefallen bin. Sonst hättest du Onkel Ryan vielleicht nie kennen gelernt, oder?" Siri sah fragend zu Melody und Ryan auf.
Ryan strich Siri über die Haare. "Ich glaube, Melody und ich sind vom Schicksal füreinander bestimmt worden. Ich hätte sie sicher auch anderes kennen gelernt." Dabei sah Ryan Melody zärtlich tief in die Augen, dass diese nur schlucken konnte. Sofort spürte Melody das vertraute Ziehen in ihrer Mitte. Sie sah schnell weg und konzentrierte sich wieder auf Siri und Rob.
Ryan zog Melody wieder zu sich hinauf und küsste sie wissend hinter ihr Ohr am Hals. "Wollen wir noch schnell Stefan und Wendi anrufen, bevor wir weg müssen." Ryan sah liebevoll auf Melody, die strahlte ihn jetzt wieder freudig an.
"Ja, lass sie uns anrufen. Ich habe Wendi viel zu erzählen."
Zufrieden lachend ging die ganze Familie wieder ins Erdgeschoß und machten es sich im Wohnzimmer bequem. Ryan drückte Melody das Telefon in die Hand.
Melody wählte als erstes die Nummer von Wendi.
"Wendi Gras hier, was kann ich für Sie tun?"
Melody musste leise lachen, Wendi klang am Telefon immer ziemlich aggressiv. Sie stellte das Telefon auf Freisprechfunktion, so dass die anderen auch mit hören konnten. "Wendi, hier ist Melody."
"Melody, meine Kleine. Geht es dir gut? Ist alles Okay? Erholst du dich auch? Isst du genug?"
Jetzt mussten alle im Zimmer laut lachen.
"Wendi, hör auf dir Sorgen zu machen. Mir geht es sogar sehr gut und ich habe eine Überraschung für dich."
Man konnte hören, dass Wendi nicht sehr begeistert von Überraschungen war, denn sie sie sprach zurückhaltend und vorsichtig. "Was für eine Überraschung hast du denn für mich?"
Ryan musste leise lachen. Wendi war ganz nach seinen Geschmack. Sie war um Melody besorgt und alles was nicht normal war, wurde von ihr mit Vorsicht betrachtet.
Als Melody ihr dann erzählte, dass sie hier auf der Insel einen Gefährten gefunden hatte und eine liebevolle Familie, konnte er

richtig Wendi die Stirn runzeln sehen. Er wusste genau, was in Melodys Beschützerin vor sich ging. Sie überlegte, ob dass alles mit rechten Dingen zuging und hatte ziemlich Angst, dass Melody verletzt werden könnte.
Ryan zog Melody an sich und sprach jetzt ebenfalls in Telefon. "Hallo Wendi, hier ist Ryan. Ich bin der Gefährte von Melody. Es freut mich dich kennen zu lernen, da du ja bis jetzt scheinbar die schützende Hand über Melody gehalten hast. Dafür werde ich dir immer dankbar sein."
Melody sah etwas verwirrt zu Ryan auf. Der lachte jedoch nur zärtlich zu ihr hinunter und wartete auf die Antwort von Wendi.
"Es freut mich ebenfalls dich kennen zu lernen, Ryan. Ich freue mich für Melody, dass sie einen Gefährten gefunden hat, aber es ging schon etwas schnell, oder? Ihr könnt von einander ja noch nicht wirklich viel wissen!"
Ryan wusste natürlich sofort, worauf Wendi anspielte. "Keine Angst Wendi, solltest du auf Melodys kleine Probleme anspielen, das wissen wir schon von Stefan und konnten es auch schon selbst erleben. Doch das ist eigentlich unwichtig, da ich Melody liebe und sie mich auch liebt."
Jetzt konnten sie ein befreites Lachen aus dem Telefon hören und eine erleichterte Wendi gratulierte ihnen mit Unmengen Glückwünschen und Küssen. Melody lachte dazu nur, doch die restliche Familie war dann doch erstaunt. Sie hatten von Wendi nicht diese quirlige Herzlichkeit erwartet.
"Wendi, wir werden heiraten. Ich hab zwar noch keine Ahnung wann und wo, aber du kommst doch zur Hochzeit, oder?"
Wendi lachte begeistert. "Süße, keine zehn Pferde würden mich davon abhalten."
Jetzt mischte sich wieder Ryan ein. "Wir haben in fünf Wochen ein Sommerclantreffen und ich würde Melody dann gerne zu meiner Frau machen. Können Sie es einrichten, so kurzfristig zu kommen? Wir haben, glaube ich, auch noch einige andere Sachen zu besprechen."

Wendi wurde wieder ernst. "Ja, wenn das Fest genau in fünf Wochen ist, könnte ich vielleicht schon eine Woche vorher kommen. Dann können wir alles Wichtige besprechen. Wir müssen durchdenken, was mit Melodys Besitz in Salzburg und Wien geschehen soll. Dann ihre Stiftung. Wie der Ablauf des Verkaufes ihrer Bilder vonstatten gehen soll und so weiter. Ich werde eine Liste aufstellen, von allen Sachen, die wichtig sind, und auch gleich alle Dokumente mitbringen, damit wir beratschlagen können, was damit geschehen soll oder muss."
Melody lachte laut zu den Gesichtern von Ryan und dem Rest der Familie. "Ich hab euch ja gesagt, dass Wendi ein Goldschatz ist. Ohne sie wäre ich schon lange verloren gewesen."
Wendi verabschiedete sich dann, mit den Worten. "Bis in vier Wochen, ich freue mich schon, euch persönlich kennen zu lernen. Alles was Melody betrifft werde ich in der Zwischenzeit hier regeln, bis wir in vier Wochen klären, was damit geschehen soll."
Eric fand als erstes wieder seine Stimme. "Melody, ich glaube wenn Wendi hier ist, werde ich versuchen, sie dir für unseren Familienbetrieb abzuwerben."
Lelia lachte Eric liebevoll an. "Was ist Eric, hast du dich in Wendi am Telefon verliebt?" Dann wandte sie sich verschmitzt an Melody. "Wie alt ist Wendi denn und wie sieht sie aus?"
Melody musste über das Gesicht der Männer lachen, doch bei Eric konnte sie echtes Interesse sehen. "Wendi ist eine kleine, rothaarige Frau. Sie ist etwa dreißig Jahre alt und noch Single. Sie hat zwar ein überwältigendes Temperament, doch wenn sie sich einmal für jemanden entschieden hat, gibt sie rückhaltlos alles um denjenigen zu helfen, zu schützen und verschenkt dabei ohne zu zögern ihr Herz." Melody hatte es mit soviel Zuneigung erzählt, dass es kurz ganz ruhig im Zimmer war.
Lelia fand als erstes die Sprache wieder. "Eric, ich glaube Wendi ist perfekt für dich. Ich freue mich schon wenn sie zu uns kommt, dass wird sicher lustig"
Jetzt mussten alle wieder lachen, nur Eric sah etwas verzweifelt aus.

Ryan grinste Eric wissend an "Wenn sich die Frauen etwas vorgenommen haben, schaut es schlecht aus, mein Bester. Du kannst nur noch die Flucht ergreifen, doch das lass ich dich als Clanoberhaupt nicht." Ryan grinste böse Eric an. "Warum wollt ihr eigentlich Wendi unbedingt mit mir verkuppeln? Wulf und Brian haben ebenfalls noch keine Gefährtin."
Lelia lachte wieder. "Brian ist für Wendi zu jung und Wulf kann mit einem Temperamentsbündel nichts anfangen. Noch dazu hat Wendi einen klugen Kopf fürs Geschäft. Sie gehört eindeutig zu dir."
Ryan beschloss seinen verzweifelten Bruder zu erlösen. "Was ist Melody, wollten wir nicht noch Stefan anrufen?"
Melody war sofort mit Freuden dabei und wählte Stefans Nummer.
"Stefan Weiss hier. "
"Stefan, hier ist Melody. "
"Hallo, Melody mein Mädchen, wie geht es dir auf der schönen Südseeinsel?" Alle außer Melody konnten die Hoffnung hinter Stefans Worten hören und als Melody ihm dann erzählte, dass sie Ryan als Gefährte genommen hatte, lachte er so erleichtert und erfreut auf, dass alle erstaunt aufs Telefon sahen. "Melody, dass sind die besten Nachrichten seit Jahren. Ich freue mich sehr für dich und Ryan. Ihr seid ein perfektes Paar."
"Stefan, hier ist Ryan. Danke für die guten Tipps. Melody ist einfach süß und extrem niedlich und ich bin froh, dass sie mich erhört hat."
"Ja, das bin ich auch. Obwohl mir Melody hier fehlen wird. "
"Stefan, Melody und ich wollen in fünf Wochen beim Clantreffen heiraten. Würdest du uns ebenfalls die Ehre geben und kommen. Wendi hat auch bereit zugesagt."
Stefan reagierte erfreut und rief etwas in Deutsch zu einer anderen Person im Zimmer. Eine Frauenstimme antwortete ihm begeistert und dann rief die Stimme etwas in Deutsch ins Telefon.
Melody lachte und schickte einen Handkuss zurück.

Als Ryan sie fragend ansah, meinte sie nur lachend. "Das war die Frau von Stefan, Lisa. Sie hat uns viel Glück, viel Spaß und viele Kinder gewünscht."
Jetzt musste Ryan ebenfalls lachen. Er mochte das österreichische Volk. Sie waren wirklich ziemlich unkompliziert.
Stefan meldete sich wieder zu Wort. "Lisa, sucht schon den Flugplan durch, wann wir am besten kommen können. Also rechnet fest mit uns. Wir sehen uns also spätestens in vier Wochen. Bis bald und alles Liebe auch an eure Familie."
Melody und Ryan verabschiedeten sich ebenfalls und legten auf.
"Diese Österreicher sind schon ein liebevolles und lustiges Völkchen oder?" Wulf sah dabei begeistert in die Runde und wurde sofort von nickenden Köpfe in seiner Annahme bestätigt.
Ryan zog Melody wieder fest an sich und küsste sie zärtlich. "So jetzt haben wir von deiner Seite alle informiert. An unseren Clan werden wir Einladungen zu unserer Hochzeit verschicken."
Melody sah etwas entsetzt zu Ryan auf. "Gott, es werden doch nicht alle dreitausend Clanmitglieder kommen, oder?"
Ryan lachte zärtlich zu seiner ängstlichen Gefährtin hinunter. "Ich hoffe doch, dass alle Clanmitglieder anwesend sein werden. Du brauchst nicht so verschreckt zu schauen. Wir werden immer um dich herum sein und dich beschützen." Sofort war von der restlichen Familie ein zustimmendes Murmeln zur hören. Melody sah in die Runde ihrer Familie und wurde mit lauter ernsten Blicken bedacht.
"Melody, wenn du nicht willst, dass dir wer zu nahe kommt, brauchst du das auch nicht. Wir und die Clanwachen werden dich, wenn du willst, komplett abschotten." Brian und Wulf hatten jetzt den beschützenden Blick aufgelegt, den alle Clanmänner bestens verstanden. Als sie zu Ryan, Brian, Lelia und Phil sah, konnte sie dieselbe Bestätigung in ihren Augen lesen.
Jetzt musste Melody doch lachen. "Also so schlimm ist es auch wieder nicht, wenn immer einer von euch in meiner Nähe ist, werde ich es auch ohne totale Abschottung schaffen. Ich mag

Menschen ganz gerne, außer sie sind betrunken, dass macht mir Angst." Melody drückte sich fest an Ryan, der ihr sofort beruhigend zuredete.
Ryan sah über Melodys Kopf hinweg erfreut zu seiner Familie. Melody hatte das erste Mal ohne Scham über ihre Ängste gesprochenund sie fühlte sich bei ihnen jetzt schon so sicher und integriert, dass sie ihre Ängste mit ihnen teilte. Das war ein extremer Fortschritt um diese vielleicht einmal ganz zu verlieren.
"Kleines, es wird kein Betrunkener zu dir durchdringen. Doch wenn unsere persönlichen Gäste etwas trinken, können wir nicht wirklich etwas dagegen machen. Aber da Stefan und Wendi um deine Ängste wissen, werden sie sich wahrscheinlich ziemlich zurückhalten."
Melody sah jetzt fest zu Ryan und ihrer Familie. "Wenn ihr bei mir seid, werde ich es auch schaffen, damit umzugehen. Ich möchte euch auch noch sagen, dass ich euch allen so vertraue, dass es mir bei euch nie etwas ausmachen wird, wenn ihr etwas Alkohol getrunken habt. Ihr braucht wegen mir nicht darauf zu verzichten" Ryan sah stolz zu seiner Gefährtin hinunter, er wusste was ihr dieses Zugeständnis abverlangte. Lelia nahm Melody zärtlich in den Arm und drückte sie ganz fest an sich.
"Melody wir werden bei deiner Hochzeit sicher nichts trinken, das würde uns nicht im Traum einfallen. Es soll dein und Ryans Tag werden und wir werden alles tun, dass er perfekt wird. Ich glaube auch, dass Stefan, Lisa und Wendi dasselbe denken werden. Ob wir später mal ein Glas Wein trinken, das können wir dann immer noch entscheiden."
Melody sah mit Tränen in den Augen in die Runde. "Ich hab euch alle gar nicht verdient, ihr seid alle viel zu lieb zu mir."
Ryan zog Melody wieder in seine Arme. "Warum glaubst du, du hättest das nicht verdient. Wir sind anderer Meinung und ganz ehrlich, würdest du das nicht auch für jeden von uns tun?"
Melody wurde wieder ruhiger und sah alle liebevoll an. "Ja, ich würde es auch für jeden von euch tun. Ich danke euch dafür. Ich liebe euch alle."

Brian lachte jetzt laut auf. "Jetzt sind wir aber alle etwas rührselig geworden, oder?"
Eric sah nervös auf die Uhr. "Männer, wir müssen gehen. Unsere Besprechung fängt in einer Stunde an." Ryan nickte dazu nur und sah fragend zu Melody und Lelia. "Was wollt ihr heute machen? Wir werden erst am Abend wiederkommen."
Lelia blickte zu Melody. "Was hältst du davon, wenn wir die Hochzeitseinladung gestalten und in Druck geben, wir haben ja nicht mehr viel Zeit."
Melody war begeistert. "Das wäre perfekt. Glaubt ihr es ginge, dass ich das Motiv selbst male und es dann gedruckt wird?"
Ryan freute sich, dass Melody so locker und gelöst mit allem umging. "Ich werde von unterwegs bei Malcolm anrufen. Dem gehört der Malerbedarfsladen und dich ankündigen. Denn ich nehme einmal an, dass du vorhast, so schnell wie möglich dein Atelier einzurichten, oder?" Ryan grinste verschmitzt zu Melody hinunter, die ihn mit leuchtenden Augen entgegen strahlte.
"Darf ich das, soll ich nicht auf dich warten?"
Ryan lachte jetzt laut. "Kleines, mir wäre es natürlich schon lieber, wenn du auf mich warten würdest, aber wenn du schon unbedingt vorher einkaufen gehen willst, verstehe ich das natürlich auch. Aber du musst auf jeden Fall eine Clanwache mitnehmen." Ryan sah jetzt zu Lelia. "Lelia, wenn ihr oder nur Melody einkaufen geht, bitte nehmt einen von unseren Wachen vor der Türe mit. Ich will nicht erfahren, dass ihr ohne Schutz unterwegs gewesen seid." Ryan sah ernst zuerst zu Lelia und dann zu Melody. "Haben wir uns verstanden, meine Damen?"
Lelia zwinkert Melody zu. "An das Machogehabe musst du dich bei unseren Männern gewöhnen. Das ist jedes Mal so. Als würde ich mich noch ohne Clanwache woanders hin trauen. Im Dorf müssen schon alle denken, ich bin überängstlich."
Melody drehte sich zu Ryan und küsste ihn stürmisch. "Keine Angst, mein zärtlicher Gefährte. Ich werde deinen Anweisungen natürlich folgen und eine Clanwache zum Paketeschleppen mitnehmen."

Ryan sah jetzt entsetzt zu ihr hinunter. "Wenn du unsere Clanwachen als Paketesel verwendest, werde ich ziemlich schnell einen Aufstand haben. Ihr müsst mit dem Jeep runter fahren. Solltet ihr einen Träger brauchen, nehmt noch einen Diener mit."
Melody und Lelia lachten jetzt laut. "Geht schon, wir werden schon alles zu Zufriedenheit unseres Clanoberhauptes erledigen."
"Ryan, gib es auf. Jetzt sind sie schon zu zweit gegen uns. Wir haben keine Chance mehr. Lass uns gehen, damit wir wieder schnell zu Hause sind und uns von unseren süßen Damen auf der Nase herumtanzen lassen können." Eric grinste Ryan wissend an.
Ryan nickte dazu nur ergeben, zog Melody noch einmal in die Arme und war mit seinen Brüdern und Schwager schon unterwegs.
Melody sah jetzt fragend zu Lelia. "Was wollen wir als erstes machen?"
Lelia lachte. "Ich bin für die Hochzeitskarten. Wir sollten einmal durchsprechen, was du malen willst und was du gerne als Text haben möchtest. Dann kann ich mich mit der Druckerei in Verbindung setzten und du kannst dich ans Werk machen. Was sagst du dazu?"
Melody nickte begeistert. "Das ist perfekt."
Lelia und Melody ging ins Arbeitszimmer von Lelia und setzten sich an den Computer. Nach drei weiteren Stunden hatten sie einen Text zusammengestellt, der beiden gut gefiel. Erleichtert gingen sie zurück ins Wohnzimmer, wo sich Siri und Rob einen Film im Fernseher ansahen.
"Wir sind ein echt tolles Team. Der Text ist uns wirklich gut gelungen und jetzt musst du nur noch überlegen, was für ein Motiv du malen willst."
Melody sah zu ihrer zukünftigen Schwägerin und lachte liebevoll. Lelia war einfach ein wunderbarer Mensch und Melody liebte sie schon wie eine Schwester. "Was hältst du davon, wenn

ich Ryan und mich in unserer Katzenform male? Ich dachte mir, Ryan groß und böse im Hintergrund und mich etwas kleiner und süß im Vordergrund. Dann würde ich noch gerne ganz leicht hinter uns die Insel malen. Soll ich auch noch irgendein Hochzeitssymbol einfügen? " Melody sah abwartend zu Lelia was die dazu sagen würde.
Lelia saß in sich gekehrt da und schien sich das Bild vorzustellen. "Ich glaube, das würde toll aussehen. Vielleicht könntest du noch zwei umschlungenen Blumen mit zwei Ringen einarbeiten. Das würde dann das Symbol für die Hochzeit sein."
Melody war sofort begeistert. "Ja, das ist perfekt. So werde ich es machen. Ich würde am liebsten gleich los legen, da ich doch etwas dafür brauchen werde."
Lelia lachte liebevoll zu Melody. "Das habe ich mir fast gedacht. Was möchtest du als erstes machen. Willst du einkaufen gehen oder Skizzen malen?"
Melody überlegt. Ich glaube ich möchte zuerst einkaufen gehen. Ich könnte noch einen größeren Skizzeblock und Bleistifte gebrauchen und eine Staffelei und Farben würde ich auch gleich kaufen. Denn wenn ich einmal im Malrausch bin möchte ich es gleich und sofort nieder malen. Ich bin nicht selten mitten in der Nacht aufgestanden, weil mir ein Bild nicht aus dem Kopf gegangen ist. Dann muss ich es einfach malen, sonst werde ich verrückt."
Lelia lachte wieder. "Gut, das du mir das erzählst, so brauch ich mich nicht zu wundern, wenn ich plötzlich in der Nacht Geräusche höre."
Melody nickt dazu. "Ja, das sollte ich den anderen auch noch sagen, nicht das alle wegen mir die Panik bekommen. Ich muss mir auch unbedingt von zu Hause meine Stereoanlage kommen lassen. Ich liebe es mit Musik zu malen."
Lelia nickte dazu nur. "Dann los, ich lass Siri und Rob bei ihren Kindermädchen und wir können schon auf Einkaufstour gehen. Das wird sicher lustig. Geh und zieh dich um. Wir treffen und in fünf Minuten wieder hier unten." Mit den Worten war Lelia

auch schon zur Wohnzimmertüre hinaus, um alles für ihren Einkauf zu Organisieren.
Melody lief ebenfalls schnell in ihre Räume und zog sich eine Jeans, T-Shirt und Sportschuhe an. Dann lief sie sofort wieder hinunter und wurde schon von einer aufgeregten Lelia erwartet.
"Bist du so weit." Als Melody nickte, nahm sie ihre Hand und zog sie die Tür hinaus zu einem wartenden Jeep. In dem Jeep saßen zwei Männer. Lelia zog Melody hinten hinein.
"Das ist Rich, er ist eine Clanwache und der andere ist Ron, er ist einer unserer Hausdiener."
Melody lachte beide freundliche an und gab ihnen die Hand. "Hallo, ich bin Melody. Es freut mich euch kennen zu lernen. Es tut mir leid, das Ryan euch verdonnert hat für uns die Babysitter zu spielen." Als sie die verdutzten Minen der beiden Männer sah, sah sie verwirrt zu Lelia. "Hab ich was Falsches gesagt?"
Lelia grinste dazu nur. "Wenn Ryan das jetzt gehört hätte, wäre dir wieder eine Standpauke bevor gestanden." Als sie Melody immer noch verwirrt ansah, meinte Lelia lächelnd. "Melody, du musst dich wirklich daran gewöhnen, dass Ryan ein Clanoberhaupt ist Er hat den Männern einen Befehl gegeben und sie würden nicht einmal einen Gedanken daran verschwenden, diesen nicht auszuführen. Du hast dich eigentlich gerade für einen Befehl von Ryan entschuldigt, dass ist vielleicht nicht ganz so klug." Lelia sah sie jetzt ernst an.
Melody wurde ganz rot und sah entsetzt zu Lelia. "Himmel, Lelia, du hast Recht, Ryan wird mich umbringen, wenn ich ihn schon wieder in Frage stelle und ich muss sagen, das zurecht. Ich würde ihn noch dazu anspornen."
Jetzt musste Lelia doch laut lachen und auch von den Männern vorne kam ein leises Lachen zu ihnen nach hinten. Doch als sich die beiden Frauen zu den Männern drehten, sahen diese nur mit unschuldiger Miene konzentriert auf die Straße.
Jetzt wandte sich Lelia wieder der beschämten Melody zu. "Jetzt mach dir nicht so viele Gedanken. Unsere zwei Männer da

vorne werden nichts verraten und auch wenn es Ryan herausfinden sollte, wird ihm wahrscheinlich eine andere Bestrafung als der Tod einfallen."
Als Melody rot anlief, lachte Lelia laut auf und auch die Männer vorne konnten jetzt ein grinsen nicht mehr unterdrücken. Jetzt fuhren sie gelöst los und waren nach ein paar Minuten auch schon beim Laden angekommen. Als der Wagen vor dem Malerbedarfladen hielt und Lelia mit Melody ausstieg, wurden sie sofort von vielen freundlichen Rufen begrüßt. Jeder auf der Straße kannte natürlich Lelia und warf daher einen neugierigen Blick zu Melody. Als ein Clanmann freundlich lächelnd vorbei kam, konnten sie sehen, wie er verwirrt einatmete, dann nochmals neugierig zu Melody sah und nach einem Blick auf die Clanwache schnell weiterging.
Melody sah ihm etwas verwirrt nach, bis sie Lelias wissenden Blick begegnete. "Oh, der Besitzanspruchsgeruch, den hab ich total vergessen"
Lelia lachte dazu nur wieder. "Ryan würde jeden umbringen, der dir auch nur einen Blick zu viel zuwirft. Er ist ein ziemlich dominantes Alphamännchen. Also bitte nimm es nicht persönlich, wenn sich unsere Männer nicht einmal richtig zu grüßen trauen. Das wird sich sicher mit den Jahren legen, doch jetzt wo du erst so frisch die Gefährtin von Ryan bist und das noch nicht einmal offiziell, wird sich keiner auch nur in deine Nähe trauen."
Melody nickte dazu nur und sah sich unauffällig um. Sie konnte sehen, wie sich die ersten Grüppchen bildeten und immer wieder zu ihr her sahen. Männer fingen an die Straßenseite zu wechseln, nur um nicht direkt an ihr vorbei gehen zu müssen.
"Ich bin froh, dass du mir da gesagt hast. Ich hätte sonst wahrscheinlich angenommen, es liegt an mir, dass mich die Leute nicht wollen."
Lelia zog sie liebevoll in ihre Arme und drückte sie fest. "Melody, ich kenne keinen einzigen Grund, warum die die Menschen nicht mögen sollen. Du bist der liebenswerteste Mensch, den ich kenne."

Melody sah gerührt zu Lelia und küsste sie spontan auf die Wange. "Ich danke dem Schicksal jeden Tag für so eine liebe Familie, wie ich sie in euch gefunden habe." Lachend nahm Lelia ihre Hand und zog sie in den Malerladen hinein.
Im Laden waren einige Clanmitglieder, die in einem gemütlichen Tratsch versunken waren. Als die Clanwache eintrat und hinter ihm sofort Lelia und Melody, sahen alle überrascht auf, wer da gekommen war. Sofort wurde es still und alle sahen neugierig zu Melody. Malcolm drehte sich um. Als er ebenfalls erkannte, wer da in seinen Laden stand, kam sofort mit einem breiten Grinsen auf sie zu. "Ms. Lelia, ich freue mich sie wieder zu sehen. Ryan hat mich schon vorgewarnt, dass sie und Ms. Melody meinen Laden plündern wollen."
Lelia nickte kurz den anderen Clanmitgliedern zu und ging dann lachend Malcolm entgegen. "Ich bin eigentlich nur als moralische Unterstützung für Melody dabei. Sie wird Ihnen sagen, was sie alles braucht." Dann wandte sie sich an Melody und zog sie zu sich. "Melody, das ist Malcolm. Er wird dir alles besorgen."
Melody lachte scheu zu Malcolm. "Hallo, ich brauche ziemlich viel. Halte ich sie auch nicht von den anderen Kunden fern?"
"Nein, meine Frau wird sich einstweilen um die anderen Kunden kümmern. Ich gehöre ganz Ihnen." Dabei nahm er Melodys Hand und küsste sie lächelnd. Melody konnte die Clanwache hinter sich knurren hören und sofort ließ Malcolm etwas blass ihre Hand los.
Lelia lachte besänftigend. "Rich, willst du nicht vielleicht vor der Tür auf uns warten und aufpassen? Hier drinnen wird uns schon nichts geschehen."
Rich schüttelte jedoch verneinend den Kopf. "Tut mir leid Ms. Lelia, aber Ryan hat mir befohlen, keinen Zentimeter von Ihnen beiden zu weichen." Mit den Worten stellte er sich bedrohlich neben die Tür und beobachtete weiterhin alles in ihrer Umgebung.
Melody musste über Lelias wütendes Gesicht lachen. "Lelia, du kennst jetzt deinen Bruder schon so lange, überrascht dich das jetzt wirklich?"

Jetzt lachte Lelia auch wieder. "Du hast Recht, es ist sinnlos sich über unsere Männer zu ärgern."
Die Clanmitglieder im Laden hatten alle fasziniert zugehört. Jetzt, wo sie alle mitbekamen, das Melody fest zu Ryan gehörte, wollte plötzlich keiner mehr dringend den Laden verlassen, sondern sahen interessiert jede Kleinigkeit auf den Regalen an. So konnten sie noch so viel wie möglich von der Unterhaltung mitbekommen.
Melody und Lelia waren sich dessen zwar bewusst, grinsten sich dazu jedoch nur verschwörerisch zu. Sie konnten die Clanmitglieder verstehen. Da Ryan noch nicht bekannt gegeben hatte, wollten sie natürlich so viel wie möglich von der Frau des Clanoberhaupts erfahren. Rich war jedoch nicht begeistert von den Clanmitgliedern im Laden und sah diese auch böse an. Doch die ließen sich nicht stören und blieben einfach im Laden.
Melody erklärte Malcolm was sie alles benötigte. Malcolm war überrascht von Melodys präzisen Wünschen und erwähnte das auch. Lelia grinste ihn verschmitzt an. "Melody ist in ihrem Land eine recht bekannte Malerin.." Malcolm nickte dazu nur und schrieb weiter mit. Die Clanmitglieder hatten jedoch begeistert die Ohren gespitzt. Sie hatten gerade wieder etwas Interessantes erfahren und freuten sich darüber sehr.
Melody wandte sich jetzt an fragend an Lelia. "Lelia, wie groß soll ich das Bild malen, damit es die Druckerei für die Einladungen verwenden kann?"
Lelia überlegt, dann zog sie ihr Handy heraus und rief kurzerhand bei der Druckerei an. "Hallo, hier ist Ms. Lelia Laros. Es geht um die Hochzeitseinladung, wie groß darf das Original-Bild sein, dass sie es noch auf die Einladungen drucken können?" Lelia hörte konzentriert zu, bedankte sich dann und legte auf. "Die Druckerei meint, sie müssten das Bild sowieso einscannen, um es verwenden zu können. Also würde ich sagen, so groß wie das Bild in unserem Esszimmer wäre perfekt. Dann könnt ihr es auch noch bei euch aufhängen oder wir hängen es in einen von unseren Gemeinschaftsräumen."

Melody nickte dazu und gab Malcolm sofort ein Mass. Plötzlich ging die Ladentüre auf und alle sahen erschrocken auf. Rich stand sofort in Kampfstellung, doch bevor die anderen noch etwas sagen konnten, quietschte Melody nur erfreut auf und lief auf die Gestalt zu, die herein kam. "Ryan, du bist schon wieder da." Melody fiel Ryan um den Hals der sie sofort an sich zog und besitzergreifend küsste.
"Ich ging meinen Brüdern so auf die Nerven, dass sie mich wieder zu dir geschickt haben, meine schöne Gefährtin. Na meine Süße, hast du Malcolm schon alles abgekauft, was er im Laden hat?"
Melody lacht nur verschmitzt. "Nicht ganz alles, aber ich glaube annähernd."
Lelia ging auf Ryan zu und boxte ihm leicht auf den Oberarm. "Was ist, großer Bruder, hast du deine kleine Schwester vergessen?" Dabei zog Lelia so einen Schmollmund, dass alle im Raum schmunzeln mussten.
Ryan beugte sich sofort zu Lelia und küsste sie zärtlich auf die Stirn. "Natürlich nicht, mein Schwesterchen. Ich war nur kurz von meiner süßen Gefährtin abgelenkt."
"Na gut, ich verzeihe dir. Aber ich muss leider Melody verpfeifen." Jetzt sahen Melody und Ryan verdutzt zu Lelia. Die meinte dann mit ernster Miene. "Melody hält sich beim Einkauf eindeutig zurück. Ich konnte ihr nicht einreden, dass sie alles kaufen soll, was sie möchte."
Ryan wandte sich jetzt wieder mit einem Zwinkern in den Augen an Melody. "Stimmt das, meine Schöne?"
Melody sah mit rotem Kopf böse zu Lelia. "Es ist mir unangenehm soviel Geld auf einmal auszugeben."
Ryan küsste Melody zärtlich auf die Nase, dann wandte er sich lächelnd an Malcolm. "Alles was meine zukünftige Frau erwähnt hat, bitte mitbestellen und liefern." Als er einen ersticken Ton von Melody hörte, sah er zufrieden lächelnd zu ihr hinunter.
"Ryan, dass ist ja das Machomäßigste, was ich je gehört habe." Melody sah ihn jetzt böse an.

Ryan lachte laut auf und zog Melody fest an sich. "Ja, das ist es wohl. Aber daran musst du dich bei mir einfach gewöhnen." Dann beugte er sich zu ihr hinunter und küsste sie fest und wild. Seine Zunge forderte Einlass und als Melody sich ihm öffnete und ihr ein leises Stöhnen entkam, knurrte er leise zufrieden. Als Ryan Melody wieder los ließ, musste sie sich an ihm festhalten, weil ihre Füße sie nicht mehr tragen wollten. Doch Ryan drückte sie nur siegessicher fest an sich und ließ sie erst wieder los, als er spürte, dass sie wieder sicher auf den Beinen stand.
Lelia wandte sich dann noch einmal an Ryan und zwinkerte Melody dabei wieder zu. Melody seufzte leise, was kam jetzt noch von Lelia. "Ryan, habe ich dir eigentlich schon erzählt, dass Melody am besten malen kann, wenn sie dabei Musik hören kann. Ich glaube, wir müssen ihr auch noch eine Stereoanlage ins Atelier stellen."
Melody stöhnte böse auf. "Lelia, musst du Ryan alles brühwarm erzählen?"
"Na dann müssen wir wohl noch in den Nachbarladen und die Anlage für dich bestellen, oder?"
Melody gab nur noch ein böses Knurren von sich. Lelia und Ryan lachten dazu nur laut und übergingen sie komplett.
"Ihr beide seit wirklich schlimm, wenn ihr euch gegen mich verschworen habt. Wisst ihr das eigentlich?" Melody sah immer noch böse zu den beiden, doch als sie ihre freudigen Gesichter sah, konnte sie auch nur noch lachen. "Na gut, dieses Mal lass ich es euch noch durchgehen. Aber irgendwie werde ich dauernd von dem verschiedensten Familienmitglied hereingelegt. Erst Siri und Ryan, jetzt auch noch du Lelia. So kann das nicht weiter gehen."
Ryan sah nur kurz zu ihr und ging dann zu Rich, um sich mit ihm zu unterhalten. Melody beendete ihre Einkauf – es waren schon viele Pakete, die bereits ins Auto getragen wurden.
"Na, alles erledigt?"

"Ja, mehr gibt es jetzt wirklich nicht mehr zu kaufen. Leila und ich haben uns auch schon ein Bild ausgedacht." Melody hatte aufgeregt zu erzählen begonnen.
Ryan lachte nur und hörte seiner begeisterten Gefährtin liebevoll zu. Sein Blick schweifte dabei jedoch, ebenso wie bei Rich, immer in der Umgebung herum, um mögliche Gefahren sofort zu erkennen. So war ihm natürlich auch nicht entgangen, dass sich die Clanmitglieder, die bereits die ganze Zeit im Laden waren, zusammen in eine hintere Ecke gestellt und alles mit großer Neugierde verfolgt hatten. Als sie jetzt jedoch den forschenden Blick von Ryan spürten, verabschiedeten sie sich leise und gingen mit freudiger Miene hinaus. Sie hatten soviel zu erzählen, dass ganze Dorf würde staunen. Ryan sah ihnen nach und grinste. In spätestens einer Stunde würde sein ganzer Clan wissen, dass er Melody zu seiner Gefährtin gemacht hatte und vorhatte, sie zu heiraten.
Sie verabschiedeten sich jetzt alle von Malcolm und gingen hinaus zum Jeep. Rich hatte bereits die Lage kontrolliert und wartete vor dem Haus. Wie nicht anders zu erwarten gewesen, hatten sich in der Zwischenzeit ziemlich viele Clanmitglieder eingefunden und hörten begeistert die Neuigkeiten über Melody und Ryan.
Melody sah etwas verwirrt auf die vielen Clanleute und drängte sich sofort unbewusst an Ryan. Der legte ihr beruhigend die Hand um die Schulter. "Du hast doch vor deinen eigenen Clanleute keine Angst, oder?"
Melody sah etwas zögernd zu ihm auf. "Es sind schon ziemlich viele Fremde für mich."
Ryan nickte nur und küsste sie zart auf den Mund. Auf einmal waren die ersten Hochrufe zu hören und wurden von immer mehr Stimmen aufgenommen.
Melody, Lelia und Ryan sahen erstaunt in die Menge. Die Clanmitglieder begannen zu klatschen und lachten ihnen alle erfreut entgegen. Jetzt freute sich auch Melody. Ryan hob die Hand und es wurde sofort ruhig.

"Danke für die netten Glückwünsche. Wie ihr ja schon alle erraten habt, ist Melody seit kurzen meine Gefährtin und wir werden beim Clanfest in fünf Wochen heiraten. Alle werden von uns jedoch noch eine Einladung bekommen."
Sofort setzte wieder ein tosender Beifall mit Hochrufen ein. Ryan lachte nur und zog Melody und Lelia zu seinem Wagen. Rich und Ron fuhren einstweilen mit dem anderen Wagen hinter ihnen her.
"Ich glaube die Stereoanlage werden wir per Telefon bestellen. Sonst kommen vielleicht noch mehr Clanmitglieder und wenn sie uns alle persönlich gratulieren wollen, müssen wir heute hier übernachten." Lelia lachte über den Scherz, und Melody sah immer noch etwas überwältigt aus.

In der Zwischenzeit waren auch die restlichen Familienmitglieder nach Hause gekommen und alle fanden sich wieder im Wohnzimmer ein.
Lelia und Melody erzählten abwechselnd begeistert den Männer von ihren Fortschritten bei der Hochzeitseinladung und was sie sich als Bild ausgedacht hatten. Dabei bekamen beide so süße rote Wangen, dass sie die Männer nur liebevoll anlachen konnten. Lelia und Melody ergänzten sich jetzt schon so gut, dass sich alle nur freuen konnten.
Nach dem Abendessen und anschließendem Kaffee im Wohnzimmer zogen sich alle bald zurück, da der Tag doch ereignisreich gewesen war.
Ryan ging mit Melody in ihre Räume und kaum waren sie dort angekommen, schob er seine Gefärtin ins Badezimmer.
"Was sagst du zu einem entspannenden Bad, meine Kleine?"
Melody lachte erfreut. "Das ist eine himmlische Idee."
Ryan ließ das Badewasser einfließen und wandte sich dann mit vor Begierde leuchtenden Augen zu Melody. Er ging langsam auf sie zu und zog ihr zärtlich das T-Shirt über den Kopf, dann ließ er mit einem Griff ihren BH aufschnappen und streifte ihn von Melodys Brüsten.

Als die kalte Luft auf ihre Brüste traf, stellten sich sofort ihre Brustwarzen auf, die Ryan zärtlich mit seinem Mund zu liebkosen begann. Melody konnte sich nur noch seinen warmen Lippen entgegen drängen. Dann kniete sich Ryan vor ihr nieder und zog ihr zart die Jeans und den Slip aus. Dabei glitten seine Lippen über ihre Bauchdecke weiter zu den Hüften. Die Lustwellen von ihrer Mitte, ließen ihren ganzen Körper erzittern und ein Stöhnen entkam ihren Lippen, auf das Ryan mit einem zufriedenen Knurren antwortete.

Dann schob Ryan sie zärtlich zum Badewannenrand und ließ sie darauf Platz nehmen Er kniete sich genau zwischen ihre Beine und wanderte mit seinem Mund weiter zu ihrer empfindlichen Mitte. Melody wurde es mit jeder Sekunde immer heißer, und sie hatte das Gefühl, dass ihr Blut Feuer fing. Als sie dann Ryans Zunge in ihre Spalte eindringen fühlte, konnte sie einen Lustschrei nicht mehr unterdrücken. Ryan hielt sie an den Hüften umfasst und drückte sie noch näher zu seinem Mund. Dann ließ er jedoch eine Hand los nur um mit zwei seiner Finger tief in sie eindringen zu können, einstweilen spielte seine Zunge weiter mit ihrer Klitoris. Melody verkrampfte ihre Hände in Ryans Haare, unfähig noch einen klaren Gedanken zu fassen. Als der erlösende Orgasmus kam, bäumte sie sich so auf, dass sie fast in die Badewanne gerutscht wäre. Doch Ryan zog sie sofort zu sich hinunter und hielt sie fest in seinen schützenden Armen, bis sie wieder ihre Umwelt wahrnehmen konnte.

"Alles in Ordnung, meine Kleine." Ryan sah liebevoll zu Melody, die immer noch leicht zittern in seinen Armen lag.

Er konnte sein Glück immer noch nicht fassen, als Melody jetzt mit immer noch leicht lustverschleierten Blick zu ihm aufsah, versetzte es seinem Herzen einen Stich. Sie war einfach wunderschön. Er beugte sich zu ihr und küsste sie zärtlich, dann stand er auf und zog sie mit sich. Er stieg in die Wanne, schnappte sich Melody und setzte sich mit ihr ins heiße, duftende Wasser. Ryan hatte sich an den Wannenrand gelehnt und zog Melody mit den Rücken an seine Brust, zwischen seine Beine. Er konnte

spüren, dass sie sich sofort zutraulich schwer an ihn lehnte. Ihren Kopf ließ sie zurückfallen, so dass er an seinem Hals neben seinem Gesicht zu liegen kam. Dann drehte sie ihn so, dass sie in seine Augen sehen konnte. Der Ausdruck ihrer blauen Augen verschlug Ryan den Atem. Sie hatte soviel Liebe, Vertrauen und auch Begierde hinein gelegt, dass er sie nur noch besitzergreifend küssen konnte. Er würde sie mit seinem Leben beschützen und keiner würde sie je verletzten oder auch nur angreifen. Sein Tiger knurrte dazu zustimmend. Ryan musste sie jetzt haben, sich in ihrer heißen und feuchten Enge verlieren. Seine harte Erektion pochte schmerzhaft unter Melodys Po-Backen. Dann spürte er auf einmal, dass Melody ihre Hüften hob und unter sich zu seinem harten Penis griff. Als sie ihn sich dann einführte und langsam daraufgleiten ließ, musste Ryan alle Sinne zusammennehmen, um nicht sofort zum Orgasmus zu kommen. Er schaffte es mit einer schier unmöglichen Körperbeherrschung, doch als Melody anfing sich auf ihm zu bewegen, hielt er sie an den Hüften fest. "Bitte Kleines, verschaff mir ein paar Minuten, sonst ist es vorbei, bevor wir angefangen haben."
Melody lachte nur leise dazu, blieb aber ruhig sitzen.
Ryan küsste einstweilen zärtlich ihren Hals und ließ seine Hände auf Wanderschaft gehen. Er streichelte zart ihre Brüste und glitt weiter zu ihrem flachen Bauch. Als er bei ihren wiechen Locken angekommen war, stöhnte Melody schon immer lauter. Sie versuchte sich nicht zu bewegen, doch ihr Körper wollte es anders. Lachend ließ Ryan einen Finger in ihre Spalte gleiten und fing an ihre Klitoris zu streicheln.
"Ryan", rief Melody verzweifelt. "Wenn ich stillhalten muss, hör sofort auf mich zu streicheln."
Ryan knurrte zufrieden und fing an, sich unter Melody zu bewegen. Melody stöhnte erleichtert auf und kam ein paar Sekunden später mit einem Lustschrei zum Höhepunkt.
Jetzt musste sich Ryan auch nicht mehr zurückhalten, er hielt Melodys Hüften fest umfasst und drückte sie jedes Mal seiner

Bewegung entgegen, so dass er tief und hart in sie eindringen konnten. Als er mit einem Schrei zum Höhepunkt kam, spürte er Melody ebenfalls noch einmal erzittern. Zufrieden zog er sie dann wieder zu sich auf die Brust und umfing sie fest mit seinen Armen.

Melody kuschelte sich in seine Arme und nach ein paar Minuten konnte Ryan an ihrem immer ruhiger werdenden Atem feststellen, dass sie dabei war einzuschlafen.

"Kleines, nicht einschlafen. Komm, wir gehen ins Bett."

Ryan drückte sich mit Melody in die Höhe, dann nahm er sie auf seine Arme, stellte sie im Badezimmer ab und begann sie abzutrocknen. Melody sah ihm dabei mit müden Augen zu. Dann nahm er sie wieder auf seine Arme und trug sie ins Schlafzimmer. Dort legte er sie vorsichtig aufs Bett. Ryan hatte sie gerade zugedeckt, als Melody schon fest schlief. Zärtlich sah er auf seine Gefährtin hinunter. Er konnte es immer noch nicht glauben, wie schnell Melody sein Herz komplett gefangen hatte und das obwohl sie es eigentlich am Anfang gar nicht wollte. Lächelnd nahm er ein leises Geräusch von Melody wahr. Am Anfang dachte er, dass sie leise schnarchen würde, doch als er sich genauer auf das Geräusch konzentrierte, konnte er sie ganz leise schnurren hören. Er zog sie an sich und schloss ebenfalls die Augen. Von ihrem leisen Schnurren eingehüllt, schlief er dann auch fast sofort ein.

Am nächsten Morgen wurde Ryan von einer Hand geweckt, die zart über seine Nase fuhr, weiter zu seinem Mund glitt. Dort blieb sie kurz liegen und fuhr dann weiter über sein Kinn zu seiner Brust. Ryan blieb still liegen und genoss die zarten Berührungen seiner Gefährtin. Als Melody dann zu seinem Nabel kam und ihre Hand an seine harte Erektion stieß, hielt sie kurz erstaunt inne.

Jetzt öffnete Ryan die Augen und wurde sofort von Melodys blauer Tiefe gefangen genommen. "Guten Morgen mein Kätzchen. Könnte es sein, dass du ein paar Streicheleinheiten brauchst?" Als Melody auf seine Worte hin rot wurde, lachte er nur zärtlich und zog sie zu sich um sich ausgiebig zu küssen.

Melody wachte vor Ryan auf uns sah zärtlich auf ihn hinunter. Sie fing an seinen Körper mit ihren Finger hinunter zu fahren. Als sie jedoch bei seinem Nabel angekommen war, trafen ihre Finger auf seinen harten Penis. Überrascht sah sie wieder zu Ryan auf und wurde sofort von seinen zärtlichen Blick gefangen. Seine liebevolle Frage, ob sie Streicheleinheiten brauchen würde, hätte sie am liebsten mit 'ja' beantwortet, doch soweit kam sie gar nicht, da sie Ryan schon für einen Kuss an sich gezogen hatte. Seine Hände streichelten sie zärtlich und als sie seine Finger in sich eindringen spürte, wurde für sie jedes normale Denken ausgeschalten und es existiert nur noch Ryan für sie. Er drehte sie auf die Seite, so dass sie ihm den Rücken zeigte, dabei blieben seine Finger immer in ihrem Innersten und trieben ihre Gefühle auf die Spitze. Dann zog er die Finger heraus und bevor Melody noch protestieren konnte, hob er ihr oberes Bein in die Höhe und drang von hinten in sie ein. Melody schrie leise auf und drückte ihre ganze Hüfte fest nach hinten Ryan entgegen. Der schob die eine Hand unter ihren Oberkörper bis vor zu ihren Brüsten und streichelte diese zart. Die zweite Hand legte er über ihre Hüften, um ihre Klitoris verwöhnen zu können.
Melody schrie laut Ryans Namen, bevor sie zum erlösenden Höhepunkt kam. Sie spürte ihn hinter sich nach ein paar weiteren Stößen ebenfalls befreit aufstöhnen.

Ryan glitt aus Melody und drehte diese zu sich, um sie auf seine Brust zu ziehen. Beide liebten und brauchten es, nach einem Liebesakt ihren Gefährten noch zu spüren und zu streicheln.
Melody strich zärtlich über Ryans Hüften und er streichelt Melodys Rücken. Als dann jedoch Melodys Magen ein Knurren von sich gab, mussten beide lachen. Ryan schubste Melody auf die Seite und sprang aus dem Bett.

"Komm, meine Süße, bevor du mir noch zu schwach wirst für unsere Liebespiele. Wie sollten schnell duschen und dann frühstücken gehen."
Melody kam lachend auf Ryan zu und zog sein Gesicht zu sich hinunter. "Irgendwo habe ich einmal gehört, dass man von Luft und Liebe leider nicht satt wird. Ich kann das nur bestätigen."
Ryan zog seine Gefährtin lachend hinter sich zur Dusche. Dann schlüpften beide schnell in bequeme Kleidung und liefen Hand in Hand die Treppen zum Esszimmer hinunter.
Unten sahen ihnen die lachenden Gesichter ihrer Familie entgegen. "Das wird aber langsam zu Gewohnheit, dass ihr im Laufschritt die Treppe herunter kommt." Brian bog sich fast vor Lachen.
Wulf sah sie ebenfalls neugierig an. "Habt ihr schon wieder eine Wette abgeschlossen?"
Ryan verneinte lachend. "Nein, Melodys Magen hat uns deutlich zu verstehen gegeben, dass er Futter benötigt."
Melody wurde kurz rot, lachte aber dann mit den anderen mit. Ryan winkte sofort einen Diener zu sich und sah dann abwartend zu Melody. "Was willst du essen, meine hungrigen Gefährtin?"
Melody überlegte kurz. "Ich hätte gerne eine Eierspeise mit Schinken und Zwiebeln und Paprikastücken."
Ryan sah sie ungläubig an. "Wie um Himmelwillen, schmeckt denn so was?"
Melody sah ihn jetzt verwundert an. "Sag nur, du hast noch nie eine Eierspeise mit allem was es gibt gemacht?" Als Ryan verneinte, sprang Melody plötzlich auf. "Können wir uns auch selber was zubereiten? Ich würde gerne mit dir einmal eine leckere Eierspeise machen. Das ist sicher lustig."
Zweifelnd sah Ryan zur seiner Familie, die ihn jedoch nur schadensfroh angrinste. "Du wist deiner Gefährtin doch nicht so ein simples Vergnügen abschlagen?" Eric sah zwar ernst zu Ryan, hatte aber in den Augen ein böses Funkeln. Ryan seufzte leise und stand auf.
Melody merkte natürlich, dass er nicht sehr begeistert war und sah ihn unsicher an. "Wir müssen nicht kochen gehen, wenn du

nicht willst. Das war nur ein so eine Idee. Es ist nicht wichtig."
Melody setzte sich wieder hin und lächelte Ryan beruhigend an.
Dieser sah kurz zu Melody hinunter, sie versuchte es zwar mit einem Lächeln zu verbergen, doch er konnte spüren, dass sie enttäuscht war. Das konnte er nicht zulassen, Melody sollte immer glücklich sein und sie verlangte von ihm nur etwas total Simples. Er zog sie in die Höhe und sah ihr tief in die Augen. "Ich wollte sowieso noch testen, ob du auch kochen kannst, das war Voraussetzung für unsere Beziehung. Jetzt kannst du es mir ja beweisen." Sofort wurde Ryan von einen strahlenden Lächeln belohnt. Das würde den ganzen Ärger in der Küche aufwiegen. Als er kurz zu seiner Familie sah, nickten die ihm zustimmend zu.

Melody war zwar enttäuscht, hätte es aber Ryan nie gezeigt, doch als er aufstand und bereit war mit ihr zu kochen, hätte sie vor Freude die Welt umarmen können. Sie sah zum Rest der Familie und meinte verschmitz: "Nicht weglaufen, wir machen eine Familieneierspeise und ihr müsst dann alle kosten."
Jetzt sahen auch die anderen am Tisch etwas verdutzt aus und Ryan konnte ein kleines schadenfrohes Grinsen nicht unterdrücken. Sie würden diese seltsame Speise auch mit ihm probieren müssen.
Melody sah jetzt kurz erschrocken zu Ryan auf. "Ich habe keine Ahnung, wo eigentlich die Küche ist. Das ist furchtbar, du musst mir mal das ganze Haus von oben bis untern zeigen."
Ryan konnte nicht widerstehen. Er zog Melody an sich und küsste sie zärtlich. "Das ist wirklich ein unverzeihlicher Fehler von mir, das werden wir gleich heute nachholen. Ich werde heute meine Brüder und Phil im Stich lassen, um mich ganz dir widmen zu können. Was sagst du dazu?"
Melody fiel ihm um den Hals und drückte sich ganz fest an ihn. "Ich möchte dich am liebsten jede Minute meines Lebens bei mir haben."
Ryan sah in ihre blauen Augen, die ihre tiefe Liebe ausdrückten und hätte sie am liebst wieder ins Schlafzimmer gebracht. Doch

erst musste sie etwas essen. Er nahm sie bei der Hand und zog sie Richtung Küche. Als sie dort angekommen waren, sahen die Küchenangestellten sie erstaunt an. Die Küchenchefin kam ihnen verwirrt entgegen. "Kann ich irgendetwas für sie tun, Mr. Ryan? Brauchen sie noch etwas Besonderes zum Frühstück?"
Ryan lachte beruhigend. "Nein Mrs. Low, alles ist bestens, wir wollen uns nur ausnahmsweise ihre Küche für einige Zeit ausborgen. Ich hoffe, wir stören nicht im Ablauf?"
Mrs. Low sah zwar etwas verwirrt, verneinte aber dann sofort. "Nein Mr. Ryan, wir fangen erst wieder in einer Stunde zu kochen an, bis dahin können sie gerne walten und schalten. Kann ich ihnen vielleicht bei irgendetwas helfen?"
Ryan sah zu Melody und meinte lachend. "Brauchen wir Hilfe?"
Melody überlegt kurz. "Wenn sie mir nur sagen würden, wo die Pfannen und der Kühlschrank sind, dann finden wir schon alles."
Mrs. Low sah nur erstaunt auf Melody, zeigte ihr aber sofort das gewünschte.
"Danke Mrs. Low. Er ist sehr nett, dass wir hier werkeln dürfen.
Mrs. Low taute etwas auf und lächelte Melody kurz an. Dann nickte sie und ging zu ihren Küchenangestellten, um sie bei diversen anderen Arbeiten zu beaufsichtigen.
"Also lass uns loslegen." Melody zog Ryan zum Kühlschrank und sie sahen beide begeistert hinein. "Was schmeckt dir denn, mein süßer Gefährte?"
Ryan zuckte nur mit der Schulter. "Sag mir etwas und ich sage ja oder nein."
Melody nickte und fing an diverse Sachen heraus zu nehmen. "Also Schinken, Eier … Paprika, Tomaten und Zwiebeln müssen auch unbedingt hinein. Magst du auch etwas Käse?" Melody sah kurz zu Ryan, der sie fasziniert beobachtete.
"Kleines, ich habe keine Ahnung. Tu einfach rein, was du glaubst."
Melody lachte kurz auf und nahm dann den Käse ebenfalls heraus. Dann sah sie noch das Tiefkühlfach durch und fand geschnittenen Schnittlauch. Den nahm sie ebenfalls mit. Dann

ging sie mit Ryan zur Arbeitsfläche und sah sich nach Schneidbrettern um. "Mrs. Low, haben sie auch irgendwo zwei Schneidbretter, zwei Messer und einen Kochlöffel?"
Mrs. Low drehte sich um und kam schnell zu ihnen. "Hier in der Lade ist alles. Sie werden auch Butter brauchen, die hole ich ihnen noch aus dem Kühlschrank."
Melody lächelte die ältere Frau dankbar an, dann legte sie ein Schneidbrett vor Ryan und eines vor sich.
Ryan sah etwas zweifelnd auf den Arbeitsplatz. "Du willst doch nicht etwa, dass ich damit arbeite, oder?"
Melody sah Ryan verwundert an. "Natürlich will ich, dass du damit arbeitest. Oder glaubst du, ich mache alles alleine und du schaust mir dabei nur zu? Das kannst du dir gleich wieder aus deinem schönen Kopf schlagen"
Melody grinste ihn jetzt so frech an, dass Ryan ihren Nacken packte und sie zu sich zog. Er küsste sie stürmisch und Besitzergreifend. "Du treibst mich manchmal wirklich in den Wahnsinn, meine Kleine. Also was soll ich tun?"
Melody musste nach dem Kuss erst wieder Luft holen und sah etwas verwirrt zu Ryan. Der schaute indess jetzt fragend zu ihr. "Himmel, Ryan, musst du mich immer mit deinem Küssen so aus dem Konzept bringen. Das ist echt anstrengend."
Ryan sah zuerst verwirrt zu ihr, doch dann strahlte er nur noch männliche Zufriedenheit aus.
Melody legte ihm den Schinken aufs Brett und zeigte ihm wie er ihn schneiden musste. Sie nahm sich einstweilen den Käse vor und zerschnitt ihn ebenfalls in kleine Teile. Mrs. Low hatte ihnen inzwischen die Pfanne und das Fett auf den Herd gestellt. Sie konnten im Hintergrund die Küchenangestellten flüstern und lachen hören, doch das störte Melody nicht. Sie sah Ryan dabei zu, wie er konzentriert den Schinken schnitt und musste zärtlich lächeln. Sie griff kurz zu seinem Brett und nahm sich ein paar geschnittene Schinkenstücke. Als Ryan protestierend aufsah, schob sie ihm den Schinken in den Mund und stopft noch etwas Paprika hinterher. Der sah sie nur entgeistert an, als

er die Zutaten jedoch geschluckt hatte, grinste er teuflisch. "War das gerade eben eine Kampfansage, meine Süße?"
Melody grinste ihn nur zärtlich an. "Niemals, du hast nur so hungrig ausgesehen."
Ryan nahm jetzt ebenfalls eine große Portion Schinken und kam auf sie zu.
Melody lachte nur protestierend. "Ryan, wenn ich den ganzen Schinken in deiner Hand esse, dann bleibt nichts mehr für die Eierspeise übrig."
Ryan sah sie noch immer teuflisch lächelnd an und rief laut zu Mrs. Low nach hinten. "Mrs. Low, haben wir noch mehr Schinken gelagert?"
"Ja", kam die prompte Antwort zurück.
Melody gab auf und öffnete den Mund. Ryan stopfte ihr den ganzen Schinken hinein und beobachtete sie dann, wie sie unter Schwierigkeiten zu kauen begann. Als sie die riesige Portion endlich geschluckt hatte, sah sie Ryan böse an. "Das bedeutet wirklich Krieg, mein Bester. Was hältst du davon, wenn wir alle Zutaten zuerst schneiden und dann kann jeder zweimal den anderen mit einer Zutat füttern?"
Ryan nickte lachend und sie machten sich sofort daran alle Zutaten zu schneiden. Melody holte noch ein paar Champignons. Ryan sah ihr ungläubig beim Schneiden zu. Sie hatten jetzt geschnittene Zwiebeln, Champignons, Tomaten, Paprika, Schinken und Käse liegen.
"Also, mein niedlicher Gefährte, ich würde sagen, wir dürfen jede Zutat nur einmal nehmen. Jeder muss zwei Zutaten mit geschlossenen Augen essen." Melody stand jetzt ganz nahe bei Ryan, der ihren funkelnden Augen fast nicht widerstehen konnte, nickte dazu nur seine Einwilligung.
In der Zwischenzeit hatten alle Küchenangestellten aufgehört zu arbeiten und sahen den beiden lachend zu.
Melody schloss die Augen und meinte grinsend. "Ich fang an, los, jetzt kannst du es mir zurückzahlen." Melody konnte Ryan leise lachen hören, und dass er sich über den Tisch beugte.

"Jetzt kommt deine Kostprobe." Mit den Worten schob ihr Ryan den geschnittenen Käse in den Mund.
Melody kaute genüsslich und öffnete dann wieder die Augen. "Du bist einfach viel zu lieb, mein süßer Gefährte." Dabei sah sie ihn jetzt zwinkernd an. "Los, jetzt mach die Augen zu. Aber ich bin sicher nicht so nett zu dir." Ryan schloss zweifelnd die Augen und öffnete den Mund. Melody konnte nicht widerstehen und drückte kurz ihre Lippen auf seine. Als Ryan wieder die Augen öffnen wollte, knurrte Melody leise. "Das war nur ein Trostpflaster vorab, jetzt kommt erst dein Teil." Sie griff mit zwei Fingern in die Butter bei der Pfanne und steckte sie Ryan in den Mund. Leises Lachen war von den Clanmitglieder rund herum zu hören, als sie Ryans angewiderte Miene sahen. Er öffnete die Augen und sah sich einer grinsenden Melody gegenüber.
"Das wirst du noch bereuen, meine Kleine. Los mach die Augen zu und den Mund auf."
Melody lachte nur vergnügt und tat wie geheißen. Ryan beugte sich wieder über den Tisch, dann spürte sie einen großen Eisklumpen im Mund. Sie öffnete überrascht die Augen. Ryan lachte sie jetzt selbstgefällig an. Melody versuchte krampfhaft zu schlucken, was ihr Ryan in den Mund gesteckt hatte. Erst als das Eis geschmolzen war, konnte Melody spüren, dass ihr Ryan den gefrorenen Schnittlauch gegeben hatte.
Ryan strahlte sie zärtlich an. "Und? War der Schnittlauch gut?"
Melody schluckte immer noch einzelne Stücke herunter und konnte ihn nur böse anstarren. Das brachte Ryan noch mehr zum Lachen.
"Das war wirklich schon recht böse von dir. Aber jetzt bin wieder ich dran. Los, Augen zu" Als Ryan seine Augen geschlossen hatte, nahm Melody in die eine Hand eine große Portion Zwiebeln und in die andere die geschnittenen Champignons. Jetzt war in der ganzen Küche wieder leises Murmeln und Lachen zu hören. Ryan sah jetzt schon etwas zweifelnd aus. Melody hielt ihm die Hand mit den Zwiebeln vor die Nase.

"Kleines, du willst mir doch nicht wirklich rohe Zwiebeln in den Mund stopfen. Denk daran, dass du heute den ganzen Tag mit mir unterwegs bist." Leicht verzweifelt nahm Ryan immer mehr den Kopf zurück. Die ganze Küche amüsierte sich jetzt schon köstlich.
Melody küsste Ryan fest und Besitzergreifend. "Du hast Recht, darum habe ich dich noch schnell geküsst, da es ja für heute das letzte Mal sein wird." Mit den Worten stopfte sie Ryan die Champignons in den Mund. Als er die Augen entsetzt aufriss, lachte das ganze Küchenpersonal schallend. Erst als er zu kauen begann, spürte Ryan, das ihn Melody an der Nase herum geführt hatte. Er griff sofort nach ihr, doch sie hüpfte mit einem Quietschen hinter den Arbeitstisch.
"Du kleines Biest, du hast mich jetzt schon das zweite Mal hereingelegt. Das muss ich dir jetzt leider austreiben." Er schlich um den Tisch auf sie zu. Doch Melody wich sofort weiter aus.
"Ryan, du bist ein echt schlechter Verlierer. Ich glaube, ich muss mich bei Lelia beschweren." Melody hatte Ryan die ganze Zeit fest beobachtet, doch als er plötzlich über den Tisch sprang und sie an sich zog, war sie mehr als nur überrascht. "Oh", war das einzige, was sie noch sagen konnte.
Ryan grinste sie jedoch nur teuflisch an. "Mit was soll ich dich am besten für deine Frechheiten bestrafen?" Melody sah nur fasziniert in seine dunklen schönen Augen. Sie würde jede Strafe von ihm annehmen, denn er war einfach zu sexy, wenn er wie jetzt so dominant auftrat. Er beugte sich zu ihr hinunter, Melody konnte schon seinen warmen Atem spüren und schloss in freudiger Erwartung eines Kusses die Augen. Doch plötzlich ließ sie Ryan wieder los und strahlte sie nur teuflisch an. "Ich weiß, mit was ich dich am meisten strafen kann, meine Süße. Ich werde dich heute den ganzen Tag nicht küssen. Was sagst du dazu?"
Melody sah jetzt etwas verwirrt zu Ryan. "Du willst mich als Strafe heute den ganzen Tag nicht küssen?" Ryan lehnte sich an den Küchentisch und nickte dazu nur grinsend. Melody sah ihn

kurz so entsetzt an, dass Ryan nur selbstzufrieden knurren konnte.
Die Küchenangestellten, amüsierten sich über die Situation köstlich und gaben auch leise Kommentare dazu ab.
Melody fing sich jedoch schnell wieder und ging mit einem sinnlichen Lächeln auf den Lippen zu Ryan, dann blieb sie ganz nahe bei ihm stehen und schmiegte ihr Gesicht leicht an seinen Hals. "Wir werden noch sehen, mein schöner Gefährte, ob du das aushältst." Mit den Worten löste sie sich wieder von ihm und fing an den Herd anzudrehen. Ryan lachte verschlagen. Das konnte noch ein interessanter Tag werden.
"Wir sollten die Eierspeise fertig machen, sonst falle ich heute wirklich noch vom Fleisch oder vielleicht in Ohmacht und du müsstest Mund zu Mund Beatmung machen." Verschmitz lachte Melody Ryan an. Der stellte sich jetzt dicht neben sie und streichelte ihr zärtlich über den Nacken. Melody versuchte indess, sich ganz aufs Kochen zu konzentrieren. "Ryan, wenn du nicht eine verbrannte Eierspeise willst, solltest du aufhören mich dauernd abzulenken. Ryan schmunzelte nur, nahm aber seine Hand nicht von Melody Nacken. Er ließ sie jedoch ruhig liegen, sodass es Melody nicht ganz so ablenkte.
Nach ein paar weiteren Minuten war das Essen fertig. Melody streute noch etwas Salz und Pfeffer darüber, dann nahm sie die Pfanne vom Herd und stellte sie auf die Seite. Mrs. Low kam sofort angerannt und gab ihr einen großen Teller, auf den sie die Eierspeisee gleiten lassen konnte.
Ryan schnupperte daran und war überrascht. "Das riecht nicht einmal schlecht."
Melody lachte dazu nur. "Was glaubst du, von was ich mich die meiste Zeit ernährt habe?" Melody nahm den Teller und ging voran ins Esszimmer. Bevor sie jedoch ganz die Küche verließ, drehte sie sich noch einmal um. "Vielen Dank nochmals für die Küche. Ich hoffe wir haben nicht zuviel Schmutz gemacht, Mrs. Low."
"Sie sind immer herzlich in meiner Küche willkommen. Lassen Sie es sich schmecken."

Melody nickte nochmals dankbar und war mit Ryan im Schlepptau wieder in Richtung Esszimmer unterwegs. Als sie dort ankamen warteten alle schon gespannt.
Brian lachte laut, als er den Teller sah. "Wir haben schon gedacht, dass ihr uns die Eierspeise zum Abendessen servieren wollt."
Melody stellte den Teller in die Mitte des Tisches und nahm sich eine große Portion. Dann fing sie mit so einer Begeisterung an zu essen, dass alle anderen sich ebenfall zögernd etwas auf die Teller gaben. Ryan nahm sich ebenfalls etwas mehr, da er fand, dass seine erste Eierspeise auch mit Ehren gegessen werden sollte. Als er den ersten Bissen nahm, war er wirklich verwundert. Er hätte nie angenommen, dass diese ganzen Zutaten geschmacklich passen würden. Doch sie schmeckten zusammen mehr als nur gut. Auch die anderen Familiemitglieder waren positiv überrascht.
Melody beobachtete die Gesichter. "Was ist, kein Kommentar zu unseren Kochkünsten?"
Ryan sah zu der neugierigen Melody. "Also ich muss sagen, ich bin angenehm überrascht. Obwohl wir die meisten Zutaten roh gegessen haben, ist die Eierspeise ausgezeichnet."
"Die ist wirklich gut, ich bin ebenfalls überrascht." Phil sah begeistert zu Melody und Ryan. Auch die anderen äußerten sich jetzt positiv. Melody strahlte erfreut in die Runde.
Plötzlich ging wohl Lelia auf, was Ryan gerade gesagt hatte. "Was meinst du damit, ihr habt die meisten Zutaten roh gegessen?" Sofort waren alle Blicke wieder auf Melody und Ryan gerichtet. Melody wurde wieder etwas rot. Ryan erzählte ihnen, was sich in der Küche abgespielt hatte und als er zu dem Teil kam, was er als Strafe für Melody vorgesehen hatte, lachten alle laut auf.
"Das ist eine Strafe, die dich genauso trifft wie Melody." Wulf musste grinsen.
Auch Melody grinste jetzt zu den anderen. "Warten wir einmal ab, ob er das überhaupt durchhält. Ich werde es ihm sicher nicht leicht machen."

Lelia sah von Ryan zu Melody und meinte dann mit einem Schulterzucken: "Ryan, ich muss Melody Recht geben ... das hältst du nie durch."
Sofort wurden die Protestrufe der anderen Männer am Tisch laut "Wir glauben sehr wohl, dass er das durch hält."
Melody und Lelia sahen sich nur verschwörerisch an. "Wir werden sehen, ob ihr Männer wirklich so stark seid." Lelia lachte verschmitz zu Melody, die zurück zwinkerte.
Ryan wusste jetzt schon, dass Melody es ihm nicht leicht machen würde.
Seine Brüder und Phil verabschiedeten sich noch mit aufmunternden Worten: "Nicht nachlassen, du musst für die Männer dieser Welt gewinnen." Brian lachte laut und ging hinter seinen grinsenden Brüdern her.
Ryan rief ihnen noch empört nach. "Noch größer hättet ihr die Verantwortung nicht mehr stecken können." Er blieb mit zwei kichernden Frauen zurück, die ihn wissend ansahen. "Also meine Süße, was möchtest du gerne tun."
Melody überlegte. "Ich möchte oben mein Atelier herrichten. Würdest du mir helfen?" Melody sah ihn dabei so bittend an, dass er nicht widerstehen konnte. Er nahm sie bei der Hand und ging mit ihr ohne weiteren Kommentar in Richtung Dachboden. Als sie oben angekommen waren, konnte Ryan sehen, dass Melody wirklich Hilfe brauchte. Es waren inzwischen Unmengen von Schachteln aufgestapelt worden. Hinter sich konnten sie Lelia und die Kinder herauf kommen hören.
"Was ist, ihr zwei Turteltauben, können wir euch vielleicht auch helfen?" Melody und Ryan lachten so dankbar auf, dass Lelia ganz geschmeichelt sofort zum Angriff über ging.
Ryan machte sie daran, diverse Regale aufzustellen. Lelia, Melody und die Kinder fingen an die ganzen Kartons auszupacken. Nach einer Stunde wurden sie jedoch von einem Diener unterbrochen. "Herr, da unten ist ein Lieferant. Er sagt, er liefert eine Stereoanlage."
Ryan grinste begeistert. "Lass sie ihn hier herauf bringen."

Als nach ein paar Minuten die Lieferanten zwei große Kartons herauf brachten, rieb er sich begeistert die Hände. "Jetzt kommt endlich eine interessante Tätigkeit auf mich zu."
Die Frauen mussten lachen. Das war wieder typisch Mann. Bei der Technik bekamen sie große Kinderaugen. Melody musste mit der Arbeit innehalten und beobachtete mit zärtlichem Blick ihren Gefährten. Ryan hatte sich sofort auf die Pakete gestürzt. Der Diener, der die Lieferanten angemeldet hatte, wurde von ihm sofort mit eingeplant. Ryan hatte zur Anlage auch gleich den richtigen Unterbau bestellt. So fing der Diener an den Kasten zusammenzubauen und Ryan packte mit begeistertem Blick die Anlage aus. Als er kurz strahlend aufsah, blickte er genau in die zärtlichen Augen von Melody. Ryan war schwer in Versuchung, zu ihr zu gehen und sie zu küssen. Doch eine kurze Zeit musste er wenigstens durchhalten ohne Melody zu küssen, sonst würde er ein Leben lang damit von seiner Familie aufgezogen werden. So lächelte er nur liebevoll zurück und richtete seine Aufmerksamkeit wieder auf die Anlage. Als sie endlich stand, legte er eine der mitgelieferten CDs ein und es ertönte romantischer Kuschelrock. Melody und Lelia sahen erstaunt auf. Ryan grinste sie zufrieden an.
"Ryan, Kuschelrock. Dich hat es wirklich schwerer erwischt, als ich angenommen habe." Lelia lachte liebevoll zu Ryan und dann zu Melody. Die hatte jedoch nur noch Augen für Ryan.
Dieser sah Melody langsam auf sich zugehen. Ihre blauen Augen strahlten ihn mit soviel Liebe und Freude an, dass er sofort wusste, dass er die Wette jetzt verloren hatte.
Er ging ihr entgegen und zog sie in seine Arme, sein Mund suchte ausgehungert ihren. Melody ließ ihn sofort in ihr Innerstes und stöhnte dazu nur leise. Dabei drückte sie sich so fest an ihn, als würde sie ihn nie wieder loslassen wollen.
"Ich liebe dich, Ryan. Du bist das Beste, was mir in meinem Leben passiert ist."
Ryan konnte sie nur wieder küssen und dann fest an sich ziehen. "Ich liebe dich auch, mein Kätzchen. Wie du siehst schaff

ich es nicht einmal ein paar Stunden, ohne dich zu küssen. Meine Familie wird mich ewig damit aufziehen." Jetzt mussten beide lachen und sahen sich dabei verliebt in die Augen.
"He ihr zwei, hier sind auch Kinder anwesend." Lelia sah sie mit einem leicht strafenden Blick an. "Übrigens Ryan, ich bin der Meinung, dass du dich sogar ziemlich wacker geschlagen hast. Ich habe mit Phil und meinen Brüder gewettet, dass du nicht einmal eine Stunde durchhalten wirst. Doch du hast sogar fast drei Stunden durchgehalten. Man sieht, dass du als Alpha einen ziemlich starken Willen hast."
Melody und Ryan sahen verdutzt auf Lelia. "Ich habt mir nicht mehr als eine Stunde zugetraut?" Frustriert lachte er zu Melody hinunter. "Wenn ich das gewusst hätte, wärst du schon vor einer Stunde in meinen Armen gelandet."
Melody konnte Ryan nur fasziniert und verliebt anschauen. "Was hältst du davon, wenn wir nach dem Mittagessen, wieder als Katzen zu unserem Strand laufen?"
Ryans Augen blitzten interessiert auf. "Ja, jetzt wo ich die Wette schon verloren habe, kann das sicher nett werden." Dabei sah er sie so anzüglich an, dass Melody sich rot aus seinen Armen befreite. Sie ging mit großen Schritten wieder zu ihrer Arbeit, verfolgt von Ryans leisem Lachen.
Bis Mittag hatten sie alles aufgestellt und verstaut. Melody sah begeistert in ihr neues Atelier. Sie nahm an die eine Hand Ryan und an die andere Hand Lelia und drückte beide fest. "Es ist einfach perfekt. Ich habe noch nie so ein schönes Atelier gehabt. Und dass ihr alle immer in meiner Nähe seid, wenn ich arbeite, macht es noch schöner." Melody rannen Tränen die Wangen hinunter. Sofort wurde sie von Ryan in die Arme geschlossen. Siri und Rob umklammerten ihre Füße und Lelia lehnte sich fest an ihren Rücken. So eingehüllt in ihre Familie, wurde Melody wieder ruhig.
Dann löste sich Lelia wieder und meinte. "So, wir waren so fleißig. Jetzt haben wir uns was zu Essen verdient. Los wir werden die Küche etwas auf Trapp bringen."

Lachend liefen sie alle wieder die Treppe hinunter ins Esszimmer. Sofort wurden sie von diversen Diener nach ihren Wünschen gefragt und nach einer weiteren halben Stunde hatten sie alle ihre vollen Teller vor sich stehen.

Nach dem Essen sah Ryan gesättigt zu Melody. "Was ist, wollen wird gleich laufen und etwas von den Kalorien verbrauchen, die wir uns angegessen haben?"
In Ryans Blick stand soviel Verlangen und Liebe, dass Melody nur nicken konnte. Sie lief schnell hinauf und zog sich einen Bikini an. Als sie wieder unter war, wartete Ryan schon vor der Tür, nur mit einer Short bekleidet. Melody lachte ihn glücklich an und verwandelte sich sofort in ihre weiße Tigerin. Als sie anfing auf den Zaun zuzulaufen, hatte sie sofort ihren Tiger an der Seite. Er knurrte sie etwas böse an, da sie ohne ihn losgelaufen war. Dann übernahm er jedoch sofort die Führung und als sie über den Zaun waren, liefen sie wieder die Strecke durchs Dorf, die sie auch das letzte Mal genommen hatten.
Die Dorfbewohner, die natürlich jetzt schon alle wussten, wer der weiße Tiger war, riefen ihnen Begrüßungen und Glückwünsche entgegen. Nach einiger Zeit kamen sie wieder an den einsamen Strand, wo sie auch schon das erste Mal geschwommen waren.
Ryan lief jedoch nicht zum Wasser, sondern ging zu einer versteckten Stelle, die unter einer Palme im Schatten lag. Neugierig folgte Melody ihm, gleich darauf blieb er jedoch stehen und drehte sich zu seiner Tigerin um. Als er dann zart anfing ihre Schnauze abzulecken und weiter zu ihren Ohren glitt, wurde es Melody heiß und sie fing an zu zittern. Sie ließ den Menschen ganz in der Tigerin versinken und übergab komplett ihr das Kommando. Ryans Tiger fing an weiter ihren Körper zu putzen und als er ihre Erregung roch, nahm sie der Tiger zärtlich auch in der Katzengestalt in Besitz. Melody konnte ihn schwer auf ihren Rücken spüren, wo er zärtlich ihren Nacken ableckt. Als er sie nach uralten Instinkten ebenfalls in Besitz nahm, konnte

sie nur kurz den Biss im Nacken spüren, dann wurde alles von einem Lustgefühl weggespült. In der Katzenform wurde der Liebesakt noch wilder und urgewaltiger.
Als Ryan befriedigt von seiner Tigerin stieg, verwandelte er sich gleich darauf zum Menschen. Er küsste Melody zärtlich auf die Schnauze und holte damit auch in ihr den Menschen wieder an die Oberfläche. Sofort verwandelte sich auch Melody zurück und schmiegte sich fest in die Arme ihres Gefährten. Melody wäre wieder einmal eingeschlafen, wenn Ryan sie nicht zärtlich auf die Nase geküsst hätte, um sie zu wecken. "Nicht schlafen, meine Schöne. Was hältst du von schwimmen?" Erfreut sprang Melody blitzschnell auf und lief lachend ins Wasser. Sie liebte es zu schwimmen und mit Ryan wurde es noch schöner.
Ryan sah ihr kurz liebevoll nach, dann war er jedoch schon hinter ihr her. Melody schwamm schnell, doch Ryan war schneller. Nach ein paar Sekunden hatte er sie eingefangen und drückte sie lachend an sich. "Du kannst mir nicht entkommen, versuch es also erst gar nicht."
Mit leuchtenden Augen sah Melody zu Ryan auf. "Ich möchte dir gar nicht entkommen, sondern immer in deinen Armen liegen."
Ryan zog Melody wieder in die Nähe des Strandes und als er wieder Grund unter den Füssen hatte, fing er an Melody besitzergreifend zu küssen. Seine Hände öffneten ihr Bikinioberteil und streiften es Melody über den Hals.
Melody konnte Ryans Hände auf ihren Brüsten spüren und als sie dann weiter hinunter glitten, klammerte sie sich nur noch fest an ihn. Sie konnte im Wasser noch nicht stehen und das war wahrscheinlich von Ryan so beabsichtig, denn so musste sich Melody die ganze Zeit an ihm festhalten, um nicht unterzugehen. Doch das störte sie nicht, sie berührte Ryan einfach gerne. Sie spürte seine Hände in ihrer Bikinihose. Zärtlich ließ er seine Finger weiter in ihr Innerstes gleiten. Melody konnte einen kleinen Lustschrei nicht unterdrücken. Das zufriedene Knurren, das Ryan in ihren Mund schickte, ließ ihren ganzen Körper vibrieren. Sie konnte spüren, dass Ryan seine Erektion heraus

zog und damit, vorbei an Melodys Höschen, zu ihrer pulsierenden Spalte glitt. Als er tief in sie eindrang, wurde sie in eine neue Dimension der Lust katapultiert. Das warme Wasser das sie umschmeichelte trug noch zu den sinnlichen Gefühlen bei und riss sie zusammen in einen Höhepunkt, der ihre Herzen verbrannte und ihre Seelen zusammenschweißte. Als Melody nach einigen Sekunden wieder die Augen öffnete und zu Ryan aufblickte, sah er sie mit glühendem, wildem Besitzerstolz an, der sie wohlig erschaudern ließ.
"Kleines, sollte dich mir je einer wegzunehmen versuchen, werde ich in töten. Sag mir, dass du nur mir gehörst."
Melody sah in seine Augen und wusste, dass der Tiger knapp an der Oberfläche wartete. Beide brauchten jetzt von ihr die Bestätigung und sie gab sie ihnen gerne. Melody umfasst mit beiden Händen sein Gesicht und sah Ryan tief in die Augen. "Ryan, ich gehöre nur dir, für immer und ewig." Dann zog sie sich zu ihm in die Höhe und küsste in mit aller Liebe, die sie in diesen Kuss legen konnte
Ryan zog sie so fest an sich, dass ihr kurzzeitig die Luft weg blieb, doch das war sofort vorbei, dann ließ er wieder locker und zog sie weiter zum Strand. Dort drückte er sie sanft auf den warmen Sand und nahm sie fest in seine Arme.

Ryan erwachte wie aus einem Rausch, er spürte Melody an ihn gekuschelt im Sand liegen und küsste sie zärtlich aufs Haar. Würde sie sich nach seinem Ausbruch in die Steinzeit von ihm abwenden? Nach seinem Orgasmus war sein Tiger so weit aufgestiegen, dass er nur noch aus tiefen Instinkten handeln konnte, dass musste für Melody verstörend gewesen sein. "Es tut mir leid, meine Kleine. Ich hoffe, ich habe dich im Wasser nicht erschreckt?" Besorgt sah er auf sie hinunter, doch als ihn Melody einfach nur liebevoll anstrahlte, wusste er, dass alles in Ordnung war.
"Ich habe deinen Tiger gespürt und da er genauso zu mir gehört wie der Mann, gab es für mich nichts, was mich hätte erschrecken können."

Ryan konnte Melody einfach nur anstarren. "Wie kommt es, dass dich vor mir kein Mann entdeckt hat? Du bist eine Frau und eine Katze, die sich jeder Mann nur wünschen kann und du gehörst nur mir." Er beugte sich hinunter und küsste Melody noch einmal fest.

Als sie sich wieder lösten sprang Melody auf und hielt Ryan ihre Hand hin. "Was ist, Liebling, wollen wir wieder nach Hause laufen?"

Ryan nahm ihre Hand und stand auf. Dieser Satz beinhaltete alles Glück, was er sich nur vorstellen konnte. Er sah jetzt auf Melody hinunter und grinste glücklich. "Süße, da dein Oberteil irgendwo in den Meeresweiten verschollen ist, solltest du dich wenn möglich nicht unterwegs zurückverwandeln. Wenn uns jemand aufhält, dann werde nur ich mich verwandeln. Versprich mir das, sonst schnapp ich über, wenn dich ein anderer Mann so sieht."

Melody nickte nur lachend und verwandelte sich sofort in ihre weiße Tigerin. Dann knurrt sie auffordernd, bis Ryan sich lachend ebenfalls in seinen Tiger verwandelt hatte. Zusammen liefen sie wieder durch das Dorf und kurz darauf waren sie auch schon wieder zu Hause. Ryan verwandelte sich zurück, doch Melody blieb weiterhin in ihrer Katzenform. Sie wartete bis Ryan ihr die Türe öffnete und lief die Treppen hinauf zu ihren Räumen. Sie wollte sich gerade zurückverwandeln, um die Türe zu öffnen, als sie Ryan neben sich spürte. Er legte zart seine Hand auf ihren Kopf und öffnete die Tür. Melody lief hinein und als sie hörte, dass Ryan hinter ihr die Türe schloss, verwandelte sie sich zurück. Dann blieb sie mitten im Zimmer stehen und sah ihm abwartend entgegen. Ryan nahm jede Kleinigkeit von Melody wie ein Ertrinkender wahr. Als er ihr seine Hand entgegen streckte, kam sie sofort auf ihn zu und er konnte ihre Bereitschaft für ihn riechen. Doch es war schon spät und sie würden bald zu Abend essen. Ryan zog sie daher nur mit sich ins Badezimmer. Dann kniete er vor ihr nieder und zog ihr zärtlich die Bikinihose aus. Ryan entledigte sich auch seiner

Kleider und zog Melody mit unter die Dusche. Dort seifte er sie sanft ein. Er konnte natürlich die Zunahme ihrer Erregung spüren, doch er wollte sie nicht überfordern. Als er wieder aufstand und Melody unter den Wasserstrahl, drückte, sah sie ihn nur mit verwirrten Augen an. Ryan beugte sich hinunter und küsste Melody zärtlich.
"Kleines, schau mich bitte nicht so verwirrt mit deinen großen blauen Augen an, sonst nehme ich dich gleich wieder, hier unter der Dusche. Ich möchte dich aber nicht überfordern. Leider kann ich von dir nicht genug bekommen, doch ich möchte nicht, dass dich das zu etwas zwingt."
Melody sah ihn jetzt nur liebevoll an. "Glaubst du mir geht es anders." Mit den Worten nahm sie ihm die Seife aus der Hand und drehte ihren Gefährten sanft um. Melody schäumte ihre Hände ein und fuhr dann langsam und sanft über seine Schulter, den Rücken entlang bis zu seinen Hüften und hinunter entlang seiner schönen Beine. Als sie die Rückseite komplett eingeseift hatte, ließ sie Ryan wieder umdrehen und widmete sich seinem Hals und danach seiner breiten Brust. Als ihre Hände mit einer neuen Portion Schaum in Richtung seiner Mitte glitten, konnte sie ihn laut stöhnen hören.
Leicht lächelnd kniete sie sich vor Ryan hin und seifte weiter seine Beine auf der Vorderseite ein. Zum Schluss nahm sie sanft seine harten Penis in ihre Hand, dieses Mal ohne Seife und fing an zart darüber zu streichen. Sie konnte Ryan am ganzen Körper zittern spüren. Als sie sich vorbeugte und sanft mit ihrer Zunge über seine immer härter werdende Erektion fuhr, hörte sie Ryan leise ihren Namen rufen. Melody griff jetzt fester zu und fuhr seinen harten Schaft rhythmisch auf und ab. In denselben Rhythmus ließ sie seine heiße, feuchte Eichel in ihren Mund hinein und hinaus gleiten. Mit der zweiten Hand streichelte sie die weiche Haut um seine Hoden herum. Ryan stöhnen jetzt lauter und sie konnte hören, dass er immer wieder ihren Namen rief. Seine Hüfte hatte sich ihrem Rhythmus angepasst und er stieß ihr immer wieder entgegen und füllte so

Melodys Mundhölle völlig aus. Als er zum Höhepunkt kam, schoss sein heißer Samen Melodys Kehle hinunter und ließ sie erzittern. Sie hatte so etwas nicht für möglich gehalten, doch dass er in ihrem Mund kam, war extrem erotisch. Ryan schmeckte leicht salzig und er hatte eine würzige Note, die sich auch in seinem Körpergeruch wieder fand, den sie so liebte. Ryan zog sie zu sich hinauf und küsste sie stürmisch und wild.
"Himmel, mein Kätzchen. Das ging jetzt so schnell, ich wollte nicht in deinem Mund kommen. Es tut mir leid. Ist alles in Ordnung?"
Ryan sah sie besorgt an. Melody konnte nur grinsen. "Liebling, mach dir nicht dauernd solche Sorgen um mich. Du bekommst noch einen Herzinfarkt." Lachend zog sie ihren verwirrten Gefährten an sich. "Ich habe es genossen, dich zu schmecken. Dein Samen schmeckt genauso wie du. Heiß, salzig, stark und wild." Dabei leckte sie sich so sinnlich kurz über die Lippen, das Ryan ihr nur fasziniert zusehen konnte. Dann entkam im ein Knurren und er zog sie wieder zu einem Kuss an sich. Doch diesmal war er hart und besitzergreifend. Als er dann vor ihr abließ, sah er sie verliebt an. "Mein Kätzchen, du überraschst mich immer wieder. Ich glaube, ich verliebe mich jeden Tag noch ein bisschen mehr in dich. Wenn das so weiter geht, kann ich keine Minute mehr ohne dich sein, ohne Entzugserscheinungen zu bekommen."
Melody lacht jetzt laut auf. "Dann geht es dir ja wie mir, das ist nur gerecht." Melody wusch sich jetzt noch schnell ihre Haare und zog dann Ryan mit sich aus der Dusche heraus. "Wollen wir hinunter gehen und sehen, ob wir was zu Essen bekommen?"
Ryan nickte dazu nur und ein paar Minuten später liefen sie hinunter. Die ganze Familie war bereits im Wohnzimmer versammelt und unterhielt sich angeregt. Als sie Melody und Ryan kommen sahen, drehten sich gleich alle Gesichter ihnen zu.
Brian sah böse zu Ryan. "Also was muss ich da hören? Du hast nicht einmal drei Stunden ausgehalten? Das ist ja ein Armutszeugnis für uns Männer."

Ryan lachte nur, setzte sich aufs Sofa und zog Melody zu sich auf seinen Schoß. "Vielleicht, doch dafür hatte ich einen sehr aufregenden Tag. Das macht alles wett." Ryan sah anzüglich zu Melody, die ihn böse mit rotem Gesicht ansah.
"Ryan, würdest du bitte solche anzüglichen Andeutungen lassen? Das ist ja mehr als nur peinlich."
Brian zog bei ihren Meldungen nur die Augenbraue interessiert nach oben und lachte dann mit den anderen.
"Melody, jedes Mal wenn Ryan verliert, sieht er aus, als hätte er den Jackpot gewonnen. Ich glaube ich muss dir wirklich ein paar Tipps geben, wie du eine Strafe auszuführen hast."
Melody sah jetzt mit roten Wangen einmal zu Ryan dann wieder zu Lelia. "Das ist sehr lieb von dir Lelia, aber ich will Ryan gar nicht strafen. Alles andere macht doch viel mehr Spaß oder?"
Lelia stöhnte dazu nur und Ryan zog Melody zufrieden lachend fest an sich.
Wulf verdrehte verzweifelt den Kopf. "Melody, wenn du ihm so was sagst, gibt's du Ryan ja praktisch einen Freibrief. Jetzt hast du ihn nicht von seinem Potest herunter geholt, sondern ihn noch fest fixiert, sodass er nie wieder herunter fällt."
Sogar Eric konnte sich jetzt einen Kommentar nicht mehr verkneifen. "Ich hoffe du weißt zu schätzen, was für eine tolle Frau du in Melody gefunden hast. Eine andere hätte dir schon so richtig eingeheizt."
Melody und die anderen mussten lachen, doch Ryan sah ernst in die Runde bis alle ihn verwirrt ansahen. "Melody, meine schöne Gefährtin. Ich bin mir sehr wohl bewusst, welches Glück ich habe, dass das Schicksal dich zu mir geführt hat. Ich werde keine Minute unseres Lebens als selbstverständlich nehmen und versuchen, dich immer glücklich zu machen."
Kurzzeitig war es komplett still, dann beugte sich Melody zu Ryan hinunter und küsste ihn stürmisch.
Lelia knurrte nur leise. "Bei den zweien ist Hopfen und Malz verloren. Die sind so schwer ineinander verliebt, dass man mit normalen Argumenten nicht mehr durch kommt." Dabei sah sie

jedoch erfreut zu ihrem Bruder und ihrer zukünftigen Schwägerin. Auch die anderen lächelten zufrieden.
Brian fasste sich als Erster wieder. "In Ordnung, in den nächsten Jahren brauchen wir nicht wirklich warten, dass einer von beiden den anderen in die Pfanne haut. Die sind so darauf bedacht sich nur glücklich zu machen, dass da jeder Sportsgeist verloren geht."
Nach dem Essen gingen sie alle wieder ins Wohnzimmer, um den Tag zu besprechen. Die Männer brachten Ryan auf den letzten Stand, als es an der Tür klopfte.
Alle sahen gespannt auf, wer um diese Zeit noch kommen würde. Als Torben mit ernstem Gesicht herein kam, sprangen die Männer sofort alarmiert auf.
"Sind wieder Wilderer auf der Insel?" Ryan sah grimmig zu dem Wachkommandanten. Als dieser nickte, wurde es kurz still.
"Hast du nur eine Gruppe der Wachen informiert, so wie wir es abgesprochen haben?" Wulf ballte unbewusst seine Hände zu Fäusten.
"Ja, sie werden gerade von Sean in den Plan eingeweiht. Wir treffen uns mit ihnen hinter dem Dorf beim Wachfelsen."
Ryan nickte dazu nur. "Gut, wir ziehen uns schnell um und dann wollen wir mal sehen, ob wir die Wilderer dieses Mal erwischen."
Die Männer liefen sofort in ihre Räume und binnen fünf Minuten waren alle wieder in ihrer Jagdkleidung unten. Da Katzenmenschen dünne Kleidung, die direkt am Körper anlag mitverwandeln konnten, wurde speziell dafür eine Lederkleidung entworfen. Jeder Katzenmensch auf der ganzen Welt hatte einen oder mehrer dieser Jagdanzüge. Es gab kleine Unterschiede in Farbe und Ausführung, doch im Großen und Ganzen waren sie alle gleich geschnitten.
Melody saß vor Angst erstarrt auf dem Sofa. Sie spürte, dass sich Lelia neben sie setzte und sie in den Arm nahm. Doch die Angst um Ryan machte sie völlig unfähig irgendetwas richtig wahrzunehmen. Was, wenn er verletzt würde oder noch

schlimmer — getötet? Melody fing jetzt so stark zu zittern an, das Lelia sie besorgt ansah. Doch plötzlich war Ryan wieder da und nahm sie in die Arme.
"Kleines, hab keine Angst. Wir haben viele Wachen mit, die auf uns aufpassen. Es wird uns nichts geschehen. Wahrscheinlich werden die Wilderer schon wieder weg sein und das Einzige was wir dann gemacht haben, ist ein Abendsparziergang in den Dschungel."
Melody sah zu Ryan auf und begegnete seinem sorgenvollen Blick. Sie wusste, das Ryan als Clanoberhaupt und seine Brüder bei der Jagd unbedingt dabei sein mussten, sonst würden sie nie wieder in den Spiegel sehen können. Sie machte es ihm auch nicht leichter, mit ihrer übertrieben Angst. Melody nahm sich zusammen und lächelte Ryan zaghaft an. "Komm einfach wieder gesund zu mir zurück. Alles andere ist unwichtig. Ich liebe dich."
Ryan sah sie zärtlich an und küsste sich wild und besitzergreifend. "Wir werden schneller zurück sein, als du glaubst. Ich liebe dich auch, mein Kätzchen. Hab keine Angst." Dann war er mit seinen Brüdern, Phil und Torben aus dem Haus.
Melody sah zu Lelia, die zu ihr kam und sie bei der Hand nahm. "Komm, wir müssen uns beschäftigen, sonst sind wir wenn unsere Männer wieder kommen total fertig. Das würde ihnen das Herz brechen. Also müssen wir stark sein." Lelia lächelt jetzt Melody beruhigend an, die mit einer wilden Verzweiflung zurücklächelte.
"Es ist wohl nicht leicht, zur Familie des Clanoberhauptes zu gehören, oder?"
Lelias Augen blitzen verstehend. "Nein, manchmal nicht, aber manchmal ist es auch besser, da man Rechte hat, die sonst kein Clanmitglied hat."
"Was hältst du davon, wenn wir schön langsam deine Hochzeit planen? Es sind nicht mehr ganz vier Wochen und wir haben noch einiges zu klären"
Melody sah jetzt erschrocken zu Lelia. "Du hast Recht, an das ganze Drumherum hab ich überhaupt nicht gedacht. Ich

brauche ein Kleid." Melody war jetzt wie elektrisiert. "Lelia, wo bekomm ich denn so schnell ein Hochzeitskleid her?" Panisch sah sie zu ihrer zukünftigen Schwägerin.
Die lächelte sie jedoch nur siegesgewiss an. "Ich habe schon einen Schneider angerufen, er wird morgen Vormittag kommen. Was sagst du dazu?"
Melody war so erleichtert, dass sie wirklich kurz die Angst um Ryan zurückdrängen konnte. Dann fiel sie Lelia um den Hals und fing an zu weinen. "Danke, dass du da bist."
Lelia streichelte Melody sanft über den Rücken. "Sie werden gesund zurückkommen, ganz sicher Außerdem würdest du durch das Gefährtenritual spüren, wenn Ryan verletzt werden würde."
Jetzt sah Melody Lelia ungläubig an. "Wirklich, ich würde es spüren?"
Lelia nickte ernst. "Ja, unsere Männer glauben, dass nur sie uns jetzt spüren können, doch in einer schwächeren Form können wir das genauso. Einmal wurde Phil bei einem Autounfall schwer verletzt. Ich habe es sofort gespürt und alle fertig gemacht, bis sie ihn suchen gegangen sind. Also solange du nichts spürst, ist alles in Ordnung."
Melody sah jetzt schon beruhigter zu Lelia. "Ich kann jetzt besser verstehen, was die Männer an diesem Ritual begeistert. Immer die Gewissheit zu haben, dass es seiner Liebe gut geht, ist schon etwas Fantastisches." Beide Frauen sahen sich jetzt wissend an.
Melody stand auf und drückte nochmals kurz Lelia. "Ich glaube ich gehe in mein Atelier und mache die ersten Entwürfe für unser Hochzeitsbild."
Lelia nickte dazu nur und Melody lief sofort hinauf in ihr Reich. Hier konnte sie alles vergessen. Sie fing an ihre Idee auf einem Skizzenblock zu zeichnen und merkte dabei nicht, wie die Zeit verging.

Ryan, Phil, Torben und seine Brüder waren am Felsen zu den anderen Wachen gestoßen. Die sahen ihnen etwas verwundert

entgegen, weil sie dieses Mal nur so wenige waren. Doch keiner hätte die Anordnung des Clanoberhaupts hinterfragt. Jeder von ihnen hatte ebenfalls seine Jagdkleidung an, Waffen wurden an einem starren Lederband mitgeführt. Dieses Band konnten sie als Katzen bequem tragen, um dann sofort nach der Verwandlung die Waffen bei sich zu haben. Sean hatte die Clanwache schon instruiert, so dass sie sofort loslegen konnten. Auf Ryans Befehl hin verwandelten sich alle in Katzen und teilten sich, wie vorher besprochen, in die jeweiligen Jagdgruppen ein. So leise wie es nur Katzen möglich war, liefen sie in den Dschungel, um mit viel Glück dieses Mal vielleicht die Wilderer aufzuspüren, bevor sie mit ihrer Beute verschwinden konnten. Die Angst und Unruhe im Dschungel schlug ihnen wie eine Wand entgegen. Tiere die in Todesangst flohen oder gefangen wurden, hinter ließen so eine präzise Spur, dass die Jäger dieser leicht folgen konnten. Ryan und seine Gruppe umrundeten die Spur um dem Gegner, falls er noch auf der Insel war, in den Rücken fallen zu können. Doch je näher sie die Spur zum Meer führte, umso sicherer war es, dass die Wilderer wieder mal schneller gewesen waren und die Insel bereits verlassen hatten. Als Ryan mit seiner Gruppe zum Strand kam, an dem die Wilderer ihre Beute verschifft hatten, wartete bereits die zweite Jagdgruppe dort auf sie. Die Gruppenführer verwandelten sich zurück und trafen sich in der Mitte.
"Die Wilderer sind zwar weg, aber ich glaube wir haben trotzdem einen Teilerfolg zu verbuchen." Ryan sah in die Gesichter der Männer um in herum. Jeder sah jetzt grimmig zu den Katzen, die auf einen neuen Befehl von ihnen warteten. "Wir werden morgen Abend bei uns besprechen, wie wir weiter vorgehen werden. Zur Sicherheit sollten wir jedoch auch beim nächsten Mal die zweite Gruppe nehmen und genauso verfahren." Zustimmendes Murmeln wurde unter den Männern laut.
"Gut, wir können hier nichts mehr machen. Laufen wir nach Hause." Sofort verwandelten sich die Männer wieder in ihre Katzenform und liefen vereint wieder in Richtung Dorf.

Vor dem Haus verwandelten sich alle wieder zurück, da es schon spät war und sie niemanden wecken wollten.
Wulf stieß Ryan grinsend an. "Ich glaube auf dich wartet noch jemand ungeduldig." Mit diesen Worten deutete er zum Dach und jetzt konnten alle den schwachen Schein einer Lampe im Atelier sehen.
Ryan musste lächeln. Er hätte fast schwören können, dass Melody erst schlafen gehen würde, wenn er wieder zu Hause war. Als Ryan mit langen Schritten die Treppe hinauf lief, folgte ihm das gutmütige Lachen seiner Familie. Doch das störte Ryan nicht, er wollte nur so schnell wie möglich Melody in seinen Armen spüren. Die Tür zum Atelier stand offen und sein zärtlicher Blick fiel sofort auf seine Liebe. Sie saß an ihrem Schreibtisch und hatte den Kopf über einen Block gebeugt. Ihre Haare hatte sie mit einem Band zurückgebunden und sie kaute geistesabwesend an ihrem Bleistift. Leise trat er hinter sie und zog sie an seine Brust. Zuerst konnte er einen erschreckten Ton hören, doch als Melody mitbekam, wer sie zärtlich in den Armen hielt, kam ein freudiges Quietschen dazu.

Melody kaute abwesend auf ihrem Bleistift. Sie versuchte sich immer wieder auf Ryan zu konzentrieren, doch irgendetwas musste mit ihrem Radar falsch laufen, denn sie hatte das Gefühl, als würde er hinter ihr stehen. Als sie dann plötzlich von zwei starken Armen umfangen wurde, entkam ihr ein erschrockenes Keuchen. Doch sofort stieg ihr Ryans unverwechselbarer Duft in die Nase und sie konnte nur noch erfreut aufquietschen. Sie drehte sich in seinen Armen um und fiel ihm um den Hals.
"Ryan, du bist wieder da und dir ist nicht geschehen." Melody war so erleichtert, dass ihr die Tränen in die Augen stiegen. Doch als sie den verwirrten Blick von Ryan sah, blinzelte sie diese weg und nahm sich zusammen. Er sollte sich nicht noch um sie Sorgen machen, sie würde für ihn stark sein. Jetzt strahlte sie ihn nur glücklich an und zog sein Gesicht zu sich herunter. Dann küsste sie ihn freudig.

"Wenn ich jedes Mal so nett von dir empfangen werde, sollte ich vielleicht öfters weggehen."

Jetzt sah ihn Melody nur strafend an. "Das kannst du dir gleich wieder aus dem Kopf schlagen. Wenn du musst, kann ich nichts dagegen tun, aber sonst lass ich dich sicher nirgends ohne mich hingehen. Hast du das verstanden, Mr. Macho?" Dabei stupste Melody mit ihrem Finger gegen seine Brust.

Ryan schnappte sich ihre Hände und küsste jeden einzelnen Finger, bis er spüren konnte, dass Melody wieder zu zittern anfing. Er verschränkte ihre Finger ineinander, drehte die Lampe aus und zog Melody in Richtung ihrer Räume. Dort angekommen, nahm er sie zärtlich in die Arme und drückte sie fest an sich. "Du bist vollkommen übermüdet, mein Kätzchen. Du solltest nicht so lange auf mich warten." Ryan zog Melody zärtlich ihre Kleidung aus, ließ dann seine ebenfalls folgen und schob sie zu ihrem Bett.

Melody ließ alles lächelnd geschehen, Hauptsache er war wieder gesund bei ihr. Beide wussten, dass Melody immer auf Ryan warten würde, doch das musste nicht extra ausgesprochen werden.

Kaum hatte Melody den Kopf auf Ryans Brust gelegt, fiel sie sofort in einen tiefen Schlaf.. So sehr seine Nähe Melody erregen konnte, wurde sie auf der anderen Seite von seiner Berührung total beruhigt. Das waren Widersprüche, die ihn immer wieder neu faszinierten.

Am nächsten Morgen trafen sich alle wieder beim Frühstück und dann waren die Männer gleich darauf erneut unterwegs.

Lelia und Melody warteten mit Ungeduld auf den Schneider für Melodys Hochzeitskleid. Die Kinder, die die Unruhe der zwei Frauen spürten, liefen aufgeregt die ganze Zeit als Katzen im Haus herum und veranstalteten einen riesigen Wirbel. Als dann endlich die Türglocke ertönte, waren alle schnell auf den Beinen.

Der Schneider stellte sich als Thimosy vor und hatte noch ein paar Frauen als Hilfe dabei. Sie gingen alle ins Wohnzimmer und bald schwirrten die verschiedensten Ideen durch den Raum.

Thimosy legte ihnen diverse Muster vor. Doch Melody und Lelia konnten sich für keines davon begeistern.
"Melody, hast du irgendeine Vorstellung, wie dein Traumhochzeitskleid aussehen soll?"
Melody überlegte lange und meinte dann. "Ich hätte gerne etwas weich und fließend Fallendes. Es soll romantisch sein." Plötzlich ging ein Grinsen über ihr Gesicht. Lelia sah sofort neugierig auf. "Dir ist gerade etwas eingefallen oder?"
Melody nickte. "Ja, als Ryan mich damals zum Abendessen abgeholt hat, hatte ich vorher ein anderes Gewand an. Es war eine weiße Bluse und ein langer Rock, darüber hatte ich eine bunte Korsage geschnürt. Als Ryan mich damit sah, konnte ich sehen, dass ihn die Korsage so richtig heiß machte." Jetzt grinste sie zu Lelia und Thimosy, die ihr Grinsen erwiderten.
"Ja, eine bestickte Korsage, mit Seidenschnüren. Dazu ein fließendes weich fallendes weißes Kleid oder einen Rock. Das ist perfekt." Thimosy war so begeistert, dass er sofort einen Block heraus holte und anfing das Hochzeitskleid, das er vor seinem inneren Auge entstehen sah, auf das Papier zu bringen. Als er es dann Melody und Lelia zeigte, waren beide mehr als nur begeistert.
"Das ist perfekt für dich, Melody. Dein Haar werden wir nur mit einem weißen Netz mit Perlen hochstecken, so dass dein schöner langer Hals voll zu Geltung kommt. Ryan wird gar nicht wissen, wo er dich als erstes verstecken soll, dass dich kein anderer Mann sieht." Jetzt mussten alle Anwesenden schmunzeln. Thimosy zeigte ihnen noch Stoffmuster, doch da jetzt alle wussten wie das Kleid aussehen würde, waren die passenden Stoffe ziemlich schnell ausgesucht. Dann wollte er allgemeine Angaben zu Schuhgröße, Unterwäsche … wissen. Melody wurde rot, als er nach ihrer BH Größe fragte, doch Lelia beruhigte sie sofort. "Das ist normal, Thimosy besorgt dir alles was zu diesem Kleid dazu gehört, dass hat er bei mir auch gemacht. Es ist auch recht praktisch, so musst du dich damit nicht weiter auseinander setzten." Melody nickte dazu nur

Als alles besprochen war, verabschiedete sich Thimosy mit seinen Helferinnen und dem Versprechen das in einer Woche die erste Anprobe des Kleides stattfinden würde. Da würde er auch die anderen Accessoires mitbringen.
Als Melody und Lelia wieder alleine waren, atmeten sie tief durch.
"Lass uns was zu Mittag essen." Lelia rief ihre Kinder und ging mit Melody ins Esszimmer.
Nach dem Essen drängte es Melody sofort wieder zu ihrem Bild zurück, und Lelia deutete ihr, dass sie nur gehen sollte.

Melody hatte ihre Skizze fertig und fing an ihr Bild zu malen. Die Insel als Hintergrund hatte sie damals, als sie die Insel das erste Mal gesehen hatte, gezeichnet. Es kam Melody wie eine Ewigkeit vor, doch es war eigentlich nur ein paar Tage her und doch hatte sich ihr Leben komplett verändert.
Die Arbeit ging ihr leicht von der Hand und sie hatte schon die Grundfarben aufgetragen als ihr auffiel, dass es draußen bereits dunkel war. Erschrocken sah sie sich um. Das Atelier hatte ein paar dunkle Ecken, doch aus irgendeinem Grund verspürte sie keinerlei Angst. Als sie in sich hinein fühlte, wusste sie plötzlich auch warum. Ryan war da. Sie drehte sich suchend im Kreis und fand ihn ruhig auf dem Sofa, das ihr Lelia und Ryan ebenfalls noch aufgeschwatzt hatte, sitzend. Er hatte seine Krawatte abgelegt und sein Hemd stand offen. Mit halb geschlossenen Augen sah er zu ihr hin. Mit einem freudigen Quietschen lief sie zu ihm. Ryan öffnete sofort seine Arme und fing sie grinsend auf.

Ryan war mit seinen Brüdern ziemlich spät nach Hause gekommen. Lelia erwartete sie im Wohnzimmer und auf Ryans Frage, wo Melody sei, grinste sie nur und deutete nach oben.
Sofort war er die Stufen zum Atelier hinauf gelaufen und fand Melody so vertieft in ihre Malerei, dass sie ihn nicht einmal hereinkommen hörte. Er wollte sie nicht aus der Konzentration reißen und beschloss, auf dem Sofa zu warten, bis sie eine Pause

einlegte. Doch Ryan hatte nicht damit gerechnet, dass Melody stundenlang ohne Pause malen würde. Als er schon überlegte, ob er sie doch stören sollte, trat sie plötzlich einige Schritte von ihrem Bild zurück und sah erschrocken aus den Fenstern, die bereits eine starke Dämmerung zeigte. Er konnte sehen, wie sie unsicher in die dunklen Ecken sah und wollte schon zu ihr, damit sie nicht wieder ihre Angstzustände bekam. Doch bevor er noch aufstehen konnte, blieb Melody kurz in sich gekehrt stehen und dann, als würde sie ihn spüren, fing ihr Blick an nach ihm zu suchen. Als sich ihre Augen trafen, konnte er die Freude und Liebe in ihnen sehen. Sie lief mit einem Quietschen auf ihn zu und er konnte nur noch die Arme öffnen und sie auffangen, bevor sie sich auf seinen Schoß fallen ließ.
"Du bist wieder da, warum hast du nichts gesagt?"
Ryan lachte leise. "Es war einfach zu schön dich in deinem normalen Arbeitsumfeld zu beobachten. Ich kann verstehen, dass Wendi dich jedes Mal schimpfen musste, weil du nichts gegessen hast. Du bist so konzentriert, dass du alles andere vergisst. Ich glaube, ich muss mehr auf dich aufpassen, damit du in deiner Fantasiewelt nicht vom Fleisch fällst."
Melody wurde etwas rot. "Wie lange bist du denn schon da?"
Ryan überlegte. "Etwas über einer Stunde, würde ich sagen"
Melody sah ihn jetzt entsetzt an. "Du bist schon über eine Stunde da und ich habe dich erst jetzt gespürt? Das erklärt auf jeden Fall, warum ich die ganze Zeit überhaupt keine Angst vor den dunklen Ecken gehabt habe. Meine Tigerin hat dich sicher schon gespürt und mir ein sicheres Gefühl übermittelt."
Ryan nickte dazu nur. "Ja, das halte ich für sehr wahrscheinlich, unsere Katzen sind bei so etwa viel aufmerksamer. Sie nehmen sich gegenseitig noch konzentrierter wahr, als wir es als Menschen tun. Bist du für heute fertig, dann können wir hinunter gehen, dass Abendessen wir sicher bald serviert werden."
"Ja" Melody nickte, kuschelte sich aber fest an Ryan und legte ihr Gesicht an seinen Hals.

In Ryan stieg wieder die Sehnsucht nach seiner Gefährtin auf. Er drehte den Kopf so, dass er jetzt Melody in die Augen sehen konnte und küsste sie lange und zärtlich. "Dein Mund sagt das eine und dein Körper macht was anderes. Was denkst du gerade, mein Kätzchen?"
Melody sah nur kurz zu ihm auf und begann dann seinen Hals zu küssen. Sie glitt mit ihren Lippen sanft bis zu den Teil seiner Brust, die sie durchs offen stehende Hemd erreichen konnte. Als sie dann ihre Lippen weiter hinunter gleiten ließ und dabei sein Hemd immer mehr öffnete, war es um Ryan Zurückhaltung geschehen. Er griff unter Melody T-Shirt und zog es ihr über den Kopf. Begeistert stelle er fest, dass Melody keine BH anhatte und er sofort ihren harten Brustwarzen in den Mund nehmen konnte. Als er von Melody ein tiefes sehnsuchtsvolles Stöhnen hören konnte, wusste er, dass er nicht länger warten konnte. Er drehte sie auf seinem Schoß und zog ihr die Short und den Slip aus. Jetzt wo er sie nackt in seinen Armen hielt, konnte er ebenfalls nur noch verlangend stöhnen. Seine Hose wurde schmerzhaft eng, als er Melody Hände an seinem Hosenbund spürte.
Sie öffnete langsam seine Hose und griff zärtlich hinein, um seine harte Erektion heraus zu holen. Das zärtliche Streicheln war dann doch zu viel für Ryan. Er setze Melody mit gespreizten Beinen auf seinem Schoß und führte ihr seinen harten Penis ein. Er nahm sie liebvoll und sanft bis sich Melody in einem Höhepunkt auf seinen Schoß verkrampfte, erst dann ließ er seine Bedürfnisse aufsteigen und kam mit einem erlösenden Lustschrei ebenfalls zum Höhepunkt.
Ryan hielt Melody noch einige Minuten, immer noch eng mit ihr verbunden, fest an sich gedrückt. Er küsste sie zärtlich auf ihr schönes Haar und zog dann ihr Gesicht zu sich in die Höhe.
"Auch wenn ich dich jetzt am liebsten noch ein paar Mal lieben möchte, brauchst du unbedingt was zu Essen. Willst du noch schnell duschen gehen oder lassen wir die anderen denken was sie wollen und gehst gleich hinunter?"

Melody sah in Ryans schöne Augen und musste erst wieder ihre Sinne zusammennehmen um mitzubekommen, was er ihr gerade gesagt hatte. Sie glitt vorsichtig von seinem Schoß und sah ihn entsetzt an. "Du meinst, die anderen Männer können es riechen, dass wir uns gerade geliebt haben?" Ryan grinste dazu nur und nickte. Er wusste sofort, als er Melodys rote Wangen sah, dass sie noch duschen gehen würde.
"Ich lauf runter und geh mich schnell duschen. Was machst du?" Melody sah Ryan halb bittend, halb fragend an, sodass der nur lächelnd aufstehen konnte, seine Hose schloss und sie in die Arme nahm.
"Ich komm natürlich mit dir, meine Süße. Aber vielleicht solltest du dich anziehen, bevor du die Treppe zu unseren Räumen hinunter läufst." Melody sah kurz an sich hinunter und wurde wieder rot. Sofort schlüpfte sie in ihr T-Shirt und zog die Shorts an. Den Slip steckte sie nur nachlässig in ihre Hosentasche. Ryan sah ihr begeistert dabei zu und alleine das Wissen, dass Melody keine Unterwäsche trug, bescherte ihm wieder eine Erektion. Er stöhnte leise auf und als Melody fragend zu ihm sah, grinste er nur.
"Komm gehen wir, sonst nehme ich dich gleich wieder." Er schnappte sich Melodys Hand, drehte alle Lichter aus und lief, sie hinter sich herziehend, zu ihren Räumen. Dort zog er sie liebevoll wieder aus und schubste sie ins Badezimmer.
"Du zuerst, denn wenn wir zusammen duschen, kommen wir heute nicht mehr aus dem Zimmer heraus."
Melody wurde wieder etwas rot, lief aber ohne zu widersprechen ins Badezimmer. Als sie nach ein paar Minuten wieder heraus kam, hatte sich Ryan ebenfalls schon frisch gemacht. Melody sah ihn überrascht an. "Ich war im Gästezimmer duschen, damit wir schneller fertig sind." Sie nickte dazu nur und schlüpfte in frische Unterwäsche und ein leichtes Sommerkleid. Ryan hatte sich ebenfalls schon Shorts und ein T-Shirt angezogen. Zusammen gingen sie dann die Treppe zum Wohnzimmer hinunter.

Die ganze restliche Familie war schon versammelt und lachte ihnen freundliche zu. "Hallo ihr zwei Turteltauben. Euch treibt wirklich immer nur der Hunger herunter, sonst würden wir euch wohl gar nicht mehr zu sehen bekommen."
Melody wurde wieder rot und Ryan lachte dazu nur wissend.
"Da könntest du Recht haben, Eric"
Ein Diener kam herein und kündigte das Essen an. Als sie satt und mit einer Tasse Kaffee wieder im Wohnzimmer saßen, klopfte es und Torben und Sean kamen zu ihnen. Sie grüßten alle und nahmen Platz.
Melody sah etwas verwirrt zu Ryan auf. Warum waren sie hier? Wollte er etwa schon wieder in den Dschungel Wilderer jagen gehen? Ryan, der ihre Angst und Verwirrung spüren konnte, beugte sich sofort zu ihr hinunter und raunte ihr leise ins Ohr: "Keine Angst, meine Kleine, wir besprechen nur die Vorgehensweise, wie wir den Verräter entlarven können." Dann zog er sie auf seinen Schoß und küsste sie sanft hinter ihr Ohr.
Sofort wurde Melody wieder ruhiger und schmiegte sich fest an Ryan, obwohl ihr natürlich wieder die Röte ins Gesicht gestiegen war. Sie würde sich nicht so schnell daran gewöhnen, dass Ryan sie auf seinen Schoß zog, egal wer oder wie viel Clanmitglieder anwesend waren.
Ryan wandte sich dann wieder an die Clanwachenkommandanten. "Habt ihr schon eine Idee, wer der Verräter sein könnte oder wie wir ihn finden können?"
Torben und Sean schüttelten beide die Köpfe. "Wir kennen die Männer alle schon einige Jahre und können es eigentlich immer noch nicht glauben, dass einer von Ihnen die Information weiter gegeben haben soll." Torben sah stirnrunzelnd zu Sean der dazu nur nickte. "Wir haben natürlich vorsichtig angefangen, jeden einzelnen zu befragen, doch bist jetzt ist dabei noch nichts heraus gekommen."
Als Melody, die immer still dabei saß, zu sprechen anfing, waren doch alle überrascht. "Eric, du hast doch bezüglich meiner Stiftung zu mir gesagt, dass, auch wenn mir meine Vertreter

freundschaftlich gesonnen sind, eine Situation entstehen könnte, in der sie gezwungen wären, etwas zu tun, was sie sonst nie tun würden." Eric nickte und alle sahen sie jetzt interessiert an. "Habt ihr schon versucht, von den Männern den privaten und finanziellen Hintergrund zu checken, denn vielleicht kann einer nicht anders wegen persönlicher Probleme. Dann sollte man vielleicht versuchen ihm zu helfen, statt ihn zu verurteilen, oder?"
Melody wurde wieder rot, als alle sie verwundert anstarrten. Als sie Stille weiter anhielt, kuschelte sie sich unsicher in Ryans Armen. "Das war nur eine Idee, wenn sie dumm war, beachtet sie gar nicht"
Plötzlich jedoch redeten alle durcheinander. Melody sah etwas verwirrt von einem zum anderen, doch Ryan machten dem schnell ein Ende. Dann küsste er Melody stürmisch und besitzergreifend. Als sie wieder zu Atem kam und Ryan fragend ansah, wofür das war, lachte dieser sie nur stolz an. "Kätzchen, das ist genial. Da wir von keiner Clanwache glauben können, dass einer von ihnen uns aus reiner Gier betrügen würde, muss etwas anderes in einem ihrer Leben vorgefallen sein. So können wir herausfinden, wer es ist."
Die Männer nickten jetzt alle begeistert und Lelia lächelte stolz zu Melody und zwinkerte ihr zu. "Damit ist wieder mal bewiesen, dass die Männer ohne uns Frauen verloren sind." Jetzt mussten alle lachen und es wurde sofort besprochen, wie sie an die Information kommen wollten.
Ryan war wirklich stolz auf seine Gefährtin, sie hatte das Nahe liegende herausgefunden. Das würde auch einiges erklären und den Verrat zwar nicht ungeschehen machen, aber vielleicht doch verzeihlich.
Eric mit den besten Verbindungen in der Geschäftwelt würde versuchen etwas über die finanzielle Situation der Wachen heraus zu finden. Wulf und Ryan würden sich die Personen vornehmen, die hundertprozentig vertrauenswürdig waren und Erkundigungen einholen. Lelia kannte die meisten Clanfrauen und würde mit Melody versuchen bei einem Kaffeeklatsch

etwas heraus zu bekommen. Torben und Sean würden in Einzelgesprächen mit den Clanwachen ihren Beitrag leisten, und Brian würde versuchen über die jüngeren Zielgruppen etwas heraus zu finden.
Alle Informationen würden die Männer an Lelia und Melody weitergeben. Sie würden für jede Wache eine Akte anlegen und alle Infos dort vermerken. Nach ein paar Tagen würden sie wieder zusammen kommen, um alles auszuwerten.
Mit dem Plan waren dann alle zufrieden und jeder würde sein Bestes geben.
Bevor Torben und Sean sich verabschiedeten, kamen sie noch auf Ryan und Melody zu. Torben beugte sich als erstes zu Melody und küsste sie leicht auf die Stirn. "Willkommen in unserem Clan." Dasselbe machte dann auch Sean bei ihr und bevor Melody noch reagieren konnte, waren beide zur Tür hinaus.
Melody sah ihnen so überrascht nach, dass ihre Familie sie nur angrinsen konnte. Ryan sah auf Melody hinunter. "Warum schaust du jetzt so überrascht, mein Kätzchen. Es war doch klar, dass dich die Clanmitglieder, die dich persönlich kennen, willkommen heißen werden."
"Ja, aber irgendwie habe ich nicht gedacht, dass das so persönlich wird." Dann sah sie erschrocken zu Ryan auf. "Bei unserer Hochzeit werden mich doch wohl nicht lauter Clanmitglieder küssen wollen, oder?"
Ryan sah die totale Panik in Melodys Augen aufleuchten und drückte sie fest an sich. "Kleines, einige, die unserer Familie sehr nahe stehen, werden es sicher machen. Doch ich bin immer an deiner Seite, du brauchst davor keine Angst zu haben."
Melody sah Ryan immer noch etwas verzweifelt an, dann atmete sie jedoch fest durch und nickte ergeben. "Das werde ich auch noch schaffen." Das kam jedoch so wie ein Todesurteil von ihren Lippen, dass die anderen wieder lachen mussten.
Lelia beugte sich zu Melody und meinte augenzwinkernd. "Es sind ein paar richtig süße Clanmänner dabei, vielleicht genießt du es ja, von ihnen geküsst zu werden."

Ryan stieß auf den Kommentar so ein lautes böses Knurren aus, dass Melody ihn nur verwundert ansehen konnte und alle anderen in tosendes Gelächter ausbrachen. "Sollte ich mitbekommen, dass dir ein Clanmann gefällt, werde ich ihn so krankenhausreif schlagen, dass er sicher nicht mehr schön anzusehen ist. Verstanden, meine Süße? Du gehörst nur mir."
Über diesen extremen Eifersuchtsausbruch musste sogar Melody lachen. Sie zog Ryans Kopf zu sich hinunter und biss ihn in die Nase, so dass der sie ganz erstaunt ansah. "Ryan, würdest du bitte mal mit deinem Kopf denken und nicht mit anderen Teilen deines Körpers. Ich liebe nur dich. Es hat mich vor dir kein anderer Mann interessiert und wird mich auch niemals interessieren. Du bist der einzige auf den ich mein Leben lang gewartet habe. Also bitte, wenn ich einen Clanmann unabsichtlich nett anlächle, bring ihn nicht gleich um. Versprich mir das." Melody schaute ihn jetzt so verliebt und zärtlich an, dass Ryan sich wieder fing. Er sah ihr tief in die Augen und zog sie dann fest an sich. Sein Kuss hatte etwas Wildes und Urgewaltiges, doch Melody ließ ihn gewähren. Sie wusste, dass da auch sein Tiger mitwirkte. Als er wieder den Kopf hob, sah ihn seine Familie etwas betroffen an.
"Ryan, dass war sogar für deine dominanten Alpha-Gefühle ziemlich extrem. Die arme Melody, du hast sie sicher völlig verunsichert." Lelia hat wieder einmal ausgesprochen, was sich die anderen Familienmitglieder nur gedacht hatten.
Sofort sah Ryan wieder zu Melody hinunter. Hatte Lelia Recht und hatte er seine junge Gefährtin verängstigt? Doch Melody sah ihn eher erheitert als ängstlich an.
"Liebling, ich muss unserer Familie jetzt leider Recht geben, du hast wirklich ein leicht besitzergreifendes Wesen"
"Leicht besitzergreifendes Wesen, Melody, du hast ihn wirklich verdient. Bei euch zwei ist Hopfen und Malz verloren." Wulf konnte vor Lachen fast nicht mehr sprechen.
Ryan zog seine Gefährtin jetzt wieder zärtlicher an sich. "Ich habe wirklich keine Ahnung, was ich so richtig gemacht habe in

meinem Leben, um dich zu verdienen, mein Schatz. Ich bete den Boden an auf dem du gehst."
Ein kollektives Stöhnen wurde von den Familienmitgliedern ausgestoßen. "Wir freuen uns ja riesig über euer Glück, aber könntet ihr den extrem schmalzigen Teil in euren Räumen von euch geben, das ist eindeutig zu viel des Guten." Brian sah sie so gespielt böse an, dass die ganze Stimmung wieder locker und gelöst wurde.

Am nächsten Tag machten sich alle an die ausgemachten Tätigkeiten. Jeder versuchte so viel wie möglich vom Privatleben der Wachen heraus zu finden. Zusätzlich stürzte sich Melody mit Eifer auf ihr Bild, da es in den nächsten drei Tagen fertig werden musste, um noch rechzeitig bei der Druckerei zu sein. Die Einladungen mussten ja auch noch verschickt werden und es wurde langsam eng mit der Zeit. Ryan musste Melody am Abend immer mit Gewalt von ihrem Bild trennen, doch am Ende des dritten Tages war es fertig und bevor Ryan sie holen konnte, lief sie erfreut die Treppe zur Familie hinunter. Ryan war gerade auf dem Weg nach oben und als er Melody auf sich zulaufen sah, öffnete er erfreut die Arme und fing sie zärtlich lachend auf.
"Also entweder hat dich der Hunger herunter getrieben, meine Kleine, oder, was ich eher glaube, dein Bild ist fertig?"
Melody strahlte. "Mein Bild ist fertig, willst du es sehen?"
Ryan küsste zärtlich ihre Nasenspitze. "Auf jeden Fall, meine Kleine, aber wir sollte die anderen auch mitnehmen."
Melody nickte dazu nur begeistert, machte sich aus Ryan Armen frei und lief laut rufend die Treppen hinunter. "Mein Bild ist fertig, wollt ihr es auch sehen?" Melody war mit einem irren Tempo ins Wohnzimmer geschossen, dabei lief sie Phil voll in die Arme, der sie lachend auffing, bevor Melody den Halt verlor und auf dem Hosenboden landen konnte. Ryan kam jetzt ebenfalls ins Zimmer und zog Melody wieder in seine Arme.

"Danke fürs Auffangen, Phil." Melody wurde etwas rot, doch sofort wurde sie wieder aufgeregt und sah alle freudig erregt an. "Ihr müsst alle mitkommen, mein Bild ist fertig."
Siri quietschte begeistert: "Tante Melody, los Mama und Papa, wir müssen uns schnell das Bild ansehen." Mit den Worten hatte sie sich bereits in eine Katze verwandelt und lief zu den Treppen. Rob dicht hinter sich. Jetzt standen auch die anderen auf und folgten den aufgeregten Kinder und der nicht minder aufgeregten Melody. Sie hielt Ryan fest an der Hand und zog ihn ungeduldig hinter sich her.
"Kleines, immer mit der Ruhe, wir kommen so schnell wir können." Als sie vor der Tür zum Atelier standen, hielt Melody alle kurz zurück. "Wartet kurz, ich möchte es so hinstellen, dass es gleich gut zur Geltung kommt." Sie schlüpfte ins Atelier und stellte die Staffelei mit dem Bild so, dass dieses schön beleuchtet wurde. Dann ging sie wieder aufgeregt zu Tür und öffnete sie weit. Die Familie kam herein und das Erste was sie sahen, war das Bild von Melody. Alle stellten sich im Halbkreis auf und waren baff. Melody hatte ihre ganze Liebe für Ryan und die Insel in das Bild gelegt. Man hatte das Gefühl, als würde das Bild von innen heraus strahlen und die beiden Katzen auf dem Bild mit lauter kleinen Strahlen verbinden. Melody sah aufgeregt in die Gesichter ihrer Familie und wurde nicht enttäuscht. Ihre Mienen drückten durch die Bank fasziniert Begeisterung aus.
Ryan nahm Melody in seine Arme und küsste sie innig. "Meine wundervolle Gefährtin, mit diesem Bild hast du dich selbst übertroffen. Es ist einfach perfekt und wunderschön."
Melody strahlte Ryan erleichtert an. Jetzt fingen sich auch die anderen Familiemitglieder wieder.
Lelia drückte Melody fest an sich und meinte mit Tränen in den Augen. "Melody, in das Bild hast du wirklich deine ganze Liebe zu Ryan gepackt. Es ist einfach so wunderschön, dass jeder vor Begeisterung weinen wird, der es sieht."
Eric konnte dazu nur nicken. "Ich glaube, sie werden eure Hochzeitseinladung mit dem aufgedruckten Bild für viel Geld

verkaufen können." Das war eine so typische Meldung von einem Geschäftsmann, dass alle lachen mussten.

Siri und Rob saßen unter dem Bild und sahen es ebenfalls begeistert an. "Tante Melody, das bist ja du und Onkel Ryan auf dem Bild." Rob nickte zum Kommentar seiner Schwester ernst und beide sahen fragend zu den Erwachsenen.

Melody ging in die Knie und zog beide Kinder in die Arme. "Ja, das sind Onkel Ryan und ich. Gefällt es euch?"

Siri und Rob nickten zustimmend. "Schön, Tante Melody, kannst du uns alle auch einmal malen?" Mit hoffnungsvollem Blick sah Siri Melody tief in die Augen.

Melody streichelte Siri über ihr Haar. "Ja, gerne. Wenn ich nach der Hochzeit mehr Zeit habe, werde ich uns alle malen."

Siri quietschte erfreut auf. "Mami, hast du das gehört?"

Lelia sah fragend zu Melody und als diese lächelnd nickte, ging ein Strahlen über ihr Gesicht. "Ja Siri, ich habe es gehörte und ich freue mich jetzt schon darauf."

Melody ging wieder zu Ryan und küsst ihn leicht auf den Mund. Lelia wurde jedoch sofort aktiv. "Wann ist das Bild so trocken, dass wir es an die Druckerei schicken können?"

"Morgen früh kann es verpackt werden."

Lelia war sofort begeistert. "Sehr gut, ich werde der Druckerei morgen sofort die Info zukommen lassen, dass das Bild unterwegs ist. Mit was sollen wir das Bild verschicken?"

Phil zog seine aufgeregte Frau in die Arme und grinste. "Wir werden das Bild mit Phil-Express versenden. Dann kommt es schnell und sicher an.

Lelia war kurz verwirrt, dann ging ein Strahlen über ihr Gesicht. "Ja, wenn Phil-Express diesen Auftrag übernimmt kann eigentlich nichts schief gehen" Jetzt mussten alle lachen und Ryan nickte Phil dankbar zu. Zufrieden ging die Familie essen.

Als sie später wieder entspannt im Wohnzimmer saßen, trafen Torben und Sean ein, um die gesammelten Information weiter zu geben.

"Hallo ihr beiden, habt ihr schon gegessen?" Lelia strahlte die Wachkommandanten freundlich an.
"Ja, danke Lelia, wir haben schon gegessen, aber gegen einen Kaffee habe ich nichts einzuwenden." Sean nickte dazu nur und als beide mit einem Kaffee bei ihnen saßen wurde die Stimmung wieder ernst.
Lelia holte ihr Laptop, um die Information der Kommandanten einzutragen. Als alles in den richtigen Ordnern vermerkt war, sah sich Ryan die diversen Information an.
"Wie es aussieht kristallisieren sich drei Namen immer mehr heraus." Als alle Ryan fragend ansahen meinte der ernst. "Der erste wäre Sit."
Alle sahen ihn jetzt fassungslos an. "Sit, das kann nicht sein. Warum fällt der auf?" Eric kannte Sit schon seit seiner Kindheit und konnte es nicht glauben, vom ihm betrogen worden zu sein.
Ryan sprach ruhig weiter, ohne den Kommentar seines Bruders zu beachten. Bei allen drei Verdächtigen würde jemand aufschreien, da sie sie alle schon ewig kannten und teilweise mit ihnen aufgewachsen waren. "Sit hat laut Bank große Schulden, die wahrscheinlich mit einer Wettsucht zusammenhängen. Er hat lange keine Schulden zurückgezahlt, doch dann plötzlich vor einem halben Jahr fing er an immer wieder hohe Beträge zurückzuzahlen. Es könnten natürlich Wettgewinne sein oder aber das Geld für die Information an die Wilderer:" Ryan sah in die Runde und alle nickten dazu nur ernst. "Der zweite wäre Raffael." Dieses Mal kam der Protestruf von Brian, doch auf Ryans Blick schwieg er und wartete ab. "Raffael hat ebenfalls Geldsorgen, jedoch aus einem anderen Grund. Er hat Krebs und kann die Spitalkosten fast nicht mehr bezahlen. Auf sein Konto wurde vor ein paar Monaten eine große Summe einbezahlt. Das könnte natürlich auch eine Versicherung sein. Sollte er nichts mit den Wilderern zu tun haben, müssen wir ihn auf jeden Fall mit den Spitalkosten unterstützen." Ryan sah wieder in die Runde und wurde auch hier mit einem zustimmenden Nicken bestätigt.

"Der dritte ist Peter." Jetzt sahen alle erstaunt zu Ryan. Peter war ein junger Clanwächter, der immer mit seinem Geld herum protzte. Dass er Geldsorgen haben sollte, konnte fast keiner glauben. Doch Ryan fuhr wieder ruhig fort. "Peter hat eigentlich keine Geldsorgen, er hat von seinen Eltern genug Geld geerbt, doch er lebt eindeutig über seine Verhältnisse und das Vermögen ist bis auf einen kleinen Rest aufgebraucht. Auch er hat vor einiger Zeit größere Summen auf sein Konto gezahlt bekommen. Es könnten natürlich noch Restzahlung aus irgendwelchen Anlagen sein, doch auch hier könnte es die Bezahlung für einen Verrat sein."
Es wurde still im Wohnzimmer, jeder von ihnen musste das Gehörte erst verdauen.
"Warum haben sich die Männer bei Geldsorgen nicht an dich gewandt?" Melody sah fragend zu Ryan auf. Der zog sie fest an sich und lächelte traurig. "Das, mein Schatz, ist der Stolz der Katzenmänner. Sie würden lieber zugrunde gehen, als zuzugeben, dass sie einen Fehler begangen haben.
Melody sah ungläubig zuerst zu Ryan und dann zu den anderen Männern. Als sie ihn ihren Augen die Bestätigung sah, konnte sie nur den Kopf schütteln. "Wisst ihr, man kann das Machogehabe auch übertreiben."
Lelia fing sofort zu lachen an und nickte zu Melodys Kommentar nur begeistert.
Doch dann wurden alle wieder ernst, als Sean die Frage stellte: "Was sollen wir machen. Holen wir uns die drei einzeln und befragen sie?"
Ryan stand auf und ging zum Fenster. "Sind alle drei auf der Insel?" Torben und Sean antworteten sofort mit einem 'Ja'. Ryan nickte dazu nur. Dann drehte er sich plötzlich um und sah alle an. "Wir werden sie alle auf einmal hierher holen, damit keiner von ihnen flüchten kann. Torben, schick je vier Clanwachen zu den dreien und lass sie, wenn möglich, unauffällig hierher bringen. Sean verstärkt die Wachen hier im Haus; ich will nicht, dass die Frauen und Kinder in Gefahr geraten können, weil vielleicht einer von ihnen durchdreht."

Wulf sah fragend zu Ryan. "Warum willst du sie hier verhören und nicht in der Wache?"
Ryan sah jetzt etwas gequält zu Wulf. "Ich möchte diejenigen, die unschuldig sind vor schlechter Nachrede schützen. In der Wache gibt es viel zu viele Ohren und Augen."
Wulf nickte dazu nur. "Du hast Recht, wir müssen auf ihr Ansehen achten. Es ist richtig, dass wir sie hier her holen", kam es zustimmend von Eric und auch Brian und Phil nickten dazu nur. Lelia und Melody sahen jetzt ebenfalls zu Ryan und gaben ihre Zustimmung.
Melody nahm Ryans Gesicht in ihre Hände und zog ihn zärtlich zu einem Kuss zu sich. "Es tut mir leid, dass du so mit deinen Clanmännern verfahren musst. Ich weiß, wie weh es dir tut. Aber dadurch, dass ihr sie bei uns verhört, können sie doch noch ihren Stolz bewahren. Du bist ein sehr guter Clanführer, mein Schatz." Melody sah Ryan mit soviel Liebe und Vertrauen an, dass Ryan das Herz wieder leichter wurde. Er zog Melody fest in seine Arme und als er in die Runde seiner Familie sah, strahlte ihm dasselbe Vertrauen auch von ihnen und den Clanwachen entgegen.
"Dann wollen wir es angehen. Am besten bringen wir es so schnell wie möglich hinter uns."
Torben und Sean waren, kaum dass die Worte ausgesprochen waren, schon unterwegs ihre Aufgaben zu erfüllen. Sean hatte schon per Handy die zusätzlichen Wachen für das Haus angefordert und fünf Minuten später klopfte es und die Clanwachen standen in voller Ausrüstung vor der Tür. Sean nahm die Clanwachen in Empfang und erklärte ihnen die Situation. Sofort kamen die ungläubigen Blicke, doch als sie zu Ryan und seiner Familie sahen, konnten sie die traurige Wahrheit in ihren Augen lesen. Mit ernsten Gesichtern sahen sich alle an und gingen ohne weitere Fragen auf ihre Positionen. Sean hatte die Wachen im ganzen Erdgeschoß verteilt. Im Wohnzimmer wurden vier Clanwachen für die Sicherheit von Melody und Lelia abgestellt. Melody war erstaunt, dass Ryan sie dabei sein ließ, doch Lelia

nahm das so selbstverständlich an, dass klar wurde, dass Lelia immer schon von ihren Brüder mit einbezogen worden war und somit jetzt auch Melody. Ryan hatte jedoch ihren verwirrten Blick bemerkt, kam jetzt wieder zu ihr und nahm sie in die Arme. "Was ist mein Kätzchen, möchtest du lieber bei den Kindern warten? Du musst nicht dabei sein, es wird sicher nicht sehr erfreulich."
Melody lächelte beruhigend zu Ryan. "Nein mein Schatz, ich möchte auf jeden Fall dabei sein. Ich bin nur froh, dass ich nicht vorher mit dir endlose Diskussionen führen muss, bevor du mich dableiben lässt."
Lelia hatte das gehört und lachte laut auf. "Melody, diese Diskussionen habe ich schon vor Jahren für uns Frauen geführt. Es war nicht leicht, den Beschützerinstinkt unserer Männer unter Kontrolle zu bringen."
Ryan sah jetzt wieder auf Melody hinunter. "Willst du damit sagen, du hättest auf einen Befehl von mir eine Diskussion angefangen?"
Melody lachte ihn verschmitzt an. "Nicht im selben Moment, aber wenn wir alleine in unseren Räumen gewesen wären, hätte es sicher etwas gekracht."
Ryan sah ungläubig von Melody zu seiner Familie, die ihn nur angrinsen konnte. Seufzend gab er sich geschlagen. "Na da bin ich aber froh, dass dieses Thema schon Lelia mit uns geklärt hat. Ich nehme an, ich muss Phil dankbar sein, dass er mir das Schlafzimmerstreitgespräch erspart hat."
Phil grinste dazu nur wissend. "Ja, dafür könnt ihr mir alle wirklich dankbar sein, denn unsere Frauen können ziemlich dickköpfig und unangenehm werden, wenn sie etwas durchsetzten wollen. Doch ein Gutes hat es auch, die Versöhnung hinterher war unvergesslich." Grinsend sah er zu Lelia, die ihn böse mit rotem Kopf anstarrte.
"In Ordnung, meine Mädchen. Ihr könnt hier bleiben, aber wir werden das Sofa ganz hinten in den Raum stellen. Zwei der Clanwachen werden wir links und recht von euch aufstellen.

Sollte es irgendwie gefährlich werden, möchte ich, dass ihr euch hinter das Sofa begebt und die Clanwachen werden euch beschützen. Habt ihr mich verstanden? Ich will übrigens auch weder jetzt noch später darüber Diskussionen hören." Ryan sah jetzt ernst zu den beiden Frauen, die jedoch nur nickten.
Phil und Ryan trugen die Bank in den hinteren Teil des Wohnzimmers und sofort setzten sich Melody und Lelia mit einem hoheitsvollen Lächeln darauf. Die Clanwache nahm neben ihnen Aufstellung. Die restlichen Stühle und Sofas wurden so angeordnet, dass sie einen Halbkreis um einen einzelnen Sessel bildeten. Dass der Halbkreis auch zufällig nochmals die Frauen abschirmte, entlockte Melody und Lelia ein neuerliches Grinsen. Die Männer ließen sich auf die Möbel nieder. Ryan und Wulf saßen genau vor dem jetzt noch leeren Sessel. Torben und Sean nahmen hinter Ryan und Wulf Aufstellung. Phil, Eric und Brian nahmen auf den restlichen Sesseln Platz.
Sean hatte im Vorraum sechs Wachen und bei den Kindern vier zusätzliche Wachen postiert. Sie sollten die Kinder um jeden Preis beschützen.
Als es klopfte, wurde es wieder komplett ruhig und alle sahen konzentriert auf die Neuankömmlinge. Die zwölf Clanwächter hatten bereits alle drei Verdächtigen dabei. Sie wurden jetzt in die Halle geleitet. Ryan stand auf und ging in Begleitung von Torben und Sean in den Vorraum. Sit, Peter und Raffael sahen sich erstaunt an. Sie konnten sich nicht erklären, warum sie hier waren. Doch das anfängliche Erstaunen schlug dann ihn Wut um.
"Ryan, Brian was soll dass hier alles. Warum habt ihr uns in einer Nacht- und Nebelaktion herholen lassen? Noch dazu von vier Clanwachen. Wir wären auch ohne Wachen gekommen, wenn ihr uns gerufen hättet. Ich will sofort eine Erklärung." Sit funkelte sie böse an. Als jedoch Ryan ruhig auf ihn zuging und kein Wort sprach, sondern die drei nur traurig ansah, wurde es allen dann doch mulmig. Sie bekamen mit, dass es hier um etwas Ernstes ging.

"Ryan, was wird uns vorgeworfen?" Peter sah fragend in dessen Augen.

Ryan blickte jeden einzelnen an und meinte dann ruhig. "Verrat am Clan wird einem von euch vorgeworfen." Ryan hatte diese Worte so kalt und ruhig vorgebracht, dass es allen Anwesenden eisig über den Rücken lief.

Raffael hatte bis jetzt kein Wort besprochen, doch auf diese Worte hin nickte er. "Das habe ich mir gedacht, denn sonst würdest du nicht so einen Aufwand betreiben. Es geht um die Wilderer oder?"

Jetzt sah Ryan Raffael überrascht an. "Ja, woher weißt du das?"

Raffael lächelt gequält. "Es ist die einzige Erklärung, warum ihr die Wilderer noch nicht erwischt habt."

Ryan nickte dazu nur. "Wollt ihr einzeln befragt werden oder gemeinsam? Ich möchte jedoch darauf hinweisen, dass wir etwas in eurem Leben herum gesucht haben und wir werden diese Ungereimtheiten hinterfragen."

Raffael zuckte nur mit den Schulter. "Mir ist es egal." Auch Sit und Peter gaben ihre Einstimmung zusammen befragt zu werden.

Ryan nickte dazu nur. Es wurde zwei weitere Stühle zu dem einem leeren gestellt. "Bitte setzt euch."

Die Männer setzten sich mit einem Gesichtsausdruck, als würden sie auf einem elektrischen Stuhl Platz nehmen.

"Will mir irgendwer von euch freiwillig etwas erzählen?" Ryan sah kalt und unpersönlich jedem der Männer in die Augen. Doch wenn man ihn kannte, wusste man, wie wütend er war. Seine Macht stieg immer mehr an und allen im Raum standen die Haare am Körper zu Berge.

Raffael jedoch blieb ruhig und meldete sich sofort zu Wort. "Wenn du mir sagst, wie du auf mich als möglichen Schuldigen gekommen bist, werde ich dir dazu natürlich eine Erklärung geben."

"Gut Raffael, fangen wir mit dir an. Du hast Krebs." Raffael zuckte kurz zusammen, sagte aber nichts dazu sondern nickte nur. "Es hat mir übrigens im Herzen wehgetan, das zu erfahren.

Deine Behandlungskosten sind extrem hoch. Warum du nicht zu uns gekommen bist, können wir dann später erörtern." Raffael wollte etwas einwerfen, doch Ryan hob die Hand, um ihn zum Schweigen zu bringen. "Was uns verwundert hat, ist die hohe Einzahlung auf deinem Konto."
Raffael sah jetzt erleichtert in die Runde. "Das ist alles was euch stört? Das kann ich schnell erklären. Ich habe eine Versicherung abgeschlossen und diese Auszahlung habe ich erhalten. Ich kann es mit Unterlagen belegen."
Ryan lächelte jetzt leicht. Keiner hatte wirklich geglaubt, das Raffael der Verräter war. Wie jeden Clanmann hätte ihn sein Stolz dazu getrieben, sein Sterben bis zum Letzten geheim zu halten und er wäre ohne jedes Aufsehen verschwunden.
"Wenn du möchtest, kannst du jetzt gehen." Ryan sah ihn fragend an, doch Raffael schüttelte den Kopf. "Oh nein, ich will ebenfalls wissen, wer der verdammte Verräter ist und nachdem ihr mich verdächtigt habt, möchte ich als Entschädigung bleiben."
"Dann kommen wir zu euch beiden, will mir irgendeiner etwas sagen?" Peter fing an zu zittern und warf immer wieder ängstliche Blicke von Ryan zu Sit und zurück. Für alle Anwesenden war es sofort klar, dass Peter etwas wusste. Die Clanwachen kamen jetzt etwas näher und stellten sich hinter die beiden. Sit sah zu Peter und knurrte ihn leise an. Ryan stand jetzt auf und ließ seine ganze Alphamacht hervor kommen.
"Was habt ihr getan?" Ryan hatte zwar leise, aber mit einer Macht dahinter gesprochen, dass Sit und Peter ihn nur noch verängstigt ansehen konnten. Peter hielt dem Druck dann nicht mehr stand und wollte ängstlich aufspringen. Doch die Clanwachen hinter ihnen drückten beiden Männern blitzschnell ein Messer an den Hals. Peter fing an zu weinen und ließ sich gebrochen in den Sessel zurück sinken .Auch Sit konnte ein Zittern nicht mehr unterdrücken, doch er versuchte immer noch cool zu bleiben. Als Ryan jedoch noch einen Schritt auf ihn zu machte und er in seinen Augen die Macht leuchten sah, fing er ebenfalls zu winseln an. "Wir wollten dem Clan nicht schaden,

wir haben geglaubt, wir könnten einmal etwas Geld machen. Doch die Wilderer haben uns dann erpresst und meinten, wir müssten ihnen weiter Informationen bringen, sonst würden sie uns an dich verraten." Weinend sah Sit zu seinen Wachkameraden, ob er von irgendwo Unterstützung bekommen würde, doch die Wachen sahen sie nur mit Abscheu und Widerwillen an.
Es wurde ganz ruhig im Raum und als plötzlich Melody eine Frage stellte, schlug das wie eine Bombe ein. "Sit, Peter, ihr habt euren Clan verraten, eure eigenen Familien, jedes Kind, jede Frau, jeden Mann in tödliche Gefahr gebracht, nur um weiter spielen, huren und mit Geld herum werfen zu können?"
Die Männer sahen alle fasziniert zu Melody und Lelia. Sie waren beide aufgestanden, Tränen liefen ihnen über die Wangen und sie sahen die Männer mit soviel Trauer und Enttäuschung an, dass diese verschämt zusammenbrachen.
"Bitte Ryan, töte uns. Deine Gefährtin hat Recht, wir haben das Recht zu leben verloren." Sit und Peter standen langsam auf und knieten sich vor Ryan, den Kopf tief gesenkt. Ryan sah Torben und Sean und bedeutet ihnen, sie gefangen zu nehmen. "Wir werden noch entscheiden, was mit euch geschehen soll. Bis dahin bleibt ihr unsere Gefangenen. Führt sie ab."
Ohne die beiden noch weiter zu beachten, ging Ryan zu Melody und nahm sie fest in die Arme. Phil tat dasselbe mit Lelia und die Männer sahen sich über die Köpfe ihrer Frauen wissend an.
"Es hat sich wieder einmal bewiesen, meine Herren, dass unsere Frauen auch unser Gewissen sind. Ohne sie wären wir nur Tiere, die nach den Instinkten des Stärkeren leben würden." Ryan küsste Melody zärtlich die Tränen weg. Ein zustimmendes Raunen ging durch den Raum.
Raffael wollte sich ebenfalls verabschieden, doch Lelia hielt ihn zurück. "Raffael, wie schlimm ist deine Krankheit, kann sie geheilt werden?"
Raffael sah in die besorgten Augen von Lelia und lächelte. "Es sieht ganz gut aus. Ich habe den Krebs erstmal besiegt. Doch werde ich noch einige Chemotherapien brauchen."

Ryan kam jetzt mit Melody im Arm ebenfalls näher. "Raffael, du weißt, dass wir uns immer innerhalb des Clans helfen. Lass uns die weiteren Krankenhauskosten übernehmen."
Raffael schüttelte jedoch den Kopf. "Das kann ich nicht annehmen Ryan. Das ist viel zu viel. Ich werde es schon irgendwie schaffen."
Ryan wollte etwas sagen, doch bevor er noch den Mund aufmachen konnte, hatte sich Melody aus seinen Armen gelöst und ging böse auf Raffael zu. Alle sahen ihr verwirrt hinterher. Was hatte sie vor? Melody nahm links und rechts das Gesicht von Raffael in ihre Hände und zwang ihn ihr tief in die Augen zu sehen. "Raffael, dieses Machogehabe von euch Katzenmännern ist unerträglich. Es gibt Zeiten stark zu sein und Zeiten sich von seiner Familie helfen zu lassen. Du warst immer stark für die Familie, jetzt gib uns die Chance dir diese Stärke zurückzugeben und lass uns diese verdammten Kosten übernehmen." Melody hielt nach diesen Worten weiter Raffaels Kopf in ihren Händen und erst als er mit Tränen in den Augen zustimmend nickte, küsste sie ihn leicht auf die Stirn und nahm ihre Hände wieder weg. "Das ist für mich wirkliche Stärke, wenn ein Mann sich auch einmal helfen lässt. Danke." Zufrieden ging Melody wieder zu Ryan, der sie wie alle anderen auch nur verdutzt ansah.
Raffael fing sich als erstes wieder. "Ryan, du hast dir eine sehr kluge, starke und schöne Gefährtin ausgesucht. Sie ist es mehr als nur wert, die Gefährtin unseres Alphas zu sein." Mit diesen Worten verbeugte er sich vor der jetzt über und über rot gewordenen Melody.
Ryan zog seine peinlich berührte Gefährtin fest in seine Arme und sah sie mit Besitzerstolz an. Alle sahen zustimmend auf Melody.
"Könntet ihr euch vielleicht wieder auf jemand anderes konzentrieren, ihr seht mich alle an, als hätte ich etwas ultra Heldenhaftes gemacht, dabei hab ich nur ein stures Mannsbild zu Vernunft gebracht."

Raffael verabschiedete sich von allen mit einem herzlichen Nicken. Doch bevor er ging, trat er noch zu Melody, küsste sie leicht auf die Stirn und meinte lächelnd: "Willkommen in unserem Clan, Melody. Ab jetzt wird er noch stärker sein." Dann ging er ohne ein weiteres Wort zur Tür und verschwand in der Nacht, eine etwas verwirrt Melody zurücklassend.
Sean schickte die überflüssigen Wachen wieder nach Hause und setzte sich dann mit Torben und den anderen erleichtert nieder.
Als alle mit Kaffee versorgt waren, sah Wulf in die Runde und meinte dann zu Melody und Lelia: "Eigentlich solltet ihr solche Verhöre führen. Ihr Frauen könnt uns Männer so ein schlechtes Gewissen einimpfen, dass jeder sofort alles gesteht." Zustimmendes Gelächter kam von den Männern.
Ryan hatte Melody wieder zu sich auf den Schoß gezogen. Melody sah kurz zu Lelia, die die Augen verdrehte und meinte dazu nur: "Vielleicht sind wir gut um das Gewissen auf Vordermann zu bringen, aber ich finde einen Mann, der vorher das Gewissen etwas aufrüttelt, ist auch nicht schlecht. Das erleichtert uns dann die Arbeit." Grinsend sah Melody in die Runde. Alle Männer sahen sie jetzt so verdutzt an, dass Lelia in lautes Lachen verfiel.
"Melody, ich habe noch nie gesehen, dass es allen Männer auf einmal die Sprache verschlagen hat, das ist einfach unwahrscheinlich cool. Ich hoffe, du schaffst das öfters." Die bösen Blicke, die die Männer ihnen darauf hin zuwarfen, brachten beide so zum lachen, dass sie nur noch durch die Arme ihrer Gefährten davon abgehalten wurden, von deren Schoß zu fallen.
Eric sah über die Köpfe der lachenden Frauen in die Runde. "Und ihr wollt wirklich, dass ich mir Wendi genauer ansehe. Was wird passieren, wenn sie mir gefällt und wir haben dann noch so ein Teufelsweib hier sitzen? Dann können wir Männer alle wie wir hier sind einpacken."
Als Melody und Lelia vor lauter lachen nur noch nach Luft schnappen konnten, sahen sich Ryan und Phil grinsend an. Sie

griffen sich ihre Frauen und küssten sie so intensiv, dass diese fast aus Luftmangel in Ohmacht gefallen wären.
Melody fing sich als erste wieder und knallte Ryan eine auf die Schulter. "Bist du irre, ich wäre fast erstickt."
Lelia war nicht so fein, sondern betitelte Phil mit ein paar saftigen Flüchen.
Ryan lachte nur zärtlich zu seiner Gefährtin hinunter. "Ich hätte dich Mund zu Mund beatmet. Abgesehen davon erstickt man bei einem Kuss nicht so leicht." Melody knurrte Ryan böse an und wollte von seinem Schoß klettern, doch das ließ er nicht zu. "Oh nein, meine Süße, du bleibst genau da sitzen. Wir haben euch nur von einem Lachkrampf befreit und das ging nur mit einem Kuss oder mit einer Ohrfeige. Phil und ich haben uns natürlich für den Kuss entschieden. Das war doch in Ordnung oder?"
"Das war das Arroganteste was ich jäh in meinem Leben gehört habe. Ich glaube, mein Bester, ich muss dir irgendwelche männlichen Teile abbeißen, sonst wirst du vielleicht noch übler. Dass kann ich leider nicht zulassen."
Als Ryan endlich begriff, was Melody meinte, sah er sie so zweifelnd an, dass alle Männer in tosendes Lachen ausbrachen. "Ryan, jetzt würde ich aber die Handbremse ziehen, sonst kastriert dich Melody das nächste Mal im Bett." Brian konnte sich gar nicht mehr halten vor Lachen.
Ryan sah auf seine feixende Gefährtin und grinste. "Oh, ich glaube, da muss ich mir nicht wirklich viele Sorgen machen. Melody mag meine edlen Teile viel zu sehr, um sie zu verletzten, nicht wahr, mein Engelchen?" Dann zog er ihren Kopf zu sich herunter und küsste sie wild und fordernd. Er zwang sie, sich ihm ganz zu öffnen und nahm sie mit einem Knurren im Besitz. Erst als er Melody stöhnen hörte, ließ er mit zufriedenem Grinsen von ihr ab. Er zog die immer noch leicht verwirrt Melody auf die Beine und ging mit ihr zu den Treppen. "Ich wünsch euch eine schöne gute Nacht, ich werde jetzt testen, ob Melody mich wirklich entmannen will." Als er Melody rot

werden sah, lachte er nur zärtlich. Von den Gutenachtwünschen seiner Familie eingehüllt liefen sie die Treppe hinauf.

In ihrem Zimmer angekommen, ließ Ryan Melody nicht einmal die Zeit richtig herein zu kommen. Er schnappte sie sich sofort und warf sie aufs Bett. Dann begann er sie auszuziehen, dabei mussten leider Slip und BH ihr Leben lassen. Als sie dann nackt vor ihm lag, sah er sie mit seinen dunklen Augen besitzergreifend an.

Melody wusste gar nicht wie ihr geschah, kaum waren sie im Zimmer lag sie auch schon nackt auf dem Bett. Als sie verwirrt zu Ryan aufsah, wurde sie von seinen schönen dunklen Augen geradezu verschlungen. Ihr wurde es heiß und kalt, ihr Körper fing an zu zittern und sie konnte die feuchte Hitze zwischen ihren Beinen spüren. Fast im gleichen Moment zog Ryan die Luft ein und roch ihre Bereitschaft. Seine Augen wurden noch dunkler und er kam langsam auf das Bett zu. Er zog sich aus, behielt dabei aber immer den Blick fest auf Melody gerichtet. Er liebkoste immer wieder mit den Augen ihren Körper. Doch dass er nichts sagte, machte Melody unsicher und sie versuchte unter sich die Decke zu ertasten. Ein tiefes Knurren von Ryan ließ sie sofort inne halten. Jetzt war Melody klar, dass Ryans Tiger auch mitspielte und sie wurde wieder ruhiger. Ryan stand jetzt neben dem Bett und sah hungrig zu ihr hinunter. "Knie dich hin, mein Kätzchen." Der Befehl kam tief und knurrend von Ryan, Melody wusste, dass Katzen diese Stellung bevorzugten, doch als sie sich jetzt langsam auf den Bauch rollte und hinkniete, stieg eine große Unsicherheit in ihr auf. Sie vertraute Ryan, doch in dieser Stellung fühlte sie sich komplett ausgeliefert und verletzlich. Ryan hatte sich nicht bewegt sondern streichelte nur weiterhin mit seinem Blick ihren Körper. "Leg den Kopf auf das Polster und spreiz die Beine." Melody blickte unsicher zu Ryan, doch der sah sie nur weiterhin mit hungrigen Augen an und rührte sich nicht von der Stelle. "Ryan, ist alles in Ordnung mit dir? Du machst mir Angst." Auf ihre angstvollen Worte reagierte er nur mit einem bösen Knurren. Die Panik stieg in ihr hoch, doch dann sah sie nochmals zu Ryan und wurde wieder ruhiger. Auch wenn jetzt der Tiger das Kommando hatte, sie wusste das Ryan ihr niemals wehtun würde. Er würde für sie sterben, genauso wie sie für Ryan sterben würde. Sie liebte Ryan und den Tiger. Wieder ruhiger führte sie seinen Befehl aus. Sie legte ihren Kopf auf ein Polster und spreizte die Beine. Diese Stellung verlangte alles Vertrauen was Melody für Ryan empfand. Sie bekam die Bewegung von ihm gar nicht mit, doch plötzlich war er mit dem Kopf zwischen ihren Beinen und küsste zärtlich ihre Oberschenkel, dann glitt sein Mund zu ihrer Scheide. Seine Finger öffnete diese zart und er fing an zärtlich über die ganze Länge ihrer Spalte zu lecken. Bei ihrer Klitoris blieb er kurz stehen und saugte sachte daran. Melody schrie auf, ihr Körper verglühte in einem Luststrudel. Doch Ryan ließ sich nicht stören und leckte immer wieder ihre Scheide entlang, dann erkundete seine Zunge ihr Innerstes. Als er dann noch zwei seiner Finger in ihre heiße Feuchte schob, war es um Melody geschehen. Sie erzitterte unter einem gewaltigen Orgasmus und wäre zusammen gefallen, wenn Ryan sie nicht um die Hüften umfangen gehalten hätte.

Er wartete ruhig bis ihr Zittern nachließ, seine Finger hatte er jedoch noch immer in ihrem Innersten. Jetzt schob er sie langsam wieder raus und rein. Melody konnte nur noch verzweifelt Ryans Namen stöhnen. Als sie dann sein zärtliches Lachen hörte, wusste sie dass der Mann wieder die Kontrolle übernommen hatte. Sie spürte wie sich Ryan hinter ihr aufrichtete und als er behutsam in sie eindrang, kam Melody fast sofort wieder zu einem Höhepunkt. Ryan spürte das natürlich und hielt sich jetzt auch nicht mehr zurück, er nahm sie wild, besitzergreifend und hart. Gleich darauf kam er mit einem Brüllen zum Höhepunkt und presste dabei Melody so fest an sich, dass sie mit ihm noch einmal auf der Lustwelle schwamm.

Zärtlich ließ Ryan Melody nach seinem Orgasmus aufs Bett gleiten. Gewissensbisse quälten ihn, er hatte seinen Tiger viel zu weit herauf kommen lassen und Melody damit Angst eingejagt.

Sie hatte verunsichert seinen Namen geflüstert, doch der Tiger war in diesem Moment viel zu dominant und ließ sich nicht zurück treiben. Erst als er Melody das erste Mal unter einem Orgasmus stöhnen hörte, konnte er den Tiger wieder an die Kette nehmen. Besorgt legte er sich neben Melody, fasste sie aber nicht an, da er nicht wusste, ob sie das jetzt wollte. Doch als sich Melody zu ihm drehte und ihn zärtlich anlächelte, verflog seine Sorge.
"Ist alles in Ordnung Kätzchen, ich hoffe, ich habe dir nicht zuviel Angst eingejagt?"
Melody sah in Ryans schöne Augen, die sie jetzt jedoch unsicher und gequält ansahen. Sie küsste Ryan zärtlich. Dann kuschelte sie sich fest an ihn und versteckte ihr Gesicht an seinem Hals. "Kurzzeitig hatte ich schon etwas Angst. Dein seltsames Verhalten und die etwas ungewöhnlichen Befehle haben mich unsicher gemacht." Als Ryan das hörte konnte er sie nur fest an sich ziehen. "Es tut mir leid mein Kätzchen, ich war scheinbar von der Jagd nach den Verrätern und der ganzen Situation so emotional aufgeladen, dass ich meinen Tiger nicht unter Kontrolle hatte. Leider kann ich dir nicht einmal garantieren, dass das nicht wieder vorkommen wird. Doch ich werde versuchen es zu verhindern. Aber du musst wissen, dass weder ich noch mein Tiger dir jemals Schaden zufügen würden." Ryan sah besorgt zu Melody hinunter. Würde sie damit zurecht kommen oder sich abwenden?
Melody spürte Ryans Angst und stützte sich auf ihre Unterarme, jetzt konnte sie ihn genau in die Augen sehen. "Liebling, ich war kurz unsicher und hatte etwas Angst, doch als ich zu dir zurück sah, wusste ich, dass mir keine Gefahr drohte. Ich weiß, dass du mich niemals verletzten würdest und dein Tiger ebenfalls nicht. Die Angst kam eher aus der Stellung, die ziemlich viel Vertrauen voraussetzt. Noch dazu wenn du mir im Befehlston bekannt gibst, wie du mich gerne vernaschen würdest. Du brauchst dir also keine Sorgen machen, ich glaube nicht, dass deinem Tiger noch extremere Stellungen einfallen werden. Also

habe ich das Schlimmste oder sagen wir, die interessanteste Stellung schon hinter mir." Lachend küsste sie Ryan, der immer noch etwas verzweifelt zu ihr aufsah, auf den Mund. "Ryan, ich liebe dich und somit auch deinen Tiger. Er hat zwar ziemlich animalische Sexpraktiken, aber mit etwas Vertrauen sind sie auch sehr angenehm. Mach dir keine Sorgen um mich, Liebling."
Ryan konnte es nicht fassen, Melody meinte das wirklich ernst. Erst jetzt wurde ihm so richtig bewusst, wie viel Vertrauen er von ihr verlangt hatte. Er ging alles noch einmal geistig durch und wusste sehr wohl, wie entwürdigend dieser Akt ohne Vertrauen hätte werden könnte. "Gott Kleines, ich liebe dich so sehr, bitte habe immer so viel Vertrauen zu mir. Ich würde dich niemals entwürdigen oder verletzen." Fast sofort konnte er ein beruhigendes Schnurren von Melody hören und als er zärtlich zu ihr hinunter sah, strahlte sie ihm mit so viel Liebe und Vertrauen entgegen, dass er nur schlucken konnte.
"Das weiß ich, abgesehen davon haben du und dein Tiger mir drei Orgasmen geschenkt. Es kann also nicht so falsch gewesen sein, oder?" Grinsend legte sie sich wieder auf seine Brust und nach ein paar weiteren Minuten war sie auch schon eingeschlafen.
Ryan zog die fest schlafende Melody an sich, küsste zärtlich ihre Stirn und dankte wieder einmal dem Schicksal, dass es Melody für ihn vorgesehen hatte.

Am nächsten Tag wurde das Bild von Phil abgeliefert und am Nachmittag setzte sich die Familie zusammen, um über die Strafe der beiden Verräter zu beratschlagen. Ryan konnte jetzt entscheiden, ob er die Männer der menschlichen Gerechtigkeit überließ oder das Clanrecht anwendete. Alle sahen etwas ratlos drein, bis Melody etwas einfiel: "Ryan, könntest du sie nicht unter Aufsicht etwas Gemeinnütziges im Clan tun lassen? Bei den Menschen würden sie sicher zehn Jahre eingesperrt werden. Was ist wenn du sie versprechen lässt, dass sie auf der

Insel für eine bestimmte Zeit bleiben und nur mit dem Geld und mit der zugeteilten Arbeit auskommen müssen? Vielleicht könntest du so zwei junge Clanmänner wieder auf den rechten Weg bringen." Melody sah in die Runde und begegnete lauter nachdenklichen Blicken.

Lelia sah überlegend auf. "Sie würden Zimmer in der Wache bekommen, wo sie immer unter Kontrolle sind und müssten sich immer zwei Mal am Tag bei einem Wachhabenden melden."

Jetzt sahen auch die Männer schon überzeugt aus und überlegten weiter. "Ich würde sie schwören lassen, dass sie für die, sagen wir mal, fünf Jahre nur dem Clan gemeinnützig dienen sollen. Sie bekommen nur eine bestimmte Summe von der sie Leben können und sollten sie die Insel ohne unsere Erlaubnis verlassen, werden wir sie suchen und dann gibt es keine Gnade mehr." Ryan sah jetzt grimmig in die Runde. "Doch wie wollen wir ihre Arbeit einteilen?"

Eric überlegte kurz. "Wir werden den ganzen Clan einbinden. Jeder kann sie für Arbeiten anfordern, doch sie müssen immer einen Tag vorher bei einer dafür bestimmten Person vorsprechen und diese wird sie dann für die Arbeiten einteilen und diese auch kontrollieren. Nach den fünf Jahren bekommen sie ihre kompletten Güter wieder zurück und können dann machen was sie wollen. Vielleicht sind sie dann bessere Katzenmenschen."

Alle nickten zu diesem Vorschlag. Ryan rief bei den Wachhabenden an und ließ in drei Tagen eine Clansitzung im großen Gemeinschaftshaus einberufen.. Die Wachen sollten die Männer mitbringen. Solche Sitzungen wurden am schwarzen Brett vor dem Gemeindehaus angeschlagen und jeder konnte anwesend sein. Jede Clansitzung musste mindesten drei Tage vorher angekündigt werden, damit jedes Clanmitglied die Möglichkeit hatte, dabei zu sein. Das galt natürlich auch für die Mitglieder auf dem Festland, die oft mehr Zeit benötigten, um zu kommen.

Am Abend der Clansitzung wurden Ryan und seine Familie von den zwei Kommandanten und weiteren vier Clanwachen abgeholt. Siri und Rob blieben einstweilen bei einer der Dienerinnen. Sie fuhren mit zwei Autos zum Gemeindehaus und wurden bereits von hunderten von neugierigen Clanmitgliedern erwartet.
Als Ryan mit Melody und der restliche Familie eintrat und sich ans Podium stellte, drängten sich alle anderen Clanmitglieder ebenfalls ins Gemeindehaus. Leider gingen nicht alle hinein und so war das Gedränge auch vor dem Gemeindehaus groß.
Es wurden die Fenster nach vorne geöffnet, so dass die Clanmitglieder vor dem Gebäude ebenfalls etwas hören konnten. Die Clanwachen standen beschützend um Ryan und seine Familie. Mit der Vorführung der Gefangenen ging ein erstauntes Raunen durch die Menge. Was war hier los? Warum wurden Sit und Peter wie Schwerverbrecher vorgeführt? Die Menge wurde ruhig, keiner wollte sich entgehen lassen, was hier vorging.
Ryan wandte sich jetzt an die Gemeinde. "Wie ihr alle wisst haben wir ziemlich große Probleme mit Wilderen auf der Insel. Doch leider haben wir sie nie fassen können, da sie immer schon gewarnt wurden und die Insel bereits wieder verlassen hatten. Da uns klar war, dass sie nur von einem von unseren eigenen Leuten gewarnt worden sein konnten, stellten wir Personengruppen eine Falle. Durch weitere Nachforschungen konnten wir den, beziehungsweise die Verräter herausfinden, die uns an die Wilderer verkauft hatten." Ryan schwieg kurz und ließ das Gesagte auf die Menge wirken. Sofort wurden böse Rufe laut, als die Menge begriffen hatte, wer diese Verräter waren. Ryan hob die Hand und es wurde wieder ruhig. "Wir hätten es noch verstanden, wenn ein triftiger Grund vorgelegen hätte, doch die beiden Männer haben es nur des Geldes wegen getan und somit haben ich und meine Familie beschlossen das Clanrecht anzuwenden." Jetzt war es komplett still. Die Clanleute ärgerten sich zwar über die Verräter, aber keiner wollte sie wirklich sterben sehen. Ryan wandte sich jetzt an die vor ihm stehenden

Männer. "Ich glaube, am meisten hat mich euer Verrat am Clan getroffen. Doch wir wollen euch noch einmal eine Chance geben." Sit und Peter sahen jetzt erstaunt und hoffnungsvoll zu Ryan. Leise ging wieder ein Raunen durch die Menge. "Wir geben euch die Möglichkeit in den nächsten fünf Jahren den Verrat an unserem Clan abzuarbeiten. Eure Güter werden für diese fünf Jahre von meiner Familie betreut. Ihr werdet ein Taschengeld erhalten und in der Wache wohnen. Die Insel dürft ihr in diesen fünf Jahren nur nach Absprache mit mir verlassen. Zwei Mal pro Tag müsst ihr euch beim Wachhabenden melden. Die Arbeiten werden euch zugeteilt. Die ganze Gemeinde kann euch für gemeinnützige Arbeiten anfordern. Raffael hat sich bereit erklärt euer Betreuer zu werden. Er wird euch die Arbeit zuteilen und kontrollieren. Nach diesen fünf Jahren, werden wir entscheiden, ob ihr es wert seid wieder in den Clan aufgenommen zu werden oder nicht. Die zweite Möglichkeit ist, dass wir euch einem Menschengericht ausliefern, wo ihr wahrscheinlich für circa zehn Jahre hinter Gitter wandern werdet und wir euch damit aus dem Clan werfen würden. Wir lassen euch hier und jetzt die Wahl." Ryan sah jetzt zu Sit und Peter. Die schauten immer noch fassungslos zu Ryan und dann zu Ryans Familie.
Peter fing an zu weinen und meinte nur: "Ich möchte nach Clanrecht verurteilt werden und ich schwöre hier und jetzt, dass ich alles Unrecht hart abarbeiten werde." Ryan nickte dazu nur und dann sahen alle Sit an.
Sit hatte den Blick auf Melody gerichtet und ging langsam auf die Knie. "Melody, durch dich hab ich erst begriffen wie tief mein Verrat war. Ich glaube immer noch, dass ich den Tod verdient habe, aber wenn ihr mir eine Chance gebt, werde ich dem Clan bis an mein Lebensende dienen." Wieder an Ryan gewandt sah er auf. "Ich wähle ebenfalls das Clanrecht."
Ryan nickte dazu nur und winkte Raffael zu sich. "Du hast es gehört, sie gehören dir. Lass dir was Schönes für sie einfallen."
Als die beiden abgeführt wurden, wandte sich Sit noch einmal in Richtung Melody und verbeugte sich. Die umstehenden

Clanmitglieder sahen neugierig von Melody zu Sit. Was war nur zwischen den beiden vorgefallen? Melody nickte Sit freundlich zu und dann wurde er hinaus geführt. Ryan ging sofort zu seiner Familie, dann drehte er sich jedoch noch einmal zur Gemeinde um. "Da wir jetzt alle so nett zusammen sind, gibt es irgendwelche Fragen oder Probleme die schnell gelöst werden müssten?"

Eine junge Frau zeigte errötend auf. Ryan sah sie etwa verwirrt an, nickte ihr aber dann freundlich zu. "Was für eine Frage hast du?" Die junge Frau wandte sich jetzt an Melody und fragte sie mit rotem Gesicht: "Ms. Melody, haben Sie wirklich dieses schöne Bild auf der Hochzeitseinladung gemalt? Es ist so schön, dass ich es schon gerahmt und in meinem Zimmer aufgehängt habe." Ryan sah schmunzelnd zur rot angelaufenen Melody und bedeutete ihr zu antworten. Melody stand jetzt auf und ging einen Schritt vor. "Ja, ich habe das Bild anlässlich unserer Hochzeit gemalt und es freut mich, dass es dir gefällt."

Sofort schnellten andere Hände in die Höhe. Melody sah jetzt etwas entsetzt zu Ryan. Die wollten doch hoffentlich nicht alle von ihr etwas wissen? Ryan zuckte nur mit der Schulter und ließ den Nächsten eine Frage stellen.

Dieses Mal war es ein junger Clanmann der Melody begeistert anhimmelte. "Ist es wahr, dass sie aus Österreich kommen und dort schon eine berühmte Malerin sind?" Melody musste lächeln, als sie den schmachtenden Blick des Jungen sah, doch als sie Ryans Stirnrunzeln bemerkte, ging sie während sie dem Jungen die Antwort gab zu ihm hin und nahm ihn bei der Hand. "Ja, das ist richtig. Ich bin eine echte Österreicherin. Doch ich würde nicht sagen, dass ich berühmt bin, aber in der Welt der Kunst habe ich mir bereits einen guten Namen gemacht."

Jetzt hatten auch die anderen Clanmitglieder mitbekommen, dass Ryan schon etwas ungehalten war, doch das hielt sie nicht ab weitere Hände in die Höhe schnellen zu lassen.

Ryan knurrte in der Zwischenzeit schon ziemlich laut. "Ich möchte jetzt nur noch clanbezogene Fragen hören. Alle Fragen

die Melody betreffen, können wir dann bei unserem nächsten regulären Clantreffen erörtern." Sofort wurden alle Hände wieder herunter genommen. Melody sah jetzt doch verdutzt in die Menge und dann zu Ryan. Der grinste sie jedoch nur liebevoll an und zuckte wieder mit den Schultern. Als keine weiteren Fragen kamen, machten die Clanwachen wieder den Weg für die Familie Laros frei und sie fuhren nach Hause.
Zufrieden saßen dann alle bei einer Tasse Kaffee im Wohnzimmer.
Melody konnte es immer noch nicht ganz fassen. "Himmel, Ryan. Was wollten den die ganzen Clanmitglieder noch von mir wissen? So viel gibt es von mir gar nicht zu erzählen?"
Ryan und die anderen grinsten nur wissend. "Du wirst schon sehen, mit was für absonderlichen Fragen manche Clanmitglieder kommen. Als Phil mein Gefährte wurde, hat ihn doch tatsächlich ein junges Mädchen angeschmachtet und gefragt, wie viele Freundinnen er schon vor mir gehabt hat." Lelia lachte mit etwas angespanntem Blick.
"Das ist nicht wahr oder? Was hast du gemacht?"
Mit rotem Kopf erzählte Lelia. "Ich habe die Kleine mit so einem bösen Knurren angefahren, dass diese weinend aus dem Gemeindehaus geflohen ist. Das haben die anwesenden Männer natürlich ultra lustig gefunden. Am liebsten wäre ich im Erdboden versunken, aber in dem Moment, als sie das gefragt hatte und Phil so unverschämt angesehen hat, hätte ich sie am liebsten zerrissen."
Melody stellte sich die Szene vor und nickte dazu. "Ich glaube, mir wäre es bei Ryan genauso gegangen. Möglicherweise hätte ich ihr aber noch eine gescheuert." Jetzt sahen alle verdutzt zu Melody.
Ryan zog sie jedoch erfreut an sich. "Das hättest du gemacht? Du hättest dich für mich geschlagen?"
Melody sah jetzt etwas verwirrt auf. "Was heißt hätte, wenn dich eine falsch ansieht, schlag ich mich sicher mit ihr und sollte dir einfallen mich einmal eifersüchtig zu machen, überleg dir

das gut, denn ich schlag mich auch mit stärkeren Clanfrauen um dich" Ryan sah sie jetzt so verliebt und erfreut an, dass alle anderen nur laut lachen konnten.
"Auch wenn es mich wirklich freut, dass du dich für mich schlagen würdest. Das verbiete ich dir. Ich möchte nicht, dass du aus so einem unsinnigen Grund verletzt wirst."
Melody runzelte die Stirn. "Warum ist das ein unsinniger Grund?"
Ryan küsste Melody zärtlich. "Ganz einfach. Weil mich keine andere Frau je interessieren wird. Also für was willst du dich dann mit einer anderen Frau schlagen?"
Melody strich zärtlich über die Wange von Ryan. "Gut, dann darfst du auch keinen schlagen, der mich nett anlächelt. Denn du weißt natürlich ebenfalls, dass ich nur dich liebe und mich nie ein anderer Mann interessieren wird."
Ryan verzog das Gesicht. "Das ist etwas anderes." Doch bevor Melody noch protestieren konnte, zog er sie fest an sich und küsste sie bis sie nur noch stöhnend alles andere vergaß.

Am nächsten Tag war geplant, dass Lelia und die Kinder mit aufs Festland fahren würden, um einen Kinderarzt aufzusuchen.
Beim Frühstück sah Ryan besorgt zu Melody. "Willst du wirklich nicht mit Lelia und den Kinder fahren? Ich lasse dich ungern alleine im Haus zurück."
Melody musste lächeln. "Ryan, du kannst bei circa zwanzig bis dreißig Angestellten nicht sagen, dass ich alleine im Haus bin. Außerdem kommt am Vormittag Thimosy, um mich das Hochzeitskleid anprobieren zu lassen. Am Nachmittag möchte ich dann zu unserem Strand laufen und kurz schwimmen. Wenn ihr zurückkommt, bin ich schon längst wieder da."
Ryan sah immer noch zweifelt auf Melody. "Kleines, bitte nimm überall dein Handy mit. Ich möchte dich immer erreichen können. Ich habe dir in unserem Zimmer eine Hülle dafür hingelegt. Damit kannst du es auch in deiner Katzenform tragen. Außerdem verbiete ich dir, allein zum Strand laufen. Nimm auf jeden Fall eine Clanwache mit."

Melody runzelte unwillig die Stirn. "Ich bin den größten Teil des Weges unter unseren Clanleuten. Nur das kurze Stück zum Strand wäre ich alleine. Glaubst du es könnte mir da etwas geschehen?"
Jetzt mischte sich auch Wulf ein. "Melody ... Ryan hat Recht, nimm eine Clanwache mit."
Melody seufzte nur ergeben. "In Ordnung, ihr beiden. Ich werde eine Clanwach hinter mir her rennen lassen."
Ryan grinste jetzt erleichtert und küsste Melody stürmisch. "Danke mein Schatz, ich hätte mich sonst nicht konzentrieren können." Melody schüttelte dazu nur den Kopf.
Von Lelia und den Kindern bekam sie ebenfalls noch einen Kuss, dann waren die drei auch aus dem Haus. Als alle weg waren, überkam Melody eine Einsamkeit, die sie überraschte. Sie hatte sich so schnell an ihre Familie gewöhnt, dass sie ihr sofort fehlten. Bis jetzt waren immer Lelia und die Kinder zu Hause, wenn die Männer arbeiten gingen. Trotz ihrer großartigen Worte zu Ryan, dass ja dreißig Angestellte hier waren, fürchtete sich Melody etwas im leeren Haus. Erst als sie ein Dienstmädchen vorbei gehen sah, wurde sie wieder ruhiger.
Melody ging in ihr Atelier und stürzte sich in ihre Arbeit. Sie musste noch die drei Dschungelbilder fertig stellen. Nach einer weiteren Stunde wurde sie von einem Diener unterbrochen.
"Entschuldigung Ms. Melody. Mr. Thimosy ist hier."
"Danke, Nick. Ich komme gleich hinunter." Nick lächelte sie freundlich an und ging wieder. Gleich darauf lief sie die Treppe hinunter.
Thimosy wartete bereits im Wohnzimmer auf sie. "Hallo Ms. Melody. Sie sehen ja noch schöner aus, als bei unserer letzten Begegnung."
Melody musste grinsen. Thimosy war ein richtiger Schmeichler. "Danke, Thimosy." Sofort wurden die Flügeltüren geschlossen und seine Assistentinnen halfen Melody zur letzten Anprobe ins Kleid. Als sich Melody dann im Spiegel sah konnte sie es nicht glauben. "Himmel, Sie sehen einfach unwahrscheinlich gut

in diesem Kleid aus. Mr. Ryan wird Sie nicht mehr aus den Armen lassen wollen."
Melody betrachtete sich kritisch im Spiegel und musste Thimosy Recht geben. Das Kleid war einfach perfekt. Sie hatten sich darauf geeinigt unter der Korsage kein Oberteil zu tragen. Die Korsage war so gearbeitet, dass sie auch keinen BH benötigte. Der weiße Stoff war genau an ihre Brüste angepasst worden. Sie wurde hinten mit vielen Haken geschnürt, war aber so eng, dass sie nicht ganz zusammen ging und so einen großen Teil ihres Rücken frei lag. Wenn Ryan den Arm um sie legen würde, würde Melody sofort seine warme Hand auf ihrer bloßen Haut spüren. Die Korsage war bestickt mit weißen Perlen und Glassteinen, so dass bei jeder Bewegung von Melody ein Glitzern entstand. Der Rock fing knapp unter der Korsage an und fiel weich in vielen Falten zum Boden. Der Stoff des Rockes war so zart, dass eine Schicht durchsichtig gewesen wäre. Doch da er aus dutzenden Schichten bestand war es, als würden weiße Nebel um ihre Beine wallen. Melody musste grinsen. Sie war gespannt wie lange Ryan es bei der Hochzeitsgesellschaft aushalten würde.
Thimosy war begeistert. Nachdem sie auch den Haarschmuck und die Schuhe dazu probiert hatten, waren alle mehr als nur zufrieden. Das Kleid und die anderen Teile wurden einer Dienerin übergeben, die alles vorsichtig in ihr freies Gästezimmer tragen würde. Ryan durfte sie erst direkt vor dem Altar in diesem Kleid sehen, da war Melody altmodisch.
Nachdem sich Thimosy verabschiedet hatte, wollte Melody wieder in ihr Atelier hinauf gehen, doch eine junge Dienerin trat ihr in den Weg.
"Entschuldigung Ms. Melody, aber das Mittagessen ist fertig. Wollen Sie nicht vielleicht etwas essen kommen, bevor Sie wieder arbeiten gehen?" Die junge Dienerin sah sie mit rotem Kopf an.
Melody musste lächeln. "Wie ist dein Name?"
"Rose, Herrin."
Melody zuckte zusammen. Sie hatte natürlich schon öfters gehört, das Ryan mit 'Herr' betitelt wurde, aber Rose war die erste, die

sie mit 'Herrin' angeredet hatte, das war etwas gewöhnungsbedürftig. "Hat dir mein Gefährte aufgetragen nach mir zu sehen?" Rose wurde noch roter, doch sie schüttelte den Kopf. "Nein, wir machen uns nur alle Sorgen um Sie, da Sie immer vergessen zu essen. Da habe ich mir erlaubt, Sie zu erinnern. Bitte entschuldigen Sie, dass ich so aufdringlich war."
Melody sah in das besorgte Gesicht von Rose und war gerührt. Alle Diener machten sich jetzt schon um sie Sorgen. Sogar wenn Ryan nicht da war wurde sie umsorgt und beschützt. Plötzlich bekam sie so ein befreites freudiges Gefühl in der Brust, dass sie alle hätte umarmen können. Sie sah wieder zu der unsicheren Rose und strich ihr leicht über die Schulter. "Danke Rose, das war nicht aufdringlich, sondern sehr nett und ich freue mich sehr darüber. Du und alle anderen haben die Erlaubnis mich immer wieder ans Essen zu erinnern. Denn leider vergesse ich es wirklich dauernd. Ohne euch alle würde ich wahrscheinlich irgendwo verhungern."
Rose sah sie jetzt mit einer Zuneigung an, die schon an Verehrung grenzte. Als sie das Esszimmer betrat warteten dort einige der Diener und sahen ihr unsicher entgegen. Doch als Rose mit einem strahlenden Lächeln hinter ihr eintrat, wurden alle sofort beruhigter. Melody sah in die Runde und meinte dann lächelnd. "Ich danke euch allen, dass ihr mich beschützt und umsorgt. Ich habe mich am Anfang dieses Tages etwas einsam gefühlt, doch jetzt weiß ich, dass immer ein Freund hier sein wird. Im Gegenzug möchte ich euch alle bitten, und sagt es auch den anderen in unserem Haushalt, dass, welches Problem ihr auch immer habt, ihr damit zu mir kommen könnt. Ich und meine Familie werden versuchen das Problem mit euch zu lösen. Genauso würde ich mich über Information aus euren Leben freuen, zum Beispiel, wenn ihr besonders glücklich seid oder jemanden zum Reden braucht." Als Melody geendet hatte waren fast alle Diener anwesend, sogar die Köchin hatte Tränen in den Augen stehen.

"So, jetzt hab ich euch alle genug aufgehalten, was gibt es wieder Fantastisches zum Mittagessen, Mrs. Low?"

Die putzte sich noch einmal die Nase und strahlte sie dann an. "Ich habe ein österreichisches Essen für Sie gemacht. Ich hoffe, es schmeckt Ihnen." Sofort kamen Diener herein und servieren Melody eine riesige Portion Kaiserschmarren mit Zwetschkenröster.
Melody quietschte vor Begeisterung auf. "Mrs. Low, ich liebe einen Kaiserschmarren und mit Zwetschkenröster ist es perfekt. Vielen, vielen Dank."
Erfreut lachten die Diener um Melody auf, dann scheuchte Mrs. Low jedoch bis auf einen Diener alle aus dem Zimmer um Melody in Ruhe essen zu lassen, wie sie lautstark verkündete. Melody sah auf den jungen Diener, der bei ihr im Zimmer geblieben war. "Wie ist dein Name?"
Der junge Clanmann wurde rot und antwortete schüchtern. "Paul, Ms. Melody."
Melody nickte freundlich. "Wie lange bist du schon im Haushalt meines Gefährten, Paul?"
"Zwei Jahre, Ms. Melody"
"Lebt deine Familie auf der Insel?"
Paul nickte schüchtern und sah unsicher auf den Boden. Melody hatte Mitleid mit ihm und ließ ihn in Ruhe. Paul würde sich wie alle anderen bald an ihre Fragen gewöhnen.
Als Melody fertig war, wandte sie sich nochmals an Paul. "Würdest du einer Clanwache Bescheid geben, dass ich in einer halben Stunde an den Strand laufen will?" Paul nickte und lief sofort los, ihre Wünsche zu erfüllen.
Melody ging auf ihr Zimmer und füllte ihren Beutel, den sie auch als Katze tragen konnte, mit allen wichtigen Sachen. Zeichenblock, Handy, kleine Wasserflasche, Bleistifte, Spitzer und Radierer. Sie wollte für die Dschungelbilder am Strand eine besondere Blume, die ihr das letzte Mal mit Ryan aufgefallen war, suchen und zeichnen. Sie schlüpfte in einen Badeanzug und war schon wieder die Treppen hinunter. Dort erwartete sie bereits ein anderes junges Dienstmädchen mit einem Apfel und einer Orange in der Hand. Melody ging auf sie zu und grinste

sie freundlichen an. "Ihr nehmt eure Aufgabe alle sehr ernst, nicht wahr? Während sie das Obst in ihrem Beutel verstaute, sah sie kurz zu dem Mädchen. "Wie ist dein Name?"
Das Mädchen stotterte nur leise: "Pat, Ms Melody."
Melody strich ihr zart über die Wange. "Pat ist ein sehr schöner Name, vielen Dank Pat." Dann ging sie vors Haus, um die Clanwache zu suchen. Doch kaum stand sie vor der Tür wurde sie schon angesprochen.
"Ms. Melody, ich bin Tom und werde Sie zum Strand begleiten." Melody fuhr erschrocken zusammen, doch als sie zu der Clanwache sah, beruhigte sie sich sofort wieder. "Danke Tom, das ist sehr nett. Wollen wir los? Ich muss noch einige Skizzen von einer Blume anfertigen und dann will ich unbedingt schwimmen."
Tom nickte nur, er hatte wie Melody einen Beutel dabei. Melody konnte jedoch außer einer Wasserflasche nur Metall sehen. Somit nahm sie an, dass Tom so seine Waffen transportierte.
Er verwandelte sich sofort in einen großen Löwen und nachdem sich Melody ebenfalls verwandelt hatte, liefen sie los. Tom blieb immer eine Körperlänge hinter ihr. Als sie durchs Dorf liefen, wurden sie von vielen Clanmitgliedern freundlich Begrüßt. Melody wollte kurz stehen bleiben, doch sofort hörte sie ein leises Knurren von Tom und lief innerlich grinsend weiter. Diese Machoclanmänner waren wirklich alle gleich.
Am frühen Nachmittag kamen sie am Strand an. Melody ließ ihren Beutel noch in Katzengestalt fallen und lief mit vollem Schwung ins Meer und kühlte sich ab. Tom hatte sich am Strand zurückverwandelt. Er kletterte auf einen Felsen von dem er alle Seiten gut sehen konnte und blieb dort ruhig sitzen. Melody schwamm wieder zum Strand und verwandelte sich zurück. Im Schatten des Felsens auf dem Tom saß, setzte sie sich zufrieden in den warmen Sand. Das Meer lag genau vor ihr und die Sonne glitzerte im Sand, es war ein so friedliches, vertrautes Bild, dass sie sofort an Ryan und ihre Zeit hier denken musste. Auf einmal überkam sie eine tiefe Traurigkeit. Erst das Läuten ihres Handys riss sie wieder aus diesem Tief. Am Display konnte sie sofort

erkennen, dass Ryan der Anrufer war und musste lächeln. Er hatte ihre Traurigkeit natürlich gespürt und sofort beunruhigt angerufen. "Hallo, Liebling" meldete sich Melody zärtlich.
Sofort antwortete ihr ein beunruhigter Ryan. "Kleines, ist alles in Ordnung bei dir?"
Melody lachte leise in Telefon. "Ja, mein Schatz, ich sitze nur hier an unserem Strand und wünsche mir sehnlichst du wärst bei mir." Sofort konnte sie ein zufriedenes Lachen hören.
"Das werden wir morgen nachholen, ich verspreche es dir. Du hast doch eine Clanwache mitgenommen?"
Melody schmunzelte als sie den Befehlston von Ryan hörte. Sollte sie ihm sagen, dass sie alleine hier war? Nein, er würde wahrscheinlich das ganze Dorf in Aufruhe versetzen, um sie zu beschützen. "Reg dich nicht auf Liebling, ich habe natürlich eine Clanwache mitgenommen. Es ist Tom. Bist du jetzt zufrieden?"
Ryan lachte erleichtert. "Ja, du bist eine sehr brave und gehorsame Gefährtin." Als er Melody leise knurren hörte, lachte er nur noch lauter in den Hörer. "Süße, gibst du mir bitte Tom kurz?"
Melody war zwar etwas verwundert, rief aber nach Tom. Als dieser sofort kampfbereit neben ihr stand, verdrehte sie nur die Augen. "Himmel, Tom. Du bist genauso schlimm wie Ryan. Was soll mir hier schon geschehen?" Als Tom nur leise knurrte, lachte Melody laut. "Ryan, möchte dich kurz sprechen." Mit den Worten hielt sie Tom das Telfon hin, der es etwas verdutzt entgegen nahm.
"Tom hier." Tom ging mit dem Telefon einige Schritte von ihr weg, damit sie nicht mithören konnte. Melody lauschte jedoch weiter angespannt. Was wollte Ryan von Tom? Sie konnte leider nichts hören, doch als er mit den Worten "Ich werde gut auf sie aufpassen" wieder das Telefon zurückgab, nahm sie es neugierig entgegen. Tom setzte sich wieder auf seinen Felsen und beobachtete jetzt noch genauer die Gegend.
"Ryan, was hast du dem armen Tom bloß erzählt, er war ja vorher schon angespannt, aber jetzt könnte man glauben, die ganze Welt will mir ans Leder"

Ryan lachte wieder. "Kleines, ich habe ihn nur auf ein paar Gefahrenquellen aufmerksam gemacht. Ich möchte dich gerne wieder gesund und munter unter mir haben." Als Melody seine Worte verarbeitete, musste sie kurz schlucken. Sofort drang wieder das zufriedene männliche Lachen von Ryan zu ihr.
Melody konnte ihm jedoch nicht böse sein. "Musst du nicht was arbeiten, mein Gefährte? Denn ich schon, ich muss noch eine Blume finden und zeichnen. Ich liebe dich. Bis heute Abend."
"Ich liebe dich ebenfalls mein Kätzchen. Pass auf dich auf."
Als Ryan aufgelegt hatte, wurde Melody kurz wieder traurig, doch sie verdrängte das Gefühl sofort wieder, denn sie wollte Ryan nicht belasten. Sie stand auf und machte sich in der näheren Umgebung auf die Suche nach der gewünschten Blume. Nach ein paar Minuten hatte sie die gelbe Blüte entdeckt und zückte sofort ihren Skizzeblock.
"Ms. Melody, sie sollten etwas trinken."
Als Melody erschrocken aufsah, sah sie in die grünen Augen von Tom, der sie besorgt beobachtete. Melody grinste ihn an. "Hat Ryan euch alle in einem Schnellkurs lernen lassen, wie man es schafft mich nicht verhungern und verdursten zu lassen?"
Tom grinste frech zurück. "Ja, so in etwa. "
Ernst sah Melody in die jetzt ebenfalls ernsten Augen von Tom. "Könnte es sein, dass der ganze Clan auf eine Person gewartet hat, die sie umsorgen können?"
Jetzt grinste Tom wieder. "Ich glaube eher, dass alle Sie so gern haben, dass der Beschützerinstinkt von alleine kommt."
Melody schüttelte nur immer noch verdutzt den Kopf, nahm aber brav ihre Wasserflasche und trank die Hälfte aus. Tom nickte nur und war schon wieder auf seinem Felsen um weiter die Gegend zu beobachten. In der Zwischenzeit war es später Nachmittag geworden, doch bis zur Nacht würden noch locker vier Stunden vergehen. Melody sah noch einmal auf ihre Zeichnung und war zufrieden. Sie hatte auch noch ein paar andere Blumen gefunden, die sie ebenfalls festgehalten hatte. Sie ging wieder zum Felsen auf dem Tom saß und legte sich in seinem

Schatten in den warmen Sand. Nach ein paar Minuten waren ihr auch schon die Augen zugefallen, als sie plötzlich von lauten Rufen und Lachen geweckt wurde. Sie setzte sich verwirrt auf. Tom stand ganz in ihrer Nähe und beobachtete konzentriert einen Fleck hinter dem Felsen. Als Melody zu ihm gehen wollten, bedeutete er ihr, dass sie hinter dem Felsen bleiben sollte. Tom hatte sich jetzt sein Messer mit einer Lederscheide auf den Rücken gebunden und sie konnte auch eine Schusswaffe an seinen Hüften sehen.
"Was ist los Tom? Wer kommt da?" Melody schlich näher zu ihm, ohne jedoch die Deckung des Felsens zu verlassen.
Der blickte starr nach vorne. "Es sind einige junge Männer. Ich glaube nicht, dass sie feindliche Absichten haben, aber sie sind schon ziemlich betrunken und in diesem Zustand ist eine Gruppe immer gefährlich."
Tom nahm sein Handy und ließ sofort weitere Wachen zum Strand kommen. Als er dann wieder zu Melody sah, um sie zu beruhigen, war diese bis zum Meer zurückgewichen. Ihr Blick war panikerfüllt in die Richtung der jungen Männer gerichtet. Tom fluchte laut vor sich hin. Ryan hatte ihm natürlich erzählt, dass Melody panische Angst vor Betrunkenen hatte, doch er hatte angenommen, das wäre eine normale Angst. Doch das was er vor sich sah war eine Panik, die nicht mehr als normal gelten konnte. Melody sah aus, als würde sie sich gleich in die Fluten stürzen. Tom überlegte krampfhaft was er tun sollte, eigentlich müsste er den jungen Männer entgegen gehen, um sie zu vertreiben. Doch Melody war nicht in der Verfassung alleine gelassen zu werden.

Ryan war mit seiner Familie schon auf dem Weg zurück zur Insel. Langsam tauchte sie am Horizont auf, alle freuten sich wieder zu Hause zu sein. Die Besprechung der Männer war unerwartet schnell zu Ende und da Lelia den Kinderarztbesuch ebenfalls schon am Vormittag erledigt hatte, beschlossen sie so schnell wie möglich nach Hause zu fahren.

Ryans Unruhe nahm immer mehr zu und er tigerte im Boot hin und her. Der Kapitän und die Besatzung sahen immer verängstigter zu ihm.
Wulf trat zu Ryan und legte im die Hand auf die Schultern. "Ryan, jetzt beruhige dich. Du machst uns alle nervös."
Kaum hatte Wulf ausgesprochen, knurrte Ryan jedoch böse auf und seine Alphamacht stieg plötzlich so stark an, das Gläser in der Nähe zersprangen.
Alle sahen jetzt Ryan entsetzt an. "Was ist los Ryan. Ist was mit Melody?" Jeder wusste sofort, dass dieser Anstieg der Macht nur mit einer Gefahr für Melody kommen konnte.
"Sie hat furchtbare Angst und weiß vor Panik nicht mehr, was sie tun soll." Ryan konzentrierte sich jetzt fester und knurrte den Kapitän böse an. "Bring uns so schnell du kannst zum nördlichen Strand, bei den großen Felsen."
Der Kapitän reagierte sofort und ließ die Maschinen aufheulen. Lelia hielt die weinende Siri und Rob in den Armen und sah jetzt ebenfalls besorgt in Richtung Strand. Alle Blicke richteten sich jetzt dort hin und je näher sie kamen, umso besser konnten sie verschiedene Personen ausmachen. Nach ein paar weiteren Minuten waren sie so nahe, dass sie Melody am Strand sehen konnten und Tom, der dicht vor ihr stand. Weiter vorne konnte Ryan eine Gruppe junger Männer erkennen, die nach ihrem Verhalten sturzbetrunken waren. Jetzt wusste Ryan auch warum Melody so in Panik war und warum Tom zögerte sich den Männern entgegen zustellen.
Die anderen hatten natürlich die Situation ebenfalls schon durchschaut. Wulf deutete auf Melody. "Ryan, kümmere dich um Melody. Wir unterstützen Tom."
In dem Moment sah Tom auf und bemerkte Ryan und die anderen. Sofort ging ein erleichtertes Lächeln über sein Gesicht.
Ryan sprang ins Wasser und schwamm mit großen Zügen auf Melody und Tom zu. Wulf, Brian, Eric und Phil waren ebenfalls schon im Wasser und schwammen auf die Gruppe junger Männer zu. Ryan war als erster am Strand und lief sofort zu

Melody. Tom sah ihm erleichtert entgegen. "Ich übernehme Melody, du kannst den anderen helfen", sagte Ryan. Sofort rannte Tom zu den anderen, die sich inzwischen vor die jungen Männer gestellt hatten.

Als Ryan auf Melody zugehen wollte, wich diese jedoch immer mehr ins Meer zurück. Er blieb wieder stehen und kniete sich vor Melody in den Sand. "Kätzchen, schau mich an, meine Süße." Ryan wartete ab, bis er Melodys Blick auf sich spürte. "Ich bin da, es kann dir nichts mehr geschehen. Auch die anderen sind da und werden die Betrunkenen mit Tom von dir fern halten. Hab keine Angst. Komm zu mir."

Langsam konnte er ein Abklingen der Panik in Melodys Augen feststellen und als sie dann erstickt "Ryan" weinte, lief er sofort zu ihr hin und schloss sie in seine Arme.

Melody wachte wie aus einen bösen Traum auf. Sie sah Ryan vor sich im Sand knien und konnte nur noch seinen Namen flüstern. Sofort war er bei ihr und schloss sie fest in seine Arme. Schluchzend hielt sich Melody an ihm fest. Ryan murmelte laufend beruhigende Worte und streichelte ihr zart über den Rücken.

Als sie sich wieder etwas gefasst hatte, sah sie verzweifelt zu Ryan auf. "Warum hast du dir nur mich ausgesucht. Ich mach dir und unserer Familie nur Probleme."

Ryan küsste sie jetzt fest und besitzergreifend. Leise knurrte er. "Ich will so etwas nie wieder von dir hören. Wir wissen alle, dass du vor zwei Sachen Angst hast. Deswegen werden wir dich sicher nicht weniger lieben. Ab jetzt müssen immer zwei Clanwachen mit dir unterwegs sein, damit einer bei dir bleibt und einer sich der Gefahr stellen kann. Wir müssen alle aus der Sache lernen, dann wird nie wieder so eine Gefahrensituation entstehen." Ryan sah jetzt ernst in Melodys blaue traurige Augen. Doch dann nickte sie und küsste Ryan zärtlich und fest.

"Wie habe ich dich nur verdient. Ich muss irgendwann in meinem Leben besonders brav gewesen sein."

Lächelnd zog Ryan sie weiter auf den Strand. In der Zwischenzeit waren auch Lelia und die Kinder von Bord gekommen und liefen auf Ryan und Melody zu. "Ist alles in Ordnung mit Melody?" Diese Szene erinnerte Melody so sehr an ihre erste Begegnung, dass sie lachen musste.
Siri schoss auf Melody zu und ließ sich von ihr lachend fangen. "Tante Melody, wir waren beim Kinderarzt und er hat uns eine Spritze gegeben. Ich habe gar nicht geweint, aber Rob schon. Rob sah Siri nur böse an und lief sofort zu Melody, um sich ebenfalls hochheben zu lassen. " Melody küsste erst Rob und dann die aufgeregte Siri auf den Kopf und hörte ihr schmunzelnd zu. Jetzt kamen auch die anderen Männer wieder zu ihnen und alle setzen sich in den Sand und ließen sich trocknen. Bis auf Tom und Melody waren alle pitschnass.
In den Moment kamen vier Löwen auf sie zu gelaufen und verwandelten sich vor ihnen zurück. Ryan ließ Melody im Schoss ihrer Familie sitzen und ging auf die Wachen zu. Vorher winkte er jedoch noch dem Kapitän und bedeutete ihm zum Hafen zurückzukehren. Dann winkte er Tom ebenfalls zu sich. Tom kam etwas bedrückt auf die Gruppe zu.
"Herr, es tut mir leid. Ich wusste nicht, wie ich auf die Situation hätte reagieren sollen. Mir war klar, dass ich die Männer hätte vertreiben sollen, aber Ms. Melody war so voller Panik, dass ich Angst hatte, sie würde vielleicht ins Meer gehen." Bedrückt sah er zurück zu Melody, die jetzt wieder lachend unter der Familie saß. Als würde sie seinen Blick spüren, sah sie auf und lächelte Tom freundlich an. Der drehte sich jetzt fast noch verzweifelter zu Ryan und den anderen Wachen. Doch er wurde von Ryan überrascht als dieser ihm beruhigend auf die Schultern klopfte und anlächelte. "Jetzt mach dich nicht so fertig Tom, du hast für diese Situation genau richtig gehandelt. Du hast sofort Verstärkung angefordert und Melody beschützt. Mehr kann man nicht erwarten."
Tom sah Ryan jetzt fassungslos an. "Aber ich habe nicht die Männer vertrieben, die Ms Melody so erschreckt haben."

Ryan sah ihn jetzt ernst an. "In den paar Minuten am Strand war Melody am meisten durch sich selbst gefährdet. Du hast die größte Gefahr erkannt und Melody vor sich selbst beschützt. Die anderen Wachen wären rechtzeitig da gewesen, um sich um die jungen Männer zu kümmern." Ryan wandte sich jetzt an die anderen Wachen und erklärten ihnen die vorgefallene Situation. Die nickten nur und jeder klopfte Tom unterstützend auf die Schultern. Jetzt wurde auch Tom wieder ruhiger und lächelte erleichtert. Als dann plötzlich Melody neben ihm auftauchte und ihm einen Kuss auf die Wange drückte, wurde er über und über rot.

"Danke, Tom. Du hast wirklich alles getan um mich zu beschützen." Dann ging sie zu Ryan und ließ sich von ihm umfangen.

Tom sah in Melodys blaue Augen und konnte nicht anders. "Ms. Melody, ich werde sie immer und überall mit meinem Leben beschützen."

Melody lächelte ihn liebevoll an und strich ihm leicht über die Wange. "Das weiß ich Tom, danke."

Die anderen Wachen mussten ein Lachen unterdrücken. Ryan jedoch nickte Tom ernst und dankend zu. Dann wandte er sich wieder an seine Familie. "Wollen wir alle in unserer Katzenform nach Hause laufen?" Siri und Rob quietschten sofort vor Begeisterung. Auch die anderen waren einverstanden. Die überschüssige Kleidung ließen sie am Strand. Sie würden einen Diener beauftragen diese mit dem Jeep zu holen. Melody wartete absichtlich bis alle verwandelt waren, da sie sie noch nie in ihrer Katzenform gesehen hatte.

Lelia war ein wunderschöner Leopard, genauso wie Brian, Eric und Siri. Phil wurde zu einem Puma wie Rob. Wulf war ein stattlicher Löwe. Tom verwandelte sich ebenfalls in einen Löwen und teilte sich mit den anderen Wachen um die Familie auf. Jetzt waren nur noch Ryan und Melody in ihrer menschlichen Form.

"Was ist Kätzchen, willst du dich nicht auch verwandeln?"

Melody sah von Ryan zu den Katzen. "Ist unser Clan nicht einfach wunderschön." Melody sah jetzt wieder zu Ryan, der sie zärtlich beobachtete.
"Ja, das sind sie, und durch dich wird es noch schöner."
Melody lächelt dazu nur kurz und verwandelte sich ebenfalls in ihre Katzenform. Sofort war Ryans Tiger neben ihr. Mit einem lauten Knurren machte er die Wachen aufmerksam, dass sie los laufen sollten. Dann folgten Brian und Eric, Siri und Rob wurden mit Melody und Lelia in die Mitte genommen. Die anderen Männer verteilten sich rund herum und so lief die Gruppe von vierzehn Katzen dem Dorf entgegen. Natürlich verursachte so eine große Gruppe Wildkatzen im Dorf einige Unruhe, doch da alle wussten, wer die Katzen waren, sahen sie ihnen nur freundlich hinterher. Als sie beim Haus angekommen waren, wurden sie sofort von dem ganzen aufgeregten Personal empfangen.

Als sich die Familie wieder zurückverwandelte, wurden sie sofort von besorgten Fragen bombardiert. "Geht es Ihnen gut Ms. Melody? Warum wurde eine neue Wache angefordert? Die ganze Familie sah sich verwirrt an. Woher wussten die Angestellten von dem Vorfall am Strand? Mrs. Low gab dann die Antwort. "Wir haben es von der Wache gehört, die angefordert wurde. Er hat so laut ins Telefon gesprochen, dass er sich sofort zum Strand aufmachen würde, da wussten wir, dass es um Ms. Melody geht."
Auf ihren besorgten Blick hin lächelte Melody. Sie wandte sich an die ganzen Hausangestellten. "Mir geht es gut, ich habe nur wieder mal zu panisch reagiert. Aber es waren wie immer genug Clanmitglieder da, die mich beschützen wollten. Ich danke euch allen, dass ihr euch Sorgen gemacht habt."
Die Hausangestellten waren alle erleichtert und gingen dann wieder an die Arbeit. Nur Rose und Pat blieben stehen und sahen sie immer noch ängstlich an. "Rose, Pat, ist noch etwas?" Melody ging zu den zwei Mädchen und lächelte sie an. Die wurden beide rot und Rose fragte sie dann leise. "Können wir

Ihnen wirklich nichts bringen, Ms. Melody?" Ryan umfing Melody zärtlich. "Nein danke, das ist sehr lieb. Mir geht es wirklich gut." Die beiden Mädchen nickten, sahen kurz erschrocken zu Ryan und liefen den anderen hinterher. Ryan zog fragend die Augenbraue in die Höhe. "Was war das denn? Seit wann kennst du die Namen der Hausangestellten und seit wann verehren sie dich alle so? Was hast du eigentlich am Vormittag getrieben, mein Kätzchen?"
Melody lachte zu Ryan hinauf und meinte geheimnisvoll. "Ich habe mich etwas mit unseren Hausangestellten angefreundet."
Lelia gluckste im Hintergrund. "Unserer Melody kann doch wirklich keiner widerstehen, oder?" Lachend gingen alle in ihre Räume, um zu duschen und sich fürs Abendessen herzurichten.

Die nächsten zwei Wochen waren für alle ziemlich stressig. Die Hochzeit musste fertig geplant werden und natürlich auch das normale Clantreffen. Melody und Lelia mussten rund um die Uhr irgendwelche Entscheidungen treffen. Als dann eine Woche vor der Hochzeit Wendi ankam, waren schon alle etwas ausgelaugt.
"Wann kommt Wendi heute an?" Ryan sah fragend zu Melody.
"Um etwa 15.00 Uhr sollte ihr Flieger landen" Glücklich strahlte Melody ihn an. "Ich wäre gerne mit zum Flughafen gefahren. Schade, dass das nicht geht." Melody sah kurz traurig zur Familie, doch dann lachte sie gleich wieder. "Egal, Hauptsache sie kommt bald."
Ryan grinste Melody jedoch verschmitzt an. "Was hältst du davon, mein Kätzchen, wenn du uns in die Firma begleitest? Während wir unsere Besprechung abhalten, kannst du entweder dabei sein oder du siehst dir einstweilen die Firma an. Das überlass ich ganz dir. Dann gehen wir alle Mittagessen und holen danach Wendi vom Flughafen ab." Bevor er noch richtig aussprechen konnte, hatte er schon eine vor Freude quietschende Melody um den Hals, die sein ganzes Gesicht mit Küssen abdeckte."

"Das ist genial, ich wollte immer schon mal in die Firma und dann kann ich noch schneller Wendi sehen. Ich liebe dich. Ich geh mich umziehen." Und schon war Melody weg, die Stufen hinauf zu ihren Räumen.
Ryan sah grinsend zu seiner Familie.
"Warum hast du gerade so eine Frau abgekommen. Melody ist einfach so leicht zufrieden zu stellen. Ich werde sicher eine Frau bekommen, der ich erst Diamanten schenken muss, um so eine Begeisterung hervor zu rufen. Das ist einfach ungerecht." Wulf sah Ryan dabei so böse an, dass alle in lautes Lachen ausbrachen.
Die Männer waren schon für die Arbeit umgezogen und warteten nur noch auf Melody, die nach einer Viertelstunde wieder heruntergelaufen kam. Sie trug einen engen weißen Rock, der knapp über den Knien endete, mit einer ärmellosen bunten Stretch-Bluse, die sich eng an ihren Oberkörper schmiegte. In der Hand hielt sie weiße Stöckelschuhe und eine weiße Tasche. Die Haare hatte Melody mit einem weißen Lederband zurückgebunden. Perlenohrringe, eine Perlenkette und eine Uhr vervollständigten ihr Outfit.
"Geht das so? Bin ich seriös genug angezogen, um dich nicht zu blamieren?" Melody sah fragend zu Ryan auf, wobei sie sich mit einer Hand an seiner Schulter fest hielt, um mit der anderen Hand die Stöckelschuhe anzuziehen. Bei der Bewegung bekam Ryan einen tiefen Einblick in Melodys Bluse und er konnte den Ansatz eines zarten Spitzen-BHs sehen.
"Kätzchen, wenn einer vor dir einen Bleistift fallen lässt, bitte hebe ihn nicht auf, sonst muss ich denjenigen töten."
Melody hatte jetzt beide Schuhe an und richtete sich fragend wieder auf. Als sie Ryans Blick besitzergreifend über ihren Ausschnitt gleiten sah, wurde sie sofort rot und schluckte krampfhaft.
Ryan lachte nur zufrieden und nahm sie bei der Hand. "Süße, ab heute werden mich alle in unserer Firma beneiden. Du siehst einfach umwerfend aus und zu deiner Frage, ob du seriös

genug angezogen bist: Bei jeder anderen Frau wäre es vielleicht seriös, nur bei dir schaut es einfach sinnlich aus."
Melody schüttelte den Kopf. "Du bist sicher nur voreingenommen. Ich habe einen braven Rock an und eine brave Bluse. Was kann dabei sinnlich aussehen?"
Jetzt musste Brian lachen. Er nahm Melody um die Taille und drückte ihr einen Kuss auf die Wange. "Melody, ich muss dich leider enttäuschen und Ryan Recht geben. Du siehst wirklich wie die Sünde persönlich aus. Der Rock und die Bluse sind für brav etwas zu eng. Aber ich möchte die Blicke der Angestellten nicht missen, wenn sie dich sehen."
Melody sah jetzt von Brian zu Wulf und Erich. Auch sie nickten grinsend dazu und als dann auch noch Phil lachend eine Augenbraue hoch zog, wechselte Melody erneut die Gesichtsfarbe.
"Vielleicht sollte ich mich noch einmal umziehen. Ich will euch nicht in Verlegenheit bringen. Ich glaube, ich habe hier schon ein paar Kilo zugenommen, denn sonst haben mir Rock und Bluse eher locker gepasst. Ich muss wieder aufhören so viel zu essen, sonst rolle ich wirklich noch durch die Gegend. "
Melody sah dabei so geschockt aus, das Ryan sie zärtlich lachend an sich zog. "Kätzchen, du hast eine tolle Figur, um die dich sicher alle Frauen beneiden. Die Kilos, die du endlich zugenommen hast, stehen dir ausgezeichnet. Jetzt kommen deine weiblichen Rundungen noch besser zur Geltung. Ich liebe jedes einzelnen Gramm an dir und ebenso die Zukünftigen."
Lachend zog Ryan die noch immer schockierte Melody hinter sich zum Auto. An der Anlegestelle wurden sie schon von der Familienjacht erwartet.
Als Melody vor der Jacht stand, stürzten sofort drei Matrosen auf sie zu, um ihr über den Steg hinein zu helfen. Melody sah sie etwas verwirrt an, doch dann spürte sie Ryan hinter sich, der sie zärtlich auf den Hals küsste. "Was hab ich dir gesagt, bis zum Abend wirst du dutzende Herzen brechen, meine Schöne."
Als die Matrosen Ryan hinter Melody stehen sahen, zogen sie sich sofort ängstlich zurück. Erst jetzt wurde ihnen bewusst,

dass die Frau vor ihrem Boot die Gefährtin des Clanoberhauptes war und da alle wussten wie besitzergreifend Alphamänner sind, wurden sie sehr vorsichtig.
Ryan schnappte sich Melody und trug sie einfach über die Planken zur Jacht. Bevor sie noch protestierend knurrend konnte, ließ er sie auch schon wieder auf den Boden und grinste sie frech an. Als Melody nur die Augen verdrehte, schnappte er sie lachend und zog sie zu einer Bank auf seinen Schoß. Die Fahrt dauerte nicht lange. Ryan trug Melody natürlich wieder die Rampe hinunter und als sie ihn dafür nur böse anknurrte, küsste er sie erneut.
"Ryan, ich glaube jetzt wissen wirklich alle, dass ich zu dir gehöre. Du brauchst mich nicht die ganze Zeit zu tragen." Mit einem halb bösen und halb amüsierten Blick sah sie zu ihrem Gefährten auf.
Die anderen Männer der Familie nickten nur wissend dazu. "Melody hat Recht, bis zur Firma kannst du sie jetzt wieder los lassen, dort kannst du sie ja dann wieder über die Schulter schmeißen und mit einem Urschrei jeden der sie ansieht in Angst und Schrecken versetzten:" Wulf sah Ryan bei den Worten so ernst an, als würde er das wirklich so meinen. Doch ein Funkeln in seinen Augen zeigte, dass er Ryan nur veralbern wollte. Die anderen fingen sofort an zu lachen und auch Melody konnte ein Grinsen nicht mehr unterdrücken. Ryan strafte alle mit einem bösen Blick, ließ Melody jedoch hinunter und sie konnte alleine in den Wagen steigen.
Die Autofahrt zur Firma dauerte etwa eine Stunde. Als sie vor dem Komplex der Familie Laros ankamen, konnte Melody nur die Augen aufreißen. Sie hatte natürlich gewusst, dass ihre Familie reich war, aber dieser Bürokomplex mit seinen unendlich vielen Stockwerken war dann doch eine Überraschung. Das Hochhaus bestand größtenteils aus dunklem Glas und so glänzte es in der Sonne. Der Haupteingang wirkte mit Stahl und Glas sehr modern und vor den Türen standen zwei Clanwachen, die jeden der das Haus betrat kontrollieren konnten.

Ryan nahm Melody um die Taille und ging mit ihr und den anderen auf den Haupteingang zu. Sofort wurde die Türe von einem Angestellten geöffnet, um sie herein zu lassen.
Jetzt standen sie in einer riesigen Empfangshalle. Sie war komplett in hellen Pastellfarben gestrichen. Auch der Boden war mit hellem Marmor ausgelegt. Es gab Unmengen Sitzgruppen, alle mit Pflanzen umgeben. Ziemlich viele Clanmitglieder, die scheinbar Angestellte der Firma waren, standen in der Empfangshalle herum und unterhielten sich mit einer Tasse Kaffee oder anderen Getränken.
Als Ryan und seiner Familie herein kamen, wurde es kurzzeitig ganz ruhig und alle Augen wandten sich neugierig nach ihnen um. Ryan wurde sofort von einem älteren Herrn in Beschlag genommen, der aufgeregt auf ihn einredete. Brian, Wulf, Phil und Eric gesellten sich zu ihnen. Melody wurde jedoch von ein paar Bildern abgelenkt und sie wollte gerade ein paar Schritte in diese Richtung machen, als drei Männer durch die Eingangstüre hereinstürmten, die Clanwachen vor der Türe kamen sofort hinterher und riefen ihnen zu, dass sie stehen bleiben sollten. Doch die hatten nur Blicke für Ryan. Der älteste von ihnen schimpfte in Ryans Richtung.
"Verdammt, Laros. Warum wollen sie keinen Vertrag mit uns eingehen."
Die Clanmitglieder machten Platz, um den drei wütenden Männern nicht in die Quere zu kommen. Dafür waren schließlich die Clanwachen zuständig.
Doch durch einen bösen Zufall stand Melody erstarrt genau zwischen den drei Männern und Ryan. Plötzlich war ein böses, lautes Knurren zu hören. Gläser klirrten, als die Alphamacht von Ryan die ganze Halle erfüllte. Alle Blicke wandten sich ihm zu, der mit schnellen Schritten auf Melody zuging. Die Eindringlinge waren durch das Geräusch zum Stehen gekommen und sahen erschrocken von Ryan zu Melody. In der Zeit war Ryan jedoch schon bei Melody und zog sie hinter seinen Rücken. Ryan strahlte jetzt so eine Alphamacht aus, dass allen

Clanmitglieder die Haare zu Berge standen. Keiner traute sich ein Geräusch von sich zu geben. Seine Brüder und Phil stellten sich links und recht von Ryan auf. Ryan sah kurz zu Brian und deutete auf Melody, dieser nickte nur und zog sie mit sich, weiter hinten in den Raum. Dort stellte er sich vor sie und beobachtete weiter das Geschehen.

"Jonas, wir haben Ihnen von Anfang an gesagt, dass wir an Ihrer Firma nicht interessiert sind. Warum kommen Sie jetzt hier herein gestürmt, bedrohen mich und meine Familie? Das kann und werde ich nicht akzeptieren. Sollten Sie meine Familie oder meinen Clan noch einmal irgendwie belästigen, werden wir Gegenmaßnahmen treffen und ich meine damit nicht die Polizei. Haben wir uns verstanden?"

Ryan war so sauer, dass er seinen Tiger weit an die Oberfläche kommen ließ. Er wusste, dass das bei einem normalen Menschen tiefe Furcht auslöste. Er sah jetzt wild und urtümlich aus. Seine Augen wurden zu Katzenaugen und man konnte den Tiger um ihn erahnen. Jonas erkannte, dass er zu weit gegangen war. Dass Ryan ein Katzenmensch war, wusste die ganze Geschäftswelt, doch keiner hatte sich darunter etwas vorstellen können. Doch jetzt wurde allen bewusst, was es hieß einen Clanführer heraus zu fordern. Mit einem entschuldigenden Nicken trat er mit seinen Männern schnell den Rückzug an, denn jetzt und hier würden sie sicher nichts mehr klären können.

Kaum waren die drei Männer aus der Tür, lief Melody erleichtert zu Ryan, der sie sofort in seine Arme schloss und zärtlich küsste. "Du ziehst irgendwie den Ärger an meine Süße, ich glaube wir hatten so einen Vorfall erst einmal in zehn Jahren und genau wenn ich dich mitnehme, geschieht so etwas. Wenn das so weiter geht, verpass ich dir einen Bodyguard." Ryan lachte zärtlich auf Melody hinunter, die ihn jetzt entrüstet ansah. Sie wollte sich aus seiner Umarmung lösen, doch als ihr das nicht gelang, fuhr sie kurz die Krallen aus und zog sie Ryan über die Unterarme. Der ließ sie dann anzüglich grinsend los.

"Du willst es also hart und wild meine Süße, dass können wir heute zu Hause gerne testen" Ryan hatte sich zu Melody gebeugt und ihr leise ins Ohr geflüstert. Sofort konnte er die Erregung riechen, die von Melody ausging und zog sie wieder fest in seine Arme. "Hallo, habe ich da etwa eine böse Seite an dir entdeckt? Das ist ja mehr als interessant." Lachend zog er Melody dann wieder zu seinen wartenden Brüdern und Phil. Erst jetzt wurde sich Melody wieder der vielen Leute bewusst, die noch dazu alles Clanmitglieder waren, wo die Männer ihre Erregung riechen konnten. Sofort wurde sie feuerrot und drängte sich dicht an Ryan. Sie versuchte keinen der Clanmänner anzusehen, denn wenn sie einen Blick wissend auf sich gespürt hätte, wäre sie sicher in Panik aus der Firma gelaufen. Ryan spürte ihre Unruhe und sah wieder zu ihr hinunter. Er sah Melody mit rotem Kopf dicht an sich gedrängt, den Blick auf den Boden gerichtet. Sofort war im klar, warum sie so schüchtern reagierte. Auch der wissende Blick seiner Brüder bestätigte seine Vermutung.

"Kätzchen, auch wenn die anderen Clanmänner etwas Interessantes riechen können, sie werden so tun als wäre nichts geschehen, da sie wissen, dass ich ihnen bei einem anrüchigen Blick in deine Richtung sofort den Kopf abreißen würde."

Melody sah jetzt verdutzt zu Ryan auf und als sie einen vorsichtigen Blick zu den Angestellte in der Halle warf, waren die Männer verschwunden und nur vereinzelnd sah sie noch ein paar Frauen herum stehen, die sie jedoch neugierig immer wieder ansahen. "Warum sind plötzlich alle Männer verschwunden?"

Wulf lachte dazu nur laut. "Melody, glaubst du irgendeiner will riskieren bei einem zufälligen Blick auf dich den Zorn von Ryan auf sich zu ziehen?"

Brian grinste dazu nur und nickte. "Doch das heißt nicht, dass ihr beide hinter den Kulissen nicht das Gesprächsthema Nummer eins seid.

Lachend zog Ryan die verwirrte Melody zum Aufzug. Sie fuhren in die Chefetage, die nur mit Schlüsselkarte zu erreichen

war. Beim Ausstieg wurden sie sofort von zwei Clanwachen begrüßt. Melody sah sich fasziniert um. Sie kamen in einen Vorraum, in dem drei Sekretärinnen saßen und ihnen freundlich entgegen lächelten. Ryan ging auf sie zu und zog Melody hinter sich her.
"Mein Kätzchen, das ist eigentlich die wichtigste Person in der Firma. Penny, sie ist Erics und meine Sekretärin."
Eine Frau mittleren Alters stand auf und reichte ihr freundlich lächelnd die Hand. "Ich freue mich Sie kennen zu lernen, Ms. Melody. Ich bin froh, dass Mr. Ryan endlich eine Frau gefunden hat. Es hat lange genug gedauert." Strafend sah sie zu Ryan, der wie ein kleiner Junge frech zurück lachte. Melody konnte sehen, dass Penny für Ryan dasselbe wie Wendi für sie war.
Melody lachte Penny jetzt ebenfalls freundlich an. "Ich nehme an, Sie kennen Ryan schon ziemlich lange, oder?"
Penny nickte. "Ja, seit etwa zwanzig Jahren."
Melody sah jetzt grinsend zu Ryan. "Da hat Penny ja einen Orden verdient, dass sie dich Macho so lange ausgehalten hat."
Ryan knurrte sie kurz böse an, doch als er ihre verliebt strahlenden Augen auf sich gerichtet sah, konnte er sie nur in seine Arme ziehen und besitzergreifend küssen.
"Ryan, lass dass, du bringst mich dauernd in Verlegenheit. Das muss aufhören."
Ryan ließ sie langsam wieder los und grinste teuflisch. "Meine Süße, das wird niemals aufhören. Es bringt also nichts, sich darüber zu ärgern."
Penny und die anderen lachten laut auf. Melody knurrte dazu nur böse, ließ es aber zu, dass Ryan sie fest an sich zog. Die beiden anderen Frauen waren etwas jünger und die Sekretärinnen von Wulf, Phil und Brian. Auch hier wurde Melody freundlich begrüßt.
"Mr. Ryan, die Besprechung fängt in einer halben Stunde an. Wollen Ms. Melody und Sie vorher vielleicht noch einen Kaffee haben?" Penny war sofort wieder in ihre Sekretärinnen-Rolle geschlüpft und sah ihn jetzt abwartend an.

Melody lächelte erfreut. "Oh ja ... einen Kaffee hätte ich gerne."
Ryan sah zärtlich zu Melody hinunter, dann wandte er sich wieder an Penny. "Melody ist eine typische Österreicherin, sie kann zu jeder Tages- und Nachtzeit Kaffee trinken. Andere Menschen könnten gar nicht mehr schlafen, bei soviel Koffein."
Penny lachte dazu nur wissend. "Ich werde ihn gleich bestellen."
Ryan nickte dazu nur. "Also dann ab in mein Büro." Die anderen gingen in ihre eigenen Büros, nur Brian schloss sich ihnen an, nicht ohne vorher Penny ebenfalls um einen Kaffee gebeten zu haben.
Melody war von Ryans Büro sofort begeistert. Es bestand hauptsächlich aus dunklem Holz. Die Wände waren mit Bücherregalen verkleidet. Rechts neben der Tür stand eine bequeme Sitzecke mit einem Tisch und ein paar tiefen, weichen Sesseln. Wenn man geradeaus sah, stand ein riesiger Schreibtisch mit drei Besuchersesseln davor und auf der linken Seite des Raumes war ein Konferenztisch an dem zwölf Personen Platz fanden. Ryan und Brian setzten sich sofort aufs Sofa, doch Melody ging fasziniert zu den Büchern.
"Kleines, möchtest du dich nicht noch zu uns setzten? Wenn ich zur Besprechung muss, kannst du in den Büchern schmökern so viel du willst."
Melody nickte und setzte sich zu Ryan. Ein paar Minuten später klopfte auch schon Penny und ließ zwei Bedienstete den Kaffee herein bringen. Natürlich hatte sie nicht nur Kaffee geordert, sondern auch Brötchen und Kuchenstücke.
Melody, die am Morgen fast nichts gegessen hatte, stürzte sich sofort auf eine Schokotorte. Die aß sie mit viel Hingabe und leckte dann den Löffel begeistert ab. Ryan und sein Bruder grinsten sich wieder wissend an. Melody hatte nicht die geringste Ahnung, wie erotisch das aussah.
Ryan zog sie kurz an sich und küsste sie zärtlich. "Süße, wenn du so etwas in einem Lokal machst, haben wir reihenweiße Männer um den Tisch stehen, die dich um die Gunst einer Nacht anflehen werden."

Melody sah Ryan etwas verwirrt an. "Wenn ich was mache ... eine Schokotorte essen?"
"Kleines, der Bodyguard ist dir sicher. Ich lass dich auf keinen Fall mehr alleine durch die Welt streifen. Du bist ja mehr als nur gefährdet."
Melody sah Ryan jetzt böse an. "Von was um Himmelwillen redest du denn?"
Ryan küsste sie zärtlich auf die Nase. "Kleines, so wie du den Löffeln vernascht hast, glaubt jeder Mann du würdest ihn anmachen."
Melody runzelte jetzt verwirrt die Stirn. "Ihr Männer bildet euch viel zu viel ein."
Brian erstickte fast an seinen Kaffee vor Lachen. Ryan schüttelte nur den Kopf und streichelte Melody beschützend über ihr Haar.
Nach einer halben Stunde klopfte Penny wieder an die Tür, um Ryan und Brian zur Besprechung abzuholen.
"Ich hoffe, du bleibst im Büro, meine Süße. Denn wenn nicht order ich eine Clanwache für dich her."
Melody schüttelte den Kopf. "Nein, ich brauche keine Clanwache. Ich nehme mir ein Buch und lese bist du wieder kommst. Wie lange wird es etwa dauern?"
Ryan überlegte. "Nicht länger als eine Stunde. Bis später." Er küsste sie noch fest und war auch schon mit Brian aus der Türe.
"Wenn Sie etwas brauchen, Ms. Melody, sagen Sie mir oder den anderen Damen Bescheid."
"Danke Penny, das werde ich tun."
Dann war Penny auch schon aus der Türe und Melody ging sofort zum Bücherregal. Zu ihrem Erstaunen fand sie ganz außen im Regal einige Liebesromane. Die erste halbe Stunde blätterte Melody nur planlos in den Liebesromanen und las einmal dort ein paar Seiten und einmal da. Doch dann kam sie zu einer Liebesszene, die sich in der Küche abspielte. Der Mann setzte seine Geliebte auf den Küchentisch und liebte sie rücksichtslos. Melodys Blick wurde sofort zum großen Schreibtisch

von Ryan gezogen. Wie musste es sein, von Ryan darauf gelegt zu werden und ... Melodys Gefühlswelt ging plötzlich in Feuer auf und sie versuchte, ihre Erregung wieder in den Griff zu bekommen. Himmel, was war nur los mit ihr. Solche Fantasien hatte sie noch nie gehabt und sie hatte schon genug Liebesromane gelesen. Doch damals gab es eben noch keinen Ryan.

Ryan saß bei der Besprechung mit den Mitgliedern eines Handelskonzerns, als er Melodys Gefühle mit einer Wucht empfing, dass er sofort eine Erektion bekam. Da er mitten im Satz aufhörte zu reden, sahen ihn alle am Tisch verwirrt an. Ryan setzte sich anders hin, um seinem großen Problem unter dem Tisch etwas Freiraum zu geben, dann atmete er tief durch. Was um Himmelswillen trieb Melody in seinem Büro? Am liebsten wäre er sofort aufgestanden und hätte es herausgefunden, doch er musste wenigstens noch so lange bleiben, bis alles geregelt war. Er nahm sich zusammen und versuchte Melodys Schwingungen abzublocken. Es half, dass Melody ebenfalls versuchte ihre Gefühle in den Griff zu bekommen, denn nach einiger Zeit spürte er nur noch leichtes Verlangen, aber nicht mehr dieses Feuer. Er würde es noch schnell genug herausfinden, was sie getrieben hatte oder gedacht hatte, was vielleicht noch interessanter werden konnte. Die anderen sahen ihm immer noch verwirrt an. Ryan führte die Gespräche zu einem schnellen Ende, denn jetzt hatte er es ziemlich eilig zurück zu Melody zu kommen.

Melody saß in Ryans Büro und versuchte, den Tisch nicht mehr anzusehen. Doch sofort schlichen sich wieder erotische Bilder in ihren Kopf. Sie ging jetzt zum Bücherregal und wollte sich ein anderes Buch heraus nehmen, als die Türe plötzlich aufgerissen wurde und Ryan herein stürmte.
"Penny, ich möchte die nächste Stunde nicht gestört werden", hörte Melody Ryan noch rufen, dann schloss er, ohne sie aus den Augen zu lassen, die Tür ab. Er fing an seine Krawatte zu lösen und sein Jackett auszuziehen.

Melody sah ihm wie hypnotisiert zu. Das erinnerte sie so sehr an ihre Fantasien, dass sofort wieder dieses heftige Verlangen in ihr aufstieg. Ryans Augen sprühten Funken, als er jetzt langsam auf sie zukam.

"Kätzchen, würdest du mir verraten, warum ich plötzlich während der Besprechung eine ziemlich harte und schmerzhafte Erektion hatte, die von einem Schub deiner Gefühle ausgelöst wurde." Ryan beobachtete Melody genau, er konnte sofort ihre starke Begierde riechen und freute sich, doch er wollte wissen, was das ausgelöst hatte. Er merkte natürlich, dass Melody zuerst blass und dann rot wurde. Jetzt war er wirklich neugierig. Was ging in dem Kopf seiner schönen Gefährtin vor, dass dieses Verlangen erzeugte?

"Du kannst mein Verlangen spüren?" Melodys Stimme klang atemlos und sie wurde noch eine Nuance roter.

Ryan nickte und ging jetzt weiter auf Melody zu, die ihm jedoch mit den Augen komplett auswiche. So nicht, meine Süße, das will ich jetzt genau wissen, dachte Ryan liebevoll. "Ich kann deine Angst, deine Freude und jedes andere Gefühl wahrnehmen und natürlich auch dein Verlangen. Wenn du zu Hause gewesen wärst, hätte ich es nicht so intensiv wahrgenommen. Und jetzt will ich wissen, was das ausgelöst hat, meine Kleine."

Melody schüttelte hochrot den Kopf und wollte an Ryan vorbei, doch er würde sie nicht entkommen lassen. Er stellte sich in ihren Weg und sah ihr tief in die Augen, dann zog er sich sein Hemd aus und fing an die Knöpfe ihrer Bluse zu öffnen. Dabei ließ er sie keinen Augenblick aus den Augen. Nachdem es eine sexuelle Fantasie von ihr war, würde sie sich irgendwann verraten. Melody protestierte leise, aber nicht sehr überzeugend. Als Ryan ihr die Bluse auszog und den BH öffnete, glitt ihr Blick plötzlich zum Schreibtisch und sofort wieder weg. Sie wurde wieder rot und Ryan konnte eine Zunahme ihrer Erregung spüren. Er zog eine Augenbraue in die Höhe und zog Melodys Kinn zu sich hinauf.

"Schau mich an meine Kleine. Sag mir, was du dir wünscht ... "

Melody sah ihn jedoch nur ängstlich an.
"Kleines, alles was uns Spaß macht, ist in der Liebe erlaubt und alles was du dir wünscht, macht mir sicher auch Spaß." Ryan griff unter ihren Rock und zog ihr den Slip über die Beine. Er konnte spüren, dass Melody vor Lust zitterte. Er war scheinbar auf dem richtigen Weg. Er nahm sie jetzt bei den Hüften und setzte sie mit einer raschen Bewegung auf seinen Schreibtisch. Sofort konnte er eine Zunahme der Erregung spüren.
Jetzt lachte er siegessicher. "Kätzchen, ich glaube ich komme deinen Fantasie auf die Spur, oder?" Als Melody dann mit lustverschleierten Augen kurz nickte, grinste er zufrieden. "So, wie möchtest du, dass ich dich liebe? Ich glaube, ich werde einfach alle Formen testen, die mir einfallen, dann werde ich schon die richtige finden." Jetzt zitterte Melody noch mehr und als sich Ryan zwischen ihre Beine kniete und in Melody ohne Vorwarnung mit zwei Fingern eindrang, konnte sie einen Lustschrei nicht mehr unterdrücken. Ryan lachte zufrieden und zog Melody weiter zum Tischrand. Seine Finger glitten in einem gleichmäßigen Rhythmus in ihr feuchtes, warmes Inneres … seine Lippen fanden ihre Klitoris und fingen diese zärtlich an zu lecken. Er war noch nicht einmal richtig aufgewärmt, als er Melody schon unter einem Orgasmus erschaudern spürte. Ryan grinste, seine Kleine war ziemlich aufgeheizt. Was so ein Schreibtisch nicht für Fantasien auslöste. Er stand wieder auf und beugte sich jetzt zu Melody, die ihm nur vor Lust zitternd entgegen sah. Seine Finger bewegten sich weiter zärtlich in ihr und neckten sie von innen heraus. Melody schob ihre Hüfte um Erlösung suchend immer wieder gegen seine Hand. Wie sie da nur noch mit Rock und Stöckelschuhe bekleidet auf dem Tisch lag, war sogar für Ryan zuviel. Seine Erektion wurde noch größer und härter. Er beugte sich über Melody und küsste ihre Brüste … ihr ganzer Oberkörper streckte sich ihm entgegen. Als er spüren konnte, dass sie wieder knapp vor dem Höhepunkt stand, nahm er jedoch seine Finger aus ihr und hob sie zu seinen Lippen, dort leckte er sie genussvoll ab und küsste dann Melody hart und fordernd.

"Du schmeckst einfach so süß, ich kann gar nicht genug von dir bekommen."
Melody stöhnte leise und wand sich unter Ryan. "Ryan, bitte, ich verbrenne, bitte, ich muss dich in mir spüren."
Ryan sah ihr tief in die blauen Augen. Er öffnete seine Hose und ließ sie zu Boden fallen, dann holte er seine harte Erektion heraus und legte sie Melody zwischen die Beine. "Sag mir, wie du mich willst, sonst hören wir jetzt auf und warten bis zum Abend, dann verrätst du es mir ja vielleicht."
Melody stöhnte wieder leise und flüsterte. "Ryan, was tust du mir an, bitte nimm mich."
Ryan strich Melody zart über ihre Wangen. "Wie soll ich dich nehmen, sag es mir."
Melody wurde rot und wand sich unter seinem Blick, doch dann flüsterte sie leise: "Von hinten, über den Schreibtisch gebeugt."
Ryan küsste sie wild und besitzergreifend, dann drehte er sie mit einem Schwung um und drang sofort in sie ein. Er konnte Melodys Lustschrei hören und auch, dass sie sofort wieder einen Orgasmus hatte. Er ließ ihr Zeit sich zu fangen und nahm sie dann hart und schnell.
Er konnte ihre Brüste immer wieder auf den Tisch aufklatschen hören, das steigerte seine Lust noch, so dass er sich fast nicht zurückhalten konnte. Als er spürte wie Melody unter einem weiteren Orgasmus erzitterte, ließ er sich mit ein paar Stößen ebenfalls auf die Welle der Lust heben. Nach dem der Rausch abgeklungen war, küsste er zärtlich Melodys Rücken. Sie blieb erschöpft auf dem Tisch liegen.
Ryan zog sich schnell die Hose wieder an, dann hob er Melody vom Schreibtisch und trug sie zum Sofa. Dort setzte er sich mit Melody auf dem Schoß nieder und küsste sie zärtlich. "Du hast sehr interessante Fantasien, meine Süße. Wir sollten diesen öfters nachgehen." Melody wurde wieder rot und versteckte sich an Ryans Hals. Ryan sah auf sie hinunter und musste grinsen. Melody hatte noch immer nur ihren Rock und die Stöckelschuhe an, das ließ seine Fantasien nicht wirklich zur

Ruhe kommen. "Du erstaunst mich immer wieder, meine Kleine. Ich hätte nie angenommen, dass du auf harten Sex am Tisch stehen würdest. Das eröffnet ja ganz neue Perspektiven, was hältst du zum Beispiel von Sex im Fahrstuhl oder wenn ich dich ohne Höschen herum laufen lasse und dich so immer und überall befriedigen kann."
Als er Melody leise stöhnen hörte und sie wieder zu zittern begann, wurde er sofort wieder hart. Er hatte es eigentlich nur als Scherz gemeint, doch scheinbar war Melody nicht wirklich abgeneigt.
"Ryan, bitte hör auf mit diesen Vorschlägen. Du musst doch wissen, dass ich auf alles eingehe, wenn nur du dabei bist und es mit mir machst. Ich möchte mir nur gerne am nächsten Tag noch in die Augen sehen können." Melody sah ihn jetzt mit so viel Liebe und Vertrauen an, dass er nur Schlucken konnte.
"Süße, du musst mir sagen, wann deine Grenze erreicht ist. Männer haben da viel weniger bis gar keine Bedenken. Ich würde alles was dir Spaß macht mitmachen."
Melody lachte jetzt zärtlich. "Also das ohne Höschen herum laufen lassen, können wir in unseren Räumen gerne machen, doch möchte ich keine Sex machen, wo ich vielleicht überrascht werden könnte, wie zum Beispiel in einem Fahrstuhl."
Ryan lachte jetzt ebenfalls. "Das war eigentlich nur ein Scherz aber das mit dem 'ohne Höschen' ist schon beschlossen. Ich möchte dich nie wieder mit Slip in unseren Räumen sehen, außer natürlich du brauchst ihn aus einem bestimmten Grund."
Melody wurde wieder rot, er dachte natürlich an ihre Periode, die eigentlich schon vorige Woche hätte kommen sollen. Doch da Melody immer etwas unregelmäßig die Periode bekam, machte sie sich darüber noch keine Gedanken. Ein Frauenarzt hatte ihr einmal gesagt, sie würde nicht leicht Kinder bekommen, weil ihre Eierstöcke nicht regelmäßig Eier produzierten. Somit machte sie sich wegen einer Schwangerschaft nicht wirklich viele Gedanken. Ryans Stimme riss Melody aus ihren Überlegungen.

"Kleines, möchtest du noch duschen gehen? Hinter der Tür beim Bücherregal ist ein Bad."
Melody sah erschrocken an sich hinunter "Himmel ja, sonst können alle riechen, was wir hier getrieben haben." Sie schnappte sich ihre Klamotten und verschwand im Bad.
Ryan konnte ihr nur fasziniert nachsehen. Er hatte sie gerade hart am Schreibtisch genommen, wie es ihrer eigenen Fantasie entsprang, doch wenn es um ihren Geruch ging und andere Männer verwandelte sie sich sofort in ein schüchterndes junges Mädchen. Andere Frauen spielten ihren Duft bei den Clanmänner rücksichtslos aus. Die meisten Clanfrauen dachten sich nicht wirklich viel dabei, wenn sie nach Sex oder Bereitschaft rochen, das gehörte schon von Klein auf zu ihrer Welt. Auch die meisten Männer rochen es zwar, aber ignorierten es bei gebunden Frauen sofort. Keiner würde darauf achten, außer seine Brüder vielleicht, die aber sowieso wissen würden, was geschehen war, da Melody plötzlich frisch gewaschen roch. Doch das würde er ihr nicht sagen und sie damit vielleicht noch mehr verunsichern.
Nach fünf Minuten war Melody wieder angezogen bei ihm. Ryan musste zärtlich lächeln, ganz so abgekocht war sie doch nicht. Doch er würde weiter mit Vertrauen versuchen ihre Fantasien heraus zu bekommen, dann wusste er wenigsten was für sie zumutbar war und wie weit er jeweils gehen konnte. Irgendwann einmal, wenn sie genug Vertrauen und Selbstsicherheit aufgebaut hatte, würde sie ihm freiwillig sagen, was sie sich von ihm erwartete, doch bis dahin würde er noch auf jede Empfindung von ihr achten und diese versuchen zu verstehen. Er erhob sich und ging auf Melody zu, dann nahm er sie fest in seine Arme und küsste sie besitzergreifend. "Kleines, du schaffst es jeden Tag, dass ich mich mehr in dich verliebe. Ist dir das klar?"
Melody lächelte ihn befreit an und küsste Ryan zart auf den Mund. Dabei hatte sie sich etwas Sorgen gemacht, wie er auf ihre Fantasien reagieren würde. "Wenn ich dich noch mehr liebe, platzt mein Herz."

Als es später an der Tür klopfte, saßen Melody und Ryan entspannt auf dem Sofa. Ryan hatte die Türe wieder aufgesperrt und als seine Brüder herein kamen, grinsten sie die zwei wissend an. Ryan sah zu Melody, natürlich war sie wieder über und über rot geworden. Das war so ein eindeutiges Schuldeingeständnis, das es auch egal gewesen wäre, wenn sie sich nicht geduscht hätte. Lachend zog Ryan Melody auf die Beine.
"Komm Kleines, fahren wir Wendi holen."
Melody wurde sofort wieder munter und lachte erfreut in die Runde. "Ja, los. Wir wollen doch nicht zu spät zum Flughafen kommen." Sie zog Ryan hinter sich hinaus, seine Brüder folgten ihnen auf dem Fuß und lachten über Melodys kindliche Ungeduld. Ryan sah sie jedoch vor seinem inneren Auge nochmals über den Tisch gebeugt und vom Sex ermattet vor sich und konnte die zwei Personen fast nicht miteinander vereinen. Doch sie waren eine Person und Ryan war mehr als nur froh, dass diese sinnliche, kindliche und lebensfrohe Person seine Gefährtin war.

Sie kamen eine halbe Stunde zu früh am Flughafen an und setzten sich einstweilen in ein Café gegenüber der Ankunftshalle. Melody sah immer wieder aufgeregt zum Ausgang der angekommenen Fluggäste. Nach einer weiteren halben Stunde sprang Melody plötzlich auf, stieß einen ihrer typischen freudigen Quietscher aus und lief einer kleinen rothaarigen Frau entgegen. Die Männer grinsten sich an, bezahlten und folgten Melody etwas langsamer.
Obwohl Melody größer war als Wendi, hatte die sie um den Hals geschnappt und fest an sich gezogen. Das sah ziemlich komisch aus, da Melody sich dafür stark vorbeugen musste. Doch als sie in Wendis Augen Tränen stehen sahen, wussten sie wie innig die Beziehung der beiden Frauen war. Wendi war eine prachtvolle Rothaarige mit allem was dazu gehörte. Sie hatte helle Haut mit Sommersprossen und eine üppige einladende Figur. Ryan trat näher und Wendi löste sich sanft von Melody.

"Wendi, ich kann es immer noch nicht glauben, dass du da bist. Das ist, als würdest du das letzte Stück des Puzzles sein, das zu meinen vollkommenen Glück fehlt." Melody liefen die Tränen herunter, die von Ryan sofort zärtlich abgewischt wurden.
Wendi sah jetzt Ryan ernst in die Augen, dann ging sie zu ihm hin und zog ihn ebenfalls fest in ihre Arme. Leise flüsterte sie dem überraschten Mann ins Ohr. "Danke, dass du mein Mädchen so glücklich machst." Dann ließ sie ihn wieder los und schaute sich die anderen Männer an. "Melody, du hast mir gar nicht verraten, dass es in der Familie lauter so gut aussehende Männer gibt. Da kann man sich ja fast nicht entscheiden." Verschmitz lachend strahlte sie in die Runde.
Brian erholte sich als erster von seiner Überraschung und umarmte Wendi herzlich. "Nachdem du Melodys Familie bist, gehörst du jetzt auch zu unserer Familie. Also herzlich Willkommen."
Wendi lacht plötzlich so laut und herzlich, dass sie alle mit riss. Dann wandte sie sich an Eric und sah ihn kurz stirnrunzelnd an. "Du bist der Geschäftmann in der Familie. Ich glaube, ich habe dich schon in einigen Zeitungen gesehen. Wir werden wohl jetzt öfters eng zusammen arbeiten. Das wird sicher interessant." Dabei lachte sie ihn so anzüglich an, dass Eric zuerst rot und dann blass wurde. Das löste natürlich bei allen anderen wieder einen Lachanfall aus. Bevor sich Eric noch erholen konnte, hatte Wendi ihn ebenfalls an die Brust gedrückt und auch schon wieder los gelassen. Dasselbe machte sie dann mit dem grinsenden Phil und Wulf. Dann sah sie wieder zu Melody und sofort stiegen ihr wieder Tränen in die Augen. "Melody, die Liebe steht dir wirklich sehr gut. Du siehst erholt, gesund und so voller Tatendrang aus ... das ist das Schönste, was ich je gesehen habe."
Melody lachte nur zärtlich und nahm Wendi bei der Hand. "Ich habe mit Ryan und seiner Familie wirklich viel Glück gehabt."
Ryan zog Melody in seine Arme und küsste sie zart auf die Nase. "Falsch, meine Kleine, wir haben mir dir viel Glück gehabt."
Wendi sah den beiden fasziniert zu. Sie war überglücklich, Melody so fröhlich und glücklich zu sehen. Ryan strahlte sie mit

soviel Liebe und Zuneigung an, dass bei ihr keine Zweifel mehr zurückblieben. Die zwei gehörten eindeutig zusammen.
Als dann alle im Auto saßen wurde es ziemlich lustig, Wendi erzählte einige Episoden ihres Lebens, die alle zum Lachen brachten. Das ließen sich natürlich die anderen auch nicht nehmen und so erzählte jeder von ihnen etwas Lustiges. Melody saß an Ryan gelehnt und lachte begeistert mit, doch erst da wurde ihr bewusst, dass alle lustigen Episoden die sie hätte erzählen können, mit Ryan und ihrer Familie zu tun hatten.
"Was ist meine Süße, was geht in deinem schönen Kopf vor sich?"
Melody konzentrierte sich wieder auf die anderen und sah, dass alle besorgt zu ihr sahen. Lachend zuckte sie die Schulter. "Schaut nicht alle so besorgt, mir ist nur gerade klar geworden, dass die einzigen lustigen Geschichten entweder mit Wendi, Ryan oder meiner restlichen Familie zusammen hängen. Davor fällt mir keine einzige ein."

Ryan mochte Wendi sehr gerne. Sie war eine lustige, gerade Person, die noch dazu hübsch und ziemlich klug war. Er hoffte, dass Eric sich wirklich für sie entscheiden würde. Wendi wäre für ihre Familie eine Bereicherung. Doch das würde er Lelia überlassen, die sicher, kaum dass sie Wendi kennen gelernt hatte, Verkupplungspläne für Eric schmieden würde Ryan sah zu Eric und musste grinsen. Vielleicht brauchte Lelia gar nicht so viel dazu zu tun, denn Eric starrte Wendi fasziniert an und konnte seinen Blick gar nicht mehr vor ihr wenden. Den grinsenden Gesichtern von Brian, Wulf und Phil nach zu urteilen, war ihnen das ebenfalls schon aufgefallen.
Nach drei Stunden kamen sie am Hafen an und fuhren mit ihrem Boot Richtung Insel. Als Wendi das erste Mal die Insel sah, brach sie in Begeisterungsrufe aus. Melody lehnte neben Wendi und freute sich mit ihr.
"Das ist ja wirklich eine Trauminsel. Kein Wunder, dass ihr alle so tolle Männer seid. Auf so einer Insel kann man nur schöne

Kinder produzieren." Die Männer sahen Wendi so verdutzt an, dass Melody in lautes Lachen ausbrach, sie konnte sich vor lachen kaum mehr festhalten und wäre bei einer Welle fast umgeworfen worden, wenn Ryan sie nicht sofort beschützend in seine Arme gezogen hätte. Dort lachte sie einfach weiter und verließ sich ganz auf Ryans starke Arme. Wendi war sehr glücklich über das Vertrauen, das Melody Ryan entgegen brachte und lächelte ihn zufrieden an. Ryan zuckte mit der Schulter und lachte wissend zurück.
Nach einer weiteren Stunde kamen sie zum Haus und hier brach Wendi wieder in Begeisterungsstürme aus. "Himmel, Melody hat wirklich nicht übertrieben, das Haus ist ja wunderschön."
Als sie vor der Haustüre ankamen wurde sie schon von Siri empfangen. Sie lief sofort zu Phil und fiel ihm um den Hals. "Papa, Papa, Rob war schlimm und hat eine Vase kaputt gemacht. Da war Mama aber ziemlich sauer ... " Siri plapperte aufgeregt auf Phil ein, der sie nur zärtlich ansah und immer wieder auf Stichwort die gewünschten Kommentare abgab.
Wendi lachte, als sie Siri und den riesigen Phil sah. "Du bist scheinbar schon vergeben Phil, oder?"
"Ja, das ist er. Du musst dich leider mit einem meiner Brüder zufrieden geben." Lelia umarmte Wendi herzlich, die sie ebenfalls an sich drückte. "Herzlich willkommen Wendi. Ich bin Lelia."
Wendi grinste zurück und flüsterte so laut, dass es alle hören konnte. "Hallo Lelia, also welchen deiner Brüder würdest du mir empfehlen?"
Lelia beugte sich ebenfalls vor und tat so, als würde sie leise flüstern: "Ich würde dir Eric empfehlen, er ist unser Kopf der Firma, liebt Kinder sehr und würde sicher gut zu dir passen. Das einzige Problem bei ihm ist, er ist etwas brummig, aber das würdest du sicher hinbekommen."
Jetzt sahen beide Frauen zu Eric, der sie entgeistert anstarrte. "Das kann doch wohl nicht war sein ... ich bin nicht brummig." Mit den Worten verschwand er ins Haus.

Lelia und Wendi sahen sich kurz an und fingen dann zu kichern an. Melody konnte sich gar nicht satt sehen. Wendi passte sich so schnell der ganzen Familie an, als würde sie schon immer dazu gehören. Als sie zu Ryan aufblickte, sah sie die Bestätigung in seinen Augen.

Alle gingen ins Wohnzimmer, wo Eric bereits wartete. Ryan setzte sich mit Melody in einen tiefen Sessel und zog sie auf seinen Schoß. Sofort kuschelte sich Melody in seine Arme und lächelte glücklich zu Wendi, die gerade ein Streitgespräch mit Eric angefangen hatte.

Wendi bekam die Räume von Wulf zur Verfügung gestellt. Stefan und seine Frau würden dann ebenfalls zu Wendi ins andere Gästezimmer ziehen. Wulf zog einstweilen zu Eric.

Als Melody und Ryan wieder alleine in ihren Räumen waren, griff Ryan unter Melodys Rock und zog ihr den Slip aus. Auf Melodys verblüfften Gesichtsaudruck hin meinte er nur grinsend: "Abgemacht ist abgemacht. Ab heute keinen Slip in unseren Räumen." Sofort wurde Melody über und über rot. Sie sagte jedoch dazu nichts, sondern zog sich ihre Schuhe aus und ging kurz ins Bad. Ryan lag bereits im Bett und sah sie mit unergründlichen dunklen Augen an. "Was ist, meine Kleine, gibt es noch eine Fantasie von dir, die ich kennen sollte?" Melody lief sofort wieder rot an und schüttelte den Kopf. "Na dann muss ich wohl eine von meinen benutzen. Was hältst du davon, wenn du dich auziehst und zu mir ins Bett hüpfst, oder ist es dir lieber, wenn ich dir helfe?" Er sah Melody tief einatmen und sofort stieg wieder ihr aufregender Duft zu ihm hoch. Er erhob sich und kniete sich vor Melody nieder, dann öffnete er ihr wie im Büro zärtlich die Bluse und ließ diese samt BH auf den Boden fallen. Da Melody kein Höschen mehr an hatte, fuhr er langsam ihre Beine hinauf bis zu ihren Hüften, schob den Rock in die Höhe und fing an Melody zärtlich zu küssen.

Melody hatte das Gefühl zu verbrennen. Sie spürte Ryans Lippen auf ihrer Haut und bog sich ihm entgegen. Als er zärtlich

mit einem Finger in sie eindrang, war es um sie geschehen; sie konnte sich nur noch stöhnend an Ryans Schultern festklammern. Egal wie er sie nahm, ob stürmisch, hart, wild oder sanft, Melody hatte immer das Gefühl sich in seiner Liebe zu verlieren und das fühlte sich einfach gut an. Als er sie jetzt mit seiner Zungen sanft im Besitz nahm, konnte Melody sich nicht mehr auf ihren vor Lust zitternden Beinen halten. Sie ging in die Knie und wurde sofort von sanften Händen aufgefangen. Ryan hob sie zärtlich auf und trug sie zum Bett. Dort zog er ihr den Rock aus und begann sie am ganzen Körper sanft zu streicheln. Als sich ihre Blicke trafen, konnte Melody seine ganze Lieben für sie sehen. Sie zog sanft seinen Kopf zu sich hinauf und küsste Ryan mit aller Liebe derer sie fähig war.
"Ryan, ich liebe dich. Du musst mir versprechen, mich niemals zu verlassen. Denn ich will nicht mehr ohne dich leben."
Ryan sah Melody tief in die Augen. "Kleines, ich werde dich niemals verlassen, denn ich kann ebenfalls nicht ohne dich leben." Er küsste Melody zärtlich und nahm sie dann ganz sanft in Besitz. Melody und Ryan hielten den Blick bis zu ihrem gemeinsamen Höhepunkt fest ineinander verankert. Dann zog Ryan Melody auf seine Brust und ließ sie dort, bis er spürte, dass sie fest eingeschlafen war. Erst dann legte er sie zärtlich neben sich und glitt aus ihrer Wärme. Er schloss sie fest in seine Arme und schlief von ihrem leisen Schnurren begleitet sofort fest ein.

Die nächsten Tage waren hektisch, doch Wendi organisierte alles mit so einem durchgeplanten System, dass sie nach zwei Tagen fast alles erledigt hatten. Stefan und Lisa sollten erst in weiteren zwei Tagen ankommen. So kam es, dass Lelia und Melody beim Frühstück saßen und nur noch Kleinigkeiten zu erledigen waren.
"Ich kann es gar nicht glauben, wie schnell Wendi alles durchorganisiert und erledigt hat. Das ist schon fast unheimlich."
Lelia kicherte leise. "Hast du Eric gesehen? Er weicht Wendi keinen Moment von der Seite. Vielleicht wird es wirklich was mit den zweien." Melody musste ebenfalls lachen.

"Ja, ich finde sie würden sogar perfekt zusammen passen. Sie haben immer etwas über das Geschäft zu sprechen und ich glaube, Wendi ist Eric ebenfalls ziemlich zugetan. Es könnte wirklich was werden."
"Was hältst du wieder von einem Picknick im Freien? Wendi und Eric kommen heute angeblich nicht mehr nach Hause, da sie zu einer Party eingeladen sind. Doch unsere Männer und Brüder sollten eigentlich gegen Mittag wieder da sein."
Melody grinste erfreut. "Das ist eine gute Idee, ich sage Mrs. Low Bescheid."
"Gut, in der Zwischenzeit schau ich mal nach Siri und Rob. Die beiden sind eindeutig viel zu ruhig, das macht mir Sorgen."
Lelia lief zu ihren Räumen, während Melody in die Küche ging. Als sie dort eintrat wurde sie sofort von einer strahlenden Mrs. Low begrüßt. "Ms. Melody, schön Sie wieder in meiner Küche zu haben, was kann ich für Sie tun?"
Melody lächelte Mrs. Low liebevoll entgegen. Diese hatte Melody ebenfalls, wie so einige andere in diesem Haushalt, unter ihre Fittiche genommen. Seit Melody im Haushalt wohnte, hatte sie schon sechs Kilo zugenommen und machte sich langsam Sorgen, dass ihr das Hochzeitkleid nicht mehr passen könnte. Aus diesem Grund probierte sie es jeden Tag sicherheitshalber an. Doch durch die lockere Schnürung im Rücken konnte man ein paar Pfunde leicht ausgleichen, außerdem wurde das Kleid geschneidert, als sie bereits fünf Kilo mehr auf den Rippen hatte. Ryan liebte ihre neue Fülle. Er knabberte gerne zärtlich an ihren größeren Brüsten und Hüften und wurde sofort böse, wenn sie etwas vom Abnehmen erwähnte.
"Würden Sie vielleicht mittags wieder ein Picknick vor der Türe arrangieren? Wir wollen die Männer überraschen. Wäre das in Ordnung?"
Mrs. Low strahlte Melody liebevoll an. "Aber gerne, das ist eine gute Idee. Die Entspannung in der Sonne wird Ihnen allen gut tun."
Melody ging zu Mrs. Low und küsste sie kurz auf die Wange. "Sie sind einfach eine Perle." Bevor diese dazu noch etwas sagen

konnte, war Melody wieder verschwunden und ließ ein Küchenpersonal zurück, das ihr liebevoll nachblickte.
Als die Männer mittags nach Hause kamen, wurden sie schon von den Frauen, den Kindern und einem großen Picknick erwartet. So verging der Nachmittag in angenehmer Atmosphäre.

Nach dem Abendessen, als alle wieder gemütlich bei einem Kaffee saßen, klopfte es laut an der Tür. Der Diener öffnete und führte Torben und Sean ins Wohnzimmer. Sofort waren die Männer angespannt, man konnte die Katze hinter ihren Blicken erahnen.
"Ryan, es gibt wieder Ärger mit den Wilderern. Sie wurden im Inneren der Insel gesichtet. Wir haben schon drei Teams zusammengestellt und warten nur noch auf euch."
Die Brüder und Phil sprangen sofort auf und liefen in ihre Räume, um sich ihre Jagdkleidung anzuziehen. Nach ein paar Minuten waren alle wieder in der Halle versammelt.
"Diese Mal könnten wir Glück haben und sie erwischen."
Sean nickte. "Ja, wenn Sit und Peter wirklich die einzigen Informanten waren, müssten wir sie dieses Mal eigentlich schnappen."
Ryan sah zu Melody, die blass und verängstigt in seine Richtung starrte. Er ging schnell zu ihr und nahm sie noch einmal fest in seine Arme. "Mach dir keine Sorgen, meine Kleine. Wir sind so viele Männer, uns kann nichts geschehen und wenn wir endlich diese Wilderer geschnappt haben, wäre es wieder ungefährlich auf unserer Insel." Melody nickte, sie wusste das natürlich, trotzdem hatte sie ein ungutes Gefühl und die Angst um Ryan nahm immer mehr zu. Ryan küsste sie noch einmal fest und besitzergreifend und lief dann mit den Männern zu den Wagen.

Ryan und Sean, Wulf und Torben sowie Phil und Brian befehligten die drei Gruppen. Die Wilderer waren im Inneren der Insel von Wachen gesehen worden. Sie beschlossen die Wilderer einzukreisen. Jedes Team hatte ein Funkgerät mit, um den Einsatz zu koordinieren. Sofort verwandelten sich alle Männer und liefen zu den jeweiligen Stellen, doch als Ryan und Sean dort ankamen, war kein Wilderer zu sehen oder zu hören. Sie gaben sofort den anderen Teams Bescheid, die einen etwas längeren Weg hatten. Sean und Ryan prüften die Luft und versuchten aus den Spuren am Boden schlau zu werden.

"Gibt es noch einen Verräter, oder warum sind die Wilderer nicht mehr da?" Sean sah verwirrt zu Ryan, der schüttelte jedoch den Kopf.

"Nein, kannst du die Angst und den Tod der verschiedenen Tiere nicht riechen? Ich glaube, die Wilderer haben in der kurzen Zeit so viele Tiere gefangen und getötet, dass sie sich zurückgezogen haben. Wir müssen der Spur folgen, vielleicht sind sie noch an einem unserer Strände und verladen sie."

Sean nickte dazu nur und folgte Ryan leise, der sich vorsichtig durch den Dschungel bewegte. Seine Leute liefen in einem gleichmäßigen Abstand links und rechts von Ryan und Sean. Plötzlich war der Dschungel von Schüssen, Schreien und Fauchen erfüllt. Ryan und Sean sahen sich nur kurz an und liefen sofort in die Richtung. Irgendeines ihrer Teams musste in einen Hinterhalt geraten sein. So schnell sie nur konnten überwanden sie Felsen, Bäume und Gräben. Als sie um eine große Felsformation liefen, fanden sie sich mitten in einem Krieg wieder. Ryan sah sofort, dass Wulfs Team angegriffen worden war, er konnte seinen Bruder am anderen Ende einer großen Lichtung kämpfen sehen. Doch weiter kam er in seinen Überlegungen nicht mehr, denn sofort wurde er von einer Gruppe Wilderer beschossen. Ryan, Sean und seine Leute gingen so gut wie möglich in Deckung, doch sie wussten, dass sie schnell eingreifen mussten, da sonst die anderen keine Chance haben würden. Schon jetzt konnten sie einige verwundete Katzen am Boden liegen sehen und es waren noch ziemlich viele Wilderer auf den Beinen. Es sah nicht gut für die Clanmitglieder aus. Ryan gab das Zeichen, dass jeder seiner Männer selbst entscheiden musste, wann und wo er kämpfen wollte, da es hier keine Möglichkeit gab, in der Gruppe anzugreifen. Die Mitglieder seines Teams

nickten nur und schlichen sich langsam in den Dschungel, um an den günstigsten Plätzen zuschlagen zu können.
Ryan pirschte sich an zwei Wilderer heran, die hinter einem erhöhten Felsen versteckt lagen und jede Katze unter sich sofort zu erschießen versuchten. Leise wie es nur einer Katze möglich war, schlich er sich in ihren Rücken. Als die Wilderer bemerkten, dass sich hinter ihnen etwas bewegte, war es schon zu spät. Ryan machte mit ihnen kurzen Prozess. Einem riss er mit einem Tatzenschlag die Kehle auf, nur um dann gleich darauf auf den zweiten Wilderer zu springen, den er mit einem Genickbiss tötete. Als beide erledigt waren, stellte er sich auf den Felsen, um die Lage zu sondieren.
Irgendetwas störte Ryan an dem Bild unter sich. Die Wilderer kämpften viel zu präzise und man hatte das Gefühl, als würde man gegen eine erfahrene Kampfeinheit antreten. In dem Moment ging ihm ein Licht auf. Sie kämpften gar nicht gegen die Wilderer sondern gegen Söldner, die ziemlich sicher als Schutz von den Wilderern angeworben waren.
Ryan konnte sich auch vorstellen, was das ausgelöst hatte. Als die Informanten sich nicht mehr meldeten, bekamen es die Wilderer mit der Angst und nahmen eine Einheit Bodyguards mit auf die Jagd. Möglicherweise wurde den Söldner sogar versprochen, dass sie gegen viele Wildkatzen kämpfen könnten. Ryan hatte es schon von anderen Clans gehört, dass sie immer wieder von solchen Söldnertruppen herausgefordert wurden. Diese kämpften nur der Spannung wegen und sahen es eher als Sport statt als Kampf. Sofort verwandelte sich Ryan zurück und versuchte einen seiner Brüder zu erreichen, doch da wahrscheinlich alle in einen tödlichen Kampf verwickelt waren, konnte natürlich keiner antworten. Er musste seine Männer zum Rückzug bewegen und das ging nur mit einem Befehl von ihm. Er verwandelte sich wieder zum Tiger und lief auf die höchste Stelle der Felsen, von wo ihn alle gut sehen konnten. Dann ließ er seine kompletten Alphakräfte aufsteigen und stieß ein lautes Brüllen aus, was der Befehl zum Rückzug war. Durch die Kraft

des Alphas war es nicht nur ein normaler Befehl, sondern es wurde auch ein Zwang mit gesendet, der sofort alle Clanmitglieder erfasste. Da in der Zwischenzeit die drei Teams unter ihm kämpften, hörten alle den Befehl und begannen sofort sich zurückzuziehen.
Binnen einer Minute waren alle Katzen, die noch laufen konnten, von der Lichtung verschwunden. Sogar die Verletzten hatten die diversen Katzen mitgeschleift und so blieben nur die Toten zurück, die sich jedoch schon wieder zum Menschen zurückverwandelt hatten. Ryan konnte von seinem Platz aus mindesten zehn Wachen auf dem Boden liegen sehen. Doch die Zeit der Trauer würde erst später kommen, er musste jetzt seinen Clan beschützen.
Die Söldner sahen erbost zu Ryan und fingen an in seine Richtung vorzudringen, doch sie mussten eine ziemlich steile Felswand hinauf klettern, um ihn zu erreichen. Auch die Gewehrschüsse konnten ihn nicht treffen und so blieb er noch auf dem Felsen stehen und wartete bis er keinen seiner Leute mehr hören oder riechen konnte. Erst dann trat er ebenfalls den Rückzug an. Als Ryan von der ersten Kugel getroffen wurde, wusste er, dass er einen schweren Fehler begangen hatte. Er hatte sich so auf seine Clanleute konzentriert und nur auf die Söldner vor ihm, dass er die Felsen hinter sich völlig außer Acht gelassen hatten. Das war ein schwerer Fehler, der sich jetzt rächte. Er konnte noch ein verärgertes Brüllen ausstoßen, als er auch schon die zweite Kugel spürte, die ihn in die Schulter traf. Trotz der Kugeln schleppte er sich noch auf die beiden Söldner zu, die ihn jetzt nur ungläubig ansehen konnten. Doch knapp vor ihnen brach er zusammen und es wurde schwarz vor seinen Augen.

Melody und Lelia saßen ängstlich im Wohnzimmer und sahen sich nur starr an. Sie hatten genauso wie alle anderen auf der Insel den Alphabefehl von Ryan zum Rückzug vernommen. Irgendetwas war ganz und gar schief gegangen. Das ganze Personal stand ebenfalls im Wohnzimmer und sah immer wieder ängstlich und fragend zu Melody und Lelia. Doch die

waren beide so auf ihre Gefährten konzentriert, dass sie ihre Umgebung gar nicht wahrnahmen.
"Phil ist verletzt, aber scheinbar nicht sehr schwer. Doch ich kann die Trauer spüren, die ihn umhüllt. Einige Clanmitglieder sind heute gestorben." Auf die Worte hin ging ein Stöhnen durch die Bediensteten.
Melody konzentrierte sich jetzt wieder ebenfalls auf Ryan. "Ja, ich kann bei Ryan ebenfalls diese Trauer wahrnehmen, doch er scheint nicht verletzt zu sein." Melody wollte schon erleichtert aufschauen, als sie plötzlich von einem heftigen Schmerz erfüllt wurde, der sie laut aufschreien ließ und ihr die Tränen in die Augen trieb.
Lelia war sofort bei ihr und nahm sie in die Arme. "Melody was ist los? Ist es Ryan? Was ist geschehen?"
Melody schluchzte nur verzweifelt und konnte sich überhaupt nicht mehr beruhigen. "Lelia, er wurde gerade zweimal schwer verletzt. Jetzt kann ich ihn fast nicht mehr spüren. Er ist doch nicht tot, oder?"
"Ich weiß es nicht Melody. Kannst du Ryan überhaupt nicht mehr spüren? Konzentrier dich noch einmal, vielleicht ist er nur ohnmächtig."
Melody tat wie geheißen und konzentrierte sich noch fester auf Ryan. Sie ließ alle Gedanke aus sich heraus gleiten, nur Ryan war wichtig. Langsam konnte sie ihn wieder ganz entfernt spüren, als wäre er sehr weit weg. Als sie das Lelia gegenüber erwähnte, nickte diese erleichtert.
"Das bedeutet, dass er nicht tot, sondern schwer verletzt ist und ohne Bewusstsein. Ich werde sofort bei der Wache anrufen um heraus zu bekommen, was da los ist."
Die Dienstboten hatten alle mit ängstlichem Blick zugehört und sofort wurde Lelia ein Telefon gereicht. Lelia versuchte die Wache zu erreichen, da aber die ganzen Clanmitglieder ebenfalls dort anriefen, war die Leitung immer besetzt.
"Ich könnte hinlaufen und ihren Männer sagen, dass sie sich bei ihnen melden sollen." Paul hatte sich vor die Frauen gestellt.

Lelia sah ihn kurz an und nickte dankbar. "Ja Paul, das ist eine gute Idee. Lauf so schnell du kannst."
Kaum waren ihre Worte ausgesprochen, hatte sich Paul schon in einen Löwen verwandelt und war zur Tür hinaus.
Melody konzentrierte sich weiter auf Ryan. Sie hatte das Gefühl, als würde er sich bewegen. Aber nicht in Richtung Dorf, sondern ans anderen Ende des Dschungels. Irgendetwas stimmte hier nicht. Sollte Ryan nicht mit den anderen zurück zum Dorf gekommen sein, warum bewegte er sich schwer verletzt und ohnmächtig in eine entgegengesetzte Richtung? Sie merkte gar nicht, dass sie ihre Überlegungen laut ausgesprochen hatte. Ohne auf die erschrockenen Blicke der anderen zu achten, lief Melody in ihr Zimmer und zog sich ihre weiße Jagdkleidung an, die sie von Ryan geschenkt bekommen hatte. Sie nahm ihren Beutel und tat ihr Handy hinein, dazu noch ein Messer, das Ryan in einer Kommode aufhob. So ausgerüstet lief sie wieder die Treppen hinunter. Unten wurde sie von allen Bediensteten und Lelia erwartet, die ihr entgeistert entgegen sahen. Melody konnte es nicht wissen, doch mit ihrer weißen Jagdkleidung, ihrem hellen Haar und den böse funkelnden blauen Augen, sah sie wie eine rachsüchtige Jagdgöttin aus.
"Melody, was hast du vor? Es bringt nichts, dass du Ryan suchen gehst, er ist sicher bei den anderen und einer unserer Männer wird uns sicher sofort anrufen und mitteilen, was geschehen ist. Bitte warte noch auf den Anruf, bevor du etwas Unüberlegtes tust." Lelia hatte Tränen in den Augen.
Melody ging zu ihr und küsste sie zart auf die Wangen. "Lelia, Ryan ist nicht bei den anderen. Er wird scheinbar bewusstlos ans andere Ende der Insel getragen. Das kann nur bedeuten, dass er gefangen wurde. Ich muss ihn finden und ihn befreien."
In diesen Moment ging das Telefon und Lelia hob sofort erleichtert ab. "Gott sei Dank, Phil. Was ist passiert? Geht es euch allen gut?" Lelia hörten den Ausführungen von Phil erschüttert zu und nickte dazu nur ein paar Mal.
Melody zupfte Lelia kurz am Arm. "Frag ihn, was mit Ryan ist."

Lelia nickte. "Phil, was ist mit Ryan? Warte kurz, Melody ist neben mir, ich stelle das Telefon auf laut."
Sofort konnten sie die erschöpfte Stimme von Phil hören. "Nachdem Ryan uns den Befehl zum Rückzug gegeben hat, wurde er von keinem mehr gesehen. Ich habe schon Boten ausgesandt, doch Ryan ist nirgends zu finden."
Melody fing plötzlich an wie ein verwundetes Tier zu schreien, dass allen ein Schauder über den Rücken lief. "Ich hab es dir gesagt, Lelia. Ich kann ihn fühlen. Er ist schwer verletzt. Ich muss ihn suchen."
Sofort kam die beruhigende Stimme von Wulf durchs Telefon, er musste neben Phil gestanden haben. "Melody, du musst auf uns warten, wir kommen zu dir und begleiten dich. Du darfst nicht alleine in den Dschungel. Es ist dunkel und da draußen sind nicht nur Wilderer, sondern auch Söldner, die auf alles schießen, was sich bewegt."
Melody schluchzte leise auf. "Das kann ich nicht Wulf, ich habe das Gefühl es geht um Minuten. Ich muss Ryan suchen."
"Melody wir sitzen schon alle im Jeep, warte auf uns."
Doch Melody hörte es nicht mehr, sondern hatte sich bereits verwandelt und war mit einem großen Satz zur Tür hinaus."
Lelia schrie ihr noch verzweifelt nach, auch die Diener wollten sie aufhalten, doch sie hatten gegen einen zu allem entschlossenen Tiger keine Chance.
"Was ist passiert?" Brian hatte ins Telefon geschrieen.
"Melody ist bereits los gelaufen, um Ryan zu suchen." Lelia weinte leise ins Telefon.
"Lelia, du musst uns alles erzählen, was Melody gesagt hat. Hat sie irgendetwas erwähnt, wo sie Ryan spürt?" Wulf hatte ruhig und ernst ins Telefon gesprochen.
Lelia überlegte krampfhaft. "Sie hat nur erzählt, dass sie spürt, dass Ryan schwer verletzt und ohnmächtig ist. Er wird aber scheinbar getragen. Sie war erstaunt, dass sie ihn nicht Richtung Dorf, sondern in der entgegengesetzten Richtung spüren konnte."

Wulf knurrte dazu nur leise. "Es sieht so aus, als hätte Melody Recht. Ryan wird von den Wilderern irgendwohin getragen."
Plötzlich konnten sie Brian im Hintergrund reden hören. "Wulf, ich habe Tom am Funkgerät. Er hat Melody weglaufen sehen und ist ihr gefolgt. Er läuft knapp hinter ihr. Sie sind in Richtung Norden unterwegs."
Wulf sah erleichtert zu Brian. "Gott sei Dank, sag Tom um was es geht und er soll uns laufend informieren, wohin sie unterwegs sind. Das geben wir dann an die Wache weiter. Dieses Mal werden wir mit Waffen zurückschlagen."
Brian nickte und gab die Informationen an Tom weiter. Phil hatte inzwischen eine Verbindung mit der Wache hergestellt und Sean mitgeteilt, was sich zugetragen hatte. Er rief sofort nach Torben und sie besprachen das weitere Vorgehen. Da nicht alle Wachen bei der ersten Jagd dabei waren, hatten sie noch ziemlich viele ausgeruhte Kämpfer. Doch wenn es um die Befreiung von Ryan und den Schutz seiner Gefährtin ging, würde jeder einzelne Clanmann, der noch kämpfen konnte, bei der Jagd dabei sein.
Die Männer überließen Torben und Sean alles weitere, denn sie wussten, dass es ihre Aufgabe war die Verbindung zu Melody und Tom aufrecht zu erhalten.

Melody lief wie der Wind durch den Dschungel, immer konzentriert auf Ryan. Die Angst um ihn ließ alle ihre Ängste in den Hintergrund treten. Nur Ryan war noch wichtig. Sie bekam am Rande mit, dass sich ihr ein Löwe angeschlossen hatte. Sie wusste, dass es nur Tom sein konnte, doch das interessierte sie zu diesem Zeitpunkt nicht wirklich. Nach einiger Zeit konnte sie plötzlich Ryan wieder stärker spüren, er war wahrscheinlich aus seiner Ohmacht aufgewacht; jetzt konnte Melody aber auch wieder die starken Schmerzen von ihm fühlen. Tränen traten ihr in die Augen, doch sie ließ sich von ihrer Trauer und Angst nicht aufhalten, sondern lief ohne langsamer zu werden immer weiter auf Ryan zu. Ab und zu konnte sie spüren, dass Tom

neben ihr kurz verschwand, nur um nach ein paar Minuten wieder neben ihr zu laufen, doch das einzige, was sie interessierte war Ryan.
Nach einer weiteren halben Stunde waren Stimmen und Geräusche von Tieren vor ihnen zu hören. Melody hörte den Löwen leise warnend hinter sich knurren, sie ließ sich jedoch nicht von ihrem Weg abbringen. Doch sie wurde langsamer und lief jetzt vorsichtiger auf die Stimmen und Geräusche zu.

Tom hatte sich wieder etwas zurückfallen lassen und verwandelt. Als er das Funkgerät einschaltete, hörte er sofort Brian.
"Wo seid ihr jetzt?"
"Wir sind am Strand bei der Steilküste. Wir können schon die Stimmen hören. Es sind wahrscheinlich noch alle Wilderer und Söldner hier. Melody läuft gerade direkt auf die Klippen zu, also nehme ich an, dass Ryan dort ist. Ich muss jetzt aufhören und hinter Melody her, sonst macht sie noch etwas Törichtes."
"Tom, pass auf Melody auf. Wenn nötig musst du sie vor sich selbst schützen." Sie konnten das zustimmende Knurren von Tom hören. Alle wussten, was damit gemeint war. Bevor sich Melody in Gefahr bringen würde, sollte Tom sie niederschlagen. Phil gab die neuen Infos sofort weiter. Jetzt stand einem Angriff nichts mehr im Wege, sie hatten die Koordinaten und würden ihre Insel verteidigen.

Melody hatte sich bis zu einem steilen Abhang hingearbeitet und sah jetzt nervös zum Strand. Sie konnte nach ein paar Minuten wieder den Löwen spüren, der sich neben sie legte. Als Melody kurz zu ihm sah, deutete der Löwe in Richtung Dorf und dann wieder hinunter auf den Strand. Melody nickte, sie hatte verstanden, Hilfe war unterwegs. Zusammen sahen sie sich das Treiben am Strand genauer an. Die Wilderer waren leicht zu erkennen, denn sie verluden im Eiltempo die toten und gefangenen Tiere auf ein Boot. Melody konnte einige tote Söldner und Wilderer am Strand liegen sehen und am anderen

Ende ziemlich viele Verletzte. Stolz flammte in ihr auf. Ihr Clan hatte es den Wilderern und Söldner nicht leicht gemacht. Doch ihre Augen suchten verzweifelt weiter nach dem wichtigsten in ihrem Leben, nach Ryan. Gleich darauf fand ihn ihr Blick. Er lag schwer verletzt in seiner Katzenform am Boden eines Metallkäfigs. Sie konnte sehen, dass er fast nicht mehr bei Bewusstsein war. Der Käfigboden war voller Blut und Melody musste sich zusammen reißen, um nicht sofort zu ihm hinunter zu laufen. Tom hatte sich neben ihr zurückverwandelt und gab ins Funkgerät alle Information weiter, die sich zu seinen Füßen abspielten. Es waren noch neunzehn Söldner, die am ganzen Strand verteilt Wache hielten. Die Wilderer waren unbewaffnet und versuchten so schnell wie möglich alles in die Boote zu verstauen.
Tom drehte sich kurz zu Melody und flüsterte ihr ins Ohr. "Ryans Brüder und Phil sind in etwa fünf Minuten hier und die anderen Clanmitglieder sind bereits auf dem Wasserweg sowie auf dem Landweg unterwegs. Alle zusammen werden in etwa zehn Minuten hier eintreffen."
Melody nickte dazu nur und sah weiter besorgt auf Ryan. Was würden zehn Minuten für ihn bedeuten? Konnte er es noch aushalten? Sie versuchte ihre Liebe und Energie zu Ryan fließen zu lassen. Als dieser plötzlich verdutzt in ihre Richtung sah wusste Melody, dass er sie gespürt hatte.

Ryan war mit starken Schmerzen in einem Metallkäfig am Strand aufgewacht. Er wusste, dass er viel Blut verloren hatte, denn er konnte nicht wirklich klar sehen und driftete immer wieder knapp an einer neuerlich Ohnmacht vorbei. Doch er musste bei Bewusstsein bleiben, anders hatte er keinerlei Überlebenschancen. Er versuchte alles, was er am Strand sah, in sich aufzunehmen, um eine Möglichkeit zur Flucht zu finden. Doch als er sich vorsichtig umsah, wusste er, dass es für ihn zurzeit keine Möglichkeit gab. Die Wilderer hatten in der Zwischenzeit alle Tiere und auch die Verletzten verladen. Ryan wusste, dass sein Leben jetzt bald zu Ende gehen würde. Traurig dachte er

an Melody ... wie würde sie ohne ihn zurechtkommen? Würde sie wieder in diese tiefen Ängste verfallen? Plötzlich, als hätte sie ihn gehört, strömte eine immense Kraft in ihn hinein, die ihn sofort wieder belebte. Was war gerade geschehen? Als er sich auf diese Kraft konzentrierte konnte er spüren, dass sie nur aus Liebe und Lebenskraft bestand. Melody! Er versuchte sich auf sie zu konzentrieren und spürte sie fast sofort in seiner Nähe. Verdutzt sah er einen steilen Abhang hinauf und hätte schwören können, dass dort oben blaue Augen liebevoll zu ihm hinunter sahen. Was zum Teufel hatte Melody hier im Dschungel verloren und wo waren die anderen? Ryan bekam es jetzt mit der Angst zu tun. Melody würde doch nicht alleine auf die Suche nach ihm gehen? Doch sofort wusste er, dass Melody im Notfall genau das tun würde. Jetzt war es für Ryan noch wichtiger zu überleben. Er musste Melody beschützen.
Nachdem alles verladen war winkte der Anführer der Wilderer den Anführer der Söldner zu Ryans Käfig. Sofort stellten sich auch die anderen um den Käfig herum auf und grinsten ihn böse an. "Na, du bist ja wieder munter, du lästige Tigerkatze. Du und deinesgleichen haben uns das Leben bis jetzt zur Hölle gemacht, dafür wirst du jetzt sterben. Die anderen sollen sehen, dass wir uns nicht so leicht einschüchtern lassen."
Ryan knurrte ihn nur böse an, doch er war viel zu schwach, um sich zurück zu verwandeln. Außerdem wusste er nicht, ob die Verletzungen in seiner menschlichen Gestalt nicht tödlich wären.
Als der Söldneranführer lachend sein Gewehr hob, suchten seine Augen den Abhang ab. Sein einziger Gedanke galt der Sicherheit von Melody. 'Bitte lass Melody nicht etwas Dummes tun, sie muss unbedingt überleben', dachte er verzweifelt.
Doch kaum hatte er das gedacht, ertönte ein lautes böses Brüllen vom Abhang und er konnte einen weißen Tiger herunter laufen sehen.
Ryans Blick verfolgte gepeinigt Melody, wie sie mit großen Sprüngen auf ihn zulief. Die Wilderer und Söldner sprangen sofort in die verschiedenen Deckungen, da sie einen Angriff

erwarteten. Doch Ryan wusste, dass Melody alleine war, denn seine Brüder und Phil hätten ihr niemals erlaubt hier herunter zu laufen.

Melody kam mit großen Sprüngen auf ihn zu und landete mit einem Satz auf seinem Käfig. Dort warnte sie mit einem tiefen grollenden Knurren jeden, der nur in die Nähe des Käfigs kam.

Ryan war zwar furchtbar verärgert, dass sich Melody so in Gefahr brachte, doch natürlich war er auch sehr stolz auf seine tapfere Gefährtin. Er ließ sie seine ganze Liebe spüren und wurde sofort mit einem leisen Schnurren, das nur für ihn bestimmt war, belohnt.

Melody saß auf den Käfig von Ryan und knurrte jeden an, der sich auch nur in ihre Nähe traute, doch mit der Zeit bemerkten die Wilderer und Söldner natürlich, dass sie nur eine einzelne Katze war und kamen vorsichtig wieder näher.

Der Anführer der Wilderer baute sich in einiger Entfernung von Melody mit einem Grinsen auf. "Na, was bist du den für eine schöne Miezekatze. Einen weißen Tiger sieht man nicht alle Tage. Ich nehme mal an, du bist ebenfalls ein Katzenmensch und dadurch können wir dich leider nicht verkaufen. Zu schade, du hättest uns ziemlich viel eingebracht."

Kaum hatte der Wilderer ausgesprochen, verwandelte sich der weiße Tiger in einem Meer aus Licht zurück. Als dann vor ihnen eine junge Frau auf dem Käfig saß und alle mit blitzenden Augen ansah, waren sie jedoch ziemlich verdutzt.

Der Anführer der Söldner trat jetzt ebenfalls interessiert einige Schritte näher. Diese Frau brachte sein Blut in Wallung, er wollte sie besitzen. Sie strahlte eine ungezähmte Wildheit aus. Noch dazu war sie eine der schönsten Frauen, die er je gesehen hatte. Sie hatte einen weißen Lederanzug an, der ihren Körper eng umschmeichelte, ihr helles Haar fiel in weichen Wellen um ihren Kopf, doch das Faszinierendste waren ihre blauen Augen, die jetzt jeden einzelnen von ihnen böse und tödlich anblitzten. Er konnte in den Blicken seiner Männer dasselbe Verlangen sehen und trat jetzt noch etwas näher.

"Wer bist du und was machst du hier auf dem Käfig? Ist es bei den Katzenmenschen üblich, dass sie ihre Frauen in den Kampf schicken? Aber ich mach' dir einen Vorschlag: Wenn du ein paar von uns Freude bereitest, werden wir den Tiger und dich schnell und ohne zusätzliche Schmerzen töten. Was sagst du dazu?"
Der Söldner hatte erwartet, dass ihn die Frau entsetzt anflehen würde, ihrem Mann nichts zu tun, doch auch hier wurde er nicht von ihrem Mut enttäuscht.
"Ihr wollt uns wirklich töten und mich wollt ihr vorher noch vergewaltigen? Das solltet ihr euch besser noch mal überlegen. Erstens würde jeder Mann, der Hand an mich legt, nicht lange überleben, da ich ihn zerreißen würde und zweitens ... wie kommt ihr auf die Idee, dass wir euch lange genug am Leben lassen, um meinen Gefährten zu töten? Das ist eine wirklich interessante Einstellung für Menschen, die eigentlich schon Geschichte sind." Melody sah jetzt fest den Anführer der Söldner und Wilderer an. In ihren Augen sah er den Tod aufblitzen.
Unsicher zog sich der Anführer der Wilderer in Richtung Boot zurück. "Ich glaube, ich überlasse die zwei euch Söldnern, dafür wurdet ihr ja auch schließlich angeworben."
Melody behielt den Anführer der Söldner im Auge, sie hatte ihre Hand am Griff des Messers, das sie vorsichtig aus dem Beutel unter sich genommen hatte. Der rührte sich jedoch nicht von der Stelle, sondern sah sie mit konzentriertem Gesichtausdruck an.
"Ich glaube, du lügst wie gedruckt, meine Schöne, denn wenn noch andere Katzenmenschen hier wären, hätten die schon längst angegriffen."
Kaum hatte der Anführer das ausgesprochen, ertönte ein lautes Brüllen und von allen Seiten liefen Wildkatzen den Abhang hinunter. Die Söldner wurden von oben beschossen und starben wie die Fliegen einer nach dem anderen. Der Anführer der Söldner hatte sich kurz zum Abhang gedreht. Er würde sich die Frau schnappen und mit ihr als Schutzschild zum Boot verschwinden, denn dass sie hier keine Chance hatten, war klar.

Melody hörte die anderen kommen und hätte vor Erleichterung am liebsten geweint, doch sie konzentrierte sich weiterhin auf den Söldner vor ihr, denn von ihm ging im Moment die größte Gefahr für Ryan und sie aus. Da sie jede seiner Bewegungen beobachtete war sie nicht überrascht, als er plötzlich zu ihr stürzte und sie mitreißen wollte. Melody hob ohne weiter darüber nachzudenken das Messer und stieß es dem überraschten Söldner tief in die Brust. Erstaunt sah er zuerst das Messer an, dann sie und bevor er noch auf dem Sand aufschlug waren seine Augen schon starr und tot.
Melody schaute sich noch einmal um, aber da in der Zwischenzeit zehn Katzen um den Käfig herum standen, war sie beruhigt und glitt vom Käfig herunter. Sie öffnete das Schloss und kauerte sich zu Ryan.

Ryan konnte nicht glauben was gerade geschehen war. Sein Kätzchen hatte nicht nur seinen Tod verhindert, indem sie die Männer abgelenkt und so ihnen allen mehr Zeit verschafft hatte, nein, sie hat auch noch mit einem einzigen Messerstich einen Söldner getötet, um ihn zu beschützen. Als sie jetzt zu ihm in den Käfig kam und zärtlich seine Schnauze küsste, musste er sich zurückverwandeln, um sie in die Arme nehmen zu können. Als er Melody an seine Brust zog, spürte er ihr Zittern. Er küsste sie wild und besitzergreifend.
"Dir ist doch klar, meine Schöne, dass ich dich für dein unvernünftiges Handeln schwer bestrafen werde." Als er ihr zärtliches Lachen hörte, grinste er ebenfalls.
"Solange du nur wieder lebendig und gesund deine Strafe ausführen kannst, bin ich damit einverstanden."
Ryan küsste Melody zart aufs Haar.
"Na ihr zwei Turteltauben, ihr habt euch aber einen seltsamen Platz für ein Stelldichein ausgesucht." Wulf war an der Käfigtüre erschienen und schmunzelte erleichtert zu ihnen herein. "Was ist mit dir, großer Bruder. Wo haben sie dich erwischt?"

Besorgt warf er jetzt einen Blick auf Ryan. Er war voller Blut, geschwächt und wurde von Melody in ihren Armen gehalten. "Es ist nicht lebensgefährliches, sie haben mich an der Schulter und an der Hüfte erwischt. Leider habe ich ein paar Liter Blut verloren." Ryan grinste Wulf müde an, der nickte und gab dann sofort einige Befehle an die Männern hinter sich.

Melody hielt Ryan fest umfangen und sah immer wieder besorgt in sein Gesicht. Die Schmerzen und der Blutverlust hatten tiefe Schatten um seine Augen und seinen Mund gegraben. Nach ein paar Minuten kam ein Clanmitglied auf sie zu, der sich als Luc vorstellte und der Dorfarzt war. Ryan wurde vorsichtig auf eine Bahre gelegt. Anschließend nahm Luc sofort die Erstversorgung vor. Sie hatten sogar Blutkonserven von Ryans Blutgruppe mitgebracht und er wurde noch am Strand stabilisiert. Melody hielt Ryans Hand und sah sich dabei am Strand um. Die Söldner waren entweder tot oder gefangen und auch die Wilderer waren diesmal nicht entkommen. Zwei ihrer Schiffe hatten sie abgefangen und noch in der Bucht geentert. Endlich würde der Clan wieder aufatmen könne. Die lebendigen Tiere wurden wieder frei gelassen. Die Wachen übernahmen auf einem der Boote auch noch die überlebenden Söldner und fuhren mit ihnen zum Dorf, um sie dort einzusperren, bis die Polizei vom Festland kommen würde, um sie abzuholen.

Als die Wilderer und Söldner mit den zwei Booten weg waren, wurde es etwas ruhiger am Strand. Die meisten Clanmitglieder hatten sich wieder zurückverwandelt und beobachteten konzentriert die Gegend. Doch immer wenn sich Melodys Blick mit einem Clanmitglied traf, nickte dieser ihr zu, verbeugte sich leicht und legte eine Hand auf sein Herz. Beim ersten Clanmann dachte Melody noch, es wäre ein allgemeiner Kampfgruß, doch als das jeder machte der ihren Blick spürte, hob sie doch etwas verwundert die Augenbraue.
"Was war das denn jetzt wieder?"

Wulf, der ihren verwunderten Blick gefolgt war, sah die Geste ebenfalls und fing an zu grinsen.
Melody sah ihn jetzt fragend an. "Es ist ja wirklich schön, dass du dich auf meine Kosten amüsierst, aber was ist das für eine Geste, die die Clanmänner laufend in meine Richtung machen?"
"Du meinst diese hier?" Wulf, Brian, Phil und Tom stellen sich jetzt vor sie hin und machten mit ernsten Augen ebenfalls diese Geste in Richtung Melody. Diese zog jetzt schon etwas verärgert die Augenbrauen zusammen und knurrte leise. Sofort brachen die Männer in lautes Lachen aus. Ryan hatte zugesehen und lachte jetzt ebenfalls zärtlich und stolz zu ihr hinauf.
"Mein Kätzchen, diese Geste drückt den großen Respekt aus, den ein Krieger einem anderen Krieger zollt. Ich glaube, dein heutiger Einsatz wird in die Geschichte des Clans eingehen."
Melody sah jetzt ungläubig in die Runde. "Ihr Männer seid schon etwas seltsam; ich habe nur meine Liebe verteidigt, nicht mehr und nicht weniger."
Die Männer lachten, doch Wulf sah Melody ernst an. "So sehr du dich auch dagegen wehrst … was du heute für Ryan getan hast, war alles andere als normal. Als wir endlich bei den Klippen ankamen, hatten wir schon Angst das Schlimmste zu sehen. Doch wir sahen eine junge Frau, die beschützend über ihrem Gefährten saß und damit eine Übermacht an Feinden davon abhielt ihn zu töten. Wir wissen sehr wohl, dass nur dein Eingreifen Ryan davor bewahrt hat, erschossen zu werden. Diesen Anblick werden wir alle niemals vergessen und uns daran erinnern, wie stark unsere Frauen doch sind."
Melody sah ihn verwirrt an, nickte aber dann und setze sich mit einem leisen Knurren zu Ryan in den Sand.

Als Ryan von Luc als stabil eingestuft wurde, brachten die Clanmänner ihn und Melody auf das nächste Boot und fuhren zum Dorf. Melody hielt die ganze Zeit die Hand von Ryan. Als er zur Krankenstation getragen wurde, kamen die Menschen in die Gasse und sahen ihn und Melody mit großen Augen an. Die Geschichte von Melody hatte sich bereits verbreitet, doch keiner konnte es so recht glauben. Erst als sie Melody in ihrer weißen, blutverschmierten Jagdkleidung sahen, wussten sie, dass die Geschichte wirklich so geschehen war. Clanmänner, die bei der Befreiung dabei gewesen waren, blieben stehen und ehrten Melody mit der Krieger-Geste. Melody lächelte jetzt jeden an, der ihr diese Ehre zuteil werden ließ, beachtete sie aber sonst nicht weiter. Ihr Blick war auf Ryan gerichtet, der blass und blutverschmiert auf der Trage lag.

Auf der Krankenstation wurde alles sofort für eine Operation hergerichtet und Melody konnte jetzt nur noch warten. Sie setzte sich in einen Besuchersessel, umgeben von Ryans Brüdern und Phil. So fanden Eric, Wendi und Leila sie vor.

Wendi lief sofort zu Melody und nahm sie fest in die Arme. "Ja sag mal Süße, kann man euch zwei nicht einen Augenblick alleine lassen, ohne dass ihr euch gleich in einen Kampf um Leben und Tod stürzt."

Eric schaute liebevoll zu Wendi und nickte. Das waren genau die richtigen Worte, um alle wieder aus der Depression zu holen.

Melody drückte Wendi fest an sich, doch die schob Melody wieder von sich weg und sah sie ärgerlich an. "Melody, du bist immer noch blutverschmiert. So kannst du Ryan nach der Operation nicht entgegen treten. Den trifft sonst noch im Nachhinein der Schlag."

Lelia kam jetzt ebenfalls zu Melody und nickte. "Wendi hat völlig Recht. Du brauchst eine Dusche, etwas zu essen und Schlaf."

Melody protestierte: "Ich werde nicht von Ryan weggehen."

Wendi und Lelia sahen sich nur kurz an und schon waren beide verschwunden, eine erstaunte Familie zurücklassend.

Gleich darauf kam jedoch Wendi wieder zurück und meinte strahlend: "Sie haben hier natürlich ebenfalls eine Dusche. Lelia lässt gerade frische Kleidung für dich holen und nachdem ich Mrs. Low alles erzählt habe, wird sie dir sicher einen riesen Korb mit Essen schicken. Und ich sage es dir gleich,

solltest du nicht jede Menge essen, werde ich dich an Ryan und Mrs. Low verpetzen. Dann möchte ich aber nicht in deiner Haut stecken."
Melody konnte ein Grinsen nicht unterdrücken. Ja, Mrs. Low und Ryan waren Gegner mit denen man sich lieber nicht anlegen sollte. Seufzend stand sie auf. "Gut, ihr habt gewonnen. Wo ist die verdammte Dusche?" Als Melody Wendi folgte, konnte sie das leise Lachen ihrer Familie im Hintergrund hören. Melody wusste, dass sie ihr sofort Bescheid geben würden, wenn sie etwas von Ryan hören sollten.
Wendi blieb die ganze Zeit im Raum, auch als Melody schon längst unter der Dusche stand und sich die Haare und den Körper gründlich wusch. Als sie dann aus der Dusche heraus trat, stand Lelia schon neben ihr und hatte einige Kleidungsstücke auf dem Arm. Lachend nahm Melody diese entgegen und küsste Lelia und Wendi dankend auf die Wange.
Als sie angezogen war, gingen sie wieder zu den restlichen Familienmitgliedern zurück. Sie konnte sofort sehen, dass sich auch Phil, Wulf und Brian inzwischen gewaschen hatten, ihre Verletzungen versorgt worden waren und sie ebenfalls frische Kleidung anhatten. Mrs. Low hatte sich mit ihrem Essenskorb natürlich wieder selbst übertroffen und alle machten sich hungrig darüber her. Nach zwei Stunden kam dann Luc herein, um ihnen zu berichten, dass alles gut gegangen war und Ryan schon wieder aufgewacht wäre. Melody quietschte erfreut auf und ließ sich sofort zu Ryan führen.
Als sie in sein Zimmer kam und ihn blass, aber mit einem Lächeln auf den Lippen im Bett liegen sah, konnte Melody die Tränen nicht mehr zurückhalten.
Ryan zog sie sofort an sich und flüsterte ihr beruhigend Worte zu. "Meine tapfere Kleine, warum weinst du jetzt. Es ist alles vorbei, mir geht es gut und ich werde, dank dir, auch wieder völlig gesund." Ryan hob Melodys Kinn zärtlich in die Höhe und sah in ihre blauen Augen, die ihm mit soviel Liebe entgegen strahlten, dass er sie nur fasziniert ansehen konnte.

"Ich weiß, das jetzt wieder alles gut wird, aber die letzten paar Stunden waren doch eine ziemliche Herausforderung und da darf ich doch etwas weinen, oder nicht?"
Ryan grinste sie an und zog sie für einen innigen Kuss an sich. "Ja, das ist wohl in Ordnung. Auch ein geehrter Clankrieger kann mal ab und zu in Tränen ausbrechen." Als er Melody dazu nur leise knurren hörte, lachte er nur lauter und hielt sich dann vor Schmerzen die Schulter. Sofort war eine besorgte Melody über ihm und küsste ihn vorsichtig auf die Stirn.
"Du solltest dich nicht so bewegen. Der Arzt wird sicher mit uns schimpfen und dann wirft er mich vielleicht raus."
Ryan schmunzelte, kein Arzt der Welt würde es schaffen, Melody von ihm fern zu halten, das wusste sicher auch Luc.

Ryan war nach den Besuch der anderen Familienmitglieder wieder eingeschlafen, als Luc vorbei sah. "Melody, gut, dass du jetzt da bist und Zeit hast, denn wir müssen was besprechen. Ich habe von allen Familienmitgliedern Blutkonserven, nur von dir nicht und das sollten wir schnellstmöglichst ändern. Wenn es dir recht ist, könnten wir dir jetzt Blut abnehmen. Das wird auch gleich auf alle Krankheiten untersucht. Ist das in Ordnung für dich?"
Melody willigte sofort ein, denn der Vorfall heute hatte ihr gezeigt, wie schnell es geschehen kann, dass man eine Menge Blut braucht.
Luc ließ sofort alles vorbereiten und legte Melody auf das zweite Bett im Zimmer. Nachdem er ihr Blut abgenommen hatte, musste sie noch eine halbe Stunde liegen bleiben. Da Ryan die ganze Zeit fest schlief, fielen auch Melody die Augen zu. Sie wurde von leisen Stimmen geweckt. Als sie verschlafen zu Ryan sah, redete er gerade mit Torben und Sean. Melody erhob sich und ging zu den Männern hinüber. "Ryan, warum hast du mich nicht geweckt, als du munter geworden bist?"
"Kätzchen, du hast so süß im Schlaf ausgesehen, dass ich es nicht übers Herz gebracht habe, dich zu wecken und als dann

noch Torben und Sean gekommen sind, war ich sowieso beschäftigt."
Melody knurrte dazu nur kurz, akzeptiert aber die Erklärung. Torben und Sean verabschiedeten sich, nickten Melody kurz freundlich zu und waren schon wieder aus der Tür.
Melody sah ihnen stirnrunzelnd nach. "Ich wollte sie aber nicht vertreiben, sie hätten ruhig noch bleiben können."
Ryan zog sie zärtlich lächelnd zu sich aufs Bett. "Leg dich neben mich, mein Kätzchen, ich möchte dich spüren." Als sich Melody vorsichtig an seine Seite gelegt hatte, zog Ryan sie fest an sich und küsste sie wild und besitzergreifend. Nachdem sie wieder zu Atem gekommen war sah sie ihn nur mit lustverschleierten Augen groß an. "Also wenn man nach deinem Kuss geht, muss es dir ja schon wieder sehr gut gehen."
Ryan grinste mit männlicher Selbstzufriedenheit. "Mir geht es auch schon wieder ziemlich gut. Morgen können wir wieder nach Hause. Doch leider werde ich zu Hause eine Schwester benötigen, die sich aller meiner Bedürfnisse annimmt. Könntest du mir vielleicht jemanden vorschlagen, der bereit dazu wäre?" Ryan sah sie dabei so unschuldig und gleichzeitig anzüglich an, dass Melody in lautes Lachen ausbrach.
"Ich glaube, diesen Job werde ich sicherheitshalber selber übernehmen, wer weiß, was dir sonst einfällt und ich bin im Bedürfnissestillen wirklich gut." Mit einem kurzen lüsternen Blick auf seine unteren Partien sah sie ihm in die Augen. Als sie jedoch das tiefe Verlangen nach ihr sah, verging ihr das Lachen und es breitete sich sofort ein tiefes sennsuchtsvolles Pochen in ihrer Mitte aus. Ryan, der ihre Bereitschaft sofort roch, ließ seine Hand zärtlich unter ihr T-Shirt gleiten. An ihren Brüsten hielt er an und streichelte sie durch den Spitzen-BH, bis ihre Brustwarzen sich aufstellten und ihre Brüste schmerzten und schwer wurden. Ein leises Stöhnen entfuhr ihr.
"Ryan, es kann jederzeit jemand herein kommen." Melody hatte leise protestiert, streckte dabei aber verlangend ihre Brüste seinen Händen entgegen.

"Es ist jetzt schon zehn Uhr abends. Ich glaube nicht, dass noch jemand vorbeikommen wird. Aber zu Sicherheit kannst du ja die Türe verschließen, mein Kätzchen."
Melody sah verlangend zu Ryan hinunter. "Ryan, du bist verletzt. Ich könnte dir wehtun."
"Nein Kätzchen, du weißt, dass wir Katzenmenschen überdurchschnittlich schnell heilen. Du wirst mir nicht wehtun."
Melody ging jetzt noch immer nicht ganz überzeugt zu Tür und schloss sie ab. Als sie dann langsam wieder zu Ryan trat, verschlang er sie bereits mit verlangendem Blick.
"Zieh dich aus, mein Kätzchen, ich möchte dich sehen können."
In Melody stieg die Hitze auf und sie begann sich langsam auszuziehen. Zuerst öffnete sie ihre Jeans und strich sie langsam und sinnlich über ihre Hüften hinunter. Dann drehte sie ihren Rücken Ryan zu und bückte sich, um die Jeans langsam weiter ihre Beine hinunterzuziehen. Als sie sich wieder zu Ryan umdrehte, sah er sie so besitzergreifend und wild an, dass sie zufrieden lächelte. Als nächstes schob sie langsam ihr T-Shirt über ihren Kopf. Jetzt stand sie nur noch in BH und Slip da. Als sie Ryan wieder den Rücken zukehrte und sich mit gestreckten Beinen vorbeugte, um ihren Slip auszuziehen, konnte sie Ryan hinter sich laut stöhnen hören. In immer noch nach vorne gebeugte Stellung drehte sie sich jetzt seitlich zu Ryan und machte ihren BH auf. Sofort fielen ihre Brüste nach vorne.
"Kleines, wenn du nicht in den nächsten Sekunden bei mir im Bett bist, hol ich dich." Ryan hatte die Worte halb stöhnend und halb knurrend ausgestoßen.
Melody lacht ihn zärtlich an und ging mit wiegenden Schritten langsam auf ihn zu. Sie wollte ihn noch etwas reizen und blieb etwas vom Bett entfernt stehen. Dort lehnte sie sich über die untere Bettumrandung, so dass ihre Brüste darüber frei hingen. Doch da hatte sie Ryan unterschätzt. Mit einer schnellen Bewegung war er bei ihr, schnappte sie unter den Armen und zog sie zu sich.
"Mit mir nicht, meine Süße, diese Frechheit muss ich dir jetzt leider heimzahlen. Ich werde dich vor Lust um Erlösung flehen

lassen und wenn du so richtig verzweifelt bist, werde ich dich vielleicht erlösen."
Melody schluckte, doch ihre Erregung stieg ins Unermessliche.
Als Ryan dann ihren Mund in Besitz nahm und seine Hände zärtlich über ihre Brüste zu ihrer Mitte gleiten ließ, konnte sie nur noch lustvoll stöhnen. Ryan küsste sich dann weiter zu ihrem Hals. Seine Hände glitten zärtlich in ihre Spalte und gleich weiter in ihr Innerstes. Dann drehte er Melody plötzlich mit dem Rücken zu sich und zog sie wieder fest an sich. Seine Finger hatte er nicht aus ihrem Innersten gelöst, er neckte und reizte sie. Als er dann rhythmisch seine Finger immer wieder raus und rein gleiten ließ, kam ihm Melody bei jeder Bewegung mit ihrer Hüfte entgegen und ritt seine Hand, um ihre Sehnsüchte zu stillen. Ryan küsste sich einstweilen vom Hals bis zu ihrem Schlüsselbein. Seine andere Hand lag unter Melody, die schob er jetzt weiter vor zu ihren Brüsten und massierte diese fest mit seinem Handballen. Als er spürte, dass Melody knapp vor dem Höhepunkt stand, nahm er seine Finger aus ihrem Innersten und führte diese zu seinem Mund.
"Ryan, was machst du?!" Verzweifelt sah Melody ihn an, doch er begann mit einem Grinsen seine Finger abzulecken. Melody sah ihm dabei fasziniert zu.
"Mein Kätzchen, ich liebe deinen Geschmack. Wenn du knapp vor dem Höhepunkt stehst, wird er noch süßer."
Melody konnte nur noch stöhnen und wand sich unter seinen streichelnden Händen in unerfüllter Lust.
Lachend zog Ryan die sich neben ihm windende Melody fest an sich. "Kann ich irgendetwas für dich tun, mein Kätzchen? Sag mir, was du dir wünscht."
Melody sah jetzt halb böse und halb verzweifelt zu Ryan. "Du kannst mich doch nicht wirklich so quälen. Bitte Ryan, ich verbrenne, ich muss dich in mir spüren."
Da Ryan den Krankenhauskittel verweigert hatte, trug er nichts. Er zog die Decke jetzt von seinem Körper und Melody konnte seine harte Erektion an ihren Po-Backen spüren. Sofort drängte

sie sich ihm verlangend entgegen. Ryan küsste sie jetzt auf ihre Schulter, dann zog er ihre Beine von hinten auseinander und drang tief in Melody ein, die fast sofort zu einem Höhepunkt kam und sich zitternd an Ryan drückte. Der wartete ab, bis sich seine Gefährtin wieder beruhigte und stieß dann immer wieder stark zu. Melody entkamen immer wieder kleine Lustschreie, die sein eigenes Verlangen noch steigerten. Als er Melody noch einmal erzittern spürte, nahm er sie noch schneller und kam gleich nach ihr ebenfalls zum Höhepunkt. Als er sich wieder beruhigt hatte, zog er Melody liebevoll in seine Arme, blieb aber mit ihr verbunden. Melody kuschelte sich nach ein paar Minuten fest an ihn und er bekam sofort wieder eine Erektion. "Meine süße Kleine, hab ich mich eigentlich schon bei dir für mein Leben bedankt?" Bevor Melody noch reagieren konnte, hatte er angefangen wieder langsam seine Hüfte gegen Melody zu stoßen und als sie tief einatmete, wusste er, dass sie wieder für ihn bereit war. Nach einem neuerlichen Orgasmus zog sich Ryan dann aus Melody zurück und drehte sie zu sich um. Melody strahlte ihm mit ihren blauen Augen verliebt entgegen. Ryan küsste sie zart auf die Stirn und zog sie fest an sich. "Mein Kätzchen, ich liebe dich über alles und ich werde es dir jeden Tag deines Lebens beweisen." Melody lächelte ihn zärtlich an und schmiegte sich dann fest in seine Arme. An ihrem ruhiger werdenden Atem konnte Ryan feststellen, dass sie nach ein paar Minuten eingeschlafen war. Zärtlich deckte er sie und sich zu und schlief mit Melody im Arm ein.

Am nächsten Tag wurden sie von einem aufdringlichen Klopfen geweckt. Ryan sah zu der langsam erwachenden Melody hinunter und musste schmunzeln. Als sie mitbekam wo sie lag und wo ihre Kleider verstreut waren, wurde sie knallrot und sprang mit einem Satz aus dem Bett. Ryan lehnte sich im Bett mit einem breiten Grinsen zurück und sah Melody genüsslich bei ihrer Schnell-Anzieh-Aktion zu. Sie hatte, um schneller zu sein, einfach Slip und BH ignoriert.

"Ich komme gleich", rief sie im gleichen Atemzug, als sie den BH entschlossen in die eine Hosentasche und den Slip in die andere stopfte. Abgekämpft öffnete sie dann die Tür, vor der ein feixender Luc und der Rest ihrer Familie standen.
Melody wurde noch roter und knurrte leise.
Ryan lachte so laut vom Bett auf, dass alle mit einfielen. Melody ging wieder zu Ryans Bett und sah ihn strafend an. Die ganze Familie war da, um ihn abzuholen. Luc sah sich noch einmal die Wunden an, die jetzt bereits gut zu verheilen begannen.
Wulf konnte sich nicht verkneifen anzumerken, dass Ryan ja die ganze Nacht hatte, um sich zu erholen, dabei sah er aber wissend zu Melody, die prompt wieder rot wurde und Wulf jetzt ebenfalls böse ansah.
Als sich Melody dann zu Ryan aufs Bett setzte, zog er sie zu sich herunter und flüstere ihr leise ins Ohr. "Dass du unter deiner Kleidung keinerlei Unterwäschen trägst, finde ich wirklich sehr nett. Daran könnte ich mich gewöhnen." Mit den Worten fuhr er ihr wie unabsichtlich zart über ihre Brüste, wo sich natürlich sofort die Brustwarzen aufstellten und gut durch das T-Shirt zu sehen waren. Melody blickte Ryan empört an und verschränkte ihre Arme über den Brüsten.
"Also Ryan, du kannst natürlich nach Hause gehen, übermorgen können wir dir dann die Fäden ziehen, so dass du zu deiner Hochzeit fast wie neu bist." Luc grinste Ryan und Melody anzüglich an. Auch die anderen Familiemitglieder konnten ein Grinsen nicht unterdrücken.
Ryan nickte und stand schamlos auf, um in seine Kleider zu schlüpfen. Eine Schwester sah ihm dabei so unverfroren zu, dass Melody in ihre Richtung ein böses Knurren schickte. Mit einem Blick auf Melodys Miene ging sie dann auch sofort aus dem Zimmer.
Ryan sah kurz zu Melody und schmunzelte leicht. "Na meine Kleine, erschrecken wir heute arme kleine Schwestern, statt böse Söldner?" Melodys Augen blitzten kurz böse zu Ryan, der zog sich jedoch nur lachend weiter an und kam dann zu ihr, um sie

fest in seine Arme zu schließen. "Danke, dass du meine Tugend beschützt hast, meine Süße." Jetzt mussten wieder alle lachen und auch Melody setzte erleichtert ein.
"Eines gibt es jedoch noch, was eigentlich nur Melody und Ryan betrifft." Luc sah jetzt abwartend zu den beiden, die ihn verwirrt anstarrten.
"Was ist es, wir haben keine Geheimnisse vor unserer Familie."
"Nun ja, Melody, ich habe dir gestern Blut für eine Blutkonserve abgenommen." Als Melody dazu nur nickte, fuhr er fort. "Wie ihr ja wisst, werden alle Blutabnahmen von uns nach Krankheiten und anderen Abweichung untersucht."
Alle nickten jetzt schon etwas unruhiger. Ryan verließ jedoch die Geduld. "Luc, was willst du uns sagen. Spann uns nicht auf die Folter. Ist Melody etwa krank?"
Ängstliche Blicke wanderten zu Luc, doch als dieser laut zu lachen anfing, wurden die ersten Drohungen gegen ihn ausgestoßen.
"Luc", kam es mit einem bösen Knurren von Eric.
"Entschuldigung, aber es ist einfach so selten, dass ich gute Nachrichten überbringe. Melody, du bist etwa in der vierten Woche schwanger. Ich gratuliere dir."
Melody sah zweifelnd zu Luc. "Sind Sie sich sicher? Eigentlich sollte es eher problematisch für mich sein schwanger zu werden, weil meine Eierstöcke zu wenige Eier produzieren?"
"Ich habe den Test persönlich zweimal kontrolliert, du bist eindeutig schwanger."
Melody konnte jetzt die Freudentränen nicht mehr unterdrücken, sie sah zu Ryan auf. Der schaute sie mit einem liebevollen Lächeln an und wischte ihr zärtlich die Tränen von den Wangen. Dann zog er sie fest an sich und küsste sie. "Mein Kätzchen, ab jetzt wirst du bitte keine Söldner mehr erstechen. Versprich mir das."
Melody musste jetzt gleichzeitig lachen und weinen und nickte dazu nur ergeben. Lelia und Wendi waren ganz gerührt und drückten und küssten sie abwechselnd.

Wulf klopfte Ryan fest auf die Schulter. "Na du hast ja nicht lange gebraucht, um Nachwuchs zu erzeugen."
Ryan grinste Wulf an. "Ich kann es noch immer nicht glauben, wir bekommen ein Baby. Was mich aber fast noch mehr erschreckt ist, dass meine schwangere Frau mich aus den Fängen von Söldner befreit hat. Ich bekomme jetzt noch Albträume, wenn ich daran denke, was alles hätte passieren können."
Die Männer nickten zustimmend — welch ein Glück, dass alles gutgegangen war.

Als die ganze Familie bei ihrem Anwesen ankam, wurden sie schon von den freudestrahlenden Angestellten erwartet.
"Es tut gut Sie beide wieder gesund bei uns zu haben", meinte Mrs. Low mit Tränen in den Augen. Die anderen Angestellten nickten dazu nur.
Melody ging zu Mrs. Low und nahm die ältere Frau kurz in den Arm. Dann drehte sie sich zu den Angestellten um und lächelte alle liebevoll an. "Uns geht es gut und Ryan wird auch bald wieder allen mit seinem dominanten Alphawesen auf die Nerven fallen. Also keine Sorge."
Als alle Ryan laut knurren hörten und er böse meinte: "Ich weiß nicht, was ihr immer mit meinem Alphawesen meint. Ich bin doch ein netter, umgänglicher Typ oder?", mussten alle lachen.
Da Ryan sich nicht wieder hinlegen wollte, wurde er kurzerhand aufs Sofa im Wohnzimmer verfrachtet. Melody setzte sich vor ihm auf den Boden und lehnte den Kopf an seine Mitte. Die anderen setzten sich um sie herum und waren einfach froh, dass wieder alle vereint waren.
"Onkel Ryan, was ist mir dir passiert? Hast du nicht aufgepasst und dich verletzt?", fragte Siri.
Rob kam jetzt ebenfalls näher, ging zu Ryan, küsste ihn zart auf die Stirn und meinte ernst: "Wenn man ein Wehweh hat, kann das nur durch Küsse wieder gut werden." Dann setzte er sich neben Melody auf den Boden und lehnte sich an sie.

Ryan fing sich als erster und meinte dazu nur grinsend: "Ich hoffe, meine Krankenschwester weiß das auch und wird sich an deinen Ratschlag halten." Dabei sah er jetzt lüstern zu Melody, die prompt wieder rot wurde.

Die ganze Familie amüsierte sich köstlich und Lelia schnappte sich Siri, die immer noch wissend wollte, was eigentlich passiert war. Lelia erzählte eine kindergerechte Version, die sie dann zufrieden stellte.

Am späten Vormittag kamen dann noch Torben und Sean vorbei, die ihnen mitteilten, dass die Polizei vom Festland die Wilderer und Söldner bereits abgeholt hätte. Es würden sich in ein paar Tagen einige Beamten bei ihnen melden, um noch ihre Aussagen zu bekommen. Ryan nicke dazu nur, denn das hatte er erwartet.

Ein Diener kam herein und teilte ihnen mit, dass das Mittagessen bereit stehen würde. Dieses Mal schlossen sich Torben und Sean der Familie an und es wurde ein recht lustiges Beisammensein. Mrs. Low hatte sich selbst übertroffen.

Ryan nutzte seine Krankheit gegenüber den anderen mit soviel Unverschämtheit aus, dass bald die ersten bösen Worte in seine Richtung gerufen wurden. Nur Melody grinste dazu, dass Ryan von ihr gefüttert werden wollte, da er ja so arm und verletzt war. Doch als er einmal nicht aufpasste, was Melody ihm in den Mund schob, bekam er ein großes Stück Orange mit Schokosoße hinein gesteckt. Beim ersten Biss fiel ihm dann erst auf, was ihm Melody da in den Mund geschoben hatte und er kaute die Orange mit Todesverachtung und warf ihr dabei böse Vergeltungsblicke zu, die Melody jedoch nur mit einem lauten Lachen quittierte. Wendi, die nicht ganz verstand warum die anderen jetzt ebenfalls in Lachen ausbrachen, sah etwas verwirrt zu Eric. Als Eric ihr dann die Vorgeschichte zu dieser Orange mit Schokosoße erzählte, prustete sie sofort ebenfalls los.

"Süße, ich hoffe, du hast nicht vor, deinen armen Patienten laufend so zu quälen?" Ryan hatte jetzt endlich die Orange geschluckt und sah böse zur lachenden Melody.

"Nein mein Liebling, nur die Patienten die extrem quengelig und lästig sind." Dann nahm sie seinen Kopf in ihre Hände und küsste ihn liebevoll. "Die Patienten die brav sind, bekommen von mir Küsse."
Ryan sah sie jetzt lüstern an. "Dann werde ich ab jetzt ein ganz braver Patient sein." Als Melody nur grinste setzte er noch dazu. "Denn ich muss meiner Pflegerin ja erst zeigen, wo ich Schmerzen habe und eine Heilungskuss benötige, oder?" Sofort wurde Melody wieder knallrot und Ryan konnte ein zufriedenes Schmunzeln nicht unterdrücken.
Alle Männer am Tisch grinsten jetzt wissend und auch als sie die bösen Blicke der Frauen sahen, hörten sie nicht damit auf, sondern legten sogar noch ein leises dominantes Knurren dazu.
Melody, Lelia und Wendi verdrehten nur die Augen und widmeten sich wieder ihrem Mittagessen.
Am Abend würden Stefan und Lisa ankommen. Phil und Wulf würden sie vom Flugplatz abholen und direkt hierher bringen.
Melody freute sich schon auf die beiden, sie waren mit Wendi einer der wenigen Anker ihres Lebens gewesen.

Ryan ließ sich von Melody überreden, am Nachmittag doch etwas in ihren Privaträumen auszuruhen. Als er sofort zustimmte, hätte Melody etwas merken müssen, denn kaum waren sie in ihren Räumen, zog Ryan Melody zum Bett und küsste sie, bis sie nur noch stöhnend unter ihm lag. Zufrieden sah er auf seine Gefährtin hinunter.
"Na meine Süße, was ist jetzt mit dem Wegküssen meiner Schmerzen. Ich leide so furchtbar." Verschmitzt grinste er die rot gewordene Melody an. Dann sah er jedoch den Schalk in ihren Augen und bekam sofort eine Erektion. Was hatte sie vor? Melody schob Ryan zärtlich aufs Bett und begann ihn auszuziehen. Als er nackt da lag, zog sie sich ebenfalls aus und sah ihm tief in die Augen.
"Nachdem du ja ein braver Patient warst, darfst du mir jetzt sagen, wo es dir weh tut. Oder möchtest du lieber, dass ich es selbst herausfinde?"

Ryan konnte nur fasziniert zu seiner sinnlichen Frau hinauf schauen. Dann packte er sie im Nacken und zog sie zu sich hinunter. Er küsste sie hart und fordernd.

"Als gute Krankenschwester solltest du es wohl selbst herausfinden, nicht wahr?"

Melody grinste ihn jetzt nur noch an und beugte sich langsam über ihn. Er konnte ihre Lippen sanft auf seiner Brust spüren, sie küsste ihn wirklich Stück für Stück. Ryan hatte das Gefühl, als würde Melody jeden Millimeter seines Körpers mit ihren Lippen berühren. Als sie sich bis zu seiner Mitte durchgeküsst hatte, war er schon ein vor Lust zitterndes Bündel, das nur noch verzweifelt ihren Namen rufen konnte. Ryan musste Melody ebenfalls spüren. Er zog ihre Beine zu sich hinauf und ließ sie ein Bein über sich stellen. Jetzt befand sich Melodys Kopf bei seiner Mitte und ihre Mitte genau über seinem Kopf. Als Melody anfing seinen Penis zart zu küssen und zu streicheln, zog er Melodys Hüfte zu sich herunter und leckte lustvoll immer wieder über ihre feuchte heiße Spalte. Dabei verweilte er immer etwas länger bei ihrer Klitoris, um an dieser zu saugen und leicht zu knabbern. Als er das erste Mal so über ihre Spalte fuhr, konnte er Melody erstarren spüren. Sofort setzt bei ihr ebenfalls ein Zittern ein und Ryan konnte die Zunahme ihres süßen Dufte riechen. Er würde Melody solange lecken, bis sie sich freiwillig ergab und um Gnade flehte. Melody fing wieder an seine Penis zu streicheln, doch jetzt hörte sie nicht mehr auf, wenn Ryan über sie leckte, sondern griff kurzzeitig etwas fester zu, wenn sie die Lust übermannte.

Melody hatte natürlich gemerkt, was Ryan plante, doch als sie Ryan das erste Mal lecken spürte, hatte sie ein Gefühl, als müsse sie vor Lust zerbrechen. Ihre Beine fingen an zu zittern und sie musste kurz innehalten und das Gefühl der Lust verklingen lassen. Doch Ryan ließ ihre keine Zeit dazu, sofort leckte er wieder über ihre Spalte, doch diese Mal sog er auch noch zart an ihrer Klitoris, so dass Melody vor Wonne zitterte und glühte. Sie

versuchte die Gefühle, die Ryan in ihr auslöste, unter Kontrolle zu bringen und sich wieder seinem samtig weichen Schaft zuzuwenden. Unbewusst gab sie jedoch die Lust, die Ryan in ihr erzeugte, an ihn weiter, indem sie ihn fester streichelte und ihren Mund immer schneller um seine feuchte Spitze schloss, seinen Schaft hinab fuhr und wieder hinauf glitt. Sie konnte Ryan unter sich genauso zittern spüren, wie sie über ihm zitterte. Als Ryans knapp vor dem Orgasmus stand, zog er Melody fester zu sich hinunter. Er führte ihr zwei Finger ein und konnte sofort ein neues Erbeben bei ihr spüren. Im selben Rhythmus wie sie seinen Penis in ihren Mund ein- und ausführte, ließ er seine Finger in sie hinein und hinaus gleiten. Umso näher Melody ihrem eigenen Orgasmus kam, umso schneller wurde sie selbst, so als würde sie Ryan damit dazu bringen auch bei ihr schneller zu werden. Ryan passte sich genau ihrem Rhythmus an. Als Melody dann zum Höhepunkt kam, ließ sie Ryan nicht los, sondern hielt verkrampft kurz inne bis ihr heftigstes Zittern vorbei war, um sofort wieder Ryan Lust zu bereiten. Der kam ihr jetzt mit ein paar Stößen seiner Hüfte entgegen und brüllte vor Lust und Zufriedenheit seinen Orgasmus heraus. Melody stieg von ihm hinunter und er nahm sie fest in seine Arme.
"Meine sinnliche Kleine ... du bist einfach unfassbar." Ryan küsste sie zart auf die Nasenspitze. "Süße, du hast deinen Orgasmus gar nicht richtig genießen können, nur damit ich ebenfalls meinen Höhepunkt habe. Ich hätte auch noch ein paar Minuten warten können." Zärtlich lächelte er auf Melody hinunter, die ihn jetzt wieder mit einem roten Kopf ansah.
"Ich wollte dich auch so schnell wie möglich glücklich machen." Ryan sah Melody ernst in die Augen. "Kätzchen, du hast für mich dein Leben riskiert, trägst mein Kind unter deinem Herzen, wirst übermorgen meine Frau und erregst mich schon, wenn du nur neben mir atmest. Ich bin der glücklichste Mann auf der Welt, auch wenn ich einmal nur dir einen Höhepunkt verschaffe. Du bist das Wichtigste in meinem Leben und ich liebe dich mehr, als du dir nur im Geringsten vorstellen kannst."

Melody lächelte Ryan glücklich und verliebt an. "Doch, ich kann es mir vorstellen, denn mir geht es genauso."
Ryan legte seine Gefährtin sanft auf den Rücken und stieg zwischen ihre Beine. Als er dann in sie eindrang, wurde er sofort wieder mit einem wohligen Stöhnen von ihr begrüßt. Er nahm sie langsam und liebevoll. Seine Hände glitten zwischen ihre Hüften und streichelten ihre Klitoris bis sie schreiend erneut zum Orgasmus kam. Doch Ryan ließ sich Zeit, nur Melody war wichtig. Mit seinen rhythmischen Bewegungen und seinen streichelnden Hände brachte er Melody immer wieder zu einem Höhepunkt. Als er irgendwann bemerkte, dass sie ziemlich erschöpft war, ließ er sich noch einmal mit ihr zusammen auf einer Welle von Lava in die Höhe treiben, nur um mit ihr zusammen zu verglühen.
Kaum war Ryan zart aus Melody heraus geglitten und hatte sie in die Arme genommen, war sie auch schon an seiner Brust eingeschlafen. Lächelnd zog er eine Decke über sie beide und versuchte auch etwas zu schlafen. Seine Wunde schmerzte jetzt wieder, doch das war es allemal wert.

Melody wurde mit einem zarten Kuss von Ryan geweckt. "Was ist, meine verschlafene Geliebte? Bald werden Stefan und Lisa ankommen. Sollten wir nicht duschen und langsam hinunter gehen?" Grinsend sah Ryan auf die immer noch träumende Melody hinunter.
Sie brauchte einige Sekunden, um zu verstehen, was Ryan gerade zu ihr gesagt hatte. Stefan und Lisa würden bald da sein. "Himmel, schnell lass uns duschen. Ich hoffe, sie kommen bald." Mit den Worten war Melody auch schon aus dem Bett und ins Badezimmer unterwegs. Ryan folgte Melody, wusch sich aber nur am Waschbecken, da der Verband und die Nähte nicht nass werden sollten.
Als sie beide angezogen waren, zog Melody Ryan aufgeregt mit sich die Treppen hinunter. Im Wohnzimmer wartete schon gespannt der Rest der Familie.

"Hallo, ihr zwei Schlafmützen. Phil hat angerufen, sie sind schon mit Stefan und Lisa hierher unterwegs. Sie müssten in einer halben Stunde da sein." Eric sah sie dabei strahlend an.
Ryan nickte nur und zog die aufgeregte Melody auf seinen Schoß. "Ganz ruhig, mein Kätzchen, sonst bekommst du mir noch einen Herzinfarkt. Dann müsste ich dich pflegen und dir deine Schmerzen wegküssen." Melody sah ihn strafend an und knurrte böse. Doch ihr Duft verriet sie sofort und Ryan lachte sie wissend an.
Als dann endlich ein Auto vor der Tür hielt, sprang Melody erfreut auf und rannte zur Eingangstür. Der Rest der Familie, folgt ihr etwas langsamer.

Stefan hatte von Phil und Wulf schon von den Aufregungen der letzten Tage gehört und konnte es immer noch nicht glauben, dass seine kleine Melody alleine durch einen dunklen Urwald gelaufen war, um Ryan zu retten. Sie musste sich komplett verändert haben. Als er dann auch noch eine freudige Melody auf sich zulaufen sah, konnte er es nicht fassen. Melody hatte sich extrem verändert. Sie war eine selbstbewusste, wunderschöne junge Frau geworden. Als er dann Ryan und den Rest der Familie erblickte, wusste er auch, wer für diese Verwandlung verantwortlich war. Die ganze Familie lachte Melody nur liebevoll hinterher und auch die Angestellten, die bereit standen, grinsten mit liebevollem Blick zu Melody. Stefan hatte Tränen in den Augen. Dieses Haus und ihre Bewohner waren wie für Melody geschaffen ... voller Liebe und Zuneigung.
"Stefan, ich freu' mich, dass du da bist."
Stefan konnte nur noch schnell die Arme öffnen und eine lachende und zugleich weinende Melody auffangen. Er drückte sie fest an sich und versuchte krampfhaft die Tränen zurückzuhalten. Doch seine Frau Lisa war da anders. "Melody, meine Süße, du siehst einfach unwerfend gut aus." Weinend schnappte sie sich Melody und drückte sie fest an sich.
"Lisa, ich bin froh, dass du auch mitgekommen bist."

"Meine Süße, das hätte ich mir niemals entgehen lassen. Noch dazu wo ich mit Stefan nie raus komme und jetzt endlich die Chance hatte auf einer Trauminsel ein paar Tage Urlaub zu machen."
Als Melody und Lisa das erboste Schnauben von Stefan hörten, mussten beide lachen. Stefan nahm seinen Job als Clanoberhaupt genauso ernst wie Ryan, daher fuhr er so gut wie nie in den Urlaub. Sehr zum Ärger seiner Frau Lisa.
In der Zwischenzeit waren auch die anderen Familienmitglieder zu ihnen gestoßen. Ryan stellte sich hinter Melody, die sich, ohne sich umzusehen, sofort fest an ihn lehnte und auch gleich darauf von seinen Armen umfangen wurde.
Stefan sah dieses reine Vertrauen mit Freude und grinste Ryan zustimmend an.
"Hallo Ryan, wie ich sehe, behandelst du mein Ex-Clanmitglied gut. Somit muss ich mir wohl keine Sorgen mehr machen."
Stefan lachte zwar, doch Ryan konnte die ernste Botschaft dahinter hören. Stefan hätte keine Hemmungen gehabt, ihm Melody wieder wegzunehmen, wenn er das Gefühl gehabt hätte, er würde sie nicht gut behandeln.
Ebenfalls lachend, doch mit einem ernsten Blick nickte Ryan, zum Zeichen, dass er die Botschaft verstanden hatte. Als Stefan jedoch seine Hand schüttelte, war da nur noch Freude und Zustimmung und Ryan entspannt sich ebenfalls wieder.
Die Gäste wurden herein gebeten und nach einer ausgedehnten Begrüßung und einem Nachtmahl verabschiedeten sich Stefan und Lisa, da sie von der Reise ziemlich müde waren. Lelia zeigte ihnen das Gästezimmer und kam dann wieder hinunter, um sich zur Familie ins Wohnzimmer zu setzten.
Nach einer abschließenden Tasse Kaffee gingen jedoch alle anderen ebenfalls zu Bett, da morgen der letzte Tag vor der Hochzeit und vor dem Clantreffen war und es noch ziemlich viel zu tun gab.

Am nächsten Morgen trafen sich alle zum Frühstück. Stefan und Lisa wollten einfach alles wissen, was Melody in der Zwischenzeit passiert war. Melody erzählte erfreut, was ihr wichtig erschien — immer wider unterbrochen von diversen Familienmitgliedern, wenn diese der Meinung waren, Melody hätte etwas ausgelassen oder nicht richtig erzählt. So war am Tisch oft so ein heilloses Durcheinander, dass alle immer wieder in Lachen ausbrechen mussten. Doch als Melody anfing zu erzählen, wie sie Ryan gespürt hatte als er angeschossen wurde und was dann weiter geschah, war es ganz still am Tisch. Als Melody dann erzählte, dass durch Zufall heraus gekommen war, dass sie schwanger war, wurde die Stille sofort von einem erfreuten Ausruf von Lisa durchbrochen. "Melody, du bist schwanger? Das ist ja wunderbar." Lisa kam sofort zu ihr und drückte Melody fest in ihre Arme. Auch Stefan stand auf und gratulierte herzlich.

Ryans Blick war während der ganzen Geschichte keinen Moment von Melodys Gesicht gewichen. Er konnte es immer noch nicht glauben, dass seine süße, kleine, ängstliche Melody das alles zustande gebracht hatte. Genauso war er etwas erstaunt, dass Melody seine Schmerzen so stark hatte fühlen können. Eigentlich sollten Clanfrauen ihre Männer nur schwach fühlen können. Dass sie beide Schüsse gespürt hatte, war eigentlich unmöglich oder ein Zeichen, dass sie beide extrem stark miteinander verbunden waren. Ryan nahm Melodys Hand in seine und als sie verwirrt zu ihm aufsah, küsste er jeden ihrer Finger zärtlich. Sofort wurde er mit einem leisen Schnurren von ihr belohnt.

Der Tag wurde mehr als hektisch. Wendi und Lelia waren laufend in Planungen verstrickt und als sie noch Hilfe brauchten, schnappten sie sich kurzerhand Lisa, die ihnen sofort freudig zur Hand ging Als Melody vorsichtig fragte, ob sie auch etwas helfen könnte, wurde sie sofort von den Frauen liebevoll abgeschoben. "Melody, du solltest dich vor deinen großen Tag noch entspannen. Ryan bekommt ja auch noch die Fäden gezogen. Dann könnt ihr zusammen etwas unternehmen."

Melody sah zweifelnd zu den drei Frauen, doch die ließen sich davon nicht abbringen und so ging Melody Ryan suchen. Der hatte sich mit seinen Brüdern zurückgezogen, um den Frauen ausweichen zu können, die sie schon einige Male ziemlich böse angeknurrt hatten, wenn sie ihnen im Weg standen.

Melody ging durch die Räume, doch sie konnte Ryan und die anderen nicht finden. Sie überlegte kurz, dann beschloss sie ihren Gefühlen zu folgen. Sie lief in ihr Zimmer zog sich eine dünne Short und ein dünnes T-Shirt an, ohne Unterwäsche, da sich nur die Teile, die direkt auf der Haut lagen mitverwandelten. Dann ging sie wieder in die Vorhalle und verwandelte sich in ihren Tiger. In dieser Form konnte sie Ryan viel intensiver spüren. Sie lief von ihren Instinkten getrieben zur Vordertür. Dort stand einer ihrer Diener und öffnete diese mit einem Lächeln für sie. Melody schnurrte kurz in seine Richtung, so dass sein Lächeln noch stärker wurde und er sich leicht verbeugte. Dann war Melody schon hinaus gehuscht und folgte Ryan. Sie lief durch das ganze Anwesen und da wurde ihr klar, dass Ryan und seine Brüder im Dorf waren. Sie sprang ohne weiter zu überlegen über die Mauer, immer auf der Suche nach Ryan. Doch kaum setzte sie auf der anderen Seite der Mauer auf, sprang ein Löwe hinter ihr ebenfalls über die Mauer und knurrte sie böse an.

Melody musste innerlich grinsen. Tom hatte sie schon wieder erwischt, sie schnurrte zu ihm hin und lief einfach weiter. Das Tom ihr folgen würde, war Melody von Anfang an klar und sie freute sich auch über seine Gesellschaft, da sie den Weg zum Dorf noch nie alleine gelaufen war. Sie kamen an verschiedenen Häusern vorbei, doch dieses Mal führte sie die Spur von Ryan nicht die Hauptstraße hinunter, sondern in eine der Querstraßen. Sie konnte Tom ganz dicht hinter sich laufen spüren und war dankbar für seine Nähe. Nicht, dass sie befürchten müsste, dass irgendein Clanmitglied ihr etwas antun würde. Doch man konnte nie wissen. Am Rande des Dorfes öffnete sich die Gasse dann zu einem kleinen Platz, auf dem ein großes

Wirtshaus stand. Jetzt wusste Melody, wo Ryan und die anderen Männer waren. Sie blieb unschlüssig vor dem Wirthaus stehen. Dass dort drinnen Alkohol ausgeschenkt wurde war klar. Aber tranken Ryan und die anderen ebenfalls Alkohol? Melody verwandelte sich unsicher zurück und blieb mitten auf dem Platz stehen. Waren in dem Wirtshaus viele Betrunkene, oder war es noch zu früh dazu?

Ryan und die Anderen beschlossen sich vor den Frauen in Sicherheit zu bringen und gingen ins Dorf zum einzigen Wirthaus. Als Ryan und seine Brüder mit Phil und Stefan herein kamen, waren die Wirtsleute komplett aus dem Häuschen. Sie konnten natürlich sofort spüren, dass Stefan ebenfalls ein Alpha war.
Es waren auch einige andere Clanmitglieder da, doch als sich die sechs Männer laut lachend an einen großen Tisch setzten, waren sie sofort im Mittelpunkt der Aufmerksamkeit. Die Kunde von ihrer Anwesenheit verbreitete sich rasend schnell im ganzen Dorf .
Nach ein paar Minuten kamen dann immer mehr Clanmänner herein, unter anderen auch Torben und Sean, die mit großem Hallo zu den Männern am Haupttisch gingen.
"Was ist los? Ich glaube, ich habe euch noch nie hier im Wirtshaus gesehen." Torben sah interessiert in die Runde der lachenden Männer.
"Wir wurden freundlich von unseren Frauen hinausgeworfen, da wir für die Hochzeit und das Clantreffen immer im Weg standen und nachdem jeder ein böses Knurren kassiert hatte, beschlossen wir uns in Sicherheit zu bringen." Wulf hatte das so laut erzählt, dass jeder der Männer im Wirtshaus es mitbekam und in lautes Lachen ausbrach. Ja, das war ein Problem, das jeder Mann verstehen konnte.
Stefan stand kurzerhand auf und meinte lautstark. "Nun, so kommt Ryan wenigstens zu einem Polterabend. Ich lade alle Anwesenden ein auf Ryan und seine Melody anzustoßen."

Sofort wurden freudige Rufe laut und die Wirtsleute beeilten sich, allen ein Glas Bier zu bringen. Dann wurde lautstark auf Ryan und Melody angestoßen. Ryan hatte noch nicht einmal das halbe Bier getrunken, als er plötzlich Melody spürte. Sie war ganz in seiner Nähe, sie musste vor dem Wirtshaus stehen. Fluchend sprang er so schnell auf, dass ihn alle erschrocken ansahen. Er stürzte zu Tür und war auch schon draußen, bevor ein anderer reagieren konnte. Zurück blieben etwas verwirrte Männer, die jetzt aus den vorderen Fenstern auf den Platz sahen. Als Wulf und Brian Melody dort stehen sahen, fluchten sie ebenfalls lautstark. Die anderen Clanmitglieder sahen jetzt noch verwirrt aus.
"Also bevor Ryan und Melody nicht weg sind, geht keiner von euch aus diesem Wirtshaus hinaus. Haben wir uns verstanden?" Wulf stellte sich mit Brian und Phil vor die Tür.
Da alle Familienmitglieder und natürlich auch Torben und Sean von Melodys Ängsten wussten, nickten sie dazu nur und setzten sich wieder entspannt zurück.

Ryan ging so schnell er konnte auf Melody zu. Doch als er die Angst in ihren Augen sah, blieb er zögernd stehen. "Kleines, du hast doch keine Angst von mir, oder? Du weißt, dass ich dich liebe und dir nie etwas tun würde." Plötzlich standen Melody Tränen in den Augen und sie lief mit großen Schritten auf Ryan zu, der sie erleichtert auffing. "Himmel, Kätzchen. Ich habe gedacht, du bist noch bis zum Abend beschäftigt, sonst hätte ich mit den Männern kein Bier getrunken."
Melody lachte ihn jetzt wieder voller Zutrauen und Liebe an. "Das macht nichts, ich liebe dich. Ich weiß, dass du mir nie wehtun wirst."
Als Melody kurz den Biergeruch gerochen hatte, kamen sofort ihre Ängste hoch, doch als sie den Schmerz in Ryans Augen sah, war die Angst sofort vorbei. Er sollte wegen ihr keine Schmerzen haben. "Sind die anderen auch im Wirtshaus?" Melody sah vorsichtig um seine Schultern herum.

Ryan lachte leise. "Ja, wir haben uns hier versteckt und kaum waren wir drinnen, kamen immer mehr Clanmänner. Jetzt ist das ganze Wirtshaus vollgestopft von Clanmännern, die auf uns trinken." Ryan deutete zu Tom. "Tom, danke dass du Melody beschützt hast. Ich nehme nicht an, dass sie dich bewusst mitgenommen hat, oder?" Melody wurde wieder rot und Tom fing zu grinsen an. Ryan nickte dazu nur seufzend. "Was hältst du davon ebenfalls in Wirtshaus zu gehen und auf Melody und mich zu trinken. Du hast es dir wirklich verdient. Ich übernehme jetzt meine süße Gefährtin." Tom lachte erfreut und marschierte ins Wirtshaus, wo sofort ein großes Hallo zu hören war.

Melody sah fasziniert zum Eingang. Es drang lautes Lachen heraus und nichts deutete darauf hin, dass jemand böse oder gefährlich war.

"Was willst du gerne machen, meine Süße?" Ryan sah abwartend zu Melody, die immer noch fasziniert die Tür zum Wirtshaus beobachtete. "Glaubst du, wir könnten kurz dort hineinschauen? Es dürfte recht lustig da drinnen sein." Melody sah fragend zu Ryan, der sie jedoch nur stirnrunzelnd beobachtet. "Schatz, dir ist schon klar, dass da drinnen lauter Männer sind, die schon ein paar Bier intus haben?"

Melody runzelte kurz die Stirn. "Du meinst, es könnte für mich gefährlich werden?"

Ryan schüttelte sofort den Kopf. "Nein, das meinte ich nicht. Es sind alle meine Brüder dort, Phil, Stefan, Torben Sean und jetzt auch noch Tom. Dort bist du, auch wenn alle betrunken sind, besser aufgehoben als überall anders auf der Welt." Ryan wartete jetzt einfach ab. Vielleicht würde es Melody schaffen, sich ihren Ängsten zu stellen. Der Dunkelheit hatte sie sich schon bei seiner Befreiung gestellt. Vielleicht schaffte sie es ja auch beim Alkohol.

Melody überlegt kurz und nickte dann. "Komm, schauen wir kurz hinein, ich will sehen, warum alle so lachen." Melody hatte Ryan an der Hand genommen und zog ihn jetzt zum Eingang hin.

Knapp vor der Tür ging Ryan vor und zog Melody fest in seine Arme. Als er die Tür öffnete und mit Melody eintrat war es kurz komplett ruhig. Die Männer seiner Familie sprangen sofort alarmiert auf, doch auf Ryans Zeichen setzten sich alle wieder und beobachteten jetzt nur erstaunt Ryan und Melody.
Melody drückte sich fest an Ryan. Das Erste, was sie wahrnahm waren der Biergeruch und die Ausdünstung von Männern, die schon einiges an Bier getrunken hatten. Kurz blitzte die Panik wieder auf und sie drückte sich gegen Ryan, der sie jetzt noch fester an sich presste. Als dann plötzlich die ersten Hochrufe von den restlichen Clanmitglieder zu hören waren, entspannte sich Melody wieder leicht.

Ryan hatte sie die ganze Zeit beobachtet und spürte daher sofort die Panik in ihr aufsteigen. Er wollte sie schon wieder hinausbringen, als die Hochrufe der Clanmitglieder erklangen, die Melody und Ryan freundlich zuprosteten und ihnen alles Gute wünschte. Sofort entspannte sich Melody wieder und als sie die Männer anlächelt, war Ryan mehr als nur stolz auf sein Kätzchen.
Auch die Männer seiner Familie hatten Melody die ganze Zeit ängstlich beobachtet, und als sie dann ihr Lächeln sahen, lehnten sie sich erfreut entspannt zurück.

"Willst du dich setzten, es gibt auch Kaffee. Oder möchtest du wieder gehen, mein tapferes Kätzchen?" Zärtlich küsste Ryan Melody hinter ihr Ohr und spürte sofort ihr Erschaudern.
Sie sah keck zu Ryan auf. "Ich weiß nicht, willst du weiter trinken oder vielleicht doch an unserem Strand erforschen, was ich unter diesen Kleidern trage?"
Ryan hielt kurz den Atem an. Es war ihm natürlich sofort klar, dass Melody darunter nichts anhatte, da sie als Katze gekommen war. Er fuhr leicht mit seinem Daumenballen über eine Brust und als er Melody leise stöhnen hörte, grinste er nur dazu.
"Ich muss leider gehen, meine Gefährtin möchte mir noch etwas ungemein Wichtiges zeigen. Aber bitte trinkt auf unser Wohl

und noch viel Spaß, obwohl ihr sicher nicht so viel Spaß wie ich haben werdet." Zwinkernd lachten die Clanmänner in ihre Richtung und natürlich wurde Melody wieder über und über rot. Ryan nahm sie auf den Arm und verließ unter Lachen und guten Kommentaren, die Melody noch roter werden ließen, das Lokal.
Ryan sah auf seine Gefährtin hinunter und sein Herz flog ihr zu. "Das war heute sehr tapfer von dir, mein Kätzchen. Ich bin sehr stolz auf dich."
Melody sah zu ihm hoch und lachte verschmitzt. "So tapfer war das nun auch wieder nicht, da ich ja bei allen Personen im Lokal gewusst habe, dass sie mir nichts tun würden."
Ryan schüttelte nur den Kopf und küsste Melody wild und besitzergreifend. Als er wieder den Kopf hob, leckte sich Melody mit einem Stirnrunzeln über die Lippen. "Weißt du, dass ich das Bier schmecken kann?"
Ryan sah sie jetzt etwas besorgt an. "Sollen wir nach Hause laufen und ich putze mir noch schnell die Zähne?"
Melody sah ihn entgeistert an. "Nein, so schlimm ist es auch wieder nicht ... es schmeckt nur ungewohnt. Doch ich kann dahinter immer noch dich schmecken, also ist es nicht so schlimm."
Ryan schüttelte wieder den Kopf, Melody würde ihn wohl immer wieder überraschen, egal wie alt sie werden würden. "Also, dann zu unserem Strand. Ich möchte jetzt wirklich sehen, was du unter den Shorts trägst."
Melody lachte zärtlich. "Musst du nicht noch zu Luc und die Fäden ziehen lassen?"
Ryan schüttelte den Kopf, ließ Melody hinunter und zog sein T-Shirt in die Höhe. Melody konnte seine Narben sehen, sie waren zwar noch strahlend rot, doch komplett verheilt und die Fäden waren bereits gezogen.
Sanft strich Melody darüber. "Wann hast du die Fäden ziehen lassen?"
Ryan zog sich das T-Shirt wieder an. "Gleich heute früh; es steht einem Besuch am Strand also nichts mehr im Wege."

Melody sah kurz mit ihren blauen Augen zu ihm auf und verwandelte sich sofort in ihren Tiger. Ryan lachte laut, dass war wieder typisch Melody. Da Ryan auch eine Hose an hatte, zog er diese aus, lief kurz wieder zum Wirthaus zurück und warf die Hose hinein. Bevor er noch die Tür schließen konnte, wurden sofort anrüchige Kommentare hinterher gerufen, die Ryan nur ein Grinsen entlockten. Vielleicht würde er die Anregungen verwenden. Dann verwandelte er sich, schloss zu seiner schönen Katze auf und sie liefen gemeinsam zum Strand.

Erst am späten Nachmittag kamen Melody und Ryan wieder zurück. Sie liefen lachend in ihre Räume, um sich zu duschen, hinter sich den liebevollen Blick von diversen Familienmitgliedern.
Nach dem Abendessen im Wohnzimmer wurde nochmals alles genau durchgesprochen. Im Dorf ging es jetzt schon ziemlich laut zu, da die meisten Clanmitglieder vom Festland schon da waren und mit ihren Familien vorfeierten. Das ganze Hotel war mit Clanmitgliedern gefüllt und auch am Strand konnte man Zelte und Schlafsäcke verstreut liegen sehen. Melody und Ryan hatten Glück, dass sie an ihrer versteckten Stelle nicht gefunden worden waren. Die Hochzeit hatten sie schon auf zehn Uhr vormittags angesetzt, sodass dann alle danach ausgelassen feiern konnten.
Als alles besprochen war, zogen sich alle für den morgigen großen Tag zurück. Ryan nahm zärtlich Melody bei der Hand und ging mit ihr in ihre Räume. Dort blieben sie beide stehen und sahen sich nur verliebt in die Augen. Als Ryan die Hand ausstreckte, griff Melody sofort danach und ließ sich zu ihm ziehen.
"Das ist die letzte Nacht, die ich mit einer unverheirateten Frau in Sünde verbringen kann. Das sollten wir nutzten, oder?" Grinsend sah er zu Melody hinunter, die ihn jetzt ebenfalls lächelnd ansah.
"Du hast Recht, mein sündiger Gefährte." Melody wurde plötzlich rot und Ryan konnte sofort ihre Erregung riechen.

Verschmitzt zog er ihr Kinn zu sich hinauf. "Was ist uns denn gerade Interessantes eingefallen, meine sinnliche Gefährtin?"
Doch Melody schüttelte nur ihren roten Kopf und versuchte sich weg zu drehen.
"Süße, muss ich es etwa wieder kompliziert herausfinden oder wirst du es mir sagen?" Dabei fing er an ihre Hose aufzumachen und schob sie über ihre Hüften auf den Boden. Sofort folgte ihr Slip. Ryan küsste zart ihre Oberschenkel und sah von unten zu ihr hinauf. "Also verrätst du es mir jetzt, oder willst du deinen zukünftigen Mann in der Nacht vor der Hochzeit noch verärgern?" Melody sah rot zu Ryan hinunter, der abwartend zu ihr hinauf starrte. Melody nahm ihren ganze Mut zusammen und flüsterte leise. "Ich dachte nur, dass Sex im Bett nur etwas für verheiratete Paare ist." Rot hielt Melody wieder inne, doch Ryan sah fasziniert zu ihr auf und dann ging ein Grinsen über sein Gesicht.
"Ich bin ganz deiner Meinung, meine schöne Gefährtin. Das Bett gehört den verheirateten Paaren." Lachend stand er wieder auf und zog Melody sanft das T-Shirt und den BH aus. Dann zog er sich ebenfalls aus und presste Melody fest an sich. Er nahm sie auf seine Arme, küsste sie wild. und setzte sie auf die nächste Kommode. Er küsste sich von Melodys Hals bis zu ihrem schönen Bauch und weiter zu ihren Oberschenkeln durch. Als er Melody stöhnen hörte, grinste er wieder zufrieden. Er liebte die Fantasie seiner Gefährtin. Zufrieden drang er mit zwei Fingern in sie ein und musste Melody dann auf der Kommode festhalten, da sie ihm ihre Hüften so weit entgegenstreckte, dass sie fast herunter gerutscht wäre. Er hielt Melody mit beiden Händen fest und kostete ihre Erregung. Als Melody zum Höhepunkt kam, hob er sie herunter und trug sie weiter zu einem großen Ohrensessel. Dort ließ er sie knieen und schob ihren Oberkörper über den oberen Teil des Sessels. Ihre Brüste pendelten über der Kante und sie hatte keine Möglichkeit sich vorne festzuhalten. Ryan kniete sich leise lachend hinter sie und stellte ihre Knie auf die Armlehnen des Sessel. Melody stöhnte erregt auf, als sie Ryans Finger wieder in ihrem Inneren spürte.

Doch gleich darauf nahm er sie wieder heraus und stieß hart und besitzergreifend mit seinem Penis in sie. Melodys Lustschrei war sicher auch noch in den unteren Zimmern zu hören, doch das störte Ryan nicht. Im Gegenteil, es erregte ihn über alle Maße. Er stieß jetzt immer wieder fest in seine Gefährtin, seine Hände streichelten dabei zart ihre Klitoris, so dass er nach kurzer Zeit Melodys Orgasmus spürte. Ihr Innerstes zog sich zusammen und Ryan konnte sich vor Lust fast nicht mehr zurückhalten. Doch er hielt kurz inne, um sich zu fangen und Melody die Möglichkeit zu geben, sich ebenfalls wieder zu beruhigen. Doch dann hielt er es nicht mehr aus. Er nahm seine Gefährtin und kam mit ihr zusammen zu einem Höhepunkt, der sie beide noch einmal aufschreien ließ. Ryan zog Melody zu sich hinunter und drückte sie fest an sich.
"Möchtest du noch etwas ausprobieren, solange wir beide nicht verheiratet sind, oder willst du dir alles andere für unser restliches Leben aufsparen?" Lachend hatte Ryan Melody zu sich gedreht und küsst sie sanft und zärtlich.
Melody sah ihn errötend an, immer noch mit leicht lustverschleierten Augen. "Liebling, ich glaube, wenn wir so weitermachen, bin ich keine Braut, die leichtfüßig den Gang hinunter schwebt, denn dann kann ich vor lauter Muskelkater wahrscheinlich gar nicht gehen."
Ryan lachte laut auf und nahm Melody auf seinen Arm. Er ging mit ihr zum Bett und legte sich mit ihr, immer noch grinsend hin. "Das können wir natürlich nicht riskieren. Ich würde sagen, wir heben uns den Rest für das verheiratete Paar auf, denen soll ja auch nicht langweilig werden, oder?" Melody lächelte. "Als wenn mir mit dir jemals langweilig werden würde", flüsterte sie leise und kuschelte sich dann sofort an Ryan Brust. Der zog sie nur zufrieden an sich und gleich darauf waren beide fest eingeschlafen.

Am nächsten Tag wurden sie von diversen wissenden Blicken empfangen. Melody sah verwirrt zu ihrer Familie, bis Ryan laut

lachte. "Was ist Familie, waren wir gestern etwas zu laut?" Jetzt sah ihn Melody entsetzt an und wurde dunkelrot. Ryan zog Melody in seine Arme und lachte ausgelassen. "Süße, so ein schönes dunkles Rot hab ich sogar von dir noch nie gesehen."
Die ganze Familie brach in lautes Lachen aus, da musste dann sogar Melody lachen und ihre Gesichtsfarbe wurde wieder etwas heller. Lelia und Wendi waren schon ganz aufgeregt.
"Melody iss schnell etwas, denn dann müssen wir dich für die Hochzeit herrichten. Ryan, du und deine Brüder werden bereits im Dorf in der Wache erwartet. Wir haben deinen Anzug und den der anderen Männer dort hinbringen lassen." Lelia und Wendi nickten sich zu und sahen jetzt abwartend zu Melody und Ryan. Die stopften sich beide schnell ein Käsebrot hinein, dann küsste Ryan Melody und flüsterte ihr leise zu: "Bis später, meine geliebte Gefährtin", und war auch schon mit den anderen Männer aus dem Haus.
Jetzt wurden alle noch anwesenden Frauen aufgeregt. Melody wurde in ihre Zimmer in ein warmes Bad gesteckt. Nach einer halben Stunde jedoch wurde sie schon wieder von Rose geholt, in einen Bademantel verfrachtet und ins Wohnzimmer geschoben. Dort wartete bereits Thimosy, um für Notfälle noch etwas am Hochzeitskleid ändern zu können.
Melody zog sich hinter einem extra aufgebauten Paravan nur ihren Slip an, da sie ja keinen BH benötigen würde. Dann gaben ihr die Frauen den Rock nach hinten. Lelia und Wendi halfen ihr in die Korsage und schnürten sie fest. Als nächstes kam der Friseur, er fixierte Melodys Haare in dem Netz aus Perlen und steckte ihr einen zarten kurzen Schleier ins Haar. Zum Schluss wurde sie von einer jungen Dame zart geschminkt. Als Melody dann noch in ihre Schuhe stieg, war sie für die Hochzeit fertig.
Als sie in die Vorhalle trat, warteten dort alle Angestellten und sahen ihr begeistert entgegen. Lelia und Wendi stellten sich hinter Melody und beide mussten die Tränen zurückhalten. Als Stefan herunter kam, hielt er kurz inne. Melody sah zu ihm hinauf und ihr ganzes Gesicht strahlte so vor Glück, dass er

schlucken musste. Er ging langsam auf sie zu und nahm zart ihre Hände.
"Meine kleine Melody, ich habe mir den Tag für dich so herbeigewünscht und jetzt ist er noch besser, als ich ihn mir je hätte vorstellen können. Du siehst nicht nur wunderschön aus, sondern strahlst auch soviel Stolz, Mut und Liebe aus, dass ich nur ehrfürchtig schlucken kann. Ich wünsche dir und Ryan alles Glück dieser Erde."
Melody sah Stefan jetzt mit Tränen in den Augen an. "Danke Stefan, für alles." Dann presste sie den älteren Mann an sich.
Jetzt kamen auch allen anderen zu ihr und wollten sie drücken. Melody ließ es lachend über sich ergehen. Sie alle waren ihre Familie und Melody liebte jeden einzelnen von ihnen.
Als dann Wulf und Eric kamen, um Melody als ihre persönliche Ehrenwache abzuholen, blieben diese kurz ebenfalls erstaunt stehen.
Wulf fing sich als erstes. "Melody, du bist wirklich eine der schönsten Bräute, die ich in meinem Leben gesehen habe. Dreh dich mal." Als sich Melody drehte und Wulf und Brian ihren freien Rücken sahen, grinsten sie böse. "Du stellst Ryan aber vor eine ziemliche Willensprobe." Auf den verwirrten Blick der anderen meinte er nur lachend. "Er wird Melody sehen und sie sofort an sich reißen und entführen wollen. Doch das kann er leider nicht, das wird ihn umbringen." Lachend sah er jetzt zu Eric, der ebenfalls ein boshaftes Grinsen nicht unterdrücken konnte.
"Wir sollten Wetten abgeben, wie lange es Ryan nach der Hochzeit auf der Feier aushält. Ich gebe ihm nicht mehr als zwei Stunden, dann schnappt er sich Melody und verschwindet mir ihr in ihre Räume." Wulf lachte ebenfalls und schon wurden von allen die Wetten abgegeben.
Lelia sah Melody zweifelnd an und meinte dann zu aller Überraschung. "Ich glaube, er wartet gar nicht erst die Gratulanten ab und verzieht sich mit ihr sofort."
Melody wurde etwas rot, dann ging sie nochmals kurz hinter den Parawan und kam nach ein paar Sekunden wieder heraus.

Als sie alle fragend ansahen, meinte sie nur." Ich stimme Lelia zu, er schafft es jetzt nicht einmal mehr bis zu den Gratulanten." Als sie alle verwirrt ansahen zog Melody, mit rotem Kopf, ihren Slip hinter sich hervor und drehte ihn um ihren Zeigefinger.
Sofort wurden Proteste von den Männern laut, dass das eine getürkte Wette war, da Ryan jetzt überhaupt keine Chance hatte, länger auf der Feier zu bleiben. Doch die Frauen lachten nur und so wurde Melody in den Wagen vor der Tür gezogen.
Ihr Auto wurde links und rechts von Clanwachen in ihrer Katzenform begleitet. Sie fuhren langsam die Straße zum Dorf hinunter. Doch kaum hatten sie ihr Anwesen verlassen, liefen immer mehr Katzen neben dem Wagen her. Alle wollten die Braut als erstes sehen. Als sie dann endlich am Hauptplatz ankamen, wurden sie bereits von hunderten Katzen begleitet.
Der Hauptplatz war so geschmückt worden, dass links und rechts die ganzen Clanmitglieder stehen konnten. Der Weg der Braut war mit Samtbändern und Blumen abgegrenzt und führte über einen ziemlich langen Weg über den ganzen Hauptplatz zum anderen Ende, wo Ryan schon auf sie wartete.
Als Melody etwas unsicher aus dem Wagenfenster sah, konnte sie schon Unmengen Clanmitglieder sehen, die immer noch mehr und mehr wurden. Keiner wollte sich die Braut entgehen lassen. Wulf und Eric saßen vorne im Wagen und sprachen beruhigend zu Melody. "Alles ist gut, du siehst einfach umwerfend aus."
Melody lächelte jetzt wieder entspannt zu ihrer Familie. "Keine Angst, das schaffe ich schon. Es sind nur wirklich viele Clanmitglieder da."
Siri, die vor ihr die Rosenblätter ausstreuen würde, lachte aufgeregt zu Melody hinauf. "Tante Melody, wann darf ich denn losgehen?"
"Gleich meine Süße, wir müssen noch auf die Musik warten, dann kannst du schon los laufen."
Lelia und Wendi lachten Melody und Siri an und als die Musik anfing, wollte Siri sofort hinaus. Doch Lelia fing sie noch einmal

ab und stieg mit ihr aus, dann folgte Melody aus dem Auto. Alle Blicke wandten sich jetzt ihr zu, jeder wollte die Frau sehen, von der man schon so viel gehört hatte. Siri fing an den Gang entlang zu gehen und streute dabei begeistert ihre Rosenblätter aus. Nach ein paar Sekunden folgte ihr Melody, ihren Blick fest auf Ryan gerichtet, der sie vom anderen Ende mit seinen dunklen Augen verschlang. Als sie die ersten Schritte gemacht hatte, ging sofort ein bewunderndes Raunen durch die Menge.

Ryan sah den Wagen vorfahren und konnte es nicht mehr erwarten Melody zu sehen. Als dann endlich die Musik einsetzte und Siri mit Lelia ausstieg, konnte er nur noch unruhig knurren. Seine Brüder, die neben ihm standen, konnten ein Lachen nicht mehr unterdrücken und Brian klopfte Ryan beruhigend auf die Schulter. Doch das merkte Ryan alles nicht, sein ganzes Sein war auf Melody gerichtet, die in diesem Moment aus dem Wagen stieg und sofort in seine Richtung sah. Er konnte nur noch schlucken, Melody sah einfach atemberaubend schön aus. Als sie auf ihn zuschritt, bemerkte er erst, was genau sie da anhatte. Eine weiße Korsage, doch unter dieser trug sie nicht wie damals eine Bluse, sondern nur ihre nackte Haut. Ryan musste sich zusammennehmen, um keine Erektion zu bekommen. Doch dieses Mal würde er sie in dieser Korsage lieben, komme was wolle. Sie musste etwas in seinem Blick gelesen haben, denn sofort ging ein strahlendes Lächeln über ihr Gesicht und sie zwinkerte ihm zu. Jetzt musste Ryan ebenfalls lachen, Melody war einfach einzigartig.

Melody beobachtete Ryan genau und so bekam sie sofort mit, als er ihre Korsage musterte und ein Glitzern in seine Augen trat. Sofort war ihr klar, dass sie diese Korsage heute nicht so schnell ablegen würde. Sie lachte Ryan zärtlich zu. Sein Blick wurde immer intensiver und beinhaltete ein sinnliches Versprechen. Melody musste sich sehr zusammennehmen, um nicht feucht zwischen den Beinen zu werden, da sie ja keine Unterwäsche trug, was sie jetzt etwas bereute. In der Zwischenzeit hatte jeder auf Hauptplatz mitbekommen, dass das Hochzeitspaar nur noch Blicke für sich hatte und es wurde leise gelacht und getuschelt. Als Melody jedoch an den ersten Clanmitglieder vorbei ging und diese ihren freien Rücken sahen, der nur mit Bändern verschnürt war, ging wieder ein leises Raunen durch die Menge. Die Clanmitglieder hatten von der Wette gehört, wie lange Ryan brauchen würde, um seine schöne Braut zu entführen und nachdem Melody vorbeigeschwebt war, wurden die Zeiten sofort nach unten korrigiert. Keiner gab Ryan jetzt noch mehr als eine Stunde.

Als Melody bei Ryan angekommen war, trat ihr dieser mit zärtlichem Blick entgegen. Er streckte Melody seine Hand entgegen und zog sie fest zu sich. Melody konnte spüren, wie er eine Hand auf ihren Rücken legte, kurz inne hielt, zu ihr hinunter grinste und dann zärtlich ihren Rücken hinab fuhr.

Ryan konnte es gar nicht glauben, als er Melody seine Hand auf den Rücken legte und nur die blanke Haut mit ein paar Seidenschnüren spürte. Als er verdutzt zu ihr hinunter sah, lächelte sie ihn freudig an. Melody hatte mit diesem Hochzeitskleid wirklich alle Register gezogen, von denen sie wusste, dass ihn das anturnen würde. Am liebsten hätte er Melody geschnappt und sie sofort auf ihr Zimmer entführt, um sie zu lieben, bis sie vor Erschöpfung einschlafen würde. Doch er strich mit seiner Hand nur zärtlich ihren Rücken entlang und konnte fast sofort ihren sinnlichen Duft riechen. Leise lachend zog er sie noch fester an sich und trat mit ihr vor den Priester. Mitten in der Ansprache des Priesters, fühlte Ryan wie Melody seine Hand nahm und sie zärtlich lachend über ihre Hüften gleiten ließ, dann zog sie diese wieder zu ihrer Taille und sah ihn abwartend an. Ryan sah sie etwas verwirrt an, doch als er das Glitzern in ihren schönen blauen Augen sah überlegte er, was sie ihm hatte mitteilen wollen. Er ging die Bewegung noch einmal durch und jetzt wusste

er, was er gefühlt beziehungsweise nicht gefühlt hatte — er hatte keinen Slip gespürt. Er sah wieder zu Melody, die ihn jetzt sinnlich anstrahlte. Das war dann doch zuviel. Er bekam eine Erektion und war froh, dass sein Anzug diese verbergen würde. Als er kurz zu Wulf und Eric sah, grinsten die ihn so wissend an, dass er verzweifelt seufzte. Seine Gefährtin stellte seine Willenskraft ziemlich auf die Probe. Doch er hatte noch die ganze Nacht sie für seine ausgestandenen Qualen ebenfalls leiden zu lassen. Als der Pfarrer ihr Jawort verlangte, sah Ryan zärtlich zu Melody. Die schaute ihn mit strahlenden blauen Augen an.
"Ryan, du bist das Beste, was mir in meinem Leben passiert ist. Ich liebe dich mehr als mein Leben und werde immer versuchen, dich glücklich zu machen. Ich möchte heute vor aller Welt deine Frau werden." Melody sah ihn jetzt mit aller Liebe an und wartete auf seine Worte.
Ryan nahm Melodys Hand und meinte laut. "Melody, mein Leben, meine Liebe und meine Seele gehören nur dir. Du hast sie dir verdient, indem du mein Leben gerettet, meine Liebe mit Leichtigkeit errungen und meine Seele mit deiner bloßen Existenz erleuchtet hast. Ich liebe dich so sehr, dass es schmerzt und bin jede Sekunde mit Dankbarkeit erfüllt, dass ich heute dein Mann werden darf." Ryan sah lächelnd zu Melody hinunter und wischte ihr zärtlich die Tränen von den Wagen, die ihr nach seinem Schwur herunter gelaufen waren.
Nachdem der Pfarrer zum Ende kam und sie mit den Worten "Sie dürfen die Braut jetzt küssen", verheiratete, zog Ryan Melody fest an sich und küsste sie mit aller Liebe, derer er fähig war. Als Ryan Melody fest an sich drückte, konnte sie seine Erektion spüren und wurde sofort feucht zwischen den Beinen.
"Und? Gefällt dir mein Hochzeitskleid?" Melody lachte sinnlich zu ihrem Mann hinauf.
Leise flüsterte er ihr ins Ohr: "Du willst mich wohl schon vor der Hochzeitsnacht völlig fertig machen, meine Schöne. Ich glaube, ich muss dir erst beibringen wie eine brave Ehefrau

ihrem Mann zu Diensten zu sein hat." Sofort konnte Ryan die Zunahme von Melodys Begierde riechen und lachte siegessicher.

Zusammen gingen sie den Weg, den Melody genommen hatte zurück und wurden von allen Clanmitgliedern mit Hochrufen und Glückwünschen überschüttet. Eigentlich sah es der Plan jetzt vor, dass Melody und Ryan weiter zur Tafel gingen, doch Ryan zog Melody hinter sich zum Auto, setzte sie auf den Beifahrersitz, ließ sich von Wulf, der hinter ihnen her gegangen war und sie breit angrinste, den Schlüssel geben und fuhr mit Melody unter dem Gejohle und Gelache der Clanmitglieder zum Anwesen zurück.

Dort angekommen stieg Ryan aus und ging auf die andere Seite zu seiner Frau. Als er die Türe öffnete, leuchteten ihm ihre blauen Augen mit soviel Liebe und Lust entgegen, dass er sie nur noch auf die Arme nehmen konnte und schnell zum Haus trug. Er schloss auf und lief mit Melody auf dem Arm im Laufschritt zu ihren Räumen hinauf. Dort stellte er sie vor sich hin und trat einen Schritt zurück. "Dreh dich für mich, meine schöne Frau." Melody lächelt leicht und drehte sich langsam herum. Als sie Ryan wieder in die Augen sah, konnte sie das tiefe Verlangen sehen, das ihr entgegen brannte. Doch das schreckte Melody nicht, da sie es ja mit diesem Hochzeitkleid herausgefordert hatte. Langsam öffnete sie den Rock und ließ ihn die Beine hinunter gleiten Dann öffnete sie ihr Haarnetz und sofort vielen ihr Fluten von blondem Haar über die Schultern.

Ryan atmete immer schwerer und verschlang Melody mit den Augen. Als sie dann plötzlich hinter sich griff und den Rock auf den Boden gleiten ließ, setzt sein Atem kurz aus und er konnte sie nur noch mit Besitzerstolz ansehen. Melody öffnete auch noch ihr Haar und blieb dann ruhig vor ihm stehen. Ryan wollte sich nicht bewegen, dieses Bild wollte er für immer in seinem Gedächtnis behalten. Sein Blick glitt von ihren schönen Beinen, die noch in weißen Stöckelschuhen steckten, weiter zum hellgelockten Dreieck zwischen ihren Oberschenkeln. Er konnte ihre Bereitschaft wie eine Decke aus Liebe und Vertrauen riechen, doch er wollte sich auch noch den Rest einprägen. Sein Blick glitt weiter über die weiße Korsage, die eng um ihre Taille lag und ihre Brüste reizvoll in die Höhe drückten. Dann glitt sein Blick weiter über ihre schönen weichen Schultern zum Mund und blieb letztendlich an ihren schönen Augen hängen. Diese strahlten ihn jetzt mit soviel Liebe, Vertrauen und Lust entgegen, dass er nicht mehr anders konnte. Er war mit einem Schritt bei Melody und küsste sie, als wäre es das letzte Mal. Sofort hörte er sie laut stöhnen. Ryan ließ sie kurz los und entkleidete sich völlig, dann ging er wieder auf Melody zu, die ihm erwartungsvoll entgegensah. Er legte ihre Hände um seinen Hals, hob sie mit einer schnellen Bewegung in die Höhe und setzte sie auf seine bereits schmerzende Erektion. Als er den Lustschrei seiner Frau hörte, wusste er, dass Melody alles war, was er sich in der Vergangenheit gewünscht und unendlich viel mehr als er sich für seine Zukunft erhofft hatte.